# A SERPENTE DE PEDRA

SUMA
de letras

Jason Goodwin

# A SERPENTE DE PEDRA

*Tradução*
Renato Marques

SUMA
*de letras*

EDITORA OBJETIVA LTDA., rua Cosme Velho, 103
Rio de Janeiro – RJ – CEP: 22241-090
Tel.: (21) 2199-7824 – Fax: (21) 2199-7825
www.objetiva.com.br

Título original
*The Snake Stone*

Capa
Mariana Newlands

Imagens de capa
© Chase Swift/Corbis/Latinstock
© Bruno Ehrs/Corbis/Latinstock

Revisão
Raquel Corrêa
Tamara Sender
Joana Milli

Editoração
Trio Studio

CIP-BRASIL. CATALOGAÇÃO-NA-FONTE
SINDICATO NACIONAL DOS EDITORES DE LIVROS, RJ

G663s

Goodwin, Jason
A serpente de pedra / Jason Goodwin. Tradução de Renato Marques. – Rio de Janeiro : Objetiva, 2009.

292p.

Tradução de: *The snake stone*
ISBN 978-85-60280-45-2

1. Ficção americana. I. Marques, Renato. II. Título.

09-3404. CDD: 813
CDU: 821.111(73)-3

Para Izaak

O rei nos comanda, o médico nos charlataneia,
O sacerdote instrui, e assim nossa vida se dissipa.

Lorde Byron, *Don Juan*

# I

A voz, baixa e ríspida, veio de trás, ao cair do crepúsculo.

— Ei, George.

Era a hora da oração noturna, quando à luz natural já não se podia mais distinguir um fio preto de um branco. Virando-se, George puxou a pequena faca de cortar legumes que trazia no cinto e golpeou o ar. Por toda Istambul, em seus minaretes, muezins jogavam a cabeça para trás e iniciavam seus cânticos.

Era uma boa hora para chutar um homem até a morte na rua.

Os lamentos granulosos lançaram-se em ondas soluçantes através do Corno de Ouro, onde os remadores gregos acendiam as lamparinas, deslizando em seus caíques. As notas melodiosas da oração flutuaram sobre a cidade europeia de Pera, poucas luzes tremeluzindo contra o cume negro da colina de Gálata. Passaram levemente pelo estreito de Bósforo até Uskudar, um borrão púrpura desvanecendo no negrume das montanhas; e a partir dali, do lado asiático, a melodia ecoou nas mesquitas à beira-mar.

Um pé atingiu George em cheio na parte inferior das costas. Abrindo os braços num gesto amplo, ele cambaleou na direção de um homem em cujo rosto havia uma expressão tristonha, como se estivesse pesaroso por alguma coisa.

O som foi encorpando, à medida que muezim após muezim causava mais gritos de dor. O som dos lamentos se misturava, através dos minaretes da cidade, com um vago cântico que expressava de mil maneiras a fragilidade do homem e a unicidade de Deus.

Depois disso a faca já não servia de nada.

O chamado à oração dura cerca de dois minutos e meio, mas para George acabou antes. O homem de rosto triste abaixou-se e pegou a faca. Era bastante afiada, mas a ponta estava lascada. Não era faca digna de uma luta. Ele a jogou nas sombras.

Depois que o homem já tinha ido embora, um cão amarelo saiu, cautelosamente, do vão de uma porta. Furtivo, um segundo cachorro surgiu, deitou-se sobre a barriga e se encolheu, ganindo, esperançoso. Sua cauda batia contra o chão. O primeiro cão rosnou baixinho e mostrou os dentes.

## 2

Maximilien Lefèvre inclinou-se sobre a amurada e, com um peteleco, jogou seu charuto na espuma das ondas que borbulhavam no casco do navio. A bombordo, já se via a Ponta do Serralho, suas árvores ainda uma massa escura e compacta à primeira luz do dia. Quando o navio rodeou a península, revelando a Torre Gálata, o ponto mais alto de Pera, Lefèvre tirou da manga um lenço para enxugar as mãos; sua pele estava pegajosa da maresia.

Ele ergueu os olhos para as muralhas do palácio do sultão, dando batidinhas de leve com o lenço na nuca. Havia uma antiga coluna no Quarto Pátio do harém, ornamentada por um capitel coríntio, que às vezes era visível do mar, entre as árvores. Era, talvez, a persistente relíquia de uma acrópole que ali se erguera muitos séculos antes, quando Bizâncio não passava de uma colônia dos gregos: antes de tornar-se uma segunda Roma, antes de tornar-se o centro do mundo. A maior parte das pessoas nem sequer sabia que a coluna ainda existia: às vezes era possível avistá-la, às vezes não.

O navio empinou e endireitou o curso, e Lefèvre soltou um grunhido de satisfação.

Lentamente surgiu a costa de Istambul do Corno de Ouro, uma procissão de cúpulas e minaretes que, como o movimento das ondas, se projetavam um a um, oscilando de tamanho, e depois se recolhiam discretamente. Abaixo dos domos, descendo em cascata até a ruidosa margem d'água, os telhados de Istambul brilhavam, vermelhos e alaranjados, aos primeiros raios do sol. Era esse o panorama que os visitantes sempre admiravam: Constantinopla, Istambul, cidade de patriarcas e sultões, o movimentado caleidoscópio do leste, o orgulho de 15 séculos.

A decepção vinha mais tarde.

Lefèvre encolheu os ombros, acendeu outro charuto e voltou sua atenção para o convés. Quatro marinheiros, descalços e usando camisetas sujas, estavam curvados junto à corrente da âncora, aguardando o sinal do capitão. Outros estavam lá em cima, agarrados às velas. Vagarosa e cuidadosamente, o timoneiro conduziu o navio porto adentro, aproximando-se da costa e da contracorrente que faria parar o navio. O capitão ergueu a mão, a corrente tombou com o som de um disparo de canhão, a âncora mordeu o solo e o navio empinou lentamente contra o tranco da correnteza.

Baixou-se um bote, e nele desceu Lefèvre, junto com sua bagagem.

Na plataforma de desembarque de Pera, um jovem marinheiro grego pulou em terra firme com uma vara para afugentar a multidão de vendedores e pregoeiros insistentes. Com a outra mão, fez um gesto pedindo gorjeta.

Lefèvre colocou na mão dele uma moeda, e o jovem cuspiu.

— Dinheiros da cidade — ele disse, com desprezo. — Dinheiros da cidade é tudo ruim, Excelência. — Continuava com a mão esticada.

Lefèvre piscou. — *Piastres de Malta* — disse ele, calmamente.

— Ah! — O grego analisou a moeda e seu rosto iluminou-se. — Mui-to bom. — Redobrou o esforço com os pregoeiros. — Estes é tudo ladrão. Quer que arruma um carregador? Hotel? Muito limpo, Excelência.

— Não, obrigado.

— Homens tudo ruim aqui. Você é primeira vez na cidade, Excelência?

Lefèvre balançou a cabeça.

Os homens na plataforma de desembarque caíram em silêncio. Alguns começaram a virar as costas para ir embora. Caminhando pela prancha de passagem, um homem de sandálias verdes aproximou-se; era de estatura mediana e tinha a cabeça coberta de cabelos brancos como a neve. Seus olhos eram de um azul penetrante. Usava calças azuis largas e uma camisa aberta de algodão vermelho desbotado.

— Doutor Lefèvre? Siga-me, por favor. — Olhando para trás, ele disse: — Alguém vai cuidar da sua bagagem.

Lefèvre deu de ombros. — *A la prochaine.*

—*Adio*, senhor — respondeu o marinheiro, lentamente.

## 3

Naquela mesma manhã, no distrito de Fener em Istambul, Yashim acordou com os raios do sol morno da primavera e sentou-se, passando sonolentamente as mãos por seus cachos. Após alguns momentos, jogou de lado seu cobertor de Khorasan* e deslizou do divã, enfiando os pés automaticamente num par de *baluches* cinzas de couro. Vestiu-se rapidamente e desceu a escada, atravessando o vão da baixa porta bizantina da casa da viúva, e saiu para o beco. Após algumas guinadas pelo caminho, chegou a seu café favorito em Kara Davut, onde o homem junto ao fogão, que colocava uma panela de cobre no fogo, cumprimentou-o com um aceno de cabeça.

Yashim acomodou-se no divã de frente para a rua, debaixo das janelas salientes mais altas. Enfiou os pés para dentro de seu manto: com esse gesto, tornou-se, de certo modo, invisível.

Em parte, era por causa da maneira como Yashim ainda se vestia. Já fazia muitos anos desde que o sultão começara a encorajar seus súditos a adotar o vestuário ocidental; os resultados haviam sido variados. Muitos homens trocaram os turbantes pelo fez vermelho, os mantos folgados por calças e pelo *stambouline*, um curioso paletó de gola alta e arrematado atrás com longas abas, mas poucos usavam botas europeias de amarrar. Algumas pessoas do lado de Yashim no divã lembravam besouros pretos, com os pés descalços; tudo que se via eram cotovelos e joelhos pontudos. Numa longa capa que oscilava entre o vermelho escuro e o marrom profundo e um manto cor de açafrão, Yashim poderia passar por um vinco no tapete que cobria o divã; apenas seu turbante era deslumbrantemente branco.

Mas a invisibilidade de Yashim era também uma qualidade do homem — se é que homem era a palavra adequada. Havia nele uma tranquilidade: uma firmeza na maneira com que seus olhos cinzentos encaravam e direcionavam o olhar, uma suave fluidez em seus movimentos,

---

* Khorasan, ou "Terra do Sol Nascente", em persa, era a província oriental do Império Persa durante o Período Sassânida (224 - 651 d.C.). O nome passaria a ser usado posteriormente por geógrafos árabes para se referir à região que hoje corresponde ao Afeganistão.

um desembaraço de gestos, que pareciam desviar a atenção, em vez de atraí-la. As pessoas o viam — mas não o notavam; e essa sua ausência de intensidade, esse peculiar retraimento de desafios ou ameaças é que constituíam seu talento essencial, e faziam dele, mesmo na Istambul do século XIX, uma pessoa única.

Yashim não desafiava os homens que o encontravam; nem as mulheres. Com seu rosto bondoso, os olhos cinzentos, e os cachos pretos quase intocados, aos 40 anos, Yashim acabou virando um ouvinte. Um questionador silencioso; e não inteiramente um homem. Yashim era eunuco.

Escorado sobre um cotovelo, ele tomou seu café e comeu o *cörek*, limpando as migalhas do bigode.

Decidindo não fumar seu cachimbo com o café, deixou uma piastra de prata na bandeja e desceu a rua em direção ao Grande Bazar.

Na esquina, virou-se e deu uma rápida olhada para o café, bem a tempo de ver o dono pegar a moeda e mordê-la. Dinheiro falso era como veneno nos intestinos, coisa irritante da qual Istambul jamais conseguiu livrar-se. Ele ergueu e avaliou o peso da sua bolsa e ouviu o tilintar seco de sua fortuna sussurrando entre as pontas dos seus dedos; era uma daquelas épocas em que o dinheiro parecia derreter feito açúcar na mão. Mas o açúcar era doce. O sultão estava morrendo, e havia amargor no ar.

Na rua dos Livreiros, Yashim parou diante de uma pequena loja, pertencente a Goulandris, que comprava e vendia livros antigos e objetos raros; às vezes ele tinha os romances franceses a que Yashim achava difícil resistir.

Goulandris cravou seu olho bom no visitante e rangeu os dentes. Goulandris não era um dos gregos solícitos e insistentes; seu trabalho como livreiro era observar, não falar. Tinha um dos olhos cobertos pela fina e opaca membrana da catarata; mas o outro olho trabalhava por dois, registrando a maneira de andar de cada cliente, a velocidade com que cada um escolhia determinado livro, a expressão no rosto ao abrir o volume e ao começar a ler. Livros antigos, livros novos, livros gregos, livros turcos — alguns preciosos —, livros em armênio e hebraico e até mesmo, de vez em quando, livros em francês: Dmitri Goulandris os guardava no estoque de qualquer jeito, conforme eles iam chegando. Os livros não interessavam a ele. Mas quanto a cobrar por um livro — isso era outra questão. E assim, com seu olho bom, ele observava os sinais.

Mas o eunuco — ele era bom. Muito bom. Goulandris viu um cavalheiro forte e recém-entrado na meia-idade, os cabelos pretos ligeiramente matizados de cinza sob um pequeno turbante, usando uma capa de cor indefinida. Goulandris acreditava ser capaz de passar por cima de todas as artimanhas que as pessoas usavam para desviá-lo da pista certa — a indiferença fingida, o livro pego de maneira casual, o impulso totalmente descuidado, resultado de um plano de conduta elaborado. Ele ouvia o que diziam. Ele observava a maneira como as pessoas mexiam as mãos, e o estremecimento dos olhos. Apenas o maldito eunuco continuava sendo um enigma constante.

— Procurando algum livro?

Yashim empertigou-se e olhou à sua volta. Estivera bem longe dali, revisitando as agonias do amor irrealizado na companhia de seu velho amigo Benjamin Constant; agora ele viu-se no familiar cubículo do Grande Bazar, as paredes forradas de livros do chão até o teto, a lamparina turva e o próprio Goulandris, o livreiro, com um sujo fez cinza, de pernas cruzadas e seu banquinho atrás de uma mesa franca. Yashim sorriu. Não compraria o livro: *Adolphe*. Fechou-o lentamente e enfiou-o de volta em seu lugar na prateleira.

Yashim sorriu e fez uma mesura, com uma das mãos no peito. Ele gostava daquele lugar, aquela pequena caverna de livros; nunca dava para saber o que se encontraria ali. O próprio Goulandris, ele suspeitava, não fazia a menor ideia: ele duvidava que o livreiro fosse capaz de outra coisa além de ler e escrever em grego. E hoje, jogado no meio de manuais francos de balística, velhos pergaminhos imperiais ostentando o belo monograma de um sultão, impenetráveis tratados religiosos gregos, e no meio dos romances franceses de que Yashim tanto gostava — ali, por mais inesperado que fosse, um tesouro chamou sua atenção. Não tinha estado ali mês passado. Podia não estar no seguinte.

Yashim separou três livros que o interessavam. Hesitou um pouco com o terceiro — ele o queria muito, é claro —, então o colocou como o último da pilha, ao depositar os livros sobre a mesa. Goulandris sugou os próprios lábios. Ele não regateava. Nem oferecia argumentos. Ele sugeria preços. Yashim mal sufocou um tremor de desapontamento quando Goulandris solenemente deu o preço do terceiro livro. Aquilo o deixava com dois livros: ele devolveu um, relutantemente. Depois enfiou a mão na bolsa. Goulandris tirou uma caderneta da gaveta da mesa e anotou um pequeno registro.

E, finalmente, com um aceno de cabeça para o velho do fez encardido, Yashim saiu do beco dos livreiros, apertando debaixo do braço o volume I de *L'Art da Cuisine Française au 19me Siècle.*

Colina abaixo, virou rumo ao mercado.

Yashim viu o peixeiro encarando com olhar inexpressivo a balança enquanto pesava uma perca para uma idosa matriarca. Dois homens pechinchavam o preço de um punhado de cenouras. O dinheiro falso fomentava a desconfiança por toda parte — embora George fosse, sem sombra de dúvida, imune, Yashim pensou. Ele era dono da banca de que Yashim mais gostava, e sempre tinha boas ideias para o jantar. George soltaria um muxoxo e diria que aquilo não valia nada.

Ele olhou à sua frente. George não estava lá.

— Ele não vem mais, *efendi* — explicou um merceeiro armênio. — Algum tipo de acidente, é o que eu ouvi dizer.

— Acidente? — Yashim pensou no vendedor de legumes e verduras, com suas mãos enormes.

O merceeiro virou a cabeça e cuspiu. — Eles veio ontem, disseram que George não vem mais. Um dos irmãos Constantinedes vai ficar com a banca dele, eles diz.

Yashim franziu as sobrancelhas. Os Constantinedes tinham bigodinhos finos idênticos e estavam sempre atarantados atrás de duas pilhas de legumes e verduras, como dançarinos. Yashim sempre preferiu George.

— *Efendi*! O que podemos fazer pelo senhor hoje? — Um dos irmãos inclinou-se para a frente e começou a arrumar uma pilha de berinjelas com rápidos movimentos do pulso. — *Fasulye* hoje pelo preço de ontem! É um dia só!

Yashim começou a escolher seus ingredientes. Constantinedes pesou dois *oka* de batatas e as deixou cair na cesta de Yashim, tornando a pôr o dosador na balança com um floreio.

— Quatro piastras, vinte... vinte... vinte... oitenta e cinco as batatas... cinco zero cinco... mais alguma coisa, *efendi*?

— O que aconteceu com George?

— Feijões hoje, preços de ontem!

— Dizem que vocês vão ficar com a banca dele.

— Cinco zero cinco, *efendi*.

— Um *oka* de abobrinha, por favor.

O homem pegou as abobrinhas com sua concha.

— Ouvi dizer que ele sofreu um acidente. Como foi que aconteceu?

— As abobrinhas. — Quando Constantinedes virou a conha sobre a cesta de Yashim, Yashim agarrou-a pela extremidade e gentilmente a desvirou.

— Sou amigo dele. Se ele sofreu um acidente, talvez eu possa ajudar.

Constantinedes enrugou os lábios, pensativamente.

— Posso perguntar ao cádi — disse Yashim, sossegadamente, e soltou a concha. O cádi era o funcionário que fiscalizava o mercado. As abobrinhas rolaram para dentro da cesta. — Fique com o troco.

O homem hesitou, depois pegou as duas moedas e, sem olhar para elas, jogou-as dentro da algibeira de lona presa na cintura.

— Espera cinco minutos — disse ele, calmamente.

## 4

Yashim mexeu seu café e esperou a borra assentar. Constantinedes levou a xícara aos lábios e entornou o líquido. — Todos temos uma escolha. Não queremos aborrecimento, entende?

— Entendo. Está tudo bem com George?

—Talvez, não faço perguntas.

— Mas você vai ficar com a banca dele.

— Escute uma coisa. Isso era entre George e eles. Deixe a gente fora disso. Estou falando com o senhor porque o senhor ser amigo dele.

— Quem são eles, então?

O homem afastou de lado a xícara e pôs-se de pé.

— Um pouquinho de tudo, é isso. — Abaixou-se para pegar alguma coisa do chão e Yashim ouviu-o murmurar: — A Hetira. Eu deixaria para lá, *efendi*.

E caminhou de volta para sua banca, deixando Yashim, que ficou encarando a borra espessa e brilhante no fundo de sua xícara de café, perguntando-se onde já tinha ouvido aquele nome antes.

## 5

Algumas cidades na Europa eram agora maiores que Istambul, mais industriais e solitárias; pois Istambul era uma cidade em que todo mundo, do sultão ao mendigo, pertencia a algum lugar — a uma guilda, um distrito, uma família, uma igreja ou mesquita. Onde viviam, o trabalho que executavam, como eram pagos, casados, nascidos ou enterrados, os amigos que faziam, o lugar em que adoravam — todas essas coisas eram arranjadas para eles, por assim dizer, muito antes que cerrassem os pequeninos punhos e dessem o primeiro suspiro do ar de Istambul; um ar carregado de muezins, do cheiro do mar, do aroma dos ciprestes, de especiarias e de esgoto.

Os recém-chegados — estrangeiros, em especial — invariavelmente reclamavam de que a vida em Istambul era uma sequência de divisões: reparavam na disposição em harém das casas, os muros nus das ruas, o modo como os comerciantes se aglomeravam numa rua ou em uma seção do bazar. Muitas vezes eles eram sufocados por sentimentos de claustrofobia. Os istambuliotas, por sua vez, estavam acostumados à caótica atmosfera de calor e fofoca que os cercava desde o berço e os acompanhava até a sepultura. Na cidade do pertencimento, Yashim bem o sabia, até mesmo os mortos faziam parte de algum lugar.

Ele passou o polegar pela beirada da mesa; ocorreu-lhe, e não era a primeira vez, que de toda Istambul ele podia ser a exceção que confirmava a regra. Às vezes sentia-se mais um fantasma que um homem; sua invisibilidade doía nele. Até mesmo os mendigos tinham uma guilda que prometia providenciar um enterro no fim. Os eunucos comuns do império, que serviam como guias, escoltas, guardiões — eram todos, nesse sentido, membros de uma família: muitos faziam parte da maior família de todas, e viviam e morriam a serviço do sultão. Durante certo período, Yashim também servira no palácio do sultão; mas seus talentos eram vastos demais para ficarem confinados ali, entre as mulheres do harém e os segredos do santuário do sultão. Por isso Yashim fizera uma escolha entre a liberdade e o pertencimento: e um sultão agradecido lhe concedera a liberdade.

Com a liberdade vieram responsabilidades, que Yashim trabalhou arduamente para suportar, mas também a solidão. Nem sua condição nem sua profissão davam a ele o direito de ter a expectativa de ver o próprio reflexo em outro par de olhos. Tudo que tinha eram seus amigos.

George era um amigo. Mas o que ele sabia sobre George? Não sabia onde ele morava, não sabia onde sofreu o acidente. Mas, onde quer que ele estivesse, vivo ou morto, alguém na cidade saberia. Até mesmo os mortos faziam parte de algum lugar.

— George? Nunca perguntei onde ele mora — disse o merceeiro armênio, coçando a cabeça. — Yildiz? Dolmabahçe? Algum lugar Bósforo acima, tenho certeza; ele vem caminhando do cais de Eminönü.

Um dos barqueiros do Eminönü, descansando o corpo atlético no remo aprumado de seu frágil caíque, reconheceu George pela descrição de Yashim. Ele o levava quase toda noite Bósforo acima, disse. Duas noites antes, um grupo de gregos tinha aparecido no cais pedindo para ser levado Corno de Ouro acima, na direção de Eyüp; ele hesitara um pouco, porque não queria perder sua corrida habitual. Ele se lembrava também de que devia ter sido ao anoitecer, porque as lamparinas estavam acesas e ele notara os braseiros acesos na costa de Pera, onde os vendedores de mexilhões preparavam o lanche da noite.

Yashim ofereceu a ele uma gorjeta, uma moeda de prata que o barqueiro pegou e escondeu sem olhar, sufocando polidamente um reflexo que era a segunda natureza da maioria dos comerciantes da cidade. Depois Yashim refez seus passos até o mercado, perguntando-se se o acidente de George acontecera em uma daquelas ruas estreitas.

O som de água caindo chamou sua atenção. Através do vão de uma porta, mais alta que o nível da rua, ele viu de relance um pátio com deslumbrantes peças brancas de roupa de cama e mesa estendidas para secar num arbusto de alecrim. Percebeu a borda ondulada de uma fonte. A porta foi fechada. Mas agora Yashim sabia onde era mais provável encontrar George.

Quase dez anos depois que o sultão instruíra seu povo a se vestir de maneira idêntica, George ainda continuava aferrado ao tradicional chapéu azul sem abas e às sandálias pretas que o definiam como grego. Uma vez, quando Yashim perguntara a ele se adotaria o fez, George assumiu uma postura rígida e indignada:

— O quê? Você pensar eu me visto para sultões e paxás minha vida toda? Bah! Assim como essas flores de abobrinha, eu vestir o que vestir por causa daquilo que eu sou!

Yashim nunca mais perguntou sobre isso; e George jamais voltou a fazer qualquer comentário sobre o turbante de Yashim. O assunto tornou-se um sinal secreto entre eles, uma fonte de satisfação silenciosa e reconhecimento mútuo; bem como entre eles e os outros que ignoravam o fez e continuavam vestindo-se como antes.

A porta na rua dera a Yashim uma ideia. Na rua paralela à que ele, com dificuldade, subia rumo ao mercado, havia uma igreja. Um grupo de edifícios discretos formava um complexo em torno da igreja, onde freiras viviam em alojamentos, comiam num refeitório e também dirigiam um dispensário e hospital beneficentes para os doentes incuráveis de sua comunidade. Se George tivesse sido encontrado na rua depois do acidente, era para aquela porta, sem sombra de dúvida, que teria sido levado, graças a seu chapéu azul e seus sapatos pretos gregos.

Mas a porta continuava fechada, por mais que Yashim batesse; e na igreja, quando finalmente lá chegou, teve que vencer as desconfianças de um jovem padre, que sem dúvida fora educado para odiar eternamente tudo aquilo que Yashim poderia representar: o turbante do conquistador imperialista, a ascendência da lua crescente na Cidade Santa do cristianismo ortodoxo, e o direito da interferência. Mas quando Yashim por fim passou pelos retábulos e através da porta da sacristia, encontrou uma freira que assentiu com a cabeça e disse que um grego fora entregue ali duas noites antes.

— Ele está vivo, pela vontade de Deus — disse a freira. — Mas está muito doente.

O alojamento era banhado por uma luz fresca e verde e cheirava a sabão de azeite de oliva. Havia quatro catres de madeira para inválidos e um amplo divã; todos os catres estavam ocupados. Instintivamente, Yashim levou a manga da roupa à boca, mas a freira tocou seu braço e disse que não se preocupasse, pois não havia doença contagiosa naquela ala do hospital.

As sandálias pretas de George estavam no chão, junto a seu catre. Seu maxilar e metade do rosto estavam cobertos de bandagens, que continuavam pelos ombros e cobriam seu peito. Um braço — o esquerdo — estava para fora da cama, rígido, preso por talas e amarrado.

Sua respiração parecia viscosa. Tudo que Yashim podia ver de seu rosto era um hematoma inchado, preto e arroxeado, e vários coágulos escuros onde, em redor dos ferimentos, o sangue secara.

— Ele tomou um pouco de sopa — sussurrou a freira. — Isso é bom. Ele não vai conseguir falar por vários dias.

Yashim nem sequer poderia discordar dela. Quem quer que tenha sido o agressor fizera um trabalho completo. Sua identidade continuaria sendo um mistério, ele pensou, até que George se recuperasse o suficiente para poder falar. A Hetira. O que significava aquilo?

Enquanto a freira o conduzia através do minúsculo pátio, Yashim contou a ela o que sabia do amigo. Deixou com ela uma bolsa de prata e o endereço do café em Kara Davut, onde ele poderia ser encontrado quando George recobrasse a consciência.

Somente depois que a porta se fechou atrás dele, Yashim pensou em alertar a freira para a necessidade de discrição, se não sigilo. Mas era tarde demais, e provavelmente não fazia diferença. Para George, afinal, o estrago já tinha sido feito.

## 6

Maximilien Lefèvre desceu suavemente do caíque e começou a subir a estreita rua de pedras, evitando, com cuidado, o filete de esgoto que escorria tortuosamente no meio da rua. Aqui e ali seu caminho era atravancado por um emaranhado de redes e cestos à espera de conserto; então tinha de saltar sobre a sarjeta e continuar a subida do outro lado da rua, às vezes se curvando para passar sob os telhados projetados das casas de madeira, que se inclinavam em ângulos malucos, como se fossem lentamente arrastados pelo peso dos varais esticados entre eles. Vestidas de preto da cabeça aos pés, velhas senhoras sentadas nos degraus, com os colos abarrotados de redes rasgadas, olhavam-no com ar de curiosidade.

Ortaköy era um vilarejo grego, um em meio à dezena de povoados gregos espalhados em sequência pelo Bósforo entre Pera e as residências de verão dos diplomatas europeus. Eles já estavam lá quando Alexandre, o Grande, conduziu seus hilotas em suas lendárias campanhas no Oriente. Gregos do Bósforo tripularam os navios que navegaram contra Xerxes, e quatrocentos anos depois da Conquista turca ainda ganhavam a vida no mar e no estreito. Muito tempo atrás, Lefèvre recordava, um paxá otomano explicara, de forma simples e tranquila, que Deus dera a terra aos otomanos, mas para os gregos deixara o mar. Mas como poderia ser diferente? Agamêmnon reunira e lançara suas esquadras de guerra contra Troia quando os turcos ainda estavam pastoreando rebanhos através dos desertos da Ásia. O pensamento fez Lefèvre franzir as sobrancelhas.

Raramente estrangeiros visitavam os vilarejos gregos, apesar de sua reputação de boa pesca; não demorou muito para que Lefèvre se visse acompanhado por um séquito de meninos curiosos, que o acompanhavam aos gritos, trocando puxões e empurrões, sob o olhar atento das avós. Alguns dos meninos menores imaginavam que Lefèvre fosse turco, e todos supunham que fosse rico; por isso, quando Lefèvre parou e virou-se, eles se amontoaram, num misto de curiosidade e temor. E o viram tirar do bolso uma moeda, que ofereceu com um sorriso ao menorzinho de todos. O menino vacilou, alguém mais corajoso agarrou a moeda e correu, e o pandemônio se instaurou quando o bando todo saiu em perseguição rua abaixo.

Lefèvre guinou e adentrou uma viela tosca. À sua aproximação, enxames de mosquitos ergueram-se das poças; ele os afastou do rosto e ficou de boca fechada.

A porta do café estava aberta. Lefèvre entrou e rapidamente se dirigiu para os fundos, onde se sentou numa pequena varanda com vista para os telhados de telhas curvas e o Bósforo, abaixo. Pouco depois um homem, vindo do interior do café, juntou-se a ele.

Lefèvre encarou suas mãos. — Não gosto de me encontrar aqui — disse, calmamente, em grego.

O outro homem passou a mão pelo bigode. — Este é um bom lugar, senhor.

Lefèvre permaneceu em silêncio por alguns momentos. — Os gregos — grunhiu — são uns intrometidos desgraçados.

O homem riu de maneira furtiva. — Mas o senhor, o senhor é francês, não é?

Lefèvre ergueu a cabeça e olhou o colega com expressão de intenso desagrado. — Vamos conversar — disse.

## 7

No palácio de Beşiktaş, com seus 73 quartos e 47 lances de escadas, a Sombra de Deus na Terra, o sultão Mahmut II, jazia, morrendo de tuberculose — e cirrose, resultado de uma vida devotada a reformar seu império segundo linhas mais ocidentais e modernas, e de champanhe ruim misturado com outras bebidas alcoólicas.

O sultão estava recostado aos travesseiros de um enorme baldaquino com cortinas ornadas com borlas e fitava, com olhos vermelhos, o Bósforo abaixo de sua janela e as colinas da Ásia do outro lado do estreito. Sabia vagamente que tinha um mundo ao seu comando. As esquadras do sultão otomano cruzavam os mares Mediterrâneo e Negro; as orações eram lidas em seu nome nas mesquitas de Jerusalém, Meca e Medina; seus soldados estavam de sentinela no Danúbio, junto aos Portões de Ferro, e nas montanhas do Líbano; ele era o senhor do Egito. Tinha esposas, tinha concubinas, tinha escravos, sem mencionar os paxás, almirantes, *seraskiers*, voivodas e hospodares que governavam seu extenso império em trêmula — ou pelo menos respeitosa — obediência à sua vontade.

Em seus trinta anos de sultanato, Mahmut foi responsável por muitas mudanças no Estado otomano. Destruíra a ordem dos janízaros, o poderosíssimo regimento que se opunha a qualquer mudança. Adotara botas de montaria e selas francesas. Instruíra seus súditos a abandonar o uso do turbante, se fossem muçulmanos, as sandálias azuis, se fossem judeus, e os chapéus azul-celeste, se fossem gregos: sua intenção era a de que todos os homens recebessem o mesmo tratamento e usassem o fez escarlate e o *stambouline*, tipo de sobrecasaca.

Os resultados haviam sido variados. Muitos de seus súditos muçulmanos agora o difamavam como o sultão Infiel — e muitos de seus súditos cristãos criaram expectativas irrealistas. Os gregos em Atenas chegaram de fato a se rebelar contra ele. Depois de sete anos de luta, com a ajuda europeia, tinham criado seu próprio reino independente no Egeu. O reino da Grécia!

Já o champanhe e o conhaque tinham ajudado a amenizar parte da angústia que o sultão experimentara no esforço de modernizar, e preservar, o império de seus antepassados.

E agora, aos 54 anos de idade, ele estava morrendo por causa da bebida.

Sua mão se deslocou lentamente na direção da corda de seda, cujas borlas roçavam os travesseiros, depois caiu novamente. Ele estava agonizando, e não sabia quem poderia chamar.

Aos poucos, o Sol convalescia, inclinando-se no oeste. Havia outros de que se lembrava, não apenas nomes, mas os rostos de homens e mulheres que conhecera. Viu o velho general Bayraktar, com seu furioso bigode, e o espanto em seu rosto quando irrompeu no velho palácio, muitos e muitos anos antes, e tirou Mahmut de dentro de um cesto de roupas, para fazê-lo sultão. Viu seu tio Selim morto, numa cafetã manchada com o sangue da Casa de Osman, e Fátima viva: gorda, alegre, aquela que esfregava seus pés do jeito que ele gostava, sem esperar nada em troca. Lembrou-se de outro general que sucumbira à morte, e os rostos dos homens que vira nas multidões: um sufi de rosto bondoso, um estudante controlado pelo sentimento de lealdade, segurando com força o Estandarte Sagrado do Profeta; um eunuco negro, ajoelhado; um janízaro que ergueu os dedos na sua direção, em forma de pistola, e piscou; as costeletas pálidas de Calasso, o mestre de montaria piemontês, e os olhos tristes de Abdül Mecid, seu filho, cujo peito era como a cintura de uma moça; e as barbas do patriarca — qual era o nome dele? — que tomou de suas mãos a cruz e morreu enforcado sob o sol escaldante.

Havia outro rosto também... Sua mão se mexeu, os dedos tatearam para alcançar a borla.

Mas quando o escravo chegou, curvando-se numa mesura, sem erguer os olhos, o sultão Mahmut não conseguia mais se lembrar de quem queria ver.

— Um copo... o remédio... ali, ali está — disse.

— O doutor Millingen... — ensaiou o escravo.

— ... é o meu médico. Mas eu sou o sultão. Ponha no copo!

## 8

— Cuidado com os degraus, monsieur. Estão muito gastos; eu mesmo já escorreguei.

— Mas apenas na descida, excelência! Tenho certeza que só na descida.

Stanislaw Palewski, embaixador polonês junto à Sublime Porte, franziu a testa e continuou subindo a escadaria até o apartamento de Yashim. Estaria o francês insinuando que ele estava bêbado?

Colocou a mão na gravata larga, como se o toque servisse para tranquilizá-lo: impecavelmente engomado e com o nó feito com correção, sua gravata não era, disso ele tinha vaga consciência, a última moda; assim como seu casaco, suas botas, sua própria posição diplomática, ele pertencia a outra época, antes de a Polônia ter sido varrida do mapa pelas manobras hostis de Rússia, Áustria e Prússia. Palewski tinha chegado a Istambul 25 anos antes, como representante de um país extinto. Em outros lugares, em outras capitais da Europa, o embaixador polonês era apenas uma lembrança diplomática; mas os turcos, o velho inimigo, o haviam recebido com boa vontade.

Coisa que aconteceu, pensou ele franzindo as sobrancelhas, nos dias antes de Istambul tornar-se definitivamente repleta de charlatães, conspiradores e embusteiros de todas ou nenhuma nacionalidade. Antes que forasteiros franceses bons de lábia encurralassem você e se convidassem para o jantar.

Mas antes também de ele ter conhecido Yashim.

Como os dois haviam se tornado amigos ainda era questão sujeita a debates, pois a lembrança de Yashim diferia da de Palewski; envolvia mais vidro quebrado e menos francês pronunciado. Mas desde então a amizade entre os dois tinha sido firme. "Juntos", havia declarado Palewski certa vez, "eu e você somos duas metades que formam um homem inteiro. Pois você é um homem sem testículos, e eu um homem sem país".

Era um apelo à amizade que Palewski fazia agora a Yashim, enquanto Lefèvre passava por ele e entrava na sala, estendendo repentinamente a mão.

— *Enchanté, m'sieur* — disse. — É muita gentileza de sua parte nos receber. Tem alguma coisa cheirando muito bem.

Não era hábito de Yashim trocar apertos de mãos, mas ele aceitou a de Lefèvre e a apertou com polidez. Palewski abriu a boca para falar, quando o francês acrescentou:

— Eu não esperava um convite tão generoso.

Era um homem pequeno, de andar ligeiramente curvado, compleição delicada, barba branca bem curta e voz suave e sibilante, quase um ceceio.

— Mas estou encantado, monsieur...

— Lefèvre — Palewski emendou, por fim. — *Docteur* Lefèvre é arqueólogo, Yashim. É francês. Eu... tinha certeza de que você não se incomodaria.

— Mas não, obviamente que não. É uma honra. — Os olhos de Yashim se iluminaram. Um francês para o jantar! Isso sim era um desafio decente.

Palewski colocou sua valise sobre a mesa e abriu o fecho. — Champanhe — anunciou, tirando da maleta duas garrafas verdes. — Vem de um belga de Pera. Ele me assegurou que pertence a uma remessa originalmente destinada à mesa do sultão Mahmut, então provavelmente deve ser uma porcaria.

— Estou certo de que é excelente. — Lefèvre sorriu de modo malicioso para Yashim.

O embaixador fitou-o calmamente. — Prefiro pensar que a doença do sultão fala por si, Lefèvre. Ela derrota os melhores médicos.

— Ah, sim. O inglês, dr. Millingen. — Lefèvre levou a mão à cabeça. — Com quem eu me consultei recentemente. Dor de cabeça.

— E está melhor?

Lefèvre ergueu as sobrancelhas. — Tem que ter esperança — disse, com ar triste.

Palewski assentiu. — Millingen até que não é tão ruim, para um médico. Embora tenha matado Byron, obviamente.

Yashim disse: — Byron?

— Lorde Byron, Yash. Um célebre poeta inglês. — Enfiou a mão na bolsa. — Se o champanhe não estiver bom, tenho isto aqui — acrescentou, exibindo uma garrafa mais fina e pálida, que Yashim imediatamente reconheceu. — Byron era um entusiasta da independência da Grécia — prosseguiu. — Até onde eu sei, ele em nenhum momento lutou com armas, e nunca disparou um só tiro, mesmo em um acesso de fúria. Morreu em 24, tentando organizar os rebeldes gregos, no cerco de Missolonghi. Pegou uma febre, Millingen era o médico dele.

Beberam o champanhe nas estreitas e compridas taças *flûte* de Yashim.

— Borbulha — disse Lefèvre.

— Não por muito tempo — Yashim acrescentou. — Dr. Lefèvre, bem-vindo a Istambul.

— A cidade destinada pela natureza a ser a capital do mundo. — Lefèvre fixou seus olhos escuros em Yashim. — Ela me atrai como uma sereia, monsieur. Não consigo resistir ao seu feitiço. — Esvaziou a taça e colocou-a silenciosamente na palma da outra mão. — *Je suis archéologue*.

Yashim trouxe uma bandeja na qual estava disposta uma seleção de *mezes* — a pele crocante de uma cavala, eviscerada e depois recheada com nozes e especiarias — *uskumru dolmasi*; alguns pequenos *böreks* recheados com queijo branco e endro; mexilhões servidos com uma mistura de pinhões; *karnıyarık*, pequenas berinjelas com carne de cordeiro temperada; e um pequeno prato de *kabak çiçeği dolmasi*, ou flores de abobrinha recheadas. Todas essas entradas eram *dolmasi* — pratos cujo aspecto externo não dava nenhuma pista sobre os tesouros escondidos em seu interior; e todos seguindo receitas aperfeiçoadas nas cozinhas do sultão.

Palewski encarava, meditativo, sua taça de champanhe. Lefèvre pegou uma flor de abobrinha e comeu.

— Como posso explicar? — começou Lefèvre. — Para mim, esta cidade é como uma mulher. De manhã, ela é Bizâncio. Claro que vocês sabem o que é Bizâncio, não é? Não é nada, é um vilarejo grego. Bizâncio é jovem, ingênua, muito simples. Ela sabe quem é? Sabe que está entre a Europa e a Ásia? Duvido. Alexandre veio e se foi. Mas Bizâncio: ela não se lembra de nada.

Sua mão flutuava sobre a bandeja.

— Mesmo assim, um homem aprecia a beleza dela. O senhor de Jerusalém e de Roma.

Palewski enterrou o rosto na taça.

— Constantino, o César, se apaixona. Quando é isso, 375 d.C.? Bizâncio é dele; ela combina bem com ele. E ele a eleva à dignidade imperial, dá a ela seu nome: Constantinopla, a cidade de Constantino. O novo coração do Império Romano. Ela merece tudo do bom e do melhor. Constantino toma relíquias e objetos do mundo antigo e os traz como presentes à cidade, como um homem que cobre de joias a amante. Ele traz a ela os quatro cavalos de bronze de Lisipo, que agora se encontram na catedral de São Marcos, em Veneza. Ele traz a ela a Coluna da Serpente, do Templo de Apolo em Delfos até o Hipódromo de Constantinopla. Ele traz a ela o tributo do mundo conhecido, dos Pilares de Hércules aos desertos da Arábia.

— E a mãe dele, também. Não se esqueça dela — acrescentou Palewski.

Lefèvre virou-se para o embaixador. — Santa Helena, é claro. Ela veio à cidade e desenterrou uma parte da Vera Cruz.

— Deviam fazer dela a santa padroeira dos arqueólogos, Lefèvre.

O francês piscou. — Todas as relíquias sagradas da fé cristã foram trazidas para a cidade — acrescentou. — Relíquias dos primeiros santos. Os pregos que prenderam Cristo na cruz. O cálice que Jesus usou na Última Ceia. O mais sagrado entre tudo que é sagrado, cavalheiros.

Ele ergueu a mão, os dedos bem estendidos.

— Dois séculos depois, o imperador Justiniano constrói a igreja das igrejas. Santa Sofia, a oitava maravilha do mundo. De menina pescadora, Bizâncio percorreu um longo caminho e progrediu bastante. — Fez uma pausa. — O que dizer? Os séculos de riqueza. A perfeição da arte bizantina. Cerimônias, derramamento de sangue, o imperador como regente de Deus Todo-poderoso.

Palewski concordou com a cabeça. — Até a chegada dos Cruzados.

Lefèvre fechou os olhos e concordou com um leve gesto de cabeça. — Ah. Ah. 1204, sim, a vergonha da Europa. Eu chamaria de estupro, monsieur. O estupro de uma cidade por soldados brutais da Europa ocidental. O diadema dela arremessado na poeira. Para nós é doloroso falar dessa época.

Selecionou um acepipe da bandeja.

— E, contudo, ela é uma mulher: se recupera. É uma sombra de si mesma, mas ainda assim tem seu charme. Assim, busca um novo protetor. Em 1453: a conquista turca. Ela se torna, então, Istambul. A prostituta de Mehmet.

Foi a vez de Yashim piscar.

— Os turcos; eles a amam. E assim, como uma mulher, mais uma vez ela torna-se bela. Não é mesmo?

Lefèvre observou os dois, em silêncio. — Mas talvez minha pequena analogia os desagrade. *Alors*, ela pode ser mudada. Ele estendeu bem as mãos, como um conjurador. — Istambul é também uma serpente, que troca de pele.

— E o senhor recolhe as peles descartadas.

— Tento aprender com elas, Excelência.

Palewski estudava a bandeja, agora com uma expressão carrancuda visível no rosto. — Boas *mezes*, Yashim — disse.

— Tudo *dolma* — ensaiou Yashim; pretendia explicar a teoria por trás de suas escolhas dos petiscos, mas Lefèvre inclinou-se para a frente e deu um tapinha no joelho de Palewski.

— Já viajei muito, Excelência, e posso dizer que toda comida de rua é boa no Levante, da Albânia ao Cáucaso — observou.

Palewski ergueu os olhos. Mais tarde, disse a Yashim que a visão do rosto do eunuco naquele momento havia lhe dado o primeiro prazer da noite.

Lefèvre lambeu os dedos e limpou-os num guardanapo. — "A singular contribuição dos turcos", acredito que isso esteja correto, "para a *dégustation* da Europa civilizada", perdoe-me, monsieur, estou só citando, "é o suco aromático do grão árabe: em suma, o café". — E deu uma risada.

— Não se pode acreditar em tudo que lemos nos livros — comentou Palewski, olhando de relance para seu amigo.

— Mas eu acredito. Acredito em tudo que leio nos livros. — Lefèvre umedeceu os lábios com a ponta da língua. — Um hábito profissional, talvez. Cartas. Diários. Memórias e relatos de viajantes. Escolho cuidadosamente minha literatura. Informações triviais podem por vezes se mostrar bastante úteis, não concorda, monsieur?

Yashim concordou lentamente com a cabeça. — Certamente, mas para cada pedacinho de informação útil é preciso rejeitar outras cem.

— Ah, sim, talvez o senhor tenha razão. — Jogou o corpo para trás, unindo os polegares. — Já ouviu falar de Troia?

Yashim fez que sim com a cabeça. — Uma vez o Sultão Mehmet alegou ser de ascendência troiana. E atribuiu a queda de Constantinopla a uma vingança dos gregos.

— Que interessante. — O francês cutucou o lábio inferior. — Eu estava prestes a sugerir que um dia descobriremos as ruínas da cidade que Agamêmnon saqueou.

— O senhor acredita que ela exista?

Lafèvre esboçou um sorriso. — Mais que isso. Creio que ela será encontrada exatamente onde a lenda sempre disse que estava. A pouco mais de cem quilômetros de onde estamos aqui sentados: Troas.

— E o senhor vai escavar por conta própria?

— Eu escavaria, se obtivesse permissão aqui. Mas para isso, e para tudo mais, é preciso ter dinheiro.

Uma golfada de ar agitou as cortinas, e uma argola tilintou levemente no parapeito.

— Mas claro — Lefèvre continuou —, às vezes essas coisas podem simplesmente cair no nosso colo, sem que a gente precise se esforçar. Precisamos apenas ler com cuidado e aprender por onde procurar.

Ele bebericou seu champanhe. Palewski levantou-se e abriu a segunda garrafa, com um estalo.

— Receio que o senhor nos considere bastante desleixados com o passado — disse Yashim. — Nem sempre cuidamos das coisas como deveríamos.

— Sim e não, monsieur. Não reclamo. Esse tipo de desleixo pode ser uma benção para o arqueólogo. Tudo que ele tem a fazer é ir para seu Atmeidan, o antigo hipódromo dos bizantinos, para ver que todos os monumentos estão lá, intactos. Com exceção da Coluna da Serpente, é claro. A coluna perdeu as cabeças, o que não é culpa dos turcos.

De repente, Palewski ergueu sua taça e deu um gole.

— Ninguém se lembra mais, creio eu — Lefèvre prosseguiu. — Mas as cabeças de bronze foram arrancadas da coluna há mais de um século. E pensar no que aqueles olhos testemunharam nas centenas de anos junto ao oráculo délfico! — Ele se virou na direção de Palewski. — Vandalismo de estrangeiros, Excelência.

— É vergonhoso — Palewski murmurou.

— Sim. — O francês franziu as sobrancelhas e inclinou-se para a frente, apontando para Palewski. — Sabe, eu me lembro de uma história em que compatriotas seus são os responsáveis! Jovens do corpo diplomático polonês, um século antes. Tenho certeza de que estou certo. Contudo, é como eu sempre digo, nunca se sabe o que pode cair inesperadamente no nosso colo. E de forma lucrativa, também, para todas as partes interessadas. — Fez uma pausa. — A meu ver, quase sempre compensa acreditar no que se lê.

No silêncio que se seguiu a esse comentário, Yashim exibiu seu prato principal, um suculento ensopado agridoce de cordeiro e ameixas secas, seguido de um *pilaf* amanteigado. Lefèvre esfregou as mãos e decretou que a comida era excelente. Ele já tinha visto e sentido o cheiro da iguaria cozinhando no braseiro. Acabaram com a segunda garrafa enquanto ele detalhava seus planos de deixar Istambul e percorrer os monastérios gregos no leste. — Trabzon, Erzerum. Homens magníficos, homens ignorantes — ele disse aos dois, balançando a cabeça.

— Devo afirmar, Excelência, que foi uma noite deliciosa. Dizem que um visitante padece com a falta de uma boa companhia em Istambul, mas não vejo nem sinal disso. Absolutamente nenhum sinal.

E foi embora pouco depois, assim que acabou todo o champanhe, insistindo que conseguia chegar sozinho em casa. Yashim desceu com ele o beco, acompanhou-o até Kara Davut e encontrou para ele uma liteira.

— Até um dia desses — Lefèvre gritou, com um aceno; depois os carregadores ergueram a cadeira nas costas e saíram em trote, e Yashim não conseguiu pegar o final do adeus.

Deu meia-volta e começou a caminhar beco acima, repassando a conversa da noite. Por um momento teve a impressão de que alguma coisa se movia no topo do beco, onde uma vela votiva queimava num vão. Mas quando dobrou a esquina o beco estava escuro, e ele só ouvia o som dos próprios passos. Antes de chegar à sua porta, mais uma vez virou a cabeça, involuntariamente, olhando para trás.

Palewski abriu de chofre a porta assim que Yashim chegou ao patamar da escada. Segurava pelo gargalo a garrafa de vodca.

— Não é a primeira vez que ele menciona aquelas cabeças das serpentes, Yashim. Foi a mesma coisa quando nos conhecemos. — Então um pensamento ocorreu subitamente a Palewski. — Sabe de uma coisa? Se ele pedir pra me ver de novo, vou dizer que não. Certamente não vou perdê-lo de vista — acrescentou, paradoxalmente, destampando a garrafa.

Muito tempo atrás, num momento de entusiasmo, Palewski mostrara a Yashim um enorme armário que ficava no topo da escadaria na Residência Polonesa. Girando a chave na fechadura, escancarou as portas para revelar duas das três cabeças de bronze que outrora haviam adornado a Coluna da Serpente no Atmeidan. Depois que os dois permaneceram alguns minutos fitando de olhos arregalados as cabeças, Palewski fechou abruptamente a porta e disse: — Pronto. Isso vinha me corroendo havia anos. Mas agora você sabe, e eu estou contente e aliviado.

— Nem mesmo Lefèvre vai procurar dentro daquele armário enorme as cabeças das serpentes, meu amigo.

Palewski deu uma sacudidela tão forte na garrafa que respingou vodca no punho. — Pelo amor de Deus, Yash! — Olhou de relance para a porta, com expressão furiosa. — O francês ia cair em cima, rápido feito uma dose de purgante. — Lambeu o punho. — E "de forma lucrativa para todas as partes interessadas" uma ova. Ele sente o cheiro delas, não faço ideia de como consegue. — Serviu duas doses e bebeu a sua de um só gole. — Ah, agora sim. Isso aqui limpa o sistema. Mas olha, eu acho que o homem deve ser um tipo de ladrão, Yashim. Ele sabe demais. Desculpa por ter trazido ele aqui. Não consegui me livrar dele.

— Meu velho amigo, o que a gente precisa é nunca mais vê-lo.

— Vou beber a isso — disse Palewski.

E bebeu.

## 9

— Você não é o que eu esperava — disse Madame Mavrogordato. Não era uma reprimenda. Era uma declaração de fato.

Ela sentou-se toda aprumada numa cadeira de madeira entalhada, os cabelos preto-azeviche presos por cima da cabeça e cobertos de broches. Tinha o rosto de um deus capadócio, com sobrancelhas pretas e retas e lábios bem delineados. Yashim piscou e oscilou sobre os calcanhares. Madame Mavrogordato também não era o que ele esperava.

A rigor, o equilíbrio era uma coisa boa, mas hoje o seu próprio equilíbrio estava delicado. Yashim sentia-se tonto. Suas têmporas latejavam. Sua boca estava seca. Palewski provavelmente estava certo, e o sultão estava realmente morrendo por causa daquele champanhe. Ele gostaria de ter ignorado o bilhete e ter ido primeiro ao *hammam* — devia ao menos ter tomado um pouco de sopa. Sopa de tripas, melhor. Palewski, tendo descido com cautela as escadas no meio da noite, ainda devia estar dormindo confortavelmente em sua cama.

O bilhete fora entregue em mãos, bem cedo. Enquanto os homens, de um jeito ou de outro, consultavam Yashim sobre dinheiro, e às vezes sobre a morte, era bem mais raro que as mulheres o chamassem. Geralmente as mulheres se preocupavam com seus maridos, ou seus servos — ou uma mistura dos dois; e às vezes não queriam nada além de satisfazer uma curiosidade sobre Yashim. Ele estava ligado ao palácio; vivia na cidade; por isso elas inventavam pequenos problemas e o convocavam para alegrar seu dia. Em circunstâncias normais, mesmo as mulheres cristãs teriam pensado duas vezes antes de convidar um homem para ir a seu apartamento; mas Yashim estava acima de qualquer suspeita. Elas o chamavam, polidamente, de *lala* ou guardião. Numa cidade de um milhão de pessoas, apenas um punhado de homens era merecedor do título, e a maioria dos *lalas* trabalhava nos apartamentos dos palácios do sultão.

Madame Mavrogordato não o chamou de *lala*. Ela jamais teria problemas com servos.

A mansão Mavrogordato erguia-se, sobranceira, atrás de muros altos e enegrecidos pelo fogo no distrito de Fener, a meio caminho subindo para o Corno de Ouro. Yashim também vivia em Fener, mas isso não fazia deles vizinhos: a casa dele era um pequeno e humilde apartamento na parte de cima de um beco. Durante os motins gregos, 18 anos antes, o distrito fora devastado por um incêndio; do outro lado dos muros, a mansão era inteiramente nova. Assim também eram os Mavrogordato.

Mas era difícil dizer quão novos. Durante séculos, certas famílias gregas de Fener tinham abastecido o Estado otomano com dragomanos, governadores, sacerdotes e banqueiros; mas muitas se ligaram ao movimento de independência da Grécia, e depois dos motins essa pretensa aristocracia fanariota praticamente desapareceu. Os Mavrogordato pertenciam a um círculo de ricas famílias que faziam o mesmo tipo de negócio da aristocracia de Fener, e até o nome deles era bem parecido. Mas não era exatamente o mesmo nome, e não eram as mesmas pessoas.

Yashim fez uma mesura. Madame Mavrogordato imediatamente dirigiu seus olhos pretos para um enorme relógio de pé alemão junto à parede do escuro apartamento.

— Você está atrasado — ela disse.

Yashim olhou de relance para o relógio. Além dele, havia outro, sobre uma mesinha marchetada. Atrás de madame Mavrogordato, mais um, um relógio americano pendurado na parede, com um pequeno painel de vidro através do qual se podia ver o pêndulo ritmicamente refletindo a luz suave no enorme aposento de venezianas fechadas. Entre as janelas, havia outro relógio de pé. Seus ponteiros indicavam que passava um pouco das dez horas.

— Por que você não usa o fez?

— Não sou funcionário do governo, *hanum*. Tenho quase 40 anos e creio ser velho o bastante para escolher o que considero confortável. Assim como gosto de escolher para quem trabalho — acrescentou, calmamente.

— O que você quer dizer com isso?

— Eu vivo modestamente, *hanum*. Prefiro me manter ocupado a ficar à toa, mas posso ficar à toa, também.

Madame Mavrogordato pegou uma sineta prateada em seu cotovelo e tocou. Uma criada apareceu na porta, sem fazer ruído. — Café. — Ela encarou Yashim por um momento. — Não permito que ninguém fume nestes aposentos.

Ela apontou uma rígida cadeira francesa. A criada retornou com o café, em meio a um silêncio ritmado apenas pelo tique-taque dos quatro relógios de madame Mavrogordato. Yashim bebericou. Era um bom café.

— Talvez isso o surpreenda, mas eu também já vivi modestamente — disse madame Mavrogordato. — Pegou do colo uma fieira de contas, que começou a passar entre seus dedos finos e brancos. — Aquele tempo, espero, já passou. O sr. Mavrogordato e eu trabalhamos muito, e por vezes tivemos a boa sorte que outros não tiveram. Tenho certeza de que você entende o que eu quero dizer, assim como quando digo que eu não vou permitir que nada coloque em risco essa boa sorte. — Uma a uma, as contas deslizavam entre seus dedos. — Você deve ter ouvido dizer que o sr. Mavrogordato é búlgaro. Não é verdade. Ele vem de uma família eclesiástica, que no passado era de Varna. Tenho laços de sangue com a família Mavrogordato, e sou ligada pelo casamento ao sr. Mavrogordato. Desde cedo eu vi seu talento para as finanças. Ele é bom com números. Gosta deles. Mas não é um homem ousado.

Olhou Yashim direto nos olhos. Yashim assentiu com a cabeça. O sr. Mavrogordato obviamente era búlgaro. Yashim não se importava. Supôs que, deixado à própria sorte, talvez o homem acabasse cuidando da contabilidade de alguma igreja de província. Em vez disso, tornou-se um rico mercador na capital do Império Otomano, guiado pela mulher que, por ter reivindicado participação no legado dos Mavrogordato, deu a ele o empurrão de que precisava. Uma mulher de ousadia e coragem indiscutíveis.

— Meu marido é um homem de temperamento brando e hábitos regulares. Cabe a mim manter uma casa silenciosa, em ordem e adequada. Qualquer coisa que perturbe o sr. Mavrogordato em seu trabalho também nos perturba aqui.

Madame Mavrogordato, Yashim notou, nem sequer tocara seu café.

— Sei muito pouco de negócios — disse Yashim.

— Não é necessário que você saiba. O que exijo é certa... inteligência. E discrição. — Fez uma pausa. Yashim permaneceu em silêncio. — E então?

— Espero, *hanum*, que eu seja discreto.

Os lábios dela se comprimiram. — Yashim *efendi*, meu marido recebeu a visita de um francês, que pediu um pequeno empréstimo. Ao longo da conversa, o homem fez certas ofertas um tanto inquietantes para meu marido. Depois pude ver sua agitação.

— Yashim piscou. — Ofertas, *hanum*?

— Ofertas. Promessas. Para mim é difícil dizer.

— Acha que seu marido estava sendo chantageado?

O rosto de madame Mavrogordato permaneceu impassível, mas ela torceu o colar de contas em suas mãos com tanta força que Yashim achou que ele fosse quebrar. — Não acho. Meu marido não tem nada a temer. Acho que o francês queria vender alguma coisa a ele.

— A senhora acha mas não tem certeza?

— Meu marido não esconde nada de mim, mas não conseguiu se lembrar exatamente do que o homem disse. Se é que, de fato, ele disse alguma coisa. Foi mais uma questão de... de tom. Como se ele estivesse insinuando alguma coisa.

— Maximilien Lefèvre — disse Yashim.

Madame Mavrogordato olhou-o de modo penetrante. — Isso mesmo. O que mais você sabe?

Yashim abriu as mãos, num gesto largo. — Muito pouco. Lefèvre é arqueólogo.

— Muito bem. Eu... quer dizer, meu marido e eu... gostaríamos que você descobrisse um pouco mais. Se possível, eu gostaria que você encorajasse o monsieur Lefèvre a conduzir sua... pesquisa... em outro lugar. Não gosto de perturbações.

Yashim espichou o lábio inferior. — Posso tentar descobrir alguma coisa sobre Lefèvre. Mas eu deveria falar com seu marido.

Os olhos de madame Mavrogordato eram preto-azeviche. — É suficiente ter falado comigo.

Ela pegou a sineta e tilintou. Uma criada apareceu, e Yashim pôs-se de pé para ir embora.

— Uma coisa — acrescentou ele, ao chegar à porta. — Seu marido deu a ele o empréstimo?

Madame Mavrogordato contraiu o maxilar:

— Isso — começou a dizer, e com a hesitação Yashim percebeu que ela era bem mais jovem do que ele originalmente pensara; nem sequer chegara aos 40 anos. — Eu... eu nem perguntei.

## 10

Quando Yashim seguia o lacaio pelo corredor, uma porta abriu-se e um jovem seguiu em sua direção.

— Você, um momento — disse o rapaz. — Pode ir, Dmitri. Eu o acompanho até a saída.

O jovem estava na casa dos vinte e poucos anos. Tinha uma espessa cabeleira preta e compleição robusta, com ombros largos e um maxilar que ainda não perdera a camada gordurosa típica do rosto de crianças. Trajava um *stambouline*, a gola engomada com uma gravata larga de seda, calças cor de chumbo bem justas e um par de sapatilhas de couro pretas. Era quase tão bonito quanto a mãe — a semelhança era impressionante —, mas seus olhos eram menores, mais severos; em contraste, em torno de sua boca havia uma suavidade de que Yashim gostou bem menos.

— Bom dia — cumprimentou o eunuco, de modo cortês.

O rapaz franziu a testa e encarou Yashim com olhar carrancudo.

— Vi você entrar. Você estava falando com a minha mãe.

Yashim ergueu uma sobrancelha, e não respondeu.

— Vocês falaram de mim? — perguntou o jovem, abruptamente.

— Não sei. Quem é você?

— Meu nome é Alexander. Mavrogordato — acrescentou, em tom agressivo, como se já esperasse que Yashim não fosse acreditar.

Yashim pensou um momento. — Não, não conversamos sobre absolutamente nada referente ao senhor. Deveríamos?

O jovem olhou com desconfiança. — Você está dando uma de esperto?

— Espero que sim, sr. Mavrogordato. Mas agora, se me permite...

O jovem esticou o braço e agarrou a manga de Yashim. — Por que você está aqui, então?

Yashim abaixou lentamente os olhos para a mão em sua manga, e franziu as sobrancelhas. Houve uma pausa, e então o rapaz soltou o braço. Yashim esfregou a mão pela manga amarrotada.

— Talvez o senhor queira discutir o assunto com sua mãe. E não me detenha novamente.

Ele se esquivou do rapaz, e ao passar por ele sentiu no rosto seu hálito forte, carregado e azedo.

## II

Segurando a lamparina numa das mãos, Goulandris inspecionava as estantes enfileiradas em seu pequeno cubículo no Grande Bazar. De vez em quando esticava o braço para colocar os livros em ordem e fechar os espaços vazios. Satisfeito, voltou para seu banquinho, colocou a lamparina sobre a mesa e apagou a chama.

Uma sombra caiu sobre a mesa. Goulandris ergueu a vista, sem entusiasmo.

— A loja está fechada — disse ele. Moveu a cabeça para enxergar melhor, mas a figura na porta estava contra a luz. — Volte amanhã.

E virou a cabeça mais uma vez, na esperança de identificar o homem na porta. Se ele voltasse amanhã, era sinal de que estava ávido: Goulandris queria ser capaz de reconhecê-lo novamente.

— Tinha um livro — disse o homem, lentamente.

O livreiro suspirou. Abriu a gaveta e jogou dentro a pequena caderneta. Fechou a gaveta com ambas as mãos.

— Tem muitos livros — respondeu, em tom rabugento. — Amanhã.

As sombras ficaram mais escuras: Goulandris teve a impressão de que o homem dera um passo adiante, para dentro do cubículo. Mas para ele, com apenas um olho, era difícil dizer.

Mas, sim, a voz parecia estar mais próxima agora.

— Nem tantos. Só um. Um livro em latim, não é? Tenho certeza de que você se lembra.

Goulandris engoliu em seco. Afastou-se um pouco da mesa, permitindo que sua mão tentasse alcançar uma pequena campainha numa prateleira baixa atrás de seu banquinho.

— Agora não — disse. — Estou indo para casa.

O homem estava próximo à mesa. — Por favor, sr. Goulandris, não toque nesta campainha.

Goulandris se deteve. Começou a se levantar do banquinho, apoiando as duas mãos na mesa.

Mas o desconhecido, aparentemente, não queria que Goulandris voltasse algum dia a se levantar.

# 12

Aram Malakian pegou um punhado de chaves em seus dedos longos e finos e encaixou uma na fechadura.

— Paciência, paciência — murmurou, com um sorriso. A fechadura deu um estalido e os portões de metal de sua loja se entreabriram.

— Entre, meu amigo. Você tem que olhar e tocar, e eu tenho alguns tesouros novos que eu queria mostrar a você. Não estou pedindo que compre nada, hoje não vamos falar disso, mas apenas que olhe e admire o artesanato que existia no passado. Sente-se, por favor. Vamos tomar um chá juntos, Yashim *efendi*.

Aram estalou os dedos e um menino veio correndo atender seu pedido.

— Não, não. Por favor, não vamos olhar ali, isto é para pessoas que não entendem nada de nada. Abençoados sejam os ignorantes! Tenho algumas peças que são interessantes.

Pegou uma bolsa de linho e despejou várias moedas sobre a mesa baixa. — O médico inglês, dr. Millingen, é um grande colecionador de moedas. Acho que ele vai querer estas aqui.

Yashim deu um suspiro. — Incrível. Todos os colecionadores vêm à sua loja, não é?

O velho armênio sacudiu a cabeça, num gesto nem de sim nem de não.

— Lefèvre, por exemplo. Um francês.

— Monsieur Lefèvre. Eu o conheço, sim. É um arqueólogo de vasto conhecimento.

— Em que tipo de coisa ele tem interesse?

Malakian pegou uma semente de girassol e partiu-a entre os dentes. — Obras bizantinas. Prataria, mosaicos, joias. Ícones antigos. Incunábulos e manuscritos ilustrados com iluminuras.

— Incunábulos?

— Os primeiros livros impressos. Obviamente essas coisas são bastante raras, a menos que se saiba onde procurar. Esse é o primeiro passo.

Yashim esperou que ele continuasse. — E depois?

— Yashim *efendi*, o que vou dizer? Não sou um caçador. Eu me sento e espero, e se de vez em quando o tesouro abrir caminho até mim, fico contente. Já Lefèvre... ele é arqueólogo.

— Ele faz escavações, sim.

— Acho que ele escava, sim, mas nem sempre com uma pá. — Malakian esfregou o lóbulo da orelha. — Tenho um primo, *efendi*. Ele é monge, em Erzerum. Um francês visitou seu monastério, poucos anos atrás, para estudar; eles têm um famoso *scriptorium*. Muitos, muitos livros velhos e raros, e muitos padres velhos e ignorantes. O francês mostrou ao bibliotecário alguns livros seriamente danificados. Em sinal de gratidão pela ajuda dos padres ao seu trabalho, ele se ofereceu para consertar os livros.

— Em Istambul?

Malakian balançou a cabeça de um lado para o outro, como uma velha tartaruga.

— *Tchah*! Cadê o chá? Em Istambul, sim. Mas depois escreveu ao bibliotecário, explicando que o melhor encadernador para a tarefa estava na França, em Dijon. Isso já faz quase três anos.

Yashim arqueou as sobrancelhas. Malakian ergueu a mão.

— De fato, os livros voltaram. Este ano, acho. Depois de muito tempo, mas estavam bem encadernados, e o bibliotecário ficou contente. Mas infelizmente, a alegria dele durou pouco. Algumas páginas ilustradas dos originais haviam sumido. O encadernador em Dijon era descuidado ou desonesto? Difícil dizer. Lefèvre parou de responder às cartas. Entende? Não acho que tenha sido um caso isolado. Lefèvre parece ser um homem esperto, bem informado. Sabe avaliar a qualidade, melhor que os pobres monges que ele manipula. Mas tem tido sorte também.

— Sorte? Quer dizer que às vezes ele encontra o que quer por acaso? Certamente todos os antiquários têm experiência pra isso.

— Não, *efendi*. Não é a essa sorte que eu me refiro. — Encarou Yashim com olhar entristecido. — Três dias atrás vendi uma moeda falsa a um dragomano na embaixada russa. Consegui um preço muito bom. — Fez um gesto de cabeça, pensativo. — Eu sei, você está chocado. Posso ver no seu rosto. Talvez esteja pensando: nunca mais vou comprar nada de Aram Malakian. Então, o que tenho a perder?

— Minha confiança, talvez.

Malakian sorriu e balançou a cabeça. — Mas veja, *efendi*, nós dois sabíamos que a moeda era falsa. Porque foi feita na mesma época da moeda verdadeira, é um item de colecionador. Agora, bem assim — estalou seus dedos afilados —, recuperei a sua confiança, espero.

Antes que Yashim pudesse responder, o menino do chá subitamente reapareceu, lançando-se contra o portão de dobradiça.

— A ronda noturna! — Falava de modo ofegante. — No bazar de livros. Dizem que há sangue por toda parte. Vou lá ver!

Malakian virou-se lentamente. — Sangue?

O menino saiu correndo como uma flecha, a bandeja vazia balançando em suas mãos.

— Tolice — Malakian resmungou. Parecia ansioso. Começou a recolher as moedas e devolvê-las à bolsa de linho. Yashim notou que as mãos dele estavam trêmulas. — Eu estava falando de confiança. Algumas palavras e puff! A confiança desaparece. — Ele jogou a bolsa dentro da gaveta, que fechou à chave.

Yashim assentiu com a cabeça, lentamente.

— Às vezes eu acho que Lefèvre deve ter esquecido que monges ignorantes enclausurados e isolados do mundo ainda contam com amigos e protetores poderosos. Nós armênios somos um povo pequeno e procuramos não fazer inimigos. Mas e os gregos? Estou surpreso que Lefèvre tenha voltado a Istambul. Acho que ele abusa demais da sorte.

Malakian fez uma pausa e passeou os olhos pelo cubículo. — Sinto muito, *efendi*, mas precaução nunca é demais. O menino fala de morte e sangue. Pode ser obra de ladrões, para nos assustar. Deixamos nossas lojas para ir lá olhar e paff, eles entram. Entende?

Yashim pôs-se de pé. — Fique aqui — disse. — Vou lá ver.

## 13

O mercado estava um rebuliço: Malakian não era o único comerciante a tentar precipitadamente proteger suas mercadorias, fechando as venezianas, enquanto fregueses ansiosos corriam para os portões. Seguindo os passos do menino do chá, Yashim esperara encontrar uma confusão cada vez maior nas imediações do bazar de livros; em vez disso, à medida que se aproximava, a atmosfera ia ficando mais tensa e fria, e na ruela propriamente dita mal se ouvia qualquer som.

Uma multidão de homens em silêncio bloqueava sua visão.

— Palácio — murmurou. Os homens abriam caminho automaticamente, sem sequer olhar para ele. Yashim avançou, com uma das mãos erguida, e foi saudado por um homem pálido trajando o uniforme vermelho da guarda do mercado.

— Palácio — Yashim repetiu, sucintamente. — Um homem morto?

— Isso mesmo, *efendi*. — O guarda engoliu em seco. — Ainda estamos tentando encontrar o cádi.

— Você sabe o que aconteceu?

— A porta estava fechada, *efendi*. Só isso. Pode ter estado fechada a noite toda, e parecia trancada. Quero dizer, com a barra e tudo.

— Você notou isso na ronda noturna?

O guarda se mexeu, nervosamente. — Bem, *efendi*, não exatamente. Eu... eu não me lembro. Foi só hoje de manhã, cerca de uma hora atrás, que nós vimos a barra ainda para cima, e o cadeado... estava só pendurado. Não dá para ver essas coisas no escuro, *efendi*.

— Mas à luz do dia... você achou estranho?

— Todos os comerciantes já tinham entrado. Talak, que é o meu colega, disse que devíamos dar uma olhada. Bati na porta com a minha vara. Parece um pouco estúpido, não é? Com a porta destrancada pelo lado de fora.

— Não, eu entendo — disse Yashim. Ele já tinha visto isso, a maneira como uma morte súbita torna sem sentido as coisas que as pessoas faziam e diziam. O assassinato, acima de tudo, subvertia a ordem natural da criação divina: só se podia esperar que seguissem em seu encalço o irracional e o absurdo. — Ninguém atendeu, e você abriu a porta?

O guarda confirmou com a cabeça. — Estava escuro. Tínhamos apagado as lanternas e eu não vi nada que me preocupasse, pelo menos no começo. Toquei alguma coisa com o meu pé, e quando me abaixei vi que era algum pergaminho. Estava grudado no chão. Então senti que as minhas botas também estavam grudando no chão. Olhei atrás da mesa, e... — Estremeceu. — Goulandris.

— O livreiro? Me mostra.

O guarda pareceu indeciso. Olhou de relance para a multidão. — Eu tenho que ficar do lado de fora — explicou. — Quando Talak trouxer o cádi...

— Eu não vou demorar — disse Yashim. Passou pelo guarda e empurrou a porta verde do cubículo de Goulandris. Do lado de dentro estava abafado e escuro, com um cheiro metálico. Ele afastou-se da porta para enxergar melhor, e rapidamente passou os olhos pelo lugar. Conhecia o aposento. Goulandris negociava muitos tipos de obras em grego clássico e moderno, livros judaicos de religião, pergaminhos imperiais, mas, pelo que conhecia de livros, o velho podia estar vendendo maçãs ou sandálias; na melhor das hipóteses era possível dizer que sabia ler e escrever em grego. Ele estipulava o preço de suas mercadorias, até onde Yashim sabia, lendo a expressão no rosto de seus clientes: um negociante velho, rude e astuto.

Inclinando-se para a frente a fim de olhar atrás da mesa franca, Yashim viu que Goulandris estipulara o preço de seu último livro.

O corpo estava entalado entre a mesa e o banquinho, apertado contra a parede; seus braços finos acima da cabeça, pulso com pulso, a cabeça esmagada contra os joelhos dobrados. Manchando o chão, havia uma quantidade impressionante de sangue escuro e pegajoso, como o guarda fora o primeiro a perceber, mas a nuca cintilava, quase uma fagulha branca em meio à luz fraca. Yashim tocou os braços do homem: estavam bastante frios. Pegou o cabelo grisalho do escalpo de Goulandris, e com um tremor de relutância, puxou sua cabeça para trás: ela deslizou entre os braços, que se moveram rijamente para a frente, refreados pelo *rigor mortis*. Yashim olhou para baixo e resmungou; depois, cuidadosamente, tirou do bolso um lenço, que amarrotou até formar uma bola e enfiou na garganta do homem. Tentou não olhar o único e brilhante olho de Goulandris.

O lenço saiu limpo.

Mas havia muito sangue no chão.

Yashim ficou imóvel por um instante. A luz ficou mais fraca, e havia um homem na porta. — O cádi está a caminho, *efendi*.

— Que bom. Isto... é da alçada dele. Ele vai saber que providências precisam ser tomadas.

— Mas o senhor, *efendi*...

— Não, meu amigo. Vou ao palácio. Não se preocupe — acrescentou, quando viu o guarda recuar um passo. — Você fez tudo certo. E tudo que podia.

E saudaram-se mutuamente, levando uma das mãos ao peito.

## 14

Malakian estava parado na frente de sua loja, hesitante, com um cadeado nas mãos.

— Goulandris? Incrível. Quem ia querer matá-lo? Era um homem tão velho.

— Sabia muito pouco sobre livros.

— Muito pouco? Você é que está dizendo, *efendi*. Mas teimoso, sim. Isso é horrível.

Yashim balançou a cabeça. Lembrou-se de outro amigo grego, velho e teimoso, George, espancado e deixado para morrer na rua. Como Goulandris, ele também era comerciante. — O que você sabe sobre a Hetira, Malakian?

Malakian esfregou a ponta de uma de suas enormes e achatadas orelhas com seu polegar e seu indicador. — Pergunte a um grego, *efendi*. Isso aí é coisa grega. Não tenho como saber.

— Mas a palavra significa alguma coisa para você.

Malakian franziu o cenho. — Esta é minha loja, Yashim *efendi*, no bazar, como sempre. Aqui é barato, sim. Em Pera você vai encontrar muitas lojas novas, mas Pera é cara.

Yashim balançou a cabeça. — Não estou entendendo.

— Sou um homem teimoso, como Goulandris. Mas eu não sou grego. Então.

— Por que a Hetira ia querer expulsar os gregos?

Malakian não disse nada, simplesmente deu de ombros.

## 15

Yashim parou no mercado de peixes no Corno de Ouro. Ainda aborrecido com a indiferença do francês com os *dolma* que preparara com tanto carinho, escolheu dois *lüfer*, a enchova que toda Istambul tomava por padrão de excelência. Observou o peixeiro abrir o ventre dos peixes e remover as entranhas, girando o polegar.

Yashim sentia orgulho de Istambul — orgulho de seus mercados, a cornucópia de frutas, legumes e verduras perfeitos que para eles afluíam todo dia, orgulho das ovelhas da Anatólia, que às vezes apareciam balindo e perambulando pelas ruas estreitas. Que outra cidade do mundo poderia produzir peixes capazes de fazer frente ao frescor ou à variedade oferecida pelo Bósforo, uma rodovia provida de barbatanas e que rasga o coração de Istambul? Ora, em qualquer estação do ano era possível praticamente ir caminhando até Uskudar na torrente de peixes que passava ao longo do estreito...

— Não lave — ele pediu, prontamente. O peixe começa a deteriorar a partir do momento em que perde sua delgada camada protetora.

— Bah!, temos tão pouca água — grunhiu o peixeiro. — O abastecimento está fraco de novo.

Mas a água fluía: era isso que importava. Às vezes, de pé na colina de Pera, olhando além do Corno de Ouro para o horizonte familiar da cidade, marcado pelos grandes domos das mesquitas de Sinan, ou passando pela mixórdia de prédios — mesquitas, casas, caravançarás, igrejas, mercados cobertos, lojas — que alinhavam a costa de Istambul do Corno, Yashim achava incrível que a cidade continuasse funcionando dia após dia. Incrível que ela não simplesmente explodisse ou se fizesse aos pedaços, ou que pelo menos não afundasse em meio à confusão de ovelhas balindo, legumes e verduras apodrecendo, e homens gesticulando e berrando em vinte línguas, incapazes de andar para a frente ou para trás nas ruas apinhadas.

Mas, toda vez que olhava mais de perto, talvez no nível de uma determinada rua, ele ficava espantado pelo ar de ordem invisível que mantinha tudo e todos fluindo suavemente, como as águas nos canos e aquedutos. De modo que quando um homem era assassinado, e outro atacado — ambos comerciantes, ambos gregos —, eles pareciam, inevitavelmente, pertencer a algum tipo de economia oculta da cidade, um único canal de comércio sobrecarregado de ameaça e brutalidade.

Yashim entregou uma das anchovas às freiras do hospital.

— Talvez ele consegue comer um pouco disto? — arriscou.

A enfermeira sorriu. — Vai fazer bem a ele.

— E talvez, então, se ele pode comer, pode falar um pouco?

Ela sorriu com os olhos. — Tudo bem, *efendi*. Se ele não estiver dormindo, você pode falar um minuto com ele. Não mais que isso, por favor.

Yashim curvou-se numa mesura.

George parecia pior do que na primeira vez que o vira à luz subaquática do reformatório, pois o hematoma do lado da cabeça tinha crescido. Ainda estava coberto de bandagens, com um olho tapado; o outro espiava com dificuldade através da pálpebra inchada e protuberante. Sua respiração, contudo, parecia normal agora.

Yashim agachou-se junto à cama. — Vão servir a você um pouco de peixe hoje. *Lüfer*.

— Sopa demais — disse George, por fim. Sua voz era um coaxo.

— Você é um homem grande. Peixe é só o começo. Vamos providenciar carne de verdade para você daqui a alguns dias.

George emitiu um som frouxo e sibilante entre os lábios. Parecia ser uma risada. — Difícil cagar — grasnou.

— É, bem, deve ser mesmo. — Yashim franziu a testa. — As freiras vão saber.

George fechou o olho bom, concordando. Yashim chegou mais perto. — O que aconteceu, George?

— Eu esquece — sussurrou.

— Tente se lembrar. Você foi atacado.

O olho abriu uma fresta. — Escorrega, caí.

Yashim jogou o corpo para trás e voltou a se acocorar. — Você foi espancado sem dó. Quase morreu.

— Espancamento não, *efendi*. É acidente. Caí na escada.

— Então você se lembra disso?

O olho de George girou na direção de Yashim.

— Quem empurrou você, George?

O olho deslizou para longe. Nada.

— A Hetira?

Mas seu amigo fechara a veneziana do olho bom. O rosto inchado era incapaz de expressão.

George era um homem orgulhoso. Durão e orgulhoso o bastante para aguentar um espancamento — e também orgulhoso demais para falar.

Ou apavorado demais.

Na saída, Yashim tinha uma pergunta a fazer à freira.

— Apenas a esposa dele, *efendi*. Ela vem aqui todo dia. Ela fala o tempo todo. Ele é um bom homem. Dá ouvidos à esposa.

— E ela acha que ele sofreu um acidente?

A freira abaixou os olhos e respondeu com gravidade afetada. — Não julgamos as pessoas, *efendi*. Tentamos apenas curá-las.

Ela o olhou de relance, e Yashim virou de lado a cabeça. Murmurando um adeus, saiu para a rua, ouvindo atrás de si a freira fechando o ferrolho da porta.

## 16

A testa da viúva Matalya enrugava e desenrugava, conforme ela fazia sua contagem. Comprimia as gengivas desdentadas, e em seu rosto tremiam os pelos de uma enorme verruga preta. De quando em quando seus dedos se mexiam em espasmos. A viúva Matalya não se incomodava, porque estava dormindo.

Como sempre, estava sonhando com galinhas. Havia quarenta delas, das raças *leghorn* e *bantam*, na poeira do vilarejo anatólio em que ela nascera mais de setenta anos antes, e as galinhas de seu sonho eram exatamente iguais àquelas de que ela tomava conta quando moça, na ocasião em que o *sipahi* Matalya irrompeu em seu quintal, mandando as aves, grasnindo e esvoaçando, para o teto do cercado. O *sipahi* Matalya a levara para Istambul, é claro, porque ele era apenas um *sipahi* de verão. Os dois tiveram um casamento feliz até a morte dele, mas agora que seus filhos estavam crescidos, ela pensava com frequência naquelas aves. Acordada, ela se perguntava quem as tinha comido. Dormindo, conferia se estavam todas a salvo. Era bom ser jovem de novo, com tanta coisa pela frente.

Vinte e nove. Trinta. Espalhou um pouco mais de farelo e observou as galinhas bicando o chão. Trinta e uma. Trinta e duas. Ou tinha errado? O barulho do bico das galinhas batendo na terra a estava deixando confusa. Bam! Bam! Trinta e duas, trinta e três.

Os lábios pararam de se mexer. Os olhos da viúva Matalya se abriram. Com um suspiro, ela levantou-se pesadamente do sofá, ajeitou seu lenço de cabeça e foi até a porta.

— Quem é?

— É Yashim, *hanum* — soou uma voz. — Estou sem água.

A viúva Matalya abriu a porta. — É porque a torneira do quintal está entupida, *efendi*. Alguém virá arrumar. É preciso ter paciência.

— Estou com minha vasilha — disse Yashim, erguendo-a. — Vou sair e procurar um *su yolcu* na rua. Posso pegar um pouco de água para a senhora, *hanum*?

Yashim demorou meia hora, e quando voltou parecia irritado.

— Não precisa se preocupar com o tubo de subida do prédio. O problema é na rua inteira — ele disse. — Mas tem muita água depois de Kara Davut. Tome aqui, enchi sua vasilha.

— Obrigado, Yashim *efendi*. Se o homem vier eu mando ele embora. Vão consertar os canos, e amanhã teremos água de novo, *Inshallah*.

— *Inshallah*, *hanum* — Yashim respondeu.

Era um bom homem, refletiu a viúva Matalya, fechando a porta.

## 17

Yashim comeu o *lüfer* simplesmente grelhado, com um pouco de limão espremido e o pão que comprara do padeiro líbio no caminho de volta do *hammam*. Jogou os restos pela janela para os cães, fez um bule de chá e recolheu-se ao divã, carregando uma lamparina a óleo e um romance francês que tomara emprestado de um amigo no palácio. Adorava Balzac, saboreando a luz que ele despejava sobre o coração secreto de Paris, cidade de tanta falsidade e cobiça, que ele visitara muitas vezes em sua imaginação.

Abriu o livro e alisou as páginas. O ar da noite inundava a cidade, e Yashim podia ouvir os estalidos do prédio cada vez que as juntas de madeira afrouxavam, centímetro a centímetro conforme a noite esfriava. Na rua, um cachorro começou a latir, com latidos roucos e graves; então um caixilho guinchou, e o cão se aquietou. Yashim esticou a mão para pegar o xale junto a ele no divã e jogou-o em volta dos ombros. A lamparina jogou um feixe constante e oval de luz amarela em torno das páginas cintilantes de seu livro. Ele inclinou a cabeça e começou a ler.

Leu as primeiras páginas rápida e avidamente. Já tinha passado os olhos por elas antes, saboreando a promessa de rostos novos e nomes desconhecidos, e a sonoridade casual da frase de abertura, em que Balzac esbanjava uma profusão de considerações. Criava, assim, uma agradável sensação de cumplicidade entre ele e seu leitor. Mas, quando chegou ao final do parágrafo, viu que não se lembrava de mais nada.

Coçou a coxa e fitou, distraidamente, a página. Assim como o velho prédio, ele parecia estar com dificuldade para sossegar. Estranhos estalidos e estrondos ainda soavam entre as tábuas do soalho; as escadas rangiam. Ele tinha lido depressa demais.

O que significava, perguntou-se, ler e não se lembrar de nada? Era como George: estar pensando em outra coisa, pensando na Hetira, talvez. Assimilando o golpe no seu orgulho ferido, destrinchando sua atitude em relação ao medo.

Yashim, também, estava pensando na Hetira. Malakian tinha reconhecido o nome: alguma coisa grega, dissera.

Yashim esfregou os olhos com o polegar e o indicador. Estava deixando aquela história consumi-lo. Já não tinha feito o melhor que podia por George? Levara comida para ele. Já o visitara para verificar seu estado, como faria um amigo. A morte de Goulandris foi chocante, certamente; mas não era problema dele.

Ele segurou com força o Balzac e encarou a primeira página, ouvindo o crepitar da madeira quente retraindo-se no ar da noite.

Pensou no sultão: desvanecendo como a luz. Já fazia meses desde que o sultão o convocara ao palácio. E George, ou Goulandris — eram simplesmente vítimas da mesma inquietação? Como um rangido das vigas, conforme se exauria a luz do sol.

Yashim ergueu a cabeça de modo abrupto e escutou com atenção. O estrépito na escada lá fora soara estranhamente alto. Mas tudo estava quieto. E então ouviu, distintamente, um leve rangido, que parecia vir de junto de sua porta.

Com a mão esquerda, Yashim puxou o xale dos ombros e o enrolou no punho. Com a outra agarrou uma faca que pegou na prateleira, uma lâmina achatada que às vezes usava para cortar tabaco. Lentamente, se desenroscou do divã e se pôs de pé, esticando as pernas.

No mesmo instante, ouviu o ruído de algo arranhando a porta. Yashim avançou, e com a mão esquerda agarrou e torceu com violência a maçaneta, enfiando-se despercebidamente atrás da porta conforme ela era aberta.

Por alguns instantes, nada aconteceu. Yashim esfregou o polegar contra o cabo da faca e endireitou as costas na parede, olhando de lado. Ouviu um gemido que soava quase como um apelo, e um homem entrou cambaleante, arrastando atrás de si uma mochila de couro.

## 18

O homem deu alguns passos na direção da lamparina, depois passou os olhos ansiosamente por todos os cantos do aposento até avistar Yashim, que o observava, espantado, junto à porta aberta. Por um segundo, pareceu encolher-se de medo.

— Monsieur Yashim — sussurrou o homem. — Feche a porta, eu imploro.

Assim que Yashim lhe obedeceu, ele largou-se ao ar e desabou sobre o divã, enterrando a mão nos cabelos. Não tivesse sido pelos cabelos, Yashim mal conseguiria reconhecer Lefèvre: ele parecia ter encolhido, com as feições incrivelmente envelhecidas: os olhos pretos dardejavam nervosamente de um lado a outro, seu rosto tinha a cor de uma amêndoa descascada, sob a barba crescida.

Yashim pôs de lado a adaga. Lefèvre tremia no divã; de quando em quando seu corpo desmoronava com uma convulsão, os dentes batendo. Parecia mal saber onde estava.

Yashim serviu a ele um copo de água gelada como remédio para o estado de choque; Lefèvre segurou o copo com as duas mãos e apertou-o junto ao peito, como se isso pudesse dar fim à tremedeira. Bebeu de um só gole, batendo os dentes na borda.

— *Ils me connaient* — murmurou. — Eles me conhecem. Eles me conhecem. Não tenho para onde ir.

Yashim olhou para a mochila. Dentro dela podia haver qualquer coisa — comida, roupas, um relicário, um tapete bordado. Ele perguntou-se que livros havia ali — se é que, de fato, continha outra coisa além de bíblias antigas, tratados com iluminuras, comentários escritos em pergaminhos e roubados de monges ignorantes, padres mercenários, gananciosos e crédulos.

— Aqui você está a salvo — disse Yashim. — Totalmente a salvo.

Lefèvre ergueu os olhos e jogou a cabeça de um lado para o outro, como um animal acuado.

— Você está doente?

A palavra pareceu atingir Lefèvre em cheio. Ele congelou, fitando o vazio. Depois encarou Yashim.

— Escapar. Fugir. Você pode me ajudar? Um navio estrangeiro; grego, não. — Estremeceu, gemeu e apertou o rosto entre as mãos. — Ninguém em quem confiar. Confio em você! Mas eles estão de olho. Eles me conhecem. Está tão escuro. E úmido. Ninguém sabe quem eles são. Por favor, você tem que me ajudar!

Deslizou do divã e estendeu as mãos. Yashim ergueu o queixo dele: era horrível ver o homem se arrastando, humilhado, agitado, presa de seus terrores. — Quem são eles? O que você está querendo dizer?

Lefèvre apertou uma mão contra a outra e abriu sua boca em expressão de terror e desespero.

— O que você fez?

Os olhos de Lefèvre viraram-se rapidamente para a mochila, depois de volta para o rosto de Yashim. — Você pensa...? Meu Deus, não. Não. Não.

Arrastou-se de joelhos até a mochila e, com as mãos trêmulas, desafivelou-a, despejando um punhado de roupas velhas, um frasco de couro, alguns livros impressos. Lefèvre pegou um a um os objetos e espalhou-os. — Não, monsieur. Você tem que confiar em mim. Me ajude. Não tenho nada. Nem ninguém.

Yashim desviou o olhar. Depois do que Malakian dissera sobre os métodos de Lefèvre, ele não estava envergonhado de suas suspeitas. Mas estava envergonhado por aquele homem agora à sua frente, ajoelhado em meio a seus poucos pertences espalhados pelo chão, murmurando palavras soltas e aflitas.

— Por favor — começou, desajeitadamente. — Por favor, não pense que o estou acusando do que quer que seja. Vou ajudá-lo, é claro. Você é meu hóspede.

Surpreendeu-se com sua própria convicção. Mas, como depois se lembrou, havia algo de terrível em ser um forasteiro numa cidade em que até mesmo os mortos faziam parte de algum lugar. Talvez não fossem tão diferentes, ele e esse francês de que ele não gostava.

Lefèvre agarrou-se a suas palavras com gratidão. — Não sei o que dizer. Eles sabem quem eu sou, mas você... pode me ajudar a encontrar um navio?

— Claro. Você tem que ficar aqui, e de manhã eu vou procurar uma saída. — Agora havia um vínculo entre eles. Era inevitável. Ele devia agir com benevolência. — Primeiro você tem que comer e dormir. Depois tudo vai parecer melhor.

Yashim foi até sua pequena cozinha e, com arroz, açafrão e manteiga, fez um *pilaf in bianco*, como diriam os italianos. Um *pilaf* que iria acalmar e relaxar o arqueólogo.

Depois, Lefèvre caiu no sono, de pernas cruzadas. Yashim colocou-o em posição mais reclinada e confortável, e por falta de lugar melhor, deitou-se no sofá ao lado dele. Ao longo da noite, por duas vezes Lefèvre teve pesadelos; seu corpo se contorceu e ele esfregou as mãos nervosamente pelo rosto.

Yashim não era supersticioso, mas aquela visão causou nele arrepios.

## 19

Na manhã seguinte, bem cedo, deixando o francês adormecido no sofá, Yashim caminhou até o Corno de Ouro e pegou um caíque até Gálata, centro do comércio estrangeiro. No escritório do comandante de zona portuária, pediu uma listagem dos navios e examinou-a em busca de uma embarcação adequada. Havia um navio francês de 400 toneladas, o *La Réunion*, que partiria para Valetta e Marselha com carga mista em quatro dias; mas havia também uma embarcação napolitana, a *Ca d'Oro*, com destino a Palermo, que já tinha recebido a documentação e o reconhecimento de carga. O navio italiano certamente seria mais barato; se Lefèvre quisesse voltar à França, poderia facilmente arranjar acomodação em outro navio em Palermo, de modo que a viagem não seria tão mais longa assim — e havia a inegável vantagem de que o *Ca d'Oro* talvez zarpasse no dia seguinte. Yashim não tinha a menor intenção de prolongar a aflição mental do francês um minuto a mais que o necessário.

Ele encontrou o capitão do *Ca d'Oro* num pequeno café com vista para o Bósforo. Era um homem de sobrancelhas grossas e unidas acima do nariz, trajando uma sobrecasaca de verão simples que parecia ter sido confeccionada pelo fabricante das velas de navio. Seu casaco estava sujo, mas quando ofereceu a Yashim um trago de cachimbo, o eunuco viu que as unhas do homem eram bastante limpas. Yashim recusou a oferta, mas aceitou café. *Certo*, o *Ca d'Oro* partiria na maré da manhã, se tudo corresse conforme o planejado; *si*, havia cabines disponíveis. O cavalheiro poderia subir a bordo diretamente; ou na mesma noite, se preferisse, tanto fazia, pois o bote passaria o dia todo fazendo viagens do navio à zona portuária, trazendo a tripulação e compras de última hora. Um dos caíques também poderia levá-lo.

Ele pôs nas mãos de Yashim uma luneta e o encorajou a avistar o navio.

— Você vai vê-lo próximo à costa, *signor*. Brigue de dois mastros, tombadilho mais alto. Velho? *Si*, mas sabe o que faz, ha, ha! Depois de todos esses anos, talvez faça sozinho o caminho até Palermo.

De olhos semicerrados, Yashim espiou pelo pequeno telescópio e localizou o navio na maré baixa, com um par de marinheiros de pé no poço e o branco e dourado da bandeira de Nápoles suspensos na popa. Bastante velho, por certo, e bastante pequeno — mas vá lá, era o navio que ele próprio pegaria se estivesse com pressa. E Lefèvre parecia estar com pressa.

O capitão espalhou alguns papéis sobe a mesa. — Metade adiantado, quarenta piastras, é de praxe. — Fez algumas anotações numa folha amarrotada de papel. — O nome do seu amigo?

Por um instante, deu um branco em Yashim. — Lefèvre — balbuciou, por fim.

O capitão ergueu os olhos. — *Francesi, bene*. Ele tem toda a documentação, naturalmente: passaporte, certificado de quarentena?

Yashim respondeu que sim, ele tinha todos os documentos. Esperava que fosse verdade; pelo menos Lefèvre já estaria a bordo e a meio caminho antes que alguém descobrisse alguma coisa. Lefèvre não era ingênuo: saberia se cuidar.

O capitão escreveu o nome e guardou os papéis dobrados no bolso do casaco. Yashim tirou a bolsa do cinto e contou quarenta piastras de prata, e as colocou sobre a mesa. O capitão pegou duas moedas a esmo, mordeu-as e devolveu à pilha com um grunhido. — Tudo bem, fechado então — disse.

Trocaram um aperto de mãos. — Qual é a sua carga?

O italiano fez uma careta. — Pode escolher. Arroz. Algodão egípcio. Pimenta. Abelhas. Oitenta peças de prata otomana, eu espero, e um francês!

Os dois riram, inexpressivamente.

## 20

Quando Yashim voltou para casa, o arqueólogo ainda estava esparramado no divã. Assim que a porta se abriu, ele ergueu a cabeça com dificuldade, mas parecia ter perdido um pouco da energia nervosa da noite anterior. Yashim começou a fazer café enquanto explicava as providências que havia tomado.

— Hoje à noite? Está muito em cima. E eu não conheço a *Ca d'Oro*. Vai para a França?

— Palermo.

— Palermo? — Lefèvre franziu o cenho. — Certamente não é a França.

— Não. Havia um navio francês, mas ele só vai partir na segunda.

— Segunda. Talvez o navio francês tivesse sido melhor. Posso acabar gastando uma fortuna esperando na Sicília.

— Bem, você me deve quarenta piastras pela cabine. Depois precisa pagar a mesma quantia ao capitão.

— Mas quanto custava um lugar no navio francês?

— Não perguntei. Mais caro, com certeza.

— Se você diz — respondeu Lefèvre, sentando-se e cutucando os dentes com a unha. — Tem alguma coisa errada com o *Ca d'Oro*?

— Absolutamente nada. Ele é menor. Mas está zarpando amanhã. Você queria fugir, é o que você disse.

— Claro, claro. Mas, *enfin*, Palermo. — Lefèvre sugou o ar pelos lábios. — Você devia ter me acordado.

Yashim bateu a cafeteira na borda da mesa para assentar a borra.

— Estou confuso — confessou. — Ontem à noite você estava com medo de alguém. Alguma coisa do tipo. — Pegou as xícaras e encontrou a pergunta que ocupava sua mente. — É a Hetira?

Lefèvre não respondeu. Yashim despejou lentamente o café nas xícaras. — Mas, se você quiser, podemos mudar os planos. Você é meu hóspede.

Em silêncio, entregou a xícara a Lefèvre. De repente, as mãos do francês tremiam tanto que ele mal conseguia segurar o recipiente sem derramar a pequena quantidade do líquido oleoso ali contido. Apertou a xícara contra os lábios e bebeu em pequenos goles.

— Hetira? — Sua risada era aguda. — Por que a Hetira?

Yashim bebericou seu café. Era um bom café, do Brasil: custava o dobro do café árabe que bebia nos bistrôs. Comprava em pequenas quantidades, para as raras ocasiões em que fazia café em casa. Às vezes simplesmente abria o pote e sentia o aroma.

— Porque eu tenho um olho bom para antiguidades gregas. — Lefèvre apertou os olhos. — Eu asseguro a sobrevivência delas. Mais de uma vez eu já salvei um objeto de uma desintegração iminente. Você ficaria surpreso. Peças únicas, que ninguém consegue reconhecer; o que acontece com elas? Podem se quebrar ou se perder, sofrem a ação da umidade, são mordidas por ratos, destruídas pelo fogo. E eu não posso cuidar de todas essas belas coisas sozinho, posso? Claro que não. Mas eu encontro para elas, como vou dizer, guardiões. Pessoas que podem cuidar delas. E como sei que farão isso?

— Como?

Lefèvre sorriu. Não era um sorriso largo. — Porque pagam — explicou, esfregando as pontas dos dedos. — Transformo um amontoado de coisas sem valor em algo que é como dinheiro, e eu sei que as pessoas são cuidadosas com dinheiro. Concorda?

— Já percebi — disse Yashim.

— Algumas pessoas fazem uma ideia errada. Pensam que eu sou um ladrão de sepulturas. *Quelle bêtise.* Descubro tesouros perdidos. Eu os trago de volta à vida. Talvez não seja exagero dizer que eu por vezes restauro seu poder de inspirar os homens e de desafiar sua visão de mundo.

É isso mesmo que ele faz?, perguntava-se Yashim. Ou será que Lefèvre — e homens como ele — simplesmente dilapidavam os alicerces da cultura de um povo, espalhando aos quatro ventos o melhor que ela tinha produzido?

— Agora você me entende um pouco melhor, monsieur. — Mais uma vez aquele sorriso. — Mas mesmo assim farei o que você sugere. Hoje, assim que escurecer, embarcarei no *Ca d'Oro*.

## 21

Armado com uma bengala de junco e um par de botas Piccadilly, o dr. Millingen trancou cuidadosamente sua porta e desceu os poucos degraus até a rua. Durante sua época de estudante de medicina em Edimburgo, vagara por terrenos pantanosos e montanhas, na companhia de outros jovens de cabelos compridos. Juntos, declamavam poemas, admiravam a impressionante paisagem e refletiam sobre Adam Smith, Goethe, a tirania dos príncipes e os efeitos de longo prazo da Revolução Francesa. Hoje em dia, apesar dos protestos de seus amigos turcos, caminhava no máximo meia hora, acreditando que o exercício melhorava sua circulação e dava uma sacudida em seu fígado.

Em regra, os turcos evitavam o exercício. Um de seus clientes chegara a ponto de observar que ele tinha outras pessoas para se exercitarem por ele: uma casa repleta de criados para trazer os narguilés, o café e a refeição da noite. Insinuara até, mesmo que com toda a delicadeza possível, que o dr. Millingen estava cometendo uma injustiça, já que, ao fazer o esforço físico ele mesmo, intrometia-se no trabalho de outra pessoa. Quanto a uma caminhada vigorosa, implicava o risco de trombar com alguém na rua, ou de sofrer apoplexia; e uma vez que não se esperava que um cavalheiro otomano aparecesse na rua sem seu séquito, o aborrecimento seria estendido também para sua família. E esse cavalheiro gostava de insistir que, exceto por desposar uma segunda mulher, não havia maneira mais fácil de semear a desarmonia e o desentendimento na casa de um homem do que seguir as estranhas prescrições de um médico.

Nem mesmo o próprio médico se lançava a suas caminhadas com entusiasmo genuíno. Embora geralmente íngremes, até mesmo com degraus, as ruas de Pera não eram as colinas de Lammermuir; os becos sombrios do porto nem de longe poderiam ser comparados às escuras aleias de seus amados pinheirais; e enquanto lá o pássaro codornizão deslizava pelos campos no cair da noite e o cabrito-montês ladrava imperiosamente através dos vales estreitos e profundos, a fauna de Pera, assim como a da própria Istambul por todo o Corno de Ouro, era preguiçosa e tinha pulgas.

O dr. Millingen olhou para a rua, vergou sua bengala e começou a caminhar.

Ninguém sabia dizer como, ou mesmo por que, os cães tinham vindo para Istambul. Algumas pessoas supunham que sempre estiveram ali, mesmo no tempo dos gregos. Outras, que eles tinham invadido a cidade na época da Conquista, descendo dos Bálcãs para perambular pelas ruas deterioradas e pelas ruínas nos campos, onde formaram matilhas e conseguiram encontrar um lugar para si, que até hoje pertencem a eles. Mas ninguém de fato sabia. Ninguém, o dr. Millingen tinha percebido, fazia muito tempo, se importava muito.

Sem constituir uma raça, mas todos parecidos, esses cães amarelos e peludos, de patas curtas, mandíbula grande e rabo curvado e emplumado passavam a maior parte do dia deitados nos becos, vielas, portões, ruas, passagens e vias públicas da cidade antiga, com um olho fechado e outro observando preguiçosamente as atividades das pessoas à sua volta. Era preciso ser um visitante para vê-los de maneira adequada, e um morador relativamente recente como o dr. Millingen, treinado em hábitos de observação científica, para vê-los com olhar forense. Para todas as demais pessoas, eles eram uma parte tão arraigada à textura da cidade, tão perfeitamente integrada a seu próprio mapa mental de um distrito, que se numa noite todos os cães simplesmente desaparecessem as pessoas teriam apenas a incômoda impressão de que alguma coisa havia mudado. E nove entre dez istambuliotas teriam dificuldade em dizer o quê. Os cães não se impunham. Quase nunca mordiam uma criança, nem atacavam furiosos e às cegas no mercado, ou roubavam as linguiças de um açougueiro. Quem vivia em Istambul pisava num cachorro que dormia junto a uma porta; desviava de um bando de cães esparramados numa nesga de sol no meio da rua; debatia-se na cama quando os uivos e latidos dos cães à noite ultrapassavam o limite do tolerável; e jamais notava que eles existiam.

De quando em quando, talvez a cada cem anos, as autoridades acordavam para o incômodo onipresente dos cães e tentava dar cabo deles: os cães eram coletados e transportados para o interior, descarregados em massa nas ilhas, levados — sem nem tentar reagir — para os bosques de Belgrado ou para fora dos portões de Edirne. Mas ou voltavam ou simplesmente surgiam de novo, feito a cauda de um lagarto ou o musgo em alvenaria, os mesmos vira-latas amarelos, magros, sarnentos e de costelas salientes, coalhados de feridas e cicatrizes e mordidas de pulgas, zanzando em seus próprios territórios. E ninguém lhes prestava a menor atenção. Feito poças após a chuva, ou sombras, ou o sol ardente do meio-dia, eles simplesmente estavam lá; e catavam pelas ruas da cidade restos de comida e qualquer tipo de alimento, mantendo-as limpas.

Pedaços de pão duro, um passarinho morto, uma pilha de rebotalhos de legumes e verduras, ossos velhos, cascas, peles, frutas podres:

não deixavam passar nada em branco, não desperdiçavam nada. Podiam comer qualquer coisa — até mesmo sapatos. Mas raramente saboreavam carne fresca.

Certa vez, durante uma consulta com o sultão em pessoa, o dr. Millingen sugerira que com 500 *oka* da carne de cavalo mais barata e 150 gramas de arsênico, o sultão conseguiria livrar os súditos de sua metrópole de um incômodo interminável, aquela raça inteira de cães sarnentos. Era apenas isso que eles eram — cães sarnentos, considerados animais impuros pelos muçulmanos; e o sultão, erguendo abruptamente a cabeça para registrar sua surpresa, respondera que os cães também faziam parte da criação divina. "O doutor acharia bárbaro, não acharia, se eu ordenasse que todos os médicos ingleses em Istambul fossem capturados e alimentados com carne envenenada? É a mesma coisa com os cães."

O dr. Millingen podia pensar em diversos argumentos para responder, mas não podia fazer frente ao tom do sultão.

Avançando a passos largos pela rua, ele girava a bengala de um lado para outro e cravava os olhos com desconfiança nos cães amarelos, que por sua vez meramente bocejavam, ou coçavam as pulgas, e fingiam não notar o dr. Millingen.

## 22

Veneza e Istambul: o cliente e a fonte. Por séculos, as duas cidades estiveram entrelaçadas no comércio e na guerra, usando de todos os meios para levar vantagem no Mediterrâneo oriental. Istambul tinha muitas faces, mas, como Veneza, apenas uma voltada para o mar. Como Veneza, também, as grandes passagens de Istambul eram canais e cursos de águas; incessantemente, as pessoas passavam da cidade para Uskudar, de Uskudar para Pera, e de Pera de volta para a cidade, através do Corno de Ouro. As famosas gôndolas de Veneza não eram mais importantes para a vida na laguna do que os caíques para o povo de Istambul, e se a gôndola veneziana tinha seus defensores, a maioria das pessoas concordava que o caíque era superior nos quesitos elegância e velocidade. Mesmo depois que caía a noite, os caíques fervilhavam nos desembarcadouros, feito besouros-de-água.

— Esqueça o bote do navio — disse Lefèvre, calmamente. — É melhor eu partir daqui, despercebido. Gálata tem olhos, e está atenta a qualquer movimento.

Saíram do apartamento de Yashim ao anoitecer, percorrendo discretamente a pé as ruas desertas. Lefèvre carregava nos ombros a mochila que aparentemente continha tudo que ele possuía. As ruas estreitas de Fener estavam silenciosas e escuras, mas Yashim conduzia o companheiro através delas por instinto; de tempos em tempos fazia uma pausa para tatear uma pedra angular ou pousar a mão no ombro do arqueólogo. Em dado momento um cão enorme rosnou, imerso nas trevas, mas depois só voltaram a encontrar outro sinal de vida já no desembarcadouro: era como se a cidade estivesse desabitada.

Pera cintilava na plataforma, do outro lado das águas escuras do Corno de Ouro. As lamparinas balançavam suavemente na proa dos caíques alinhados junto ao cais, onde havia um punhado de barqueiros gregos, sentados entre cordames enrolados, redes e cestos, cochichando em uníssono e fumando cachimbo. Mais abaixo no Corno, alguns navios ancorados, com lanternas na popa. As águas negras batiam contra as estacas de madeira, nas quais as cordas presas aos caíques estavam amarradas.

Com agilidade felina, um barqueiro pôs-se de pé e avançou.

— O *Ca d'Oro*? Conheço o navio. Vão os dois?

Yashim explicou que era apenas um passageiro, e fixou um preço. Trocou um aperto de mãos com Lefèvre e observou o francês acomodar-se no fundo do caíque, a mochila em seu colo. Então o barqueiro deu uma batidinha de leve no cachimbo, adentrou na popa do caíque e desamarrou a corda, com um movimento rápido e experiente de pulso que fez a frágil embarcação sair deslizando na escuridão.

Yashim ergueu uma das mãos num aceno de adeus, certo de que o francês o veria, emoldurado contra as luzes baixas do cais. Pensou em seu amigo Palewski: ele ficaria contente com a história. Mais contente ainda com o pensamento de que nenhum deles jamais voltaria a pôr os olhos em Lefèvre.

Sorriu. Quando a luz do caíque se fundiu à escuridão, ele abaixou a mão e se virou para voltar para casa.

## 23

Congelados num ângulo amplo o suficiente para permitir a entrada de um visitante a pé, os portões de carruagem da residência do embaixador polonês enferrujavam nas dobradiças, placas de arremate e brasões descascando na blindagem de ferro. Pareciam, como a própria Polônia, representar uma ideia: certamente não se abriam para receber uma carruagem desde o século XVIII, quando a Polônia sucumbira às ambições territoriais de seus vizinhos mais gananciosos e poderosos. Outrora havia uma guarda de janízaros posicionada junto aos portões, mas os janízaros tinham sido brutalmente suprimidos em 1826, e depois disso ninguém pensara em substituir as sentinelas. Os visitantes, a bem da verdade, eram poucos e esparsos.

Aproximando-se do portão, Yashim ficou surpreso de ser silenciosamente barrado por uma sentinela, que, de braços cruzados, bloqueava sua passagem. Era um homem pequeno para a função, e tinha o rosto sujo; empunhava um bastão cruzado ao peito e tinha um olhar de quem não tolerava oposição.

Yashim fez uma mesura cortês. — Meu nome é Yashim. Sua Excelência o embaixador está em casa?

A pequenina sentinela levou a arma ao ombro, girou abruptamente sobre os calcanhares nus, e caminhou rijamente até a porta da frente, onde ficou em posição ao pé da escada. Yashim passou por ele com um meneio de cabeça. No patamar, empurrou a porta, que se entreabriu com um rangido.

— Nem se incomode de bater, maldito! — disse uma voz vinda do corredor às escuras. — Vai entrando de uma vez mesmo.

Yashim obedeceu. Stanislaw Palewski, embaixador polonês junto à Sublime Porte, estava encostado à balaustrada, acenando em saudação irônica.

— Oh... é você, Yashim! Está tudo bem. Entre. Desde que eu perdi a chave, vivo encontrando gente estranha perambulando pela casa.

— Achei que você estava sendo bem protegido.

— Protegido? Suponho que esteja se referindo ao Xani. Si-im. O menino promete. Mais do que posso dizer sobre o pai dele. Vamos subir.

Yashim seguiu o velho amigo escada acima até a sala de estar, onde tocaram a campainha pedindo chá. Yashim encolheu os pés sentando-se numa das poltronas de couro rasgadas do embaixador, enquanto Palewski se pôs a andar entre as desarrumadas estantes de livros e o retrato a óleo do rei Jan Sobieski. Marta chegou trazendo uma bandeja, e Palewski assentiu com a cabeça, distraidamente. Yashim serviu o chá.

Depois que Marta saiu, Palewski virou-se e perguntou: — O que você acha de Marta, Yashim?

Yashim arqueou uma sobrancelha. — Marta?

— Minha governanta.

— Sei quem é a Marta, Palewski. Eu a conheço há anos.

— Sim. Sim, claro. Bem, estou um pouco preocupado com ela.

— Acha que ela está doente?

— Doente? Não, acho que não. É que simplesmente tem alguma coisa; ela começou, oh, não sei, Yashim, mas ela está um pouco esquisita. Sonhadora, quase o tempo todo. Passo por um canto e ela está lá, encostada na vassoura, encarando o vazio. E lágrimas.

— Lágrimas?

— Ela irrompe em lágrimas. Peço alguma coisa, ela fica vermelha e sai em disparada. O fato é, Yash, estou começando a achar que ela não está feliz.

— Sei.

— Acha que é por isso que ela arrumou os Xani?

— A família na cocheira? É, para ter companhia. Talvez você tenha razão.

Palewski parecia indeciso. — Não posso dizer que eles sirvam muito como companhia. A sra. Xani passa o dia lá dentro varrendo a cocheira, e os filhos se sujando no quintal. O menino não fala, por algum motivo. Não creio que seja mudo, só que não fala nada. É bastante estranho. Mas Marta parece gostar muito de crianças, por isso eu não reclamo. Foi ideia dela, para começar. Dar a eles um teto. A menina gosta de ajudá-la na cozinha.

— E o pai?

— Xani? Quando ele se mudou para cá, era todo gratidão e sorrisos. Depois entrou para a guilda dos agueiros. Tornou-se *su yolcu*. Adeus aos consertos que ele ia fazer.

— Xani juntou-se aos agueiros? Achei que era preciso nascer na profissão.

Palewski balançou a cabeça. — Via de regra, isso é verdade. Mas se um agueiro morre sem deixar sucessor, eles permitem que alguém compre seu lugar. Desde que seja albanês, é claro. Ele deve ter um primo ou alguém que o apresentou. Mas chega de falar de Xani — acrescentou, fazendo um sinal com a mão.

Parecia ter se esquecido de Marta por enquanto, por isso Yashim contou a ele sobre a misteriosa chegada — e partida — de Lefèvre.

— E as quarenta piastras? — Palewski arqueou as sobrancelhas. — Acho que você nunca mais voltará a vê-las também. Francamente, Yashim, você devia ter feito aquele patife pagar.

Yashim deu um suspiro. — Eu tentei.

— Mas não muito.

— Não. Não muito. — De que maneira conseguiria explicar ao seu amigo como a visão da patética mochila de Lefèvre havia mudado tudo entre eles? — Vou pensar no dinheiro como um imposto. A cidade está melhor sem um homem como Lefèvre nela.

Palewski assentiu com a cabeça e disse: — Só me pergunto com que coisas roubadas ele fugiu dessa vez.

Yashim virou a cabeça e olhou pela janela. O céu estava azul, e fazia um pouco de calor. Folhas de glicínia farfalhavam contra o peitoril da janela, e um passarinho agitava-se num galho fino, arrumando-se em sacudidelas apressadas. — Ele não estava levando nada, até onde pude ver.

Palewski riu com desdém. — Isso é o que você diz. Estou quase subindo a escada pra verificar se as coitadas das cabeças das serpentes ainda estão lá. Ele provavelmente deu um jeito de desembarcar do caíque em algum lugar.

— Humm — murmurou Yashim. — Livros, suponho. Manuscritos antigos.

— Livros velhos? Isso não explica o pânico dele. Acho que ele estava correndo atrás de alguma coisa maior que isso e fecharam o cerco. Qual é o problema?

Yashim olhara em torno, com expressão carrancuda.

— Aconteceu uma coisa estranha quando eu estava vindo para cá hoje cedo. Eu vi o capitão do *Ca d'Oro* no mercado de peixes. Achei que era ele. Vi só de relance, depois ele sumiu na multidão.

— A partida dos navios atrasou?

— Não, eu verifiquei. O *Ca d'Oro* zarpou.

Palewski juntou a ponta dos dedos. — Bem, você sabe como é Pera hoje em dia. Mais italianos do que no funeral de um tocador de realejo. Metade deles é de estrangeiros, e a outra metade é de gregos fingindo ser estrangeiros.

Yashim sorriu. Vinte e cinco anos antes, quando Palewski chegara para assumir seu posto, os estrangeiros eram raros, mesmo em Pera. Hoje em dia as ruas estavam repletas deles — marinheiros, alfaiates, chapeleiros, agentes, lojistas, velhos soldados, agentes de expedição e até mesmo pastores protestantes. Ser estrangeiro já não significava muita coisa.

Muitos deles eram também a escória de todos os portos do Mediterrâneo, homens de passado sujo e obscuro: acabavam vindo parar aqui para praticar seus ardis e trapaças, sem o menor receio de serem pegos. O Mediterrâneo era como uma bolsa, e Pera era a costura na parte de baixo, onde se acumulavam a poeira e a felpa.

Séculos antes, os otomanos permitiram que embaixadores estrangeiros julgassem e sentenciassem seus próprios cidadãos — um marinheiro errante, um criado ladrão —, na crença inteligente de que os estrangeiros se entendiam melhor uns aos outros do que os otomanos poderiam entender; ao mesmo tempo, não queriam canalhas estrangeiros emperrando a engrenagem da justiça otomana. Agora que havia tantos estrangeiros na cidade, a situação ficara fora de controle. Muitas pessoas que reivindicavam direitos extraterritoriais nem sequer eram estrangeiras — ingleses nascidos na Grécia, por exemplo, cujos documentos estavam em ordem, mas que o mais perto que haviam chegado da Inglaterra eram as docas de Istambul; corfiotas que pediam a proteção da embaixada francesa sem falar uma palavra de francês; ilhotas gregos que hasteavam bandeiras dos Países Baixos em navios que jamais velejavam além do Adriático. Metade das embarcações nativas em águas otomanas estava formalmente além da jurisdição otomana. E era praticamente fora de propósito esperar que o embaixador britânico julgasse algum assassino maltês que esfregava seus papéis de naturalização na cara da polícia otomana; os britânicos nem sequer se davam o trabalho de manter uma cela na embaixada.

— Tenho certeza de que você poderia encontrar uma dúzia de italianos parecidos com seu capitão perambulando nas ruas neste exato instante — Palewski disse. — Ou foi isso ou os donos do navio tiveram que substituí-lo na última hora.

— É pouco provável; o navio está registrado em Palermo, então os donos — Yashim fez uma pausa. Ia dizer que os proprietários do navio deviam estar longe, na Sardenha, em Nápoles, na Sicília.

— Provavelmente alguma firma grega local — Palewski observou, placidamente. — Bandeiras napolitanas, direitos extraterritoriais, essas coisas. Trocaram os capitães por um motivo ou outro.

O fio de ansiedade que vinha perpassando pela mente de Yashim desde que vira o italiano no mercado de peixes ficou teso. Ele apertou os lábios.

— Ânimo, Yash, não é problema seu — disse Palewski. — E, de qualquer maneira, os gregos nasceram no mar. Vão entregar seu amigo detestável são e salvo.

— Os gregos, sim — disse Yashim, lentamente. Lefèvre pedira qualquer navio estrangeiro, qualquer um, desde que não fosse grego. Mas isso tinha sido à noite, quando ele parecia mais morto que vivo. No dia seguinte ficara um tanto mal-humorado com a coisa toda. Devia estar exausto, extenuado.

*Pilaf in bianco*, refletiu Yashim, tinha sido isso. *Pilaf* e uma boa noite de sono.

— Um tiquinho de licor de cereja — disse Palewski, erguendo-se da poltrona. — Sinceramente, Yash, devíamos estar celebrando a partida daquele sujeito, não nos martirizando sobre ele. O que me diz?

— Você tem razão — respondeu Yashim. — Aceito só uma dose.

E bebeu, apenas uma; obrigando Palewski, como ele disse de modo repreensivo, a beber por ambos.

## 24

Yashim caminhou lentamente pelo Hipódromo, na direção do obelisco que o imperador Constantino trouxera do Egito 1.500 anos atrás.

Um presente para sua amante, Bizâncio, Lefèvre teria dito. Ele se perguntou o que significavam aqueles pássaros hieroglíficos, aqueles olhos vigilantes, as mãos e pés gravados com precisão sobrenatural na pedra cintilante.

Parou por um instante no feixe de sombra do obelisco, e tocou sua base. A coluna de Trajano erguia-se 47 metros para cima, um tronco delgado de pedra áspera, gasto e descorado pela exposição ao tempo, preso com grandes presilhas de bronze, entalhado com os triunfos de um imperador romano nos Bálcãs, legionários protegidos com capacetes e apinhados com suas adagas em mãos; o estouro dos cavalos, o abatimento dos chefes tribais e reis, pontes precipitando-se sobre rios, e o lamento das mulheres. As cenas também eram difíceis de decifrar; a pedra já tinha sido mais lisa.

Abaixo dela, mercadores árabes tinham assentado as estacas de uma enorme tenda verde. Uma tropilha de mulas passava, e quando Yashim baixou os olhos para fitar os animais, sua atenção foi capturada pela haste retorcida da Coluna da Serpente, oca e cortada feito um caniço: uma espiral de verdete antigo não muito maior que uma palmeira mirrada, num eixo triunfal entre o obelisco e a coluna.

A coluna fora construída quase 2 mil anos antes, um milagre de habilidade artística para celebrar o milagre da vitória grega sobre os persas na batalha de Plateias, com três medonhas cabeças de cobra sustentando um enorme caldeirão de bronze. Por séculos o ornato ficara no Oráculo de Delfos, até que Constantino apoderou-se dele e o trouxe para embelezar a nova capital. Desde então, os séculos haviam sido cruéis com a coluna. O caldeirão havia muito desaparecera; as cabeças, mais recentemente, tinham sumido.

Yashim conhecera a Coluna da Serpente anos antes de ver pela primeira vez as cabeças de bronze no armário de Palewski. Imaginara que tivessem o aspecto de cobras de verdade, com mandíbulas largas e olhos pequenos e reptilianos, por isso ficou chocado com os monstros cujas máscaras cruéis havia explorado com a luz de uma vela naquela noite. Eram criaturas de mito e pesadelo, dentadas, de olhos vazios, buscando aterrorizar e devorar sua presa. A malevolência pingava delas, feito sangue.

Yashim inclinou-se na grade para observar atentamente o fosso de onde se erguia a Coluna da Serpente. As outras colunas ficavam no nível do solo. Seria porque as cobras emergiam de algum lugar mais profundo, alguma região submersa e obscura da mente? Ele estremeceu, com um horror instintivo de tudo que era pagão ou referente a culto. Vistas de cima, as cobras enroladas pareciam uma broca, um parafuso cavando cada vez mais fundo o tecido da cidade, penetrando suas camadas uma a uma.

Se você as virasse de modo que as espirais perfurassem mais fundo no chão, se traçasse as curvas sinuosas dos corpos das serpentes a partir do rabo, traria os monstros para mais perto. E, por fim, se veria encarando aqueles olhos ocos e impiedosos, a boca escancarada, o lado sombrio dos mitos e dos sonhos: aterrorizado, e então devorado.

Yashim olhou para o obelisco egípcio. Parecia frio e taciturno, indiferente ao seu destino. A coluna romana não passava de uma banalidade: os impérios caem.

Mas juntas, as espirais verde-musgo das serpentes de bronze tinham outro efeito, e anunciavam um enigma sombrio, como uma mancha na alma humana.

## 25

Alexander Mavrogordato lançou um olhar rápido e automático rua abaixo e então bateu na porta com a ponta de sua bengala. Pouco depois ouviu o barulho de passos do lado de dentro. Bateu mais uma vez.

A porta se abriu.

— Yashim *efendi* — disse ele.

A velha assentiu com a cabeça. — Ele acabou de entrar, eu acho, *efendi*. Por favor, cuidado com a cabeça.

Alexander Mavrogordato encurvou o corpo, embora não o suficiente, e adentrou o pequeno corredor, esfregando a cabeça. — Onde ele está?

A velha apontou a escada. Mavrogordato subiu os degraus pesadamente. No patamar, parou por um instante, depois empurrou a porta.

Yashim ergue os olhos, surpreso.

— Posso entrar? — O tom de voz do rapaz era aflito, como se já esperasse uma recusa.

— Claro — Yashim respondeu, alegremente. — Você já quase entrou.

— Minha mãe me disse onde te encontrar — explicou Mavrogordato, avançando aposento adentro. Olhou em torno e continuou caminhando, sem se deter: passou pelo fogão, pôs as mãos sobre a mesa, tocou com os dedos as panelas. Depois se virou e andou até os livros, passando as mãos distraidamente pelas lombadas.

— Minha mãe disse que você já fez o seu trabalho. — Enfiou a mão no bolso e tirou uma bolsa. — Toma.

Jogou-a para Yashim, que, sentado no divã, acompanhava com interesse a performance. Yashim ergueu um braço e agarrou a bolsa. Uma bolsa fanariota: pesada e musical.

— Sua mãe é muito gentil. Pelo que exatamente ela está me pagando?

O jovem virou-se rapidamente. — Não importa. Ela acha que exagerou.

Yashim arremessou a bolsa de volta. Mavrogordato ficou surpreso, mas agarrou-a. Depois a deixou escapar e o dinheiro caiu no chão.

— Nesse caso, não há remuneração.

Mavrogordato cutucou a bolsa com o pé. — Acho que você não entendeu, não é? Minha mãe não quer saber... não quer saber nada.

— Tudo bem, entendi. Vou fingir que nós nunca conversamos. Ela nunca me repreendeu por me atrasar, nem perguntou por que eu não usava o fez, ou me pediu para não fumar.

— É, isso mesmo — respondeu o jovem, cautelosamente.

— Mas é estranho, sabe a única coisa que ela de fato nunca fez? Ela nunca discutiu pagamentos comigo. Então agora pegue seu dinheiro, monsieur Mavrogordato, antes que eu comece a me lembrar que você um dia esteve aqui.

Yashim nem sequer se mexeu no divã. O rapaz chutou violentamente a bolsa, que se chocou com a parede, fazendo um som surdo.

E depois saiu com ímpeto, batendo a porta atrás de si.

O problema com as crianças que recebem instruções precisas sobre o que fazer e o que não fazer, Yashim refletiu, é que elas crescem incapazes de pensar por conta própria.

## 26

O vigia noturno que patrulhava as ruas de Pera estava acostumado aos latidos dos cães. À medida que ele se aproximava, guiado pela luz tênue de sua lamparina, os animais sarnentos emergiam das sombras, vãos de portas e meios-fios, e seus protestos rituais continuavam muito tempo depois de ele ter passado. Era uma questão de costume, sem importância: uma cerimônia rotineira que havia muito tempo já deixara de ter significado, tanto para os cães como para o vigia.

Assim, quando dobrou a rua que passava em frente à embaixada francesa, ele se surpreendeu com o silêncio. Por alguns instantes, ficou parado, coçando a cabeça, enquanto sua lanterna balançava na extremidade da vara e jogava uma tênue luz amarela aqui e ali na rua tosca.

Depois, em meio ao silêncio, ouviu um som suave de sucção e rasgadura. Ergueu a lanterna e olhou atentamente à sua volta, procurando na escuridão a fonte dos barulhos.

## 27

Istambul não era uma cidade que acordava cedo; somente os devotos, instigados por seus muezins, notavam o alvorecer que começava a se arrastar lentamente das montanhas atrás de Uskudar. O dr. Millingen, prestes a ser convocado pela embaixada francesa, estava dormindo, respirando pesadamente e sonhando com Atenas. Ali perto, na residência polonesa, Stanislaw Palewski roncava entre os travesseiros, vestindo um velho e volumoso roupão. Junto ao Bósforo, o sultão dormia, a bochecha achatada contra o seio de uma odalisca circassiana; entediada e cansada, ela tinha que resistir à tentação de cair no sono, porque se tinha um único defeito, era o de roncar com a boca aberta. Corno de Ouro acima, a madame Mavrogordato também estava acordada, tentando interpretar a agitação noturna do marido. Yashim dormia em silêncio, semidespido, coberto com um velho manto. Malakian estava dormindo; George, o vendedor ambulante de frutas e verduras, estava à deriva em algum lugar entre o sono e a vigília.

Auguste Boyer, *chargé d'affaires* da embaixada francesa, estava acordado, vestido e apoiado à janela do andar térreo de frente para o quintal, limpando com um lenço rendado vestígios de vômito do queixo. O vômito era ralo e cheirava a bile e café. Ele sentiu uma nova ânsia; seu estômago se revirou, e um fio prateado de saliva caiu de seus lábios e molhou as pedras secas e arredondadas janela abaixo.

— Ponham de volta o lençol — disse, com voz fraca. Ouviu-se o som do pano sendo esticado, e Boyer virou-se com o lenço encostado à boca. — Chamem o dr. Millingen. E podem levar... levar a mochila até minha sala.

Mantendo os olhos firmemente fixos na porta e o lenço sobre a boca, saiu cambaleando do quarto. O soldado de meia-idade olhou de relance para o lençol manchado de sangue, observando como as manchas opacas ficavam novamente brilhantes em contato com as feridas do cadáver, depois se abaixou rijamente e pegou a mochila de couro. Aquele Boyer não passava de um menino, pensou. Devia ter estado lá com o imperador, em Waterloo. *La Gloire!* Não, glória, não, mas o conhecimento e uma familiarização com os mortos.

Fechou a porta, fez o sinal da cruz com um movimento automático e saiu para encontrar o soldado de infantaria.

## 28

Um par de luvas brancas de algodão bateu com força na mesa, fazendo tremer a xícara de café. Yashim esticou a mão, ergueu os olhos e viu Palewski de pé a seu lado.

— Meu caro amigo! Sente-se. — Yashim chamou o proprietário do estabelecimento. — Um café. Dois. — Fitou Palewski com desagrado. — Você está doente?

— Já estive melhor — respondeu o embaixador em voz baixa, quase um sussurro. — Estes dois cafés são meus? Que bom!

Seria exagero dizer que, ao beber o café, a cor voltou às bochechas de Palewski, pois suas maçãs do rosto eram pálidas o tempo todo; mas quando ele falou de novo, sua voz já era mais firme.

— Notícias estranhas, Yashim. Acabo de chegar da embaixada francesa. O vigia da ronda noturna encontrou um corpo ontem, quase que na porta da frente deles.

— Que estranho.

Palewski virou a cabeça e fez um sinal para o dono do café. — Eu... eu acho que você não vai gostar disso. É Lefèvre.

Yashim encarou-o sem expressão. — Não pode ser.

Palewski deu de ombros. — A embaixada precisa da sua ajuda nos trâmites com a Porte. Lefèvre era cidadão francês, por isso tecnicamente é responsabilidade deles. Mas as autoridades precisam ser informadas, e o embaixador está preocupado, pois teme que nenhum dragomano entenda do assunto. Ele também não quer muita gente envolvida. O corpo está em frangalhos, aparentemente.

— Eu vi Lefèvre partir — Yashim insistiu. Palewski ignorou-o. — O dr. Millingen deve conduzir uma investigação. Quem ele viu, aonde foi, esse tipo de coisa. Por isso vão querer falar com você. Talvez você tenha sido a última pessoa a vê-lo com vida.

— Ele pegou um caíque e foi direto para o navio — disse Yashim.

Palewski encolheu os ombros. — Nada é o que parece com Lefèvre. O embaixador francês acha que eu estou por dentro das coisas. Eu estava no sétimo sono quando ele me convocou até a embaixada pedindo conselhos. Eu sugeri você.

Yashim falou lentamente: — Eu estou em dívida com Lefèvre. Ele era fraco, mas...

Palewski assentiu com a cabeça. — Ele confiava em você. Sinto muito, Yash.

# 29

A impressão de Auguste Boyer de que os turcos eram uma raça impassível foi confirmada pela frieza com que Yashim fez a inspeção dos restos do corpo de Lefèvre. O rosto fora lavado, e agora era uma visão ainda mais terrível do que inicialmente, quando ainda estava coberto de sangue e de pedaços de carne estraçalhada. O turco, notou Boyer, estudou o rosto com paciência quase obscena; a certa altura ergueu a cabeça pelas orelhas e virou-a, de modo que os globos oculares, terrivelmente expostos, fixaram-se no próprio Boyer, por sobre uma fileira de dentes salpicados de sangue. Quando Boyer virou-se, Yashim estava examinando as mãos e os pés do corpo, que pareciam ter vida se comparados ao cadáver devastado a que estavam ligados. Foi o soldado da embaixada que, com um gesto, sugeriu que talvez Yashim quisesse ver o corpo por inteiro. Mesmo assim, inspecionando a horrorosa carnagem da ferida, ele apenas contraiu os lábios.

— O bom médico... — Yashim sugeriu, empertigando-se.

— O dr. Millingen estará aqui em breve — disse Boyer, rapidamente. E quanto antes, melhor, ele pensou: queria urgentemente colocar o horror nas mãos de um profissional competente.

— É estranho, o jeito como os cães procuram o rosto — refletiu Yashim. — É exposto demais, suponho. O nariz sumiu, o queixo foi destroçado, mas nem sequer tocaram as orelhas.

Boyer sentiu a náusea retornando. Yashim seguiu-o para fora da sala, e manteve distância quando percebeu que, silenciosamente, Boyer tossia no lenço, tentando conter o vômito.

— Não entendo direito por que o corpo foi trazido para dentro da embaixada — disse Yashim, depois de uma pausa para que Boyer se recompusesse.

Com pesar, Boyer apontou para uma mochila de couro. — O vigia noturno encontrou isso junto com... com o corpo. Como eu disse, o grosso dos restos mortais estava debaixo de algumas tábuas e vigas num canteiro de obras bem perto daqui. Os cães... — sua voz definhou novamente. — O conteúdo da mochila estava espalhado. O assassino devia estar procurando dinheiro. O vigia reconheceu que os documentos eram estrangeiros. Ele não tinha como saber que estavam em francês, obviamente. Mas ele deve pensar que os estrangeiros são todos iguais, e éramos os mais próximos, então ele trouxe o corpo para cá.

— Sim — disse Yashim. — Acho que sim. Mas mesmo assim foi uma coincidência. — Deu voz a um pensamento que o vinha incomodando desde que saiu do café. — Vocês não estavam esperando ele aqui, estavam?

— Lefèvre? Creio que não, monsieur.

— Porque era noite?

— Porque... — Boyer hesitou. — Bem, não esperávamos vê-lo. E à noite, naturalmente.

— Mas monsieur Lefèvre não era exatamente *comme il faut*?

Boyer respirou fundo pelo nariz. — Ele era um cidadão francês — respondeu.

Yashim olhou mais uma vez para a mochila. Lembrou-se de Lefèvre abrindo-a três noites antes, espalhando seu conteúdo no chão de seu apartamento. Mais uma vez sentiu uma afinidade espontânea com o morto, o fardo de uma obrigação especial. Antes não gostava dele. Mas Maximilien Lefèvre temera pela própria vida, e confiara em Yashim para salvá-la. Isso, na mente de Yashim, tinha se tornado a obrigação da hospitalidade: uma tarefa em que fracassara, por margem grotesca.

A mochila continha os livros que Lefèvre mostrara a ele, juntamente com um exemplar não encadernado de *Le Père Goriot*, de Balzac, cuja lombada era áspera com marcas de dobradura e a encadernação estava começando a se desfazer. Dentro da mochila estava também a camisa que ele usara duas noites antes; estava suja nos punhos, e o colarinho cheirava a suor de um homem morto. Algumas roupas de baixo. Yashim devolveu os livros à mochila, com a roupa suja. Limpou as mãos no manto.

— Nada mais? Só a mochila?

— Isso é tudo que o vigia noturno trouxe.

Um soldado de infantaria desceu a escada e murmurou alguma coisa no ouvido de Boyer.

— Podemos subir para ver o embaixador agora, monsieur.

# 30

De sua mesa, o embaixador francês ergueu os olhos. — Ouvi dizer que o senhor conhecia Lefèvre.

— Apenas superficialmente, Sua Excelência. Monsieur Palewski o levou para jantar em minha casa uma noite.

— Não é muita familiaridade — concordou o embaixador.

Yashim hesitou. — Mas alguns dias depois ele reapareceu à minha porta. Estava apavorado e confuso. Mas me pediu para encontrar um navio de partida para a Europa, o quanto antes. No dia seguinte, assim que eu providenciei o navio, ele pareceu ter ficado mais animado.

O embaixador levantou um dedo. — Peça a Boyer que entre. O senhor e ele não eram amigos?

— Não. Eu apenas tentei ajudá-lo — Yashim explicou. — Ele parecia aflito. Quase um pouco louco. O navio devia zarpar ontem de manhã. O *Ca d'Oro*, de Palermo. Como ele veio parar aqui em Pera, não faço a menor ideia.

— E o senhor o viu embarcar no navio?

— Eu o vi entrar num caíque em Fener anteontem à noite. Pensei que ele já estivesse longe de Istambul.

Boyer apareceu com um secretário, que colocou um papel sobre a mesa; o embaixador pegou o papel e dobrou-o usando a borda da mesa.

— *Enfin*. Como representante do reino da França, é minha tarefa assegurar que a justiça seja concedida a todos os cidadãos franceses que estejam sob minha jurisdição neste império. Um homem é encontrado onde supostamente não deveria estar, massacrado de maneira bizarra e bárbara. Devemos considerar todos os seus movimentos, obviamente. O dr. Millingen já conduziu uma inspeção preliminar. Ele diz que Lefèvre deve ter sido assassinado na noite de anteontem. *En effet*, na mesma noite em que o senhor o viu no caíque.

— Ele tem como ter certeza? — Yashim perguntou.

— Francamente, não sei. O doutor tem os métodos dele, imagino. Levando em conta a opinião do doutor, e mais o que o senhor diz, monsieur Yashim, parece que o infeliz arqueólogo passou as últimas 24 horas de vida no apartamento do senhor.

Yashim abriu a boca para falar, mas o embaixador prosseguiu.

— Para concluir, monsieur, apenas três pessoas poderiam saber onde monsieur Lefèvre provavelmente estaria naquela noite. Incluindo, claro, o próprio Lefèvre — acrescentou, em tom irônico. E um capitão de navio, selecionado quase que aleatoriamente no porto, que pouco provavelmente conhecia Lefèvre.

O embaixador virou-se na cadeira para trocar um olhar com Boyer, que tossiu discretamente. Com o polegar, o embaixador mexia e remexia na ponta da folha de papel, sem levantar os olhos.

— Como diz o senhor, o *Ca d'Oro* zarpou ontem. Isso está confirmado. Em um ou dois meses, se ele retornar, podemos descobrir alguma coisa com o capitão.

"Nesse meio tempo, investigamos com o que temos. Monsieur Yashim, o senhor diz que não conhecia bem o arqueólogo. O senhor diz que, hã, ele estava com medo. Mas ele confiou no senhor, evidentemente. Por quê?" Lentamente, o embaixador ergueu os olhos da mesa.

Yashim teve a sensação de ser apenas um observador, como se estivesse assistindo de algum outro lugar à sua própria entrevista. Ouviu-se dizendo:

— Não sei.

O embaixador fez um estalido com a língua. — Acho a situação curiosa. Um relatório terá de ser preparado, naturalmente. Considerando-se as circunstâncias, contudo, não creio que sua ajuda nesse caso será necessária. Prefiro seguir adiante com as autoridades, por outros meios.

Yashim não conseguia lembrar-se da última vez que havia corado. Pôs-se de pé e fez uma mesura com toda a dignidade que pôde reunir, mas assim que chegou ao pátio estava cambaleante e encostou-se em um muro.

Tanta coisa havia passado por sua mente que ele simplesmente se esquecera da principal regra de sua profissão, se é que era uma profissão: tentar pensar como o outro homem. A insinuação do embaixador não era, ele reconhecia, tão absurda. Uma situação curiosa, de fato: em circunstâncias semelhantes, ele talvez tivesse tirado as mesmas conclusões.

Yashim, contato do embaixador francês! Bem, agora ele podia esquecer essa possibilidade.

Yashim saiu para a rua, os ombros recolhidos em desânimo. Poucos metros adiante, passou por um trecho de areia espalhada sobre as pedras do pavimento. Yashim ficou parado, em silêncio, olhando por toda parte, como se esperando ver alguma coisa que pudesse ter escapado ao exame dos guardas na escuridão.

*Um relatório terá de ser preparado.*

O relatório do embaixador mudava tudo para ele. Sua obrigação para com o morto tinha sido uma questão de foro privado — mas estava adquirindo uma urgência mais terrível e pública. Ele sabia que o relatório conteria detalhes do bizarro ato de selvageria cometido contra um cidadão francês nas ruas de Pera; uma menção ao mistério dos últimos dias de Lefèvre, e ao navio que já zarpara. E no cerne de todo o mistério, obviamente, alguma coisa de errado com o próprio Yashim. Algo de incerto sobre o papel que ele desempenhara: Yashim e o navio; Yashim e seu curioso contato com o morto. Yashim, o último homem a ver Lefèvre vivo. O que havia por trás de sua relação com o morto seria fonte de comentários, boatos e insinuações.

A vasta casa do sultão era dividida em panelinhas e grupos de conspiradores; no palácio, a escolha dos amigos determinava também quem seriam os inimigos. Yashim fora o eunuco confidente. O solucionador dos problemas discretos do sultão em pessoa. Mas o sultão estava morrendo. E nem todo mundo no palácio tinha motivos para apreciar os esforços de Yashim.

Eles nem precisariam dizer que ele tinha matado Lefèvre. Tudo que importava era a nuvem de incerteza — a poeira que o relatório do embaixador francês levantaria. Um aceno de cabeça, um meneio de mãos, uma testa franzida: isso bastaria para condená-lo.

Amigos poderosos o abandonariam num piscar de olhos. Não era uma questão de escolha, mas de sobrevivência. As pessoas que tinham dependido dele — como Lefèvre dependera — precisariam de um novo protetor.

Rondando seus pensamentos, estava a possibilidade de que Palewski o conduzira para uma armadilha. Ele não alimentou essa ideia, mas por um momento aceitou a distração e a graça que o absurdo desse pensamento oferecia a seu coração aflito e cansado.

Yashim levou a mão à cabeça. Tinha sido lento demais: lento demais para salvar uma vida, lento demais para salvar a própria reputação; agora o grave e estúpido tropeço de Palewski não deixara para ele muito espaço para pensar. Estava sendo observado, e não tinha mais a liberdade de antes.

Quanto tempo o embaixador levaria para redigir seu relatório? Alguns dias, no máximo.

Alguns dias, então, era tudo que ele tinha. Para encontrar os assassinos, e para salvar a própria pele.

## 31

O embaixador francês não se preocupava muito com evidências. Um homem tinha sido assassinado, um francês sem importância; como magistrado, era seu dever elaborar um relatório para as autoridades competentes de Istambul. Talvez o cavalheiro otomano, amigo de Palewski, soubesse mais do que estava dizendo; talvez fosse até mesmo o responsável. Pera estava ficando cada dia mais perigosa, isso sim. Era preciso tomar mais cuidado.

Por isso o embaixador não parou para refletir, como fez Yashim, que seu sumário estava em desacordo com a verdade. Lefèvre, o capitão e Yashim: todos os três sabiam, de antemão, onde Lefèvre seria encontrado naquela noite. Mas qualquer um com condições de examinar a lista de carga e passageiros do navio também teria sabido; e o barqueiro do caíque, que o vira partir.

Yashim acomodou-se na parte de trás do caíque. Com um piparote do seu comprido remo, o barqueiro fez o caíque começar a deslizar.

— Para onde, *efendi*?

— Fener Kapi — disse Yashim. O porto de Fener. O barqueiro assentiu com a cabeça: era grego, e os gregos gostavam de ir a Fener.

Por centenas de anos Fener tinha sido a base do patriarcado ortodoxo, a alma da Istambul grega. Numa cidade onde tantas raças e crenças se misturavam, o Patriarca era um elo com os séculos anteriores à conquista otomana, quando Constantinopla era o centro do mundo cristão.

Por mil anos, adornados na insígnia da Igreja, os imperadores bizantinos portaram-se orgulhosamente como os governantes na Terra escolhidos por Deus, mais grandiosos que papas e patriarcas, envoltos em salvas incessantes de oração e ostentação — interrompidas apenas pela usurpação, traição, por mortes violentas, golpes palacianos, assassinatos e pelas corruptas manobras políticas comandadas por tiranos em toda parte.

Degraus gastos conduziam a uma porta quebrada que já vira muita coisa desde que o último imperador de Bizâncio desaparecera em seus borzeguins púrpura, enquanto as tropas otomanas se apinharam pelas muralhas de sua cidade desolada. Atrás daquela porta estava a peça central do intrincado mosaico da fé ortodoxa, que se espalhava desde os desertos da Mesopotâmia e ancoradouros do Egeu até as montanhas dos Bálcãs e ao longo dos despenhadeiros de basalto do mar Negro; tudo o que de fato restara do poder e da glória da segunda Roma, a cidade de Constantino e Justiniano; tudo o que sobrevivera à batalha dos iconoclastas e iconólatras, à traição dos latinos e à bravura bélica dos turcos.

Yashim fitou a grande porta, depois cruzou a rua e se dirigiu a um portão menor, que por 17 anos servira de entrada principal ao Patriarcado. O grande portão havia sido lacrado em sinal de respeito ao patriarca Bartolomeu, enforcado na verga da porta durante os motins gregos de 1821.

No portão, perguntou pelo arquimandrita, o superior do mosteiro.

Grigor estava em seu gabinete particular: um homem gordo com uma barba enorme.

— Yashim, o anjo! — Grigor abriu os braços sobre uma mesa abarrotada de pacotes e papéis embrulhados em fita roxa.

O "anjo" era a piadinha de Grigor, que Yashim não exatamente compartilhava. Como Grigor uma vez explicara, a iconografia bizantina representava os anjos como eunucos. Os anjos ficavam na fronteira entre homens e Deus; os eunucos, entre os homens e... as mulheres. Ambos eram intermediários, dedicados a servir.

— Você está com a aparência ótima — disse Yashim.

— Sou gordo e feio, e você sabe disso, Yashim. Mas, felizmente, aos olhos de Deus somos todos iguais.

Muitos anos antes, ele e Yashim haviam trabalhado para os mesmos senhores, a opulenta família fanariota dos Ypsilanti. Grigor, alguns anos mais velho, fizera questão de zombar do provincianismo de Yashim, enviando-o em tarefas tolas e atormentando-o com detalhes vulgares de suas conquistas amorosas. Eram as histórias obscenas, acima de tudo, que feriam Yashim num ponto sensível.

Um dia Grigor tinha ido longe demais. Yashim dobrara a manga do manto e os dois se engalfinharam na cozinha e no pátio. "Já era hora de alguém dar uma lição naquele nojento", dissera o cavalariço, enquanto conduzia Yashim escada acima para encarar Ypsilanti.

Mas, depois disso, os dois conseguiram se entender. E se tornaram, de certa maneira, amigos. Quando o patriarca foi enforcado e os conflitos explodiram nas ruas, Yashim ajudou Grigor a fugir da cidade.

— Toma um café conosco? — Grigor fez soar a campainha. — A escola está crescendo — acrescentou.

— Fico contente. — Dois anos antes, houvera dificuldades quanto aos planos de ampliação da escola das crianças gregas, e Yashim ajudara a facilitar as coisas.

Conversaram por alguns minutos, tomando café, evitando assuntos delicados. Por fim o sacerdote devolveu sua xícara vazia ao pires.

— É bom ver você. Conversar de novo.

Yashim respirou fundo. — Você ouviu os boatos sobre o sultão?

Grigor passou a mão pela barba. — Ele está muito doente.

— É o que eu ouvi. Só mesmo um homem bem velho para se lembrar da última vez que um sultão morreu dessa maneira. Selim foi assassinado em Topkapi.

— E Mahmut era só uma criança. Claro. Agora ele já está reinando por muito tempo.

— Está reinando, mas nunca governou. Esteve sob o controle dos janízaros, seu próprio exército, por quase vinte anos.

Grigor franziu o cenho. — Então ele não deve ser responsabilizado pelo que aconteceu antes de destruir os janízaros? O assassinato do patriarca Bartolomeu não é culpa dele?

Yashim decidiu deixar a pergunta passar em branco. — Há na cidade um clima que eu nunca vi antes. Veja só o dinheiro. O sultão está agonizando e as pessoas estão com medo do dinheiro, cujo valor está afundando a cada dia que passa.

— Sou sacerdote, não banqueiro.

Yashim virou o rosto e olhou pela janela.

— Só quis dar um exemplo — disse ele, pausadamente. — Em outros tempos, a morte de um sultão parava os relógios. Apenas o filho que pudesse comprar os janízaros, assumir o controle do tesouro e obter o apoio dos homens santos conseguia ter êxito neste lugar.

— Um acordo bárbaro — disse Grigor.

Yashim prosseguiu. — Quando os janízaros mataram Selim, tomaram o poder antes que qualquer um pudesse reagir. Mas a doença de Mahmut lançou uma sombra sobre Istambul.

Grigor suspirou. — Há muitos e muitos anos, quando você me ajudou a fugir daqui, perambulei pelos mosteiros da Bulgária. A minha vida mudou. E eu voltei. Sabe por quê?

— Para entrar para a igreja.

— Para entrar para a igreja — ecoou Grigor com um meneio de cabeça. — É claro. — Fez uma pausa. — Voltei, Yashim *efendi*, porque esta é minha cidade. Nós, os gregos, não a governamos, admito. Mas ela nos governa. Para mim, esta cidade não é um lembrete daquilo que fomos. Uma cidade de artes? Bah! O lugar em que triunfamos por um milênio, sobre os bárbaros, sobre o papa em Roma, sobre todos os nossos inimigos, até o último deles?

Ele franziu os lábios, com uma expressão pensativa no rosto. — Não procuramos batalhas. Nossa preocupação é com o espírito e com o mistério da vida. Quem governa não tem importância para nós. Obedecemos a um imperador. Obedecemos a um sultão. Essa é a ordem estipulada por Deus, no mundo material, e o Redentor nos instruiu a fazer as pazes com essa ordem. Dar a César o que é de César e dar a Deus o que pertence a Deus. Isso é a *Bíblia*.

Yashim inclinou a cabeça, polidamente.

— De fato — Grigor continuou —, antes da conquista turca tínhamos um ditado: melhor o turbante do sultão do que a mitra do bispo. Qualquer coisa menos o papa em Roma. Vocês turcos são apenas os zeladores da nossa Constantinopla.

Ele inclinou-se para a frente, a barba comprida roçando o tampo da mesa. — Ela é grega porque seu povo é grego. Porque é o cenário do nosso triunfo e de todos os nossos julgamentos.

Golpeou o ar com o dedo roliço.

— Nesta cidade os fiéis gregos experimentaram suas mais profundas humilhações. A perda da cristandade romana, Roma, Ravena, aquilo tudo, terminou com o Grande Cisma com o papa, bem aqui na igreja da Divina Sabedoria, Santa Sofia. Então veio o saque da cidade pelos cruzados, em 1204: por sessenta anos suportamos a dominação dos infiéis. A queda da cidade em 1453, e a morte do imperador em suas muralhas. Um catálogo e tanto. Sofremos a perda de nossas igrejas, a fúria das turbas, a morte do nosso patriarca; ah, sim, compramos esta cidade com nosso sangue, e sobrevivemos. Constantinopla é, e digo sem blasfêmia, nosso Gólgota.

Ele levantou as duas mãos, os dedos bem abertos. — Agora, talvez, você entenda o que quero dizer.

Yashim sentou-se bem quieto. Estava impressionado.

Mas ele tinha ido ali para outra coisa.

— Conte-me sobre a Hetira, Grigor.

Uma sombra passou pelo rosto do arquimandrita. — Não sei quem eles são. São como uma serpente de muitas cabeças, uma hidra. Não têm nada a ver conosco aqui, mas, sim, seus objetivos passam por alguns círculos da igreja. E, além disso, pelo reino da Grécia.

Um sino soou, baixo, ao longe. Grigor pôs-se de pé e abriu um armário. Dentro estavam penduradas suas vestes.

— Vou oficiar a missa — explicou.

— Acho que eles assustam as pessoas, Grigor — disse Yashim.

Grigor enfiou os braços na túnica e paramentou-se, sem dizer uma palavra. Não se virou.

— Acho que existe alguma coisa que os leva a matar para possuir — continuou Yashim. — Ou para proteger. Algum... não sei... algum objeto, algum tipo de conhecimento. Creio que quando alguém chega perto demais, eles reagem.

— Entendo. — Havia um olhar de desdém no rosto de Grigor. — E você, anjo... não tem medo de estar em risco?

— Só tenho medo da minha ignorância — respondeu Yashim, cautelosamente. — Tenho medo do inimigo que não conheço.

Distraidamente, o sacerdote pegou um livro na prateleira ao seu lado.

— Seu inimigo é uma ideia. Os gregos a chamam de Grande Ideia. Durante o tempo que durar a missa, você pode examinar isto.

Depois, o livro não existe. — Ajeitou a veste sacerdotal nos ombros, e voltou-se para Yashim. — A igreja não tem nenhuma participação nesse seu assunto.

Os dois se entreolharam, o eunuco e o padre. Então Grigor se foi e Yashim ficou sozinho, apertando o livro com as duas mãos.

## 32

*Durante o tempo que durar a missa.* Yashim sentou-se. O livro fora escrito — "montado" ou "organizado" eram palavras melhores — por um certo dr. Stephanitzes, falecido médico do exército na guerra de independência da Grécia. Havia sido recentemente publicado em Atenas, a capital da Grécia independente. O papel era barato; na capa, o título em letras douradas estava borrado nas extremidades.

Yashim jamais tivera nas mãos um livro como aquele — uma saraivada de profecia, preconceito, falsas premissas e argumentos redundantes. O livro alardeava uma história que começava com o colapso do poder bizantino em 1453, e abria caminho, através de centenas de páginas e muitos falsos começos e digressões irrelevantes, até sua restauração, sob o último imperador, milagrosamente renascido.

Yashim descobriu os oráculos de um antigo patriarca, Tarásios, e de Leão VI, o Sábio; os presságios de Methodios de Patara; o epitáfio curiosamente profético do túmulo de Constantino, o Grande, que fundara a cidade 1.500 anos antes; tudo distorcido e adoçado pelas visões de um certo Agathangelos, que antevira a cidade sendo libertada por uma grande falange de gigantes louros do norte, enquanto os turcos seriam afugentados para além da Macieira Vermelha.

Isso, então, era a Grande Ideia. Uma mistura de blasfêmias e ilusões — mas uma coisa inebriante, Yashim tinha de admitir, como enfiar o nariz pelo portão de um Bazar de Perfumes e Plantas Aromáticas. Para quem fosse grego e quisesse acreditar, aquele era o texto sagrado, sem dúvida.

## 33

Na igreja de São Jorge, o arquimandrita balançou novamente o turíbulo e encheu o ar com a agradável fragrância de sândalo e incenso. E entoou as palavras do credo niceno-constantinopolitano.

*Creio em um só Deus, Pai todo-poderoso, Criador do céu e da terra, de todas as coisas visíveis e invisíveis.*

*Creio em um só Senhor, Jesus Cristo, Filho Único de Deus, nascido do Pai antes de todos os séculos.*

*Deus de Deus, Luz da luz, Deus verdadeiro de Deus verdadeiro, gerado não criado, consubstancial ao Pai. Por Ele todas as coisas foram feitas.*

Cantou as palavras; seu corpo tremeu com a majestosa declaração de fé; mas sua mente estava em outro lugar. Será que, ele se perguntava, falara demais?

*Professo um só batismo para remissão dos pecados.*

E havia o livro. As autoridades otomanas provavelmente não sabiam que ele existia. Era melhor assim.

*Espero a ressurreição dos mortos.*
*E a vida do mundo que há de vir.*

Era assim que as coisas deviam continuar.

*Amém.*

# 34

Yashim foi até o Grande Bazar. Já fazia dois dias que Goulandris, o livreiro, fora assassinado, e a confiança ainda não tinha retornado: as portas trancadas entremeavam as fileiras de bancas e bancadas, os vendedores pareciam desanimados, e a multidão era menos numerosa que o usual.

Malakian estava diante de sua banca, sentado em silêncio num tapete com as mãos no colo.

— Alguma novidade?

Yashim inclinou a cabeça. — Sabe Lefèvre, o francês sobre quem conversamos? Foi morto em Pera.

Malakian deu um suspiro. — É como eu disse. Lefèvre levava uma vida perigosa.

— Não é exatamente o que você disse, Malakian *efendi*. Você disse que ele nem sempre escavava com uma pá.

— É a mesma coisa, meu amigo. Em Istambul, acho que é melhor não perturbar o solo e deixar as coisas como elas estão.

— Lefèvre perturbou alguma coisa. — Yashim acocorou-se junto ao velho. — Ou alguém.

— Tome um café comigo — propôs Malakian.

Yashim percebeu que ele ofereceu por educação. Recusou o convite. — A Hetira, *efendi*.

O velho armênio fez uma pausa antes de responder. — Acho que um homem como Lefèvre trabalha onde está o dinheiro. Mas às vezes nesses lugares há segredos demais, e não há confiança. Uma negociação não é fácil. Sinto pena dos filhos dele.

— Os filhos dele? — Yashim achava difícil imaginar. — Você tem filhos, Malakian *efendi*?

O velho assentiu, com um movimento solene de cabeça. — Cinco — respondeu.

— Que Deus os abençoe — disse Yashim, polidamente. — Malakian *efendi*, ainda está com aquela moeda para o dr. Millingen? O colecionador inglês?

Foi a vez de Malakian parecer surpreso. — Claro. Ele não vem aqui todo dia.

— Estarei em Pera esta tarde — disse Yashim. — Posso levar a moeda para ele, se você quiser.

Malakian virou a cabeça para encarar Yashim. — Quer encontrar-se com o dr. Millingen?

— Sim — respondeu Yashim.

## 35

— Meu francês é... regular, receio — disse Millingen. Ele riu, com ar divertido, e estendeu uma das mãos. Yashim segurou-a: o médico tinha o aperto firme. Só um pouco mais velho que Yashim, ele parecia em boa forma: os cabelos grisalhos, o rosto magro e corado, a postura alta e ereta. Estava vestido com aprumo, trajando uma sobrecasaca preta e uma camisa branca brilhante: sua gravata estava folgada no pescoço.

— É muita gentileza sua vir. Aram vem fazendo insinuações nas últimas semanas, e o meu instinto de colecionador me diz o que você me trouxe. Você é um viciado, também?

Yashim sorriu. — Não coleciono moedas, doutor.

— Que bom para você! Peguei a mania na Grécia, excesso de tempo livre. Não é nada de mais, mas venho fazendo uma coleção da moedagem bizantina. Todos aqueles Estados e reinos que floresceram depois que os cruzados saquearam a cidade em 1204. Quadrilongos de prata cunhados pelo Despotado da Moreia, por exemplo. Estou achando que esta pode ser a peça que me falta.

O dr. Millingen fez a moeda deslizar da bolsa para sua mesa de tampo de couro, e cutucou-a com o dedo. — Eu sabia. Um ângelus. Caramba, mas Malakian é esperto. Posso apostar que ele já tinha esta moeda o tempo todo. — Ergueu os olhos e amarrou a cara. — Um colecionador é um homem fraco, não concorda? Seis meses atrás eu não teria dado cinco piastras por esta moeda. Agora ela chega para preencher uma lacuna, e Aram vai me fazer pagar os olhos da cara.

— Bem, suponho que se Malakian sempre fornece as moedas para o senhor, não pode evitar saber o que o senhor está procurando — ponderou Yashim.

— Ah, não. — Millingen sacudiu o dedo. — Isso faz parte do jogo; quando me lembro de jogar direito. Eu não dependo de Aram. Há outros negociantes, embora eu admita que ele seja o melhor. Às vezes acho que eles operam um cartel, controlam as informações. Por isso eu tenho que confiar em gente de fora do bazar, também. Você ficaria surpreso. Há um monge em Filibe que me ajuda, e um velho amigo em Atenas. Médico, como eu. Mas Malakian! Ele vai me arruinar!

Yashim sorriu. — Infelizmente ele apenas me pediu para trazer a moeda. Não falou nada sobre dinheiro.

— Nem uma palavra! — O dr. Millingen riu novamente, e passou as mãos pelos cabelos cacheados. — Aquela velha raposa! Ele sabe que eu estava aqui sentado, com a língua de fora. E num instante vou colocar este ângelus aqui com os outros, e completar o conjunto. E depois como é que eu deixaria alguém tirar ela de mim? Oh, *signor* Yashim, receio que seu velho amigo o tenha enganado. Você acaba de vender seu primeiro ângelus.

Yashim sorriu. — Temo, dr. Millingen, que talvez eu é que o tenha enganado. Fiquei feliz de trazer a moeda, mas na verdade o que eu quero é uma informação.

Millingen fez um meneio com a mão. — Desembuche — disse ele, em tom afável.

Yashim se viu hesitando. — No palácio, falarão a meu favor.

O dr. Millingen inclinou-se ligeiramente para a frente. — Sim, Yashim *efendi*. Acho que eu o conheço.

Yashim sentiu-se encorajado. — Conheci também o desafortunado monsieur Lefèvre. O homem que foi assassinado.

— Ah, sim, uma história horrível, essa.

— Ele me contou que se encontrou com o senhor uma vez.

Millingen pareceu surpreso. — É bastante possível. Quem sabe? Esta manhã ele estava além de qualquer possibilidade de reconhecimento.

— O senhor examinou o corpo.

— Uma autópsia. Significa dar uma olhada por si mesmo, do grego antigo. Para ser honesto, nunca gostei dessas coisas *post-mortem*. Sou médico, não patologista: meu trabalho é salvar vidas.

— Vidas podem ser salvas se descobrirmos quem fez isso.

Millingen parecia cético. — Um beco escuro, na calada da noite? Pode descartar testemunhas. Aqueles cães fazem barulho suficiente para acordar os mortos. De todo modo, aqui é Pera, não Istambul.

— *Efendi*?

— Seria preciso mais que um assassinato para fazer os moradores de Pera saírem de casa numa noite escura. Você não percebeu que as pessoas aqui são mais frias que uma recepção escocesa de boas-vindas?

— Mas a causa da morte, e o horário. O senhor chegou a alguma conclusão?

Millingen franziu o cenho. — Sim, cheguei. Foi uma coisa impressionante: o tronco foi talhado, do estômago ao esterno. Mas desconfio que ele morreu com um violento golpe de porrete na base da nuca. É quase certo que ele já estava inconsciente quando o abriram. Trincharam, seria melhor, como um pato selvagem ou uma cerceta.

— Mas por quê?

— Não se sabe, mas imagino que quem quer que o tenha matado queria atrair a atenção dos cães. Plano bastante decente, embora tenham sido os cães, ironicamente, que me ajudaram a sugerir o horário da morte.

— Como, dr. Millingen?

— As marcas de dentes. Algumas são mais velhas, o que causou perda de sangue quando o corpo ainda estava fresco. Depois há uma sobreposição de marcas, por vezes paralelas. Os cães tendem a se alimentar à noite, como você já deve ter notado. Ontem à noite o corpo foi despedaçado. E obviamente há outras indicações, como estado de decomposição, a dessecação dos globos oculares e coisas assim. Ele não pode ter sido assassinado muito depois da noite de anteontem. Talvez um pouco antes. Vou sugerir um horário de morte entre o meio-dia da segunda-feira e, digamos, as seis horas da manhã de terça.

Isso não é nada bom, pensou Yashim: aquilo o colocava junto e sozinho com Lefèvre, num horário em que o francês podia ter sido assassinado.

— Quando poderá concluir seu relatório, dr. Millingen? — Ele esperava ter soado casual.

Millingen sorriu. — Cá entre nós, poderia ser amanhã, mas o embaixador me deu uma semana. — Fitou a moeda sobre a mesa. — Desejo-lhe sorte, *efendi*. Esse tipo de crime é o mais difícil de solucionar.

Yashim assentiu com a cabeça. Ele gostava do ar de imparcialidade de Millingen: era um ar profissional. O estilo de um homem treinado para perceber as coisas. — Dr. Millingen, o senhor conviveu com os gregos. Tem alguma experiência das... ambições deles.

Millingen franziu o cenho. — Conheço muitos gregos, é claro. Mas suas ambições? Não, eu acho que eu...

— Não, me desculpe — atalhou Yashim. — Há uma sociedade, uma sociedade secreta, eu descobri recentemente. A Hetira. Eu estava pensando se o senhor já ouviu falar?

— Umm. — Millingen esticou o braço e pegou a moeda da Moreia. — Sociedades secretas. — Balançou a cabeça e disfarçou o riso. — Os gregos são um povo bastante charmoso. Conheci vários deles anos atrás, na Moreia. Estavam todos envolvidos na luta pela independência grega, obviamente; fui para Missolonghi com Lorde Byron.

"O que é mesmo que o Lorde Byron costumava dizer? Os gregos não diferenciam um problema de um blefe. A verdade é que fariam intrigas por conta de uma batata — e quando digo que estavam envolvidos na luta, não quero dizer que iam para vencer. Na maior parte do tempo brigavam uns com os outros. Bastante decepcionante. Byron queria que eles fossem como os gregos clássicos, cheios de virtudes platônicas; e eles não são. Ninguém é. São um povo bom, mas são como crianças. Um grego pode rir, chorar, esquecer e querer matar o melhor amigo, tudo no espaço de uma única tarde!" Recostou-se e sorriu.

— Quando eu era menino, construíamos tocas nos arbustos. Fazíamos de conta que Bonaparte marchava pelo nosso jardim, e ficávamos prontos para emboscá-lo, junto com seu exército. Assim são os gregos. Eles constroem para eles mundos secretos. É política, se você quiser, mas é uma brincadeira, também.

Ele segurou a moeda entre os dedos, fazendo-a girar.

— Os gregos são soldados corajosos no campo de batalha; o campo de batalha que existe em sua própria cabeça. Eles massacram os albaneses, destroçam os turcos e enfrentam Mehmet Ali nos portões do Cairo! Vão tomar conta do mundo, como Alexandre, o Grande; a diferença é que depois fumam seu narguilé, bebem café, esquecem e se sentam como um velho turco. É o que vocês chamam de *kif*, não é? Um estado de contemplação satisfeita. Os gregos fingem que não têm isso, e às vezes, olhando para eles, até dá para acreditar, mas eles têm o hábito do *kif* mais intensamente que qualquer um. — Fechou os olhos e deixou a cabeça oscilar lentamente; depois despertou de maneira brusca e riu novamente. — Mas sabe por que eles não lutam? Vou dizer a você. Um grego jamais pode obedecer a outro grego. São todos divididos em facções, e cada facção tem um único membro.

Yashim deu uma gargalhada. O que o dr. Millingen estava dizendo não tinha resposta: os gregos eram quixotescos. Ninguém podia negar que o pequeno reino da Grécia tinha se estabelecido com amplo domínio, apesar dos esforços dos próprios gregos. Onze anos trás, em 1828, uma frota anglo-francesa destruíra os otomanos em Navarino e ditara os termos da independência grega para dar fim a uma guerra civil que se arrastava por anos e anos.

— Uma sociedade secreta, doutor?

O dr. Millingen tinha começado a deslizar a moeda pelas costas da mão, como se a costurasse entre os dedos.

— Em minha experiência, há muitas sociedades secretas gregas. Está no sangue. Algumas se dedicam ao comércio. Outras à família. No reino da Grécia, ouvi dizer, alguns lutam por uma república, outros pelo socialismo.

— Sim, sei. E a Hetira?

— Já ouvi falar. Você é amigo de Malakian, por isso vou dizer o que eu sei. Mas isso não deve ser repetido. A Hetira é antiotomana, de maneira bastante discreta. A maior parte das sociedades secretas é discreta, senão sequer existiriam. Mas a Hetira realmente despreza o reino da Grécia. Acreditam que o reino foi erguido pelas negociações secretas entre o império otomano e as potências europeias, para manter em silêncio os gregos em terras otomanas.

— Uma conspiração?

— Entre um sultão astuto e embaixadores estrangeiros complacentes. Para gente como os membros da Hetira, a Grécia nada mais é do que uma concessão para aplacar a opinião europeia. Enquanto isso, eles se entregam a sonhos e devaneios, para satisfazer uma vontade. Querem um novo império. Os gregos não vivem apenas na Grécia. Trabzon, Ízmir, Constantinopla: estão repletas de gregos, não estão?

Yashim assistia, fascinado, ao ângelus ondulando entre os nós dos dedos de Millingen. — Mas também turcos. E armênios, judeus. E quanto a eles?

O médico girou o pulso, e seus dedos se fecharam em torno da moeda. Quando abriu a mão, ela tinha desaparecido.

Yashim sorriu, e pôs-se de pé. — É um belo truque.

— O Cerco de Missolonghi foi um episódio muito longo — o dr. Millingen gargalhou. — É como eu digo, tínhamos bastante tempo livre. Mas companhias interessantes.

Flexionou os dedos.

A antiga moeda reluziu na palma da sua mão.

## 36

— Quem é agora? Se me aparecer mais um pedreiro, juro que eu vou começar a gritar. Você já está gorda o bastante, Anuk, pare de comer este doce. Leia isto aqui, Mina, meu bem. Me diga se está escrito certo. Se não for um pedreiro nós o receberemos. — Ela abriu os braços. — Yashim!

Preen simulou um desmaio. Ninguém na sala deu a menor atenção, a não ser Mina, que ergueu os olhos e sorriu. Preen despertou de seu desfalecimento de mentirinha e atirou os braços em torno do pescoço de Yashim. — Achei que você era um pedreiro. Mas de qualquer jeito eu nem sei se conseguiria reconhecer você. Já faz meses que eu não te vejo!

Yashim escancarou um sorriso. A noção de tempo de Preen sempre fora elástica, esticando ou encolhendo de acordo com seu humor; mas vivia num mundo mais vívido e extravagante que o dele, onde as fronteiras entre a realidade e a fantasia eram fluidas. Muito tempo atrás, ainda menino, Preen fora treinada como dançarina *köçek*, tão tentadora e provocante quanto qualquer outra "menina" *köçek* que dançava nas cerimônias de casamento, festas e reuniões na grande cidade de Istambul. Ninguém sabia exatamente como e quando as tradições *köçek* tinham se desenvolvido: talvez tivessem dançado para os imperadores de

Bizâncio, talvez tivessem vindo com os turcos das estepes; mas, assim como os cães ou os ciganos, eram parte tão arraigada da cidade quanto a umidade ou a luz do sol.

Preen não perdera sua energia pela vida, nem seu senso de humor, quando deixava de lado as perucas e bustiês em troca do cabelo cortado bem rente e eriçado e pijamas folgados. Agora havia salpicos grisalhos no cabelo, e seu rosto não trazia traço algum de maquiagem, exceto um pouco de ruge, antimônio e um toque de lápis de sobrancelha e o *kohl*. Ela estava usando um colete bordado escarlate. Dois dedos da mão direta eram permanentemente curvados, resultado de um acidente envolvendo um assassino e um lance de escadas traiçoeiro.

— Meses, Preen? Está mais para uma semana.

— Uma semana para mim... é um mês! Não tenho tempo para dormir, Yashim, honestamente. — Seus dedos saracotearam até os olhos. — Pareço cansada? — Ela soava alegre, mas Yashim estava familiarizado com os métodos de Preen, a ansiedade que escondia por trás de suas palavras.

— Cansada? Você está crepitando de energia, posso sentir. Você parece uma nova...

— Eu sou uma nova mulher, Yashim.

Os dois gargalharam.

— É verdade, aquele acidente foi a melhor coisa que poderia ter acontecido comigo. Me fez pensar. Yashim, eu estava ficando velha demais para dançar toda noite.

— Você estava dançando tão bem como sempre.

Preen sorriu. — Já vi muitas dançarinas ficarem velhas, Yashim. O teatro vai ser diferente. — Ela pronunciava *tay-art-re*, à maneira francesa, como Yashim usara quando explicou a ela pela primeira vez a ideia. — Tenho empregos para três das meninas mais velhas quando abrirmos, vendendo ingressos, sorvete de frutas e café.

Yashim ficara maravilhado pelo talento que Preen tinha para organização. Desaparecera a dançarina que se apresentava por gorjetas de clientes, que se lamuriava por sua beleza que definhava, que dormia e dançava e passava dias inteiros no *hammam*. Assim que compreendeu a ideia do teatro, abraçou-a com entusiasmo. Saiu atrás de um bom local em Pera, encontrou uma boa equipe de pedreiros, que submeteu à sua própria vontade, planejou a programação e organizou o cenário e a decoração — tudo no espaço de poucos meses. Preen tinha um surpreendente temperamento de aço. Ela não admitia besteiras, não tolerava contradições. Mas distribuía elogios em profusão quando eram merecidos.

E ela esbanjava generosos elogios a ele, é claro. Yashim esperava ter razão: que Pera seria capaz de administrar um teatro. Seria algo entre o *music hall* inglês e um teatro de revista parisiense; ele tinha lido sobre tais lugares. Muitas pessoas desaprovariam. O próprio Yashim, se fosse honesto, desaprovava ligeiramente a ideia. Mas para o bem de Preen — dela e de toda a sua tribo —, ele esperava que desse certo.

— Ganhei um dinheiro extra — ele disse, exibindo a bolsa de Mavrogordato. — Será que te ajuda em alguma coisa?

Preen virou a cabeça para o outro lado. — Nós desprezamos isto, Yashim. Você sabe disso. — Ela esticou o braço e ele deixou a bolsa em sua mão.

— Obrigadinha. Quer um café?

— Não. Mas quero pedir um favor.

— Você me surpreende. No fim das contas não devemos desprezar o dinheiro, então?

— Melhor não. Um menino rico, Preen. Grego. Bastante bonito.

— Humm. — Preen arqueou uma das delicadas sobrancelhas. — Faixas, saias e pernas peludas também?

— Está mais para cadarços e *stambouline*, na verdade. E bafo de uísque.

Preen jogou a cabeça e, distraidamente, desenhou um contorno no couro cabeludo. — Um estudante?

— É o que eu acho. — Desde a independência da Grécia, havia dez anos, os gregos ricos vinham mandando os filhos para estudar em Atenas. — Alexander Mavrogordato. Os banqueiros.

— Ah, *esses* Mavrogordato — disse Preen, como se houvesse outros. Então sua expressão mudou. — Já que é assim, podemos precisar desta bolsa.

## 37

Yashim depositou a cesta no chão e de dentro dela tirou três cebolas e um punhado de abobrinhas. Pegou a tábua de picar carne e vegetais e colocou-a sobre a mesinha alta onde guardava o sal, o arroz e as especiarias secas. Numa caixa ao seu lado, pegou uma faca afiada e a amolou numa haste de aço inglesa que Palewski lhe dera como presente. A arte culinária não estava no fogo: estava numa lâmina afiada.

Com o gume cego da faca, tirou a casca da cebola. Cortou-a ao meio e deitou as duas metades com a face plana para baixo, as curvas se tocando. A faca subiu e desceu apoiada na ponta. A tábua deu uma guinada momentânea e pendeu de um lado; Yashim continuou picando. Juntou as fatias num canto da tábua, que oscilou novamente. Yashim ergueu uma extremidade da tábua e passou a mão atrás dela, desalojando um grão de arroz.

Por alguns momentos, fitou o pequenino grão, franzindo ligeiramente a testa. Depois ergueu os olhos e enfiou o dedo nos espaços entre o pote de arroz e o saleiro e os vidros de temperos que estavam sobre a mesa. Alguns grãos de arroz grudaram em seus dedos. Ele empurrou de lado alguns dos potes e viu vários outros por trás.

Yashim esfregou as pontas dos dedos umas nas outras, abriu a tampa e olhou dentro do pote de arroz. Estava quase cheio, a colher completamente enterrada nos grãos.

Yashim passou os olhos pelo aposento. Tudo estava em ordem, tudo como a viúva deixara depois de ir embora após a faxina, os xales dobrados, os sacos de pano pendurados numa fila de ganchos, o jarro de água em cima da tigela.

Mas alguém tinha estado ali.

Vasculhando. Procurando alguma coisa pequena o bastante para ser escondida num pote de arroz.

Yashim pegou um xale dobrado e esticou-o no divã debaixo da janela. Pegou o pote de arroz e o virou, derrubando os grãos no xale. Nada além de um punhado de arroz. Olhou dentro do pote. Estava vazio.

Devolveu o arroz para dentro do pote, primeiro com as duas mãos, depois com a colher. Tirou alguns grãos da borda e tornou a fechar com a tampa.

O francês. Lefèvre. Quanto tempo ele tinha ficado ali sozinho? Duas horas, três. Depois tinha acordado e quisera fazer alguma coisa para comer.

Lefèvre não cozinhava. Não sabia diferenciar azeitonas de cocô de ovelha.

*Acredito em tudo que leio nos livros.*

Yashim franziu o cenho.

Foi até sua estante de livros e examinou as prateleiras. Os livros não estavam organizados segundo uma ordem particular, o que nada dizia a ele. Talvez estivessem desarrumados, talvez não. Experimentou tirar um ou dois, e eles deslizaram facilmente.

Encostou os potes de volta à parede e continuou descascando as cebolas.

Despejou azeite de oliva na base de um prato de cerâmica.

Cortou um limão ao meio e espremeu o suco no azeite. Secou as mãos num pano.

Foi até a estante e correu o dedo ao longo da prateleira do meio até encontrar um livro.

Fora um presente da mãe do sultão, a *valide*. Ela o recebera sem encadernação, sem dúvida, numa sobrecapa de grosso papel-manilha. Antes de passá-lo adiante, ela o encadernara em couro imperial verde, com o colofão da Casa de Osman, a pluma de uma garça real, trabalhada na lombada em folha de ouro. Título e autor impressos na lombada em letras douradas.

GORIOT — BALZAC. Era um presente raro.

Na embaixada, viu que a mochila de Lefèvre continha meia dúzia de livros. Eram os mesmos livros que o aterrorizado homem, desesperado e aflito, espalhara pelo chão, antes de morrer. Exceto um, Yashim lembrou-se. Um exemplar encadernado do *Goriot*, levemente estropiado na lombada, e que não tinha visto antes.

Retirou o Balzac da prateleira e abriu a capa de couro.

Lefèvre, pelo menos, encontrara um esconderijo.

Pode-se esconder joias no pescoço de uma mulher. Um homem pode se perder na multidão.

Yashim soltou um suspiro. O presente da *valide* estava arruinado, fora do alcance de qualquer conserto.

Para esconder um livro, é preciso outro livro.

## 38

Enver Xani girou a chave na fechadura e empurrou a porta suavemente. Do outro lado da porta havia uma câmara fresca e escura, que ecoava o som de água corrente. Adentrou, grato por escapar do calor e da poeira da cidade, e abaixou-se para desafivelar os sapatos, que colocou cuidadosamente em cima de uma pedra; depois fechou a porta atrás de si e ficou de pé, esperando os olhos se acostumarem à escuridão.

A friagem da água ainda o surpreendia. No inverno, diziam os irmãos, ela penetrava até a medula; você passava o dia molhado, congelado, movendo-se entre os sifões e cisternas da cidade em botas forradas de peles, as mãos e os cabelos permanentemente frios e úmidos, as juntas dos dedos das mãos e dos pés inchados de frio. Não era trabalho para velhos. Razão pela qual a maioria dos agueiros levava consigo em suas rondas um aprendiz; invariavelmente, um de seus próprios filhos.

No verão, dava para se sentir agradecido pela sensação de frio e a escuridão, pelo som sossegado e refrescante da água jorrando. Lá fora a poeira cozinhava nas ruas escaldantes, levantada pela passagem de muitos pés, intocada pela mais leve lufada de vento. Aqui dentro, em qualquer uma das pouco mais de uma dezena de sifões e cisternas espalhados pela cidade, era possível adentrar a calmaria fresca das florestas, a 24 quilômetros de distância, de onde a água começava sua lenta e longa descida rumo à capital sedenta. Era um privilégio. Enver pagara muito bem por aquilo.

Ele pendurou a chave num gancho, da maneira como havia sido instruído: ele certamente não deixaria a chave cair no labirinto de canais que se arrastava em redemoinho sob seus pés. Em três meses, ensinaram a ele tudo que um aprendiz poderia saber após anos seguindo o pai no trabalho: somente seguindo as regras ele talvez pudesse compensar a experiência que lhe faltava. Para os irmãos, as regras eram como um ritual religioso; assim como aquela sala de sifões era, a seu modo, como uma igreja ou mesquita, fresca e silenciosa em meio ao calor e ao alvoroço da cidade.

Enver tirou da parede uma vara e a mergulhou no enorme tanque de captação, medindo sua profundidade. Numa extremidade, a água do tubo de entrada jorrava suavemente para dentro do tanque; na extremidade oposta, a água borbulhava contra a borda, deslizando ruidosamente para sete pás rasas das bacias de distribuição. Na hora indicada, ele pararia a vazão dos tubos de descarga três, cinco e seis, e abriria o cano para liberar o fluxo da bacia dois, e, pelo diâmetro principal, passaria o sinal adiante para o homem seguinte.

Enver sentiu no peito um aperto de ansiedade à medida que recapitulava os versos que tinha aprendido, fáceis de memorizar. Três, cinco e seis. Depois dois. Eles pertenciam às regras, assim como a bola oca e fosca de estanho que dali a pouco sairia do cano de descarga e engrenaria seu trabalho. Sua tarefa agora era ficar atento à bola.

Enver acocorou-se na extremidade do tanque de captação, franzindo a testa, concentrado no jorro. A água jorrava em redemoinhos da ponta do cano e desabava numa espiral espessa para dentro do tanque, repetidamente, sem parar. De quando em quando ele via a espiral tremer e vacilar. Às vezes, sentia que a água que chegava não era um jorro incessante, mas uma série de pulsações quase imperceptíveis, como o sangue correndo pelas veias do pulso de um homem, *gluck-gluck-gluck*, e tinha de fechar os olhos e respirar fundo para dissipar a ilusão. Mas era uma ilusão? Muitos irmãos conseguiam reconhecer o momento preciso em que a bola chegaria, pois detectavam a mais leve alteração no volume da descarga, a menor mudança na música da queda-d'água. "Cuidado, devagar agora. Atenção", diriam eles, sempre alertas à mudança mais sutil, interrompendo uma conversa. E poucos momentos depois a bola de estanho caía no tanque, afundava alguns centímetros e depois voltava à tona e deslizava suavemente até a beira.

"Ainda não", pensou Enver; mas tinha calculado mal, pois naquele exato momento um quase imperceptível som de raspagem anunciava a chegada da bola na extremidade do tanque. Ele nem sequer a vira chegando: devia ter caído do jorro quando ele fechou os olhos, tentando decifrar o ritmo da água.

Decepcionado, cravou os olhos no tanque. Devia pegar a bola, bloquear com panos os necessários canos de distribuição, e depois jogar a bola no cano de saída, para que flutuasse em sua longa jornada através de Istambul. Três, cinco e seis. Depois dois. Emanando de uma série de pequenos buracos no teto da câmara, a luz dançava e se dissolvia na superfície da água, negra e rasa como uma poça de óleo. Com um suspiro, ele inclinou-se e recuperou a bola de estanho. Por um momento a luz pareceu saltar da superfície e percorrer a câmara, um súbito clarão que Enver percebeu pelo canto do olho; depois a luz se aquietou de novo, e ele estremeceu. Ele já tinha ouvido as histórias que os irmãos contavam de *ifrits* e demônios que assombravam a escuridão das cisternas; mas agora estava ficando frio também.

Apertou a bola entre os dedos e viu de relance seu próprio reflexo na água negra.

Por uma fração de segundo, viu um segundo rosto, encarando-o do tanque.

Enver não teve tempo de se espantar. Arfou, e algo agarrou-o pela parte de trás da cabeça, de modo que a última coisa que ele chegou a ver neste mundo foi a visão de seu próprio rosto se precipitando em sua direção, sua boca aberta num grito silencioso.

## 39

Era tarde da noite quando Yashim chegou ao portão do palácio Topkapi. Dois alabardeiros oscilaram nos calcanhares quando ele entrou, e um deles cobriu cuidadosamente com o pé um par de dados nas pedras.

— Tempos tranquilos — Yashim murmurou.

Os alabardeiros riram, arreganhando os dentes. Yashim passou por eles e entrou no primeiro pátio, o mais público, do palácio. Cruzou as pedras do pavimento à sombra dos plátanos, lembrando-se de quando o grande pátio ficava repleto de gente — soldados apeando respeitosamente, cavalariços em posição, paxás passando para cá e para lá, cercados por seus séquitos, cozinheiros vociferando ordens, lacaios correndo com ímpeto para realizar suas tarefas, carroças abarrotadas de comida e produtos movendo-se lentamente na direção das cozinhas imperiais, cádis de turbante discutindo os julgamentos do dia, alheios ao barulho, cabriolés do harém rodando ruidosamente rumo a algum piquenique coberto junto às Águas Doces, eunucos negros caminhando para casa com suas compras em sacolas de plástico, um grupo de albaneses guerrilheiros, tentando não parecer maravilhados, com pistolas nos cintos, meninos olhando fixamente para a seleção de cabeças cortadas expostas na coluna, e em torno deles, entre eles, o povo comum de Istambul, cuja conversa era um murmúrio encoberto, como o mar.

O pátio estava em silêncio; o único movimento era dos jardineiros, agachados e calmamente fazendo seus trabalhos, sob o balanço dos ramos dos plátanos.

Para onde, perguntava-se Yashim, tudo aquilo tinha ido? Não para Beşiktaş, certamente — o novo palácio em estilo franco do sultão no Bósforo, onde sentinelas usando quepes ficavam de guarda, do lado de fora de pequenas guaritas, perto das amuradas. Em Beşiktaş, os cabriolés eram conduzidos habilmente pela íngreme trilha de cascalho, as rodas rangendo nos pedregulhos, e de dentro desciam pessoas trajando *stamboulines*, que subiam os degraus e desapareciam.

Do outro lado do Primeiro Pátio ficava o Portão da Felicidade, cujas torres cônicas podiam ser avistadas do Bósforo e do Corno de Ouro. Ele se perguntava se aquele ainda era o Portão da Felicidade, agora que já não mais se abria para a residência da Sombra de Deus na Terra. Alguém ainda poderia considerar-se feliz ao passar além daquele portão, mesmo que não compartilhasse o mesmo solo com o próprio sultão?

Assim que formulara em sua mente essa pergunta, Yashim soube que não era no solo que estava pensando, mas na sombra de proteção sob a qual ele sempre atuara. O sultão confiava nele. Uma palavra poderia salvá-lo — mas a palavra não viria de um homem doente, distante em seu palácio no Bósforo. O relatório do embaixador francês passaria para outras mãos. O envolvimento de Yashim com o arqueólogo pareceria, na melhor das hipóteses, imprudente. A difamação iria marcá-lo como uma mancha em seu caráter, um leve ponto de interrogação sobre seu bom-senso.

Ele bateu e esperou. Pouco depois a cancela se abriu, e um velho alabardeiro dos cabelos longos, homem que ele conhecia, recebeu-o sem formalidades.

— A *valide*, *efendi*. Ela o está aguardando?

Yashim assentiu com a cabeça. Apenas poucos anos antes — parecia uma vida inteira —, ele teria sido instantaneamente desafiado e levado para dentro dos portões com a certeza de que centenas de pares de olhos invejosos o estavam observando por trás! O velho catou um molho de chaves e conduziu Yashim ao longo do Segundo Pátio, girando as chaves na mão.

— Eu fico com todas elas agora, *efendi* — disse ele, alegremente. Enquanto caminhava, ia afrouxando e apontando uma a uma: a chave das cozinhas, a chave do bloco dos estábulos. — Esta — ele disse, segurando uma enorme chave de ferro — você nunca vai adivinhar.

— O compartimento dos grãos — disse Yashim.

— Isso mesmo, *efendi*. É esta aqui. O compartimento dos grãos. Mais pesada que o grão, agora, espero. E esta pequena aqui?

— Não tenho a menor ideia.

O velho riu. — Vou te mostrar uma coisa, *efendi*. Olha só.

Pararam diante de uma portinhola na parede mais afastada do Segundo Pátio. À esquerda deles ficava a sala do divã, com seus beirais arqueados, onde os grandes paxás discutiam as questões de um império que se estendia dos portões de Viena às Pirâmides. Naquele salão reinos tinham sido partidos ao meio; exércitos tinham sido formados para a glória e a derrota; ali o destino de raças inteiras fora determinado; homens haviam sido honrados ou destruídos por uma palavra, um sinal, um movimento de uma pena. Agora a sala estava vazia.

O alabardeiro enfiou a chave numa fechadura minúscula. Com uma única volta, a porta se escancarou.

— Surpreso, *efendi*? Isso mesmo, aquela chavinha.

Não havia necessidade de dizer mais nada.

Yashim entrou. A entrada do harém era como uma rua em miniatura, a céu aberto ao longo dos metros seguintes, com as janelas dos apartamentos dos eunucos negros projetando-se sobre as pedras do pavimento. Era uma rua de mármore perfeitamente lustroso, com fontes que jorravam de nichos nas paredes. E era completamente silenciosa.

A porta fechou-se atrás dele. Ele ouviu um arrastar de chinelos no piso, e um velho negro, usando um cafetã cuidadosamente bordado e um enorme turbante branco, surgiu, dobrando uma esquina e abanando-se com um leque feito de junco.

— Olá, Jacinto.

— Oi, oi, Yashim. Está ficando tarde.

— Me desculpe. — Apenas dois ou três anos antes, essa teria sido a hora mais importante da vida no harém: a hora das fofocas e intimidades à mesa, quando uma torrente de milhares de pratos suculentos jorraria das cozinhas do palácio para os apartamentos do sultão: acima de tudo, era a hora dos preparativos finais da *gözde*, a hora de enfeitar, perfumar e acalmar os nervos da menina sortuda o bastante por ter sido escolhida para compartilhar a cama do sultão naquela noite. O harém todo teria vibrado e cantado como uma floresta de passarinhos.

Agora a calmaria era audível.

— Pergunte à *valide*, Jacinto, se ela pode me receber.

## 40

— *C'est bizarre*, Yashim. Quanto mais velho meu filho fica, mais se apaixona pelo estilo europeu; já eu, embora tenha nascido em meio a esse estilo, vejo que prefiro os confortos da tradição oriental. Agora ele mal vem aqui, nem sequer para me ver. Seu novo palácio o deixa encantado. Para mim, aquilo parece uma fábrica.

Yashim inclinou a cabeça. A sultana-mãe estava aninhada em seu sofá, escorada em uma nuvem de almofadas. Ela estava com um joelho elegantemente erguido, seu rosto parcialmente iluminado pela luz que passava pelas persianas abertas da janela. Agora ela raramente andava, se é que chegava a andar; contudo, sua figura ainda era graciosa, e as sombras no rosto revelavam a beleza que outrora ele tivera, e que, de certa maneira, ainda tinha. Por baixo do cafetã de veludo de seda ela usava um refinado robe de chiffon cuja gola e mangas eram adornadas com o mais requintado laço da Transilvânia; o laço, Yashim recordava-se, era feito pelas freiras. A espiral do seu turbante era fixada por um diamante e uma *eigrette* de esmeralda. Suas mãos eram brancas e delicadas. A *valide* não sabia que seu filho estava morrendo em Beşiktaş?

— Estou muito velha, Yashim, como você sabe. Topkapi é minha casa, alguns diriam que é minha prisão, há sessenta anos. O palácio também está velho. Bem, o mundo mudou para nós dois. A essa altura, gosto de pensar, nós já nos entendemos. Compartilhamos lembranças. Pretendo morrer aqui, Yashim, com traje completo. No palácio do sultão em Beşiktaş, eu seria posta de camisola numa cama francesa, e aí seria o fim.

Yashim concordou com a cabeça. Ela estava absolutamente certa. Tantos anos já haviam se passado desde que uma moça, cativa de corsários argelinos, fora entregue ali, nos alojamentos do harém do velho sultão Abdül Hamit, que era fácil esquecer o quanto a *valide* conhecia o estilo europeu. Aimée Dubucq du Riviery, filha de um agricultor da ilha francesa da Martinica: ela era francesa. A mesma misteriosa lei do destino que a levara ao serralho do sultão, onde ela por fim emergiu como *valide*, levara também sua amiga de infância, a pequena Rose, ao trono da França, como Josephine, imperatriz de Napoleão.

Uma camisola. Uma arrumada cama francesa. Yashim sabia como viviam os europeus, com sua mania de divisões. Eles dividiam suas casas da mesma maneira com que segregavam suas ações. Os francos tinham quartos de dormir especiais, equipados com complicadas geringonças, e durante o dia todos esses cômodos ficavam vazios e abandonados, consolados pela poeira que se erguia à luz do sol — a menos que pertencessem a um inválido, que nesse caso compartilhava a solidão e desolação, longe da atividade da casa.

Os francos tinham salas de jantar onde faziam as refeições, salas de estar onde se sentavam e salas de visitas para onde se retiravam — como se suas próprias vidas não fossem, afinal, uma série de retiradas, indo na ponta dos pés de uma sala para a outra e de uma função para a outra, trocando incessantemente de roupa, numa eterna fuga da vida real. Ao passo que numa casa otomana — mesmo ali, no harém — todos tinham permissão para flutuar na torrente da vida que passava. As pessoas dividiam sua vida entre o que era público e o que era reservado à família, entre *selamlik* e *haremlik*: nas casas mais pobres, a divisão se limitava a uma mera cortina. Se você estivesse com fome, trariam comida.

Se quisesse dormir, desdobrava as pernas, se reclinava e puxava um xale sobre os ombros. Se estivesse de mau humor, certamente alguém viria animá-lo; doente, e alguém perceberia; cansado, e ninguém se importava se você cochilasse.

A *valide* pegou o livro e arqueou uma sobrancelha.

— Você pode me achar extremamente velha, Yashim, mas espero que não esteja achando que eu conheço o autor.

Yashim deu uma risadinha. A *valide* alcançou um par de óculos. Lançou por cima da armação um olhar de advertência para Yashim. — Tenho minhas vaidades, *quand même* — disse ela.

Mas Yashim estava encantado demais pela novidade de ver uma mulher usando óculos para levar em consideração seu efeito na beleza da *valide*. Ele sabia que ela era uma leitora ávida, é claro. Mas os óculos faziam com que ela parecesse, bem, magnificamente sábia.

Ela examinou com alguma demora a capa de couro marrom do livreto, virando-o de cima a baixo. Passou um de seus dedos finos entre as bordas e abriu na primeira página.

— Não creio — disse ela — que este seja o tipo de livro que nos interessaria. Para começar, nem está em francês. *De Aedificio et Antiquitae Constantinopolii* — leu, lentamente. A mão que segurava o livro afundou entre as almofadas. — Dança. Conduta. As intermináveis tragédias de monsieur Racine. — Fez uma pausa. Foi há muito tempo, Yashim, e éramos educadas para enfeitar e não para sermos estudiosas. Creio que é latim — acrescentou, com um pequeno arrepio.

Yashim, que já o tinha deduzido, tentou ocultar sua decepção. — Pensei... que talvez... a senhora fosse versada nisso.

— Em latim, Yashim? — A *valide* deu uma risadinha animada. — Mas não, você tem razão. Sinto muito, já faz tanto tempo. — Passou o dedo pelos olhos, para enxugar uma lágrima. — Como sou tola. Estava pensando em minha mãe. Uma mulher muito inteligente. Não à minha maneira, por certo. Era uma sonhadora, uma *idéaliste*. Nosso pai queria que fôssemos bonitas. Mas minha mãe, ela de fato tentou nos ensinar alguma coisa além de dança e o uso dos leques. Inclusive latim. — Sorriu, com ar triste. — Acho que sempre fazia calor demais.

Ergueu os olhos, quase que timidamente. — Eu não falava deles havia muitos anos — disse ela.

A *valide* tirou os óculos e colocou-os no tapete a seu lado. — Os edifícios e antiguidades de Constantinopla — disse ela, devolvendo o livro. — Não posso ajudar muito. Você provavelmente já sabe quando foi publicado.

— Em 1560, em Roma.

A *valide* olhou demoradamente para Yashim. — Está acontecendo alguma coisa entre você e seu amigo Palewski, *n'est ce pas*?

— *Valide*?

Ela colocou a língua entre os dentes e aspirou o ar, em sinal de desaprovação, e fez um sinal de advertência com o dedo. — Tsc-tsc-tsc-tsc. Palewski é um homem culto e foi criado num país católico. Um país gelado, onde é fácil aprender latim, entre outras coisas. Acho que o latim dele é bem melhor que o meu. Por que você não o consulta? Ele é seu amigo.

Yashim desviou o olhar. — Monsieur Palewski me colocou numa situação delicada — disse ele, com firmeza.

— Entendo. Era essa a intenção dele?

Yashim sacudiu a cabeça. — Não.

A *valide* jogou a cabeça de lado. — A amizade é uma oportunidade, Yashim, e nossa vida é curta. Você já falou com ele?

— Não.

— *Flûte*! Não seja tolo, meu jovem. Leve este livro ao seu amigo. — Ela afagou o xale jogado sobre os ombros. — Agora, estou cansada.

Fechou os olhos e soltou um longo suspiro.

— Latim!

## 41

Yashim saiu pelo portão do palácio e passou pela fonte do sultão Ahmed. A contragosto, dobrou à esquerda, passando pelos banhos abobadados que o grande arquiteto Sinan construíra para Roxelana, a esposa de Suleiman, o Magnífico. Um dos banhos estava sendo usado como armazém. Ervas daninhas, e até mesmo uma árvore retorcida, brotavam das rachaduras dos telhados de chumbo.

Seguiu rumo ao Hipódromo.

Nada havia de imponente na altura da Coluna da Serpente, nada que chamasse a atenção: mas Yashim tinha percebido que, assim que os olhos eram atraídos para ela, era sempre difícil conseguir desviar o olhar. Sua própria pequenez zombava das pretensões dos monumentos maiores. Desprovidos de suas placas ornamentais, falando uma linguagem perdida, eles apenas gesticulavam, desamparados, para a glória desvanecida.

Três cobras, simetricamente entrelaçadas, erguiam-se bem alto, acima do chão. Simples, embora intrincado. Yashim perguntava-se o que o pequeno livro tinha a dizer sobre aquilo: *Os Edifícios e Antiguidades de Constantinopla*. Diria, presumivelmente, que viera do templo de Apolo em Delfos, berço da sabedoria oracular do mundo antigo. Mas e quanto ao autor propriamente? Teria o autor ficado apavorado por aquelas cabeças cintilantes?

Ele teria ficado de pé onde Yashim estava agora: um estudioso, sem dúvida, culto e desapaixonado. Teria olhado fixamente para a coluna, como uma maravilha do mundo antigo; da mesma maneira que Yashim olhava para trás, rememorando os anos da era de Suleiman — onde, entre janízaros e tendas, os estandartes de exércitos derrotados e as multidões desenfreadas, ele via o autor, cuidadosamente fazendo anotações.

Yashim deu de ombros e virou-se para ir embora. Caminhou de volta até Fener e sentou-se do lado de fora do café de que gostava em Kara Davut, onde, vagarosamente, folheou as páginas do livro de Lefèvre, em busca de gravuras.

Quando voltou a erguer os olhos, Preen estava descendo a rua; ele reconheceu seu andar, e achou engraçado ao notar que sua cabeça estava coberta com uma discreta *charshaf*.

Ela o avistou e sacudiu os dedos; então caminhou a passos largos, sentou-se e ajeitou sua echarpe. Alguns velhos se remexeram nas cadeiras e a encararam. Yashim sorriu. Fez sinal ao proprietário, que assentiu e encolheu os ombros.

— O estudante — instigou Yashim.

— Alexander. O piquenique, claro. Caíques subindo o Corno de Ouro até as Águas Doces. Música, vinho, e um interesse especial pela menina Ypsilanti.

— Comportado — murmurou Yashim.

— Por enquanto — concordou Preen. — Mas ele também aprecia a vida noturna.

— Nem tão comportado?

— Não sei dizer ao certo. Ele é conhecido em várias tavernas na zona portuária. Kumkapi, um pouco, mas principalmente do lado de Pera. Tophane, por exemplo. Alguns desses lugares têm péssima fama, Yashim.

Yashim assentiu. Tophane, a fundição de canhões, tinha a pior das reputações.

— Nos últimos tempos ele não tem sido visto com muita frequência, aparentemente. Alguém disse que ele anda fumando.

— Você quer dizer ópio?

— Pode ser.

— Naquele dia era bebida o que eu senti no hálito dele.

— Mas o ópio explicaria por que ele tem estado tão sumido. Os antros de Tophane.

— Você conhece esses lugares?

Preen arqueou uma sobrancelha. — O que você acha que eu sou, Yashim?

— Eu gostaria de descer até Tophane. Há uma informação que eu gostaria de obter.

— As pessoas vão a Tophane para esquecer, Yashim. Não gostam de perguntas.

Mas Yashim não estava ouvindo.

— Podemos ir hoje à noite — ele disse.

## 42

Por séculos, as esquadras otomanas tinham sido reparadas e abastecidas pelo arsenal, junto a Tophane, que excedia em tamanho e escopo qualquer estaleiro a leste do próprio Arsenale proibido de Veneza. Durante o dia, o distrito era um inferno de fornos ardentes e metais fundidos, marinheiros tentando com dificuldade descarregar os navios que vinham do mar Negro com cargas de madeira e cânhamo, barcos de betume de Chios, linho egípcio, cobre anatólio, minério de ouro dos portos do Adriático: as matérias-primas do império, que serviam para manter suas forças navais pelo menos na ativa — já que formidáveis não eram mais.

À noite, Tophane se recolhia sobre si mesma. A fundição silenciava; as paisagens, do outro lado do Bósforo às colinas da Ásia, sangravam na escuridão; os navios de carga rangiam, enfadonhamente, em seus ancoradouros. Nenhuma lamparina era acesa nas vielas sinuosas, onde marinheiros, donos de bordéis, ladrões e vagabundos se empurravam e praguejavam uns contra os outros no escuro; apenas lanternas tremeluzentes pendiam das pequenas janelas ou nas padieiras baixas das portas, guiando os homens para as tavernas e espeluncas de bebedeira, para o rum e o *raki*, para os coitos cansados em catres de palha e o aroma doce e nauseante dos narguilés.

Yashim deixou que Preen mostrasse o caminho.

Na terceira taverna em que entraram, um marinheiro maltês, vermelho por causa da bebida, abruptamente explicou a Preen seus planos para a noite. Planos que a incluíam. Quando Preen se recusou, o maltês quebrou uma garrafa no chão e tentou atingir o rosto dela com as pontas afiadas.

Com o antebraço, Yashim bloqueou o golpe, o que fez dele o objeto da atenção de um grupo de marinheiros malteses, aparentemente ainda chateados com o massacre de homens, mulheres e crianças inocentes na ilha de Chios por tropas otomanas guerrilheiras, 16 anos atrás.

— Ele me acertou! O desgraçado!

— Assassino de bebês! Assassino!

Yashim não sabia do que eles estavam falando.

Recuando de costas, saíram juntos pela porta.

Preen começou a andar depressa, ladeira abaixo. A viela seguia na direção oposta do centro da cidade, rumo ao cais. Antes que Yashim pudesse chamá-la de volta, a porta da taverna se abriu e o grupo de malteses apareceu na ruela.

Tinham decidido se vingar de Yashim por sua parcela de culpa no massacre que nenhum deles presenciara. Alguns brandiam canivetes abertos. Começaram a correr ladeira abaixo.

Yashim os ouviu se aproximando.

Ele precisava alcançar Preen antes dos malteses, com um tempo de vantagem, para ter alguns segundos para se esconder.

Agarrou o braço dela.

Na primeira esquina que dobraram, ele olhou para os muros: no escuro, pareciam inteiriços, sem oferecer sequer um vão. Poucos metros à frente, havia um beco em declive: eles tinham de chegar àquela esquina antes que os malteses os vissem. Ele puxou Preen para a direita.

— Assassino de bebês! Vamos te cortar ao meio!

A viela chegou ao fim, numa descaída: havia uma espécie de degraus, que Preen e Yashim saltaram de três em três. Estavam perto da praia.

Ao pé dos degraus, Yashim girou e avançou à direita: tinha uma vaga ideia de que poderiam seguir o contorno da costa e voltar cortando caminho mais tarde.

— Ali. Peguem ele!

Os malteses estavam nos degraus.

Preen tropeçou e soltou um grito.

Yashim agarrou-a novamente pelo braço e puxou-a com violência, dobrando a esquina.

O muro à esquerda deles diminui gradualmente: estavam no cais. À frente podiam ver as estacas do desembarcadouro, com um único caíque parado entre elas.

Se ao menos conseguissem chegar ao barco...

Um homem surgiu, vindo de uma viela, e caminhou na direção do caíque.

— Espere! — berrou Yashim.

O homem não se virou para olhar. Entrou no caíque. O barqueiro pôs a mão no remo.

Yashim e Preen estavam a 18 metros de distância. O caíque deu uma balançada e começou a deslizar.

— Espere! Socorro! — gritou Yashim. — Me ajuda! — gritou em grego.

Com um braço, ele agarrou uma das estacas do desembarcadouro. O caíque estava a 3 metros de distância. O barqueiro olhou para Yashim, depois de volta para o cais, onde o grupo de malteses acabava de aparecer.

O homem no caíque olhou ao redor. Fez um meneio de cabeça para o barqueiro, que voltou para que Preen e Yashim subissem.

Assim que o caíque avançou de novo, os malteses diminuíram o passo.

— Assassino de bebês!

Yashim ergueu os olhos para agradecer ao homem e pedir desculpas.

— Precisamos de uma ronda noturna aqui.

O homem deu de ombros.

Era Alexander Mavrogordato.

## 43

— Obrigado por ter parado.

— O que você está fazendo aqui?

— Procurando umas pessoas — respondeu Yashim.

Mavrogordato olhou para trás, na direção do cais. — E, pelo visto, você as encontrou.

— Eram as pessoas erradas. — Yashim esfregou a testa e respirou fundo. — Você me tirou da investigação.

O homem deu de ombros. — Minha mãe fez isso.

No escuro era difícil dizer se estava mentindo.

— Lefèvre já estava morto — disse Yashim. — Não tinha como você saber disso, tinha?

Yashim ouviu a água pingando do remo. — Foi uma coincidência, então?

— Você está no meu caíque — observou o rapaz. — Isso parece uma coincidência, não parece?

— Talvez. Mas eu estava procurando você, também.

— Você... você me seguiu?

— Não. Mas ouvi dizer que você vem aqui, às vezes.

— Isso não é verdade. Quem disse isso?

— É verdade hoje, não é?

Alexander Mavrogordato não respondeu. Se ele andara fumando, Yashim pensou, parecia calmo.

— Quem é o dono do *Ca d'Oro*?

O caíque balançou ao cruzar a esteira do barco de um pescador.

— O que isso tem a ver?

— É um dos barcos do seu pai?

— Olha, amigo. — Alexander inclinou-se para a frente. — Não sei dos negócios do velho. Em seis meses estarei longe daqui, se Deus quiser.

— Longe daqui? Onde?

— Isso é problema meu — respondeu Alexander. — Você não entenderia. Fener. O Bósforo. O Bazar; você acha que isso é o mundo, não é? Todos vocês acham. E só porque o sultão faz umas mudancinhas aqui e ali, vocês pensam que estão vivendo no lugar mais moderno da Terra. Besteira. Constantinopla é um lugar atrasado. Você ficaria surpreso, *efendi*. O resto do mundo, eles riem de nós. Paris. São Petesburgo. Ora, em Atenas eles têm até iluminação a gás nas ruas! Várias ruas. Eles têm política, filosofia, tudo. Salas de concerto. Jornais. Você pode comprar um jornal e sentar para ler num café, e ninguém olha duas vezes. Assim como no resto da Europa. Lá as pessoas têm opiniões.

— E elas leem jornais que têm as mesmas opiniões?

— É incrível, não é? Vou para lá, meu amigo. Vou me casar, e vou para lá.

— Sua esposa... você tem certeza de que ela quer ir?

— Minha esposa? Ela vai fazer o que eu quiser, é claro. Darei a ela roupas da moda, iremos a jantares e óperas, e coisas assim. Seremos completamente livres. Você não entenderia.

Yashim balançou a cabeça. O menino tinha razão: se liberdade era tirar de jornais as próprias opiniões e vestir-se como todo mundo, então certamente era uma coisa que ele jamais entenderia. Um prazer, talvez, que ele jamais fosse sentir.

— Obrigado por ter parado. Pode nos deixar em qualquer lugar que quiser.

Alexander resmungou alguma coisa que Yashim não conseguiu entender. Provavelmente, pensou o eunuco, era melhor assim.

# 44

Durante o dia, vista da água, Pera parecia um enorme crustáceo tirado do mar. Do lado de Istambul havia minaretes e árvores; mas sobre o Corno de Ouro a colina de Gálata era cinzenta e seca, incrustada de telhados, as janelas dos prédios sobrepondo-se à medida que iam descaindo para a beira d'água. Pequenos pedaços de verde ainda resistiam, onde ervas daninhas e trepadeiras haviam tomado as áreas devastadas pelo incêndio que varrera a cidade quatro anos antes; mas não resistiriam por muito tempo. Os aluguéis estavam em ascensão; havia fortunas a serem feitas; novos edifícios brotavam a cada dia, e as perotes não precisavam, aparentemente, de árvores e jardins.

Yashim caminhou lentamente subindo a Grande Rue. Se Pera era uma criatura do mar, a Grande Rue era sua espinha, percorrendo-a de cabo a rabo, do patamar dos degraus que iam da margem ao grande reservatório de água que dava seu nome, Taksim, ao distrito além. Era a via pública onde as embaixadas estrangeiras foram construídas. Na década anterior, havia se tornado tão cosmopolita quanto Paris ou Trieste. Yashim viu clássicas fachadas de pedra e enormes vitrines; as lojas vendiam chapéus, luvas, bebida alcoólica, doces, guarda-chuvas, botas inglesas. Para onde quer que olhasse, novos prédios retomavam os estilos de impérios desaparecidos e civilizações perdidas — motivos egípcios e cariátides romanas. Era um espetáculo sem raiz — pois o dinheiro não tinha raízes —, abundante, de encher os olhos, feio e empolgante ao mesmo tempo.

A miscelânea vertiginosa de estilos ecoava rua abaixo. Na multidão que tomava a Grande Rue, subindo e descendo, havia homens e mulheres de todas as nacionalidades e nenhuma. Todas as raças do Mediterrâneo, árabes e franceses, homens de albornoz, homens de chapéu, damas de salto alto, eslavos de ombros largos, ingleses meticulosos, marinheiros genoveses, alfaiates belgas, núbios negros, drusos de pele cor de azeitona dos cumes do Líbano, russos pálidos de barba clara, mascates, vadios, atores, vagabundos, cafetões. Duas dúzias de vendedores ambulantes perambulavam pelas ruas fazendo propaganda de suas mercadorias. Um macaco saltava em cima de um realejo. Até mesmo um urso arrastava os pés e olhava a trupe ao seu redor, com um sorriso contente.

Ontem Yashim se perguntava para onde tinha ido o grande desfile, depois que a multidão desaparecera dos pátios de Topkapi. Não para Beşiktaş, onde um sultão agonizava em sua cama europeia.

Puxou o cordão da campainha de um amplo prédio de pedras cinzentas, ligeiramente recuado da rua, e um lacaio de rosto sombrio e trajando um fraque imaculado atendeu a porta.

— O sr. Mavrogordato está lendo sua correspondência. Não verá ninguém antes das 11.

— Poderia dizer ao seu patrão que eu sou amigo do francês, Lefèvre? Quero vê-lo urgentemente, para tratar de um assunto particular.

O criado apertou os lábios e franziu o cenho. O turco na porta estava vestido à moda antiga, mas bem-vestido. Estivesse usando o fez, como qualquer outro homem de negócios, teria sido mais fácil despachá-lo; mas seu turbante conferia a ele um quê de mistério, combinado ao ar de confiança que os criados eram rápidos em detectar. A combinação podia significar dinheiro. Assunto particular, ora essa. Certamente, seu patrão gostava de cuidar da correspondência sem ser incomodado. Mas não era homem que apreciava perder uma oportunidade. Assunto particular. Bem, assunto particular podia significar muitas coisas.

— Um momento, *efendi* — disse ele, de forma mais educada. — Se quiser entrar, transmitirei sua mensagem ao sr. Mavrogordato.

O corredor era estreito e escuro; não havia lugar para se sentar. Yashim fitou a rua através da vidraça da porta. Banhada pela luz do sol, a multidão fluía em ritmo constante. Uma ou outra pessoa podia até parar e perder tempo por alguns instantes, mas o movimento era forte e por fim as impelia novamente para o fluxo.

Yashim pensou no livro que Grigor lhe mostrara, com seus imperadores adormecidos e antigas profecias. Como parecia fútil, a tal Grande Ideia! Que coisa superficial, diante dos tempos e eventos. Bizâncio desaparecera havia muito tempo. Ele se lembrava dos antigos versos que o Conquistador havia murmurado ao observar as ruínas do palácio imperial. "A aranha tece uma cortina no palácio de César: a coruja pia nas torres de Afrasiab..."

— O sr. Mavrogordato vai recebê-lo, *efendi*.

Mavrogordato era pequeno e quadrado, com cabelos pretos e um bigode cuidadosamente aparado. Estava sentado, com o paletó sobre a cadeira, as mangas da camisa dobradas, e os antebraços finos e brancos apoiados numa mesa coberta de papéis, como um marinheiro de um navio naufragado que se agarra a uma jangada. Era difícil adivinhar sua idade: cinquenta, talvez. Mais velho que a esposa. E Yashim estava certo: o rapaz, Alexander, puxara a mãe.

— Como vai? Café? Stefan, café. — Sua voz tinha algo de áspero, como um som de raspagem, e um sotaque que Yashim não conseguia identificar com exatidão. Assim que Stefan deixou o escritório, ele inclinou-se para a frente, piscando.

— O senhor tem algum interesse comercial, hã... — Olhou para um cartão sobre a mesa. — Yashim *efendi*.

— O nome significa alguma coisa para o senhor? — perguntou Yashim, mas o banqueiro fez cara de quem pedia desculpas. — Pensei... talvez sua esposa...

Mavrogordato teve um sobressalto. — Minha esposa?

Houve um instante de pausa. Yashim remexeu as mãos. — Perdoe-me. Devo me explicar: Maximilien Lefèvre, o arqueólogo.

Mavrogordato franziu o cenho. — Lefèvre — repetiu. Em tom sombrio, acrescentou: — O senhor não soube?

— Eu o conheci superficialmente — disse Yashim, bem devagar.

Mavrogordato resmungou. — Humm. Conhecia. — Começou a tamborilar os dedos na mesa.

— Estou investigando a morte dele. Tentando verificar alguns fatos.

— Não sei de nada a respeito — respondeu o banqueiro.

— Não é minha intenção sugerir... — Yashim levantou as mãos. Mesmo dentro daquele escritório, ele ainda conseguia ouvir o murmúrio da multidão lá fora, o fraco toque das campainhas e sinetas, o ranger dos cabriolés nas pedras do pavimento. — O senhor se encontrou com ele?

— Eu... ele veio aqui uma vez. Queria tomar emprestado algum dinheiro.

Fez uma pausa. Yashim ficou em silêncio.

— Emprestei dinheiro a ele — continuou o banqueiro. — Uma pequena quantia. — Mavrogordato fez outra pausa, como se estivesse se lembrando de alguma coisa, depois se ergueu abruptamente da mesa. — Bom, é uma pena. Mas os negócios precisam seguir em frente.

— É claro, *efendi*. Permita-me perguntar: chegou a conversar com ele? Era um homem interessante.

Mavrogordato pareceu surpreso. — Na verdade eu não tenho nenhum interesse em arqueologia. É estúpido da minha parte, tenho certeza, mas sou um homem de negócios. O senhor entende.

Yashim balançou a cabeça. — Quanto dinheiro ele tomou emprestado?

O banqueiro estufou as bochechas e soprou. — Acho que foram duzentos francos.

— Ah, dinheiro francês.

— O senhor sabe, hoje em dia... Não se pode emprestar piastras.

— Isso porque...?

— O valor... é muito incerto. — Mavrogordato sacudiu uma de suas mãos rechonchudas. — São coisas de finanças, *efendi*.

— Sobre as quais sei tão pouco — concordou Yashim. — O senhor acha que é por isso que ele o procurou?

Mavrogordato encolheu os ombros em sinal de desaprovação e pegou sobre a mesa uma folha de papel. — Não sei dizer. Desejo-lhe sorte.

— Muito obrigado por seu tempo. — Yashim fez uma pausa, com a mão na maçaneta. — Uma última coisa que me esqueci de perguntar: que tipo de garantia Lefèvre deu?

Por um momento os olhos de Mavrogordato perscrutaram o escritório. Ele gesticulou com o papel na mão. — Ele era francês. Foi apenas um pequeno empréstimo.

— Sim, é claro. Ele não deu nenhuma garantia.

Quando fechou a porta, viu que Mavrogordato ainda o observava, piscando.

## 45

— Pobre desgraçado — disse Palewski. Olhou de relance pela janela, onde as abelhas tentavam passar mas batiam estupidamente nas flores de glicínia. — Não acha que essas noites de verão são insuportavelmente tristes? Deve ser a minha idade.

Lá fora, uma cegonha abria e fechava o bico, fazendo um barulho parecido com o das castanholas; recentemente um par delas fixara residência no topo da Torre Gálata, a poucos metros de distância dali.

Palewski inclinou-se e pegou o livro em cima da mesa. — Lefèvre devia estar apavorado para ter deixado isto em seu apartamento.

— Ele deve ter pensado nisso quando eu fui arranjar um lugar para ele no barco — disse Yashim. — Ele ficou mais animado.

— Pensando que estaria seguro, é. — Palewski não podia tirar da voz seu desprezo.

Enfiou o nariz no livro e começou a murmurar para si mesmo. Yashim serviu-se do chá do embaixador e recostou-se na cadeira, tentando lembrar-se do estado de ânimo de Lefèvre, de suas últimas palavras. Ele tinha entrado naquele caíque — como? Conseguia lembrar-se de que ele, Yashim, tinha ficado ligeiramente impaciente com a história toda — o dinheiro, e a petulância de Lefèvre com relação ao barco. Depois disso, não prestara mais muita atenção ao francês. Achou que nunca mais o veria novamente.

Mas Lefèvre deve ter pensado na possibilidade. Daí o livro escondido. E ele tinha entrado no caíque e zarpara sem dizer uma palavra sequer.

Havia muitas coisas de que não gostara em Lefèvre, mas ninguém podia encontrar defeito em sua bravura.

Enquanto isso, todos seriam levados a pensar que Yashim o matara. Não importava se acreditavam ou não: a mera divulgação da possibilidade já bastava. A difamação era usada apenas contra os fracos: ninguém espalhava acusações contra pessoas cujo poder estava assegurado. Ser visto como suspeito mostrava falta de sorte da parte de Yashim; e ninguém em Istambul, muito menos no palácio, gostava de um homem azarado.

Yashim ergueu a xícara e, em meio ao vapor, olhou o amigo com uma súbita irrupção de afeto. Palewski, com o livro na altura dos olhos, pareceu sentir a estima, pois devolveu o olhar e sorriu.

— Não vejo por que tanto alvoroço — disse ele. — Conheço este livro. Petrus Gyllius — Palewski explicou — foi um antiquário. Como o seu amigo azarado. E, como ele, francês. Pierre Gilles. Mas naquele tempo os homens cultos escreviam em latim, então para mim e para você, o nome dele é Gyllius. Ele veio para cá no reinado de Suleiman, o Magnífico. Meados de 1500, dias de glória dos turcos.

Palewski tinha se levantado da cadeira e estava agachado diante de suas prateleiras de livro, de onde retirou um par de tomos. Folheou-os um por um e por fim correu o dedo por uma página.

— Aqui está. Gyllius. Isso mesmo. Chega em 1550 com o embaixador francês. Fica por alguns anos, depois subitamente se junta a Suleiman numa campanha contra os persas. É um estranho episódio, mas ele volta no ano seguinte e depois vai para Roma. Escreve seu livro. *De Aedificio*.

— Este livro — disse Yashim, em tom soturno.

— Humm. Não deve ser muito fácil encontrar um exemplar destes. Ano de 1560, esta aqui é a primeira edição.

— Houve outras?

— Oh, foi traduzido, tenho uma edição francesa, mas não estou achando.

— Não — disse Yashim, de maneira resoluta. — Deve haver alguma coisa única neste exemplar do livro. Se ao menos eu conseguisse ler.

— Deixa isso comigo, Yash. Vou investigar. Vou adorar, para dizer a verdade.

— Cuidado com as anotações dentro do livro; não as deixe cair.

O livro parecia ter funcionado como uma pequena mala de viagem, pois suas páginas estavam abarrotadas de anotações e papéis dobrados.

— Por que ele foi assassinado de maneira tão brutal? Quebraram o esterno em dois e separaram as costelas.

Palewski estremeceu. — Meu Deus! Como um sacrifício viking.

— Um o quê?

— Viking, Yashim. Você já ouviu falar dos vikings, não é? Os *beserkers*? Como o seu velho regimento dos *deli* — pessoas que antes de qualquer batalha eram tomadas por uma fúria assassina e um frenesi insano. Estes eram a variedade do norte: cabelos ruivos, membros musculosos, excelentes navegadores. Saíram de seus fiordes cerca de 12 séculos atrás. Entalhavam os navios em formato de dragões. Um conjunto de deuses primitivos. Sangue e trovão durante todo o verão: estupro, assassinato e saques. Longos poemas sobre isso para mantê-los alegres durante o inverno. Brutais não é a palavra adequada. Arrastaram a Europa para o que chamamos de Era das Trevas. O produto mais notável, depois das viúvas: a Rússia.

Yashim estava inclinado para a frente, ouvindo atentamente. Agora balançou a cabeça. — Como assim, a Rússia? Isso é uma piada polonesa?

Palewski pareceu aflito. — Não, nada disso. Os vikings não apenas cruzavam oceanos. Usavam os rios bálticos, também. Construíam navios capazes de velejar sob orvalho pesado. Mas quando chegaram ao Volga, não tiveram que descobrir o próprio caminho. Volga acima, Dniéper abaixo. O mar Negro. Constantinopla. Fácil. Atacavam algumas vezes, também. Fincaram uma base em Kiev (posição boa e segura para suas incursões, e essa passou a ser a tradição desde então). No fim, é claro, os bizantinos concluíram que era mais barato e mais fácil convertê-los ao cristianismo ortodoxo; seu líder adotou o nome Yaroslav e pensou que era o irmãozinho do imperador. Mas ainda assim era viking.

— E essa é a origem da Rússia?

— Em termos gerais, é. As origens da ortodoxia russa. Assim que conseguiram deixá-los mais amistosos e semicivilizados, os bizantinos os usaram como uma guarda imperial, a guarda varegue. Todos com 2,20 metros de altura e vikings cabeludos dos pés à cabeça. Praticamente a única coisa que manteve os gregos em Constantinopla a salvo.

Yashim teve um sobressalto. — A guarda varegue protegia os gregos? E usava esse estilo bárbaro de execução?

O rosto de Palewski ganhou uma expressão de dúvida. — Bem, não sei se ainda usavam. Talvez tenham deixado ele de lado, assim como deixaram os deuses pagãos. Não sei. Mas olha, uma curiosidade: a águia de asas abertas era o símbolo dos imperadores bizantinos. E depois de sua queda, os russos começaram a usá-la como seu próprio símbolo. Para demonstrar sua afinidade. Você sabe, do trono de Bizâncio, protetores da ortodoxia, essas coisas.

Fez uma pausa e esfregou as mãos.

— Fim da aula de História. Não sei se serviu para alguma coisa. O Sol se pôs. Vamos beber algo.

Contornou a mesa e abriu a porta.

— Marta! Vodca, copos e gelo!

Yashim sorriu.

— Ultimamente vivo gritando — comentou Palewski, em tom afável. — Me desobriga de dizer "por favor". Marta tornou-se uma defensora persistente das sutilezas, não consigo saber por quê. De todo modo, a campainha está quebrada.

## 46

Já era quase noite quando Yashim chegou ao desembarcadouro de Karaköy. Do outro lado do Corno de Ouro, Istambul parecia estranha, pouco familiar; o contorno de suas colinas estava oculto na escuridão, falsos cumes eram realçados por lamparinas que ardiam nos minaretes e cúpulas. Por um momento era possível acreditar que a cidade fora substituída por montanhas, seus picos e encostas salpicados aqui e ali por pequenas cabanas com fornalhas de carvão.

Fechou os olhos, balançando lentamente. Quando os abriu de novo, teve a impressão de estar olhando através de uma vasta extensão de água negra, na direção das lamparinas de navios distantes velejando um horizonte invisível, que parecia elevado e longínquo.

Pegou o primeiro barco que se ofereceu, consciente de que um caíque não era a melhor embarcação para um homem que bebera demais. O casco leve e fino era no máximo um frágil invólucro para proteger os dois homens da água que batia quase na borda. Reclinou-se automaticamente na almofada vermelha, apoiando o peso do corpo no cotovelo esquerdo para ajudar a equilibrar o casco elegante e escuro. Agora podia ver a magnitude da cidade, como geralmente via, e o lampião baixo do desembarcadouro onde os caíques estavam atracados.

O barqueiro prendeu à proa uma lanterna de luz fraca e pegou os remos curtos, impulsionando o caíque com uma virada experiente do braço. Feito uma flecha, a embarcação laqueada sibilou pela água. Yashim deixou as pálpebras se fecharem.

O ar estava morno. Pela água, murmúrios e pedaços de conversas flutuavam preguiçosamente, vindos do porto. Os cães latindo no pontal do Gálata pareciam estar perto. Yashim sentia o arranco ritmado dos remos; a água gotejava do casco atrás de sua cabeça. O remador falou, mas não com ele, e houve uma guinada sutil, uma calmaria, uma ausência do som familiar. Uma ondulação acertou o caíque e balançou-o imperceptivelmente. Yashim abriu os olhos.

O caíque tinha parado de se mover. Vagamente, contra a luz da lanterna, Yashim pôde distinguir o barqueiro, os ombros parados: ele parecia estar descansando apoiado aos remos. As luzes da cidade giravam lentamente atrás de sua cabeça. Como as luzes de um carrossel imaginário. Yashim gostou dessa explicação. No momento, não conseguiu pensar em outra.

Piscou algumas vezes. O barqueiro silencioso, deduziu Yashim, estava esperando que ele dissesse alguma coisa.

Na praia, uma luz se apagou. Quando reapareceu do outro lado da silhueta negra do barqueiro, ficou claro para Yashim que não era Istambul que estava girando; o caíque é que estava se virando lentamente levado pela correnteza.

— Qual é o problema? — perguntou Yashim, por fim.

O barqueiro não se mexeu. Em vez disso, outra voz, ali perto, respondeu:

— Problema nenhum, *efendi*. Num minuto, se senhor quiser, continuar viagem. Senhor é homem bom, tenho certeza.

Yashim sentiu os pelos da nuca formigarem. — O que você quer?

— Sim, sim, um homem bom. — O caíque tremeu ligeiramente. Na escuridão, Yashim percebeu que outro caíque tinha encostado ao lado do seu. — Senhor não gostar ficar com coisas que pertencem outras pessoas, num é?

A voz vinha de algum lugar atrás dele. Agora Yashim tinha acordado, sua mente trabalhando a todo vapor para elaborar uma imagem da situação. Ele a viu, por assim dizer, de cima: se seu barqueiro estava encostado nos remos, ainda sobre a água, o outro caíque devia ter se aproximado por trás, a menos que os remos já estivessem a bordo. Teve a sensação de que a voz anônima na escuridão estava perto demais para isso. O que tornava possível que os dois barcos estivessem popa a popa: ele só precisava esticar o braço para topar com — o quê? A mão de quem falava na borda do seu caíque. As juntas dos dedos dobradas sobre a amurada.

— Quiéisso? Do que cê tá falando? — Esperava ter soado bêbado.

— Falando dum livro, senhor. Pequeno. Preto. Num pertence senhor, senhor entende? Mas podemo acertar coisas. Me dá o livro e segue seu caminho.

Yashim levou a mão ao peito. O livro de Lefèvre não estava ali.

— Quem é você? — perguntou, com a voz pastosa.

— Por favor, só querer livro.

O caíque deu uma ligeira guinada, e ouviu-se um clique metálico. Alguma coisa tremeluziu na escuridão.

— Quanto vale a sua vida, *efendi*?

Seria bem rápido. Tinha pouco tempo.

Yashim sentou-se. Estendeu a mão para se apoiar e roçou os dedos do homem, no ponto em que estavam agarrados à borda do seu caíque.

Quem entra num caíque firmemente amarrado pelo barqueiro a um porto ou a uma estaca consegue ficar de pé por alguns segundos.

Em mar aberto, quando não há nada para firmar o barco e o barqueiro está despreparado, você não tem segundos. Tem um.

Yashim ficou de pé.

Deu um passo à frente e pisou, com força.

Ouviu-se um estalar, e os caíques afundaram juntos. Assim que o casco do seu caíque emborcou, Yashim recuou um passo e jogou-se na água.

Sacudiu a água dos olhos e livrou-se de seu manto, deixando que boiasse. Tirou o turbante branco da cabeça: o adereço podia refletir a fraca luz, por isso deixou-o à deriva. Mantendo a cabeça acima da água, concentrou-se em boiar com o máximo silêncio possível, enquanto os três homens se debatiam, xingando, bem próximos dele. Yashim pegou com os dentes a bainha do manto e remou suavemente para trás; o manto o protegeria e o alertaria caso alguém tentasse agarrá-lo na escuridão.

Agora conseguia ouvir com maior clareza os homens. Um deles estava desferindo palavrões: talvez o homem em cuja mão ele tinha pisado. Outro lamentava a perda dos remos. Por fim alguém o mandou calar a boca.

Sem seus caíques, os homens teriam de nadar até a costa. O lado de Pera estava ligeiramente mais perto; provavelmente nadariam naquela direção. Yashim continuou remando quietamente até que ouviu o som dos homens caindo na água, e então soltou o manto e virou-se de frente. Nadou de peito, sem tentar lutar contra a correnteza que lentamente o levava na direção do Bósforo.

Cerca de vinte minutos depois, uma dupla de carregadores de liteira, descalços e fumando em silêncio do lado de fora da Mesquita Nova, ficou surpresa ao avistar o aceno de um homem que saía chapinhando da escuridão. Era uma pena que o homem estivesse tão ensopado, mas ele pagou o dobro da corrida até os banhos de Fener. O movimento tinha sido bem fraco a noite inteira.

## 47

As cortinas de musselina e seda se roçaram, agitadas como um sopro pelo ar da noite. De vez em quando ele podia ver um pequenino diadema de estrelas através de uma fresta junto ao parapeito, que ia e voltava, ia e voltava, do jeito que fazem as pessoas quando você está agonizando, olhando para observar o progresso da morte, fazer um relatório sobre a luta invisível; tudo que restava.

O sultão se perguntava se aquela era a maneira como todos os homens morriam, sozinhos, cheios de dúvidas, atormentados pelas lembranças.

Ele ouviu o bafejo do aposento, a respiração da mulher, o silencioso roçar da musselina contra a seda. Aquilo iria, obviamente, continuar: o mundo seguiria respirando sem ele. Sua própria respiração havia diminuído; não fazia ruído algum; ele mal se mexia. Agora que um grande sono se aproximava, ele já não precisava dormir. Os ensaios chegavam ao fim.

Lá na água, alguma coisa chapinhou. O Bósforo estava repleto de peixes. Ele se imaginou deslizando com eles, seus corpos frios e metálicos no mesmo nível, o luar refletido na superfície da água, fria e prateada, e os peixes cintilando feito estrelas.

O sultão nadava facilmente com eles, levado ao sabor da corrente e com um esforço mínimo, imperceptível. Eles também não tinham estado sempre lá? Esperando por ele — ou talvez não ele, em especial: alguém que estivesse pronto para ir naquela noite, qualquer noite.

Ele olhou para a frente; era como se seu olho deslizasse como um albatroz pelas ondas negras, ziguezagueando entre os promontórios.

Para onde o estreito se abria para o incansável mar.

## 48

Com a bandeja nas mãos, Marta virou-se e empurrou a porta com um movimento do quadril. Ali dentro estava quase escuro, e apenas uma tênue nesga de luz entre as venezianas indicava que já era plena manhã. O quarto de Palewski tinha um forte cheiro de cera de vela e conhaque, um cheiro que Marta associava a seu patrão e que ela jamais aprendera a detestar propriamente. A mesa, ela sabia, estaria abarrotada de livros e copos, por isso colocou a bandeja nas tábuas do assoalho e foi abrir a janela que fechara na noite anterior, quando Palewski estava estudando.

A luz do dia invadiu o quarto, e as roupas de cama se remexeram e gemeram.

Marta deu um puxão no caixilho da janela e conseguiu abri-la cerca de 5 centímetros em cima. Por alguns momentos, ficou lá de pé, olhando para o quintal. Suela, a filha de Xani, estava varrendo o chão com uma pequena vassoura feita de ramos de árvore; Shpëtin, seu irmão, brincava em silêncio na terra, rolando uma bola para lá e para cá.

Ela abriu um espaço na cadeira junto à cama, para onde moveu a bandeja, e começou a juntar as garrafas e copos, devolvendo os castiçais ao consolo da lareira. Tomava bastante cuidado para não tirar do lugar nenhum dos livros espalhados em volta da cama. Afinal de contas, o embaixador era um grande estudioso. Noite após noite, ele examinava todos aqueles livros até ficar exausto, e ela sabia que não podia deixar sua negligência arruinar o trabalho dele. O que tornava o trabalho dele mais difícil era o fato de ele possuir muitos livros, muito mais que qualquer pessoa jamais tinha visto na vida, de modo que encontrar aquilo de que ele precisava era uma verdadeira mão de obra.

— Um grego esteve aqui mais cedo — ela disse, passando uma xícara de chá para a mão que tirara de debaixo das roupas de cama. Marta, ela própria grega, investia à palavra um poderoso desdém. — Eu disse a ele que o senhor não recebia visitas, mas que poderia escrever e marcar uma hora.

Palewski emergiu do edredom e bebericou levemente o chá. — Muito bem — resmungou. — Provavelmente era algum tipo de golpe.

Marta assentiu com a cabeça. Era isso, exatamente. O homem tinha cara de golpista.

— A água hoje está fraca de novo — ela comentou.

— Mas o chá está bom. — Palewski estendeu a xícara e ela serviu mais do bule. — Obrigado, Marta. Agora eu posso me virar.

Marta fez uma mesura. Por dentro, não pôde conter um sorriso. O embaixador era um homem inteligente, sem dúvida; mas se virar — não. Tirando os livros, ele era apenas uma criança grande.

— Obrigada, senhor — ela disse.

— Obrigado, Marta.

Depois que Marta saiu, Palewski, ainda na cama, inclinou-se e tateou o chão. Na noite anterior, quando estava deitado lendo o livro, uma das anotações manuscritas de Lefèvre tinha voado. Ele a lera duas vezes até entender de que se tratava; depois, rapidamente apagara as luzes e se enfiara na cama.

Agora abriu o livro mais uma vez, e à luz mais suave do dia releu o papel.

*Coluna. Serp. Maça de Mehmet II — quebrou uma mandíbula. Patriarca de H. S. horrorizado. "Este antigo e ilustre talismã foi erguido aqui com o propósito de expulsar as serpentes de Constantinopla e, caso seja destruído, é bastante provável que a cidade seja destruída por uma invasão de serpentes." O sultão desiste. Cabeças partidas* c. *1700. Nobre polonês.??? investigar.*

A palavra serpente estava sublinhada.

As pernas de Palewski se remexeram, inquietas, sobre o colchão de penas.

# 49

— Permissão para entrar? — Yashim estava parado no portão, observando as crianças no quintal. A menina (qual era o nome dela?) ergueu os olhos e deu um breve sorriso para ele, mas Shpëtin enterrou o queixo no peito e olhou para o chão, com expressão zangada.

— Não atire... sou eu — disse Yashim, em tom alegre, cruzando o quintal.

Encontrou Palewski na cama, equilibrando uma xícara de chá nos joelhos.

— Vejo que sua sentinela foi tirada da função.

— O quê? Ah, está falando do menino. Bem, não sei. O pai dele foi para algum lugar sem avisar e todos estão sentindo o baque. A sra. Xani já é soturna o bastante quando está em seus melhores dias, mas é com a Marta que eu me preocupo. De novo. Ela está bastante chateada pelo menino.

Yashim assentiu. — Crianças gostam de rotina — acrescentou.

— Humm. Os dois vinham saindo juntos, ultimamente, Xani e o menino. Uma espécie de tutoria de aprendizado. Uma noite o menino voltou bem tarde, sozinho.

Yashim concordou com a cabeça. Marta, o menino: era obviamente uma manhã difícil para Palewski. Ele queria falar sobre o livro de Lefèvre.

— Eu fui atacado ontem à noite.

— Que isso, meu amigo! — O embaixador parecia chocado. — Este lugar está se arruinando de vez.

Yashim contou o episódio dos caíques e de seu inesperado mergulho. — Eles queriam o livro.

— Meu Deus! Você teve sorte. Dê uma olhada nisto.

Passou o exemplar de Gyllius. Na quarta capa, impressa em tinta verde, uma oval contendo as palavras em grego: Dmitri Goulandris, livreiro.

— Mas Goulandris mal sabia ler. Não teria entendido uma palavra do livro — disse Yashim, desanimado.

— Poucas pessoas teriam. Mas talvez o assassino não soubesse disso. Ele não conhecia Goulandris, sabia só que ele vendia livros.

Yashim fitou o livro em suas mãos. — Você me disse que ele nem é tão raro assim.

— Humm. — Palewski estava se divertindo. — Um exemplar original de Gyllius? Nunca encontrei um. Mas você tem razão. No entanto — continuou, apontando para o livro —, este exemplar é realmente único. É uma questão de proveniência.

Palewski pôs as mãos atrás da cabeça e se recostou nas almofadas. — Pega um livro antigo ou uma pintura antiga. Melhor, pega um dos favoritos de Lefèvre, a *Bíblia*. Com iluminuras. Século XIII. É bizantina. Provavelmente feita na Geórgia. Tudo muito bom, tudo muito bem, mas qual seria a história do livro? Como chegou até ali, exposto numa loja em St. Germain seiscentos anos depois?

— Provavelmente Lefèvre o teria roubado.

— É claro que ele o teria roubado, mas isso não é importante — disse Palewski. — O que importa para ele, e para seus clientes, é que o livro ficou seiscentos anos, digamos, num *scriptorium* da Geórgia. Melhor ainda: fazia parte da coleção pessoal do último imperador bizantino em Istambul, e depois foi resgatado pelos georgianos após a conquista otomana em 1453.

— Dando ao livro uma história.

— Isso é chamado de proveniência. É o que mostra às pessoas que se trata de um artigo genuíno. Quero dizer, se os monges gostavam dele e o guardavam a sete chaves, deve ser o suprassumo. Mas é também a história da obra. Aposto que Lefèvre sabia como contar uma história.

— É a mesma coisa com a Casa de Osman. Qualquer um poderia reger o império, até eu. Mas apenas o sultão tem proveniência.

— Por assim dizer, sim, você tem razão. — Palewski franziu o cenho. — Suponho que quando nós, poloneses, começamos a eleger nossos reis, esquecemos a História e perdemos a ideia de proveniência. Depois perdemos nosso país, também — acrescentou, desanimado.

— Você disse que este livro era único — atalhou Yashim, rapidamente.

Palewski recuperou o entusiasmo. — Pelo que pude ver, eu diria que pertenceu a Delmonico.

Yashim balançou a cabeça.

— Cerca de quarenta anos depois que Gyllius chegara a Istambul — explicou o embaixador —, um italiano chamado Delmonico escreveu um livro sobre a cidade. Ele tinha sido pajem na casa do sultão, o *Grand Signor*. Sabia do que estava falando. Mas quarenta anos depois, Yashim. Sob a influência de Gyllius, pois Gyllius via a cidade como ela havia sido.

— E como era?

— A Constantinopla bizantina. — Palewski franziu o cenho. — Não, isso não está certo. Gyllius na verdade está escrevendo sobre três cidades, uma sobreposta à outra. A primeira é a Constantinopla clássica. Século v. Gyllius conseguiu um antigo livro, uma descrição da cidade no tempo de Justiniano. Com esse livro em mãos, ele tenta identificar os velhos monumentos, os velhos palácios; ruínas, em sua maioria. Coisas interessantes.

— Mas há outra Constantinopla que ele está descrevendo também, aquela em que ele vive. É a cidade que se ergueu nos séculos intervenientes, durante mil anos de religião grega, Direito romano, língua grega. Obviamente, ela está mudando de novo, diante de seus próprios olhos. Os otomanos assumiram o poder. Por isso Gyllius sai ao encalço de velhos gregos que ainda se lembram de como a cidade era antes da Conquista: por exemplo, o nome de uma velha igreja que foi demolida ou convertida em mesquita. Ele mesmo não está tão interessado nisso tudo, mas nós estamos.

— Entendo o que você quer dizer — concordou Yashim. — E a terceira cidade?

Palewski fechou as mãos. — A terceira cidade, Yashim, está sendo construída em volta dele. A Istambul otomana.

Yashim pegou o livro sobre a cama e virou-o em suas mãos.

— Era uma época de mudança, Yashim. Como hoje, suponho. Você e eu estamos vendo Istambul ficar mais ocidental a cada dia. Gyllius registrou o oposto: a construção de uma Istambul segundo padrões muçulmanos. Quando Delmonico, o italiano, chegou, o processo já estava praticamente completo. A cidade que temos hoje.

— E esse homem, Delmonico, examinou o livro de Gyllius.

— Claro. Para aprender o que tinha mudado.

— Como você sabe?

— Eu não percebi até começar a ler; ele escreve nas margens do texto. Usa tinta marrom. Peguei o livro do próprio Delmonico, e tem uns trechos que eu reconheço. Observações gerais. Ninguém mais estava tão perto de Istambul, escrevendo em italiano, no mesmo período. Só pode ser Delmonico. E essa, Yashim, é a proveniência.

— Você acha que Lefèvre pode ter descoberto isso? — Mas Yashim já sabia a resposta. Lefèvre soube imediatamente, no momento em que encontrou o livro na lojinha de Goulandris. Goulandris não teria tido a menor ideia.

— Ele provavelmente comprou por um preço muito baixo — disse Palewski.

Yashim assentiu, com um meneio vagaroso da cabeça. — Alguém escreve um livro: Gyllius. Outro homem vem e faz anotações de alguns pensamentos nas margens. Delmonico. O que faz Lefèvre pensar que isso é tão importante?

Palewski levantou as mãos. — Já quanto a isso, Yashim, não faço a menor ideia. Ele podia ter revendido o livro um pouco mais caro, suponho, chamando atenção para o fator Delmonico. Mas isso não o deixaria rico.

Yashim pensou no francês, com suas mãos habilidosas e ameaças veladas. — Tenho quase certeza de que Lefèvre farejou dinheiro neste livro. Você disse que existe uma tradução francesa?

— Eu a encontrei ontem à noite.

Yashim fitou o livro que tinha nas mãos. — Lefèvre morreu porque foi atrás de alguma coisa em que acreditava. Você me lembrou que ele acreditava em tudo que lia nos livros.

Ficou de pé. — O que quer que seja, talvez Gyllius acreditasse também. — Yashim coçou a cabeça. — Você não disse que havia alguma coisa esquisita em Gyllius? O fato de ele ter ido à guerra?

— Ele foi para o leste com Suleiman, para combater os persas. Parece algo esquisito para um antiquário.

— E por que Suleiman iria querer que ele fosse junto?

— Oh, quanto a isso, acho que Suleiman não se importava que estrangeiros testemunhassem seus triunfos. Deixa eu pegar para você a edição francesa.

## 50

—Yashim *efendi*. Desculpe-me, por favor.

Yashim olhou em torno. Marta estava de pé nas sombras debaixo da escada, costurando o avental entre os dedos.

— Marta! — Deu um passo adiante.

— Enver Xani, *efendi*. Ele está desaparecido!

— Estou sabendo, Marta. Mas você não deve se preocupar. Há muitas razões pelas quais ele deve ter sido obrigado a se ausentar.

Tentou pensar em alguma. Um vazamento catastrófico, talvez? Um reservatório caindo aos pedaços? Ele se perguntou até que ponto a guilda dos agueiros se comunicava com as famílias envolvidas: se Xani tivesse ficado para trabalhar a noite toda, alguém devia ter mandado uma mensagem. Por isso talvez fosse mesmo apenas uma noite de farra com os colegas nas tavernas do cais do porto.

Marta levou à boca um nó do dedo.

— Não quero incomodar o senhor embaixador — ela disse. — Mas quem sabe o senhor possa ajudar. Você é amigo dele, e é um bom homem.

Yashim inclinou a cabeça. No passado Marta já fizera favores e gentilezas para ele. Ele não recusaria um pedido dela.

— A sra. Xani diz que amanhã precisa pagar o agiota. Quarenta piastras. Ela tem tão pouco dinheiro. — Ela ergueu uma bolsinha de couro vermelha que pendia do cinto que trazia à cintura. — Tenho 27 piastras. É dinheiro meu. Se eles não pagarem, a dívida só vai piorar ainda mais.

Yashim franziu a testa. Tentou lembrar-se da sra. Xani, mas sua impressão era vaga: uma mulher de saia vermelha, com uma vassoura na mão. Marta estava certa ao entregar suas economias na mão dessa mulher? Quarenta piastras: era um bocado de dinheiro.

— A sra. Xani não pode pedir mais tempo, até o marido voltar? Talvez ele possa liquidar a dívida.

Marta balançou a cabeça. — O senhor não entendeu, *efendi*. Quarenta piastras são os juros. Todo mês eles pagam.

Yashim mordeu os lábios e bufou. — Quarenta por mês! Não acredito. Quanto Xani deve?

— Seiscentos — disse Marta, baixando a voz. — A sra. Xani, ela teme pelas crianças, se eles não conseguirem pagar.

Yashim não sabia nada sobre os Xani, mas qualquer tolo reconheceria a ingênua boa índole de Marta. Marta adorava as crianças, Palewski dissera. Ele se perguntava se tudo aquilo tinha sido planejado: uma estimativa dos recursos de Marta. Xani ausente, o que propiciava um pretexto para a abordagem. Meus filhinhos, Marta! Apenas quarenta piastras...

— Marta — disse Yashim, com firmeza. — Xani é um homem pobre. Onde iria tomar emprestadas seiscentas piastras? Para que precisaria de tanto dinheiro?

Marta quase deu um pulo, de tanta surpresa. — Oh, não, *efendi*. Xani é um bom homem. E agueiro, também. Mas ele precisou do dinheiro para pagar a guilda. Uma taxa de admissão, o senhor entende, para comprar a vaga.

Yashim coçou a cabeça. Isso, ele admitia, fazia mais sentido. A guilda contava com um pagamento, e Xani era uma espécie de aprendiz.

— Mas agora ele não está aqui para pagar? É conveniente, Marta.

— A mulher dele está com medo de que ele não volte. Talvez...

Fez um gesto assustado, que resumia a possibilidade que não queria expressar em voz alta.

Yashim bateu o pé no chão. Dobrou os braços e olhou para o lado.

— E a sra. Xani não tem dinheiro algum?

— Não, *efendi*. Ela não tem. E o senhor embaixador é muito bondoso, mas a sra. Xani não quer que ele saiba. O senhor entende, Yashim *efendi*?

— *Tchah*! — Yashim exclamou. — Tudo bem. Quem é o agiota?

— Um judeu. O nome dele é Baradossa. Mora em Balat, mas a sra. Xani não sabe onde.

— Então como ela pretende entregar o dinheiro a ele?

Marta baixou os olhos, roçando o chão com o pé. — Yashim *efendi*, eu pensei... talvez, como um favor... talvez o senhor pudesse levar o dinheiro. O senhor pode descobrir onde ele vive. Por favor?

Yashim deu um violento pisão no chão e disse, furioso: — Baradossa. Balat. Quarenta piastras. Tudo bem, Marta, não, pode ficar com o seu dinheiro. Vou mostrar a você que posso ser ainda mais tolo que você e seu patrão. E quando Xani voltar, ele pode resolver comigo.

Marta começou a protestar, estendendo sua bolsinha, mas ele fez um aceno de adeus.

Ao sair, Yashim quase bateu a porta: mas não o fez. Bem na hora, se lembrara de que devia ter ido embora dez minutos antes.

Malditos albaneses — Balat!

## 51

Antes de atravessar o Corno de Ouro rumo a Balat, Yashim fez uma parada na casa de *kebabs* em Şişhane. Quando não sentia vontade de cozinhar, Yashim invariavelmente buscava algo simples: um ensopado de feijão, talvez, ou uma sopa de tripas recomendada por seu velho conhecido, o mestre sopeiro, cujo rigor com relação à simplicidade era ainda mais ferrenho que o dele próprio. Yashim desconfiava de pratos elaborados num restaurante público: assim como seus molhos, os melhores resultados eram obtidos seguindo-se a tradição, por meio do uso apenas do bom-senso e dos melhores ingredientes. Tantas vidas haviam sido dedicadas ao aperfeiçoamento da *piyaz* ou da *tarator*: Yashim tinha apenas uma. Era vergonhoso desperdiçar uma oportunidade.

Pobre Lefèvre: tinha sido um erro esperar que o homem soubesse alguma coisa. Os turcos já testavam e refinavam receitas quando os francos ainda chupavam fiapos de carne dos ossos usando as duas mãos!

A casa de *kebabs* dava para a rua, onde folhas fatiadas de miolo de alface estavam dispostas sobre uma laje de mármore ao lado de cabeças e pés de carneiro, tigelas de iogurte e coalhada, *toorshan* (ou picles), e uma pequena variedade de *mezes*. Um garçom que espantava as moscas com um pano limpo cumprimentou Yashim com um aceno de cabeça. Dentro, potes, pratos e copos de porcelana cintilavam nas prateleiras; uma pequena fonte jorrava num canto; havia uma tela esmaltada onde um homem de bigode regia um pequeno império de xaropes e compotas; do outro lado, as grelhas fumegavam contra a parede, um meio túnel de tijolos e argila forrados de pequenos pedaços de carvão. Vários pedaços de carne estavam num espeto grande; espetos menores chiavam e estalavam sobre as chamas; de quando em quando o cozinheiro de braços descobertos jogava outra *pide* nos tijolos quentes e a tirava rapidamente, assim que começava a ficar crocante nas pontas.

Yashim foi levado a se sentar na galeria, de onde podia observar o trabalho dos cozinheiros. Viu um deles mexer um *kebab* de cafta temperada nas brasas, tirar a carne do espeto e com ela rechear uma *pide* fresca. Yashim sentiu fome: ele e o garçom trocaram ideias e decidiram o que Yashim ia comer. Bebericando seu suco de nabo, Yashim olhou ao redor. Era uma multidão de trabalhadores, notou: pessoas que iam ali para comer, não para ficar à toa saboreando café e narguilé. A visão de um homem pequeno e parrudo de cabeça raspada, do outro lado do restaurante, trouxe à lembrança de Yashim um velho amigo, Murad Eslek. Ele era fornecedor de artigos para mercados de toda Istambul, um homem honesto e alegre que ajudara Yashim numa semana em que por vezes a cidade parecia prestes a explodir de medo, fúria e uma sensação de perda. "Ajudar" não era a melhor palavra: Eslek uma vez salvara sua vida.

Não era Murad Eslek, obviamente, que passava seu *kebab* nas lascas de pimenta vermelha em seu prato e se inclinava para comer; era apenas alguém que se parecia um pouco com ele. Mas dali por diante, Yashim passou a erguer os olhos toda vez que entrava alguém. Essas imagens não surgiam por acidente, Yashim tinha certeza. Eslek, o negociante: ele seria um bom homem com quem conversar agora.

Yashim podia sentir o cheiro do carneiro nas brasas e o aroma chamuscado do próprio carvão. Ele não tinha nada contra Xani, que seria como aqueles homens quietos e trabalhadores que estavam ali sentados, comendo à sua volta; um homem com esposa, dois filhos, as costumeiras ambições. Ao vislumbrar a oportunidade de escapar da opressão da pobreza, ele a agarrara com as duas mãos. Um homem a ser parabenizado, talvez.

As dívidas, é verdade, eram um terreno perigoso. As do próprio Yashim eram dívidas de honra: para com pessoas como Eslek, que salvara sua vida; para com amigos que o ajudavam a viver; e para com muitos outros, inumeráveis, que davam a ele o que precisava porque eram pessoas boas. Mas pelo menos as dívidas de Xani não eram o devastador endividamento dos pobres, o miserável mecanismo que leva à penúria e à traição dos amores e crenças. Uma chance tinha aparecido. O cálculo era sensato: com um emprego apropriado, o capital seria reposto. Era uma vergonha que Xani tivesse sido forçado a pedir emprestado a um estranho. Talvez não tivesse tido tempo de fazer a necessária viagem a sua terra natal, em algum lugar em meio às colinas albanesas.

O *kebab* de Yashim chegou. Ele pegou entre os dedos um pedaço de carneiro e reconheceu sua textura: estava boa. Colocou a iguaria na boca, e com a mesma mão partiu um pedaço da *pide*. Perguntou-se se já tinha comido ali antes; gostaria de voltar de novo.

Olhou de relance para dentro do restaurante. Havia o cozinheiro dos *kebabs*, enchendo a grelha; outro homem tirando com uma concha o xarope doce de um pote; membros de guilda, todos eles. O garçom dissera que a água vinha da nascente de Khorosan, e Yashim sentiu a confortável sensação de que tudo ali era benfeito, sem pressa, de acordo com a fórmula adequada. Xani tinha andado com as próprias pernas, não tinha? De carregador comum a membro de uma guilda nobre!

Istambul era uma cidade de água, é claro: mas salgada. Sal dos três lados — e meio milhão de pessoas que precisavam se lavar e beber água fresca todo dia. Paris tinha o Sena; Londres, o Tâmisa; metade das cidades do Império Otomano era banhada pelo poderoso Danúbio. Mas Istambul — por mais perfeito que fosse seu cenário — tinha apenas as Águas Doces. Um belo nome para as minúsculas fontes que borbulhavam na ponta do Corno de Ouro. Água para um vilarejo.

Canos e canais, sifões e aquedutos: por 1.500 anos a cidade tinha sugado sua água das colinas do leste, onde córregos corriam por entre carvalhos e faias. Istambul era uma cidade de árvores, obviamente: a velha Árvore dos Janízaros que se erguia em seu centro, no Hipódromo, era como uma robusta raiz de onde outras brotavam — os ciprestes e plátanos, mesmo o grande carvalho nodoso que se alastrava pela água em Gálata. Mas a floresta de Belgrado era um ermo.

Já fazia vinte anos desde que Yashim tinha ido lá — ficou surpreso de ver que tanto tempo se passara. Na época de Grigor e seus cavalos da Berberia, quando ele se esforçava para manter a sanidade porque não era mais um homem completamente, de vez em quando ia de carroça até as colinas e caminhava o dia todo à sombra das árvores. Havia gente esquisita lá, pelo que ele recordava: o aroma do *kebab* no restaurante o lembrava das fornalhas de carvão com suas cabanas cônicas, e dos ciganos de rosto queimado de sol, homens que conversavam animadamente em línguas desconhecidas. Havia descendentes de sérvios que Mehmet, o Conquistador, tinha assentado nas colinas, e que davam ao bosque o seu nome. Os agueiros teriam estado lá também, embora ele nunca os tivesse visto. Viam-se apenas os encantadores reservatórios de que eles cuidavam, onde a água deslizava em finas lâminas ao longo de lajes de mármore, e os sapos que zombavam dele, copulando incessantemente entre os caniços.

Yashim sabia que Istambul tirava sua água da floresta, mas tinha apenas uma vaga ideia de como a água chegava a seu tubo de subida no quintal, ou às fontes da cidade. Herdeiros das tradições do Império Romano, cujos aquedutos eles copiaram e consertaram, os agueiros albaneses praticavam uma arte tão vital e misteriosa que seus segredos passavam de pai para filho. E os milhares de pessoas que bebiam a água, com ela cozinhavam, se banhavam e refrescavam os olhos cansados e os ouvidos na música das fontes não pensavam nela mais do que nos cães, nas gaivotas e no calçamento sob seus pés.

Aquele, então, era o segredo que Xani tinha se oferecido a aprender. Seiscentas piastras, pensou Yashim: no fim das contas, não era tanto.

Esfregou as mãos com uma cunha de limão e mergulhou as pontas dos dedos na tigela.

Murad Eslek ainda não tinha aparecido. Era apenas uma questão de tempo, decidiu Yashim alegremente, umedecendo o guardanapo e levando o pano aos lábios.

## 52

A poucos metros do desembarcadouro de Balat, as ruelas se estreitavam. Ele afunilou-se entre as velhas casas, podres nas fundações e verdes de míldio, saltando sobre os montes de lixo que se espalhavam pelo caminho, negociando com pedras e buracos e abaixando a cabeça para esquivar-se das roupas estendidas a meia altura nos varais. As vielas de Balat eram intransitáveis no inverno; no auge do verão algumas eram úmidas e lamacentas. O barro era esverdeado por causa das algas, o fedor podre era forte e penetrante. Algumas crianças, cujas cabeças raspadas deixavam à mostra as feridas vermelhas de micoses, o seguiam de perto nos becos. Da porta de suas casas, mulheres de turbantes frouxos que cobriam seus cabelos e orelhas o observavam; as ruelas eram tão estreitas que, ao passar, ele sentia seu manto encostar nas mulheres. De vez em quando parava para perguntar o caminho: um rabino numa túnica comprida, um rapaz de rosto bem barbeado que usava um solidéu, um dândi de rosto moreno, vestindo calças apertadas e vagabundeando num nicho do muro.

Um homem idoso com uma barba branca e rala vinha descendo cuidadosamente a viela na direção de Yashim, tateando o chão à frente com uma vara, aqui e ali se apoiando na parede.

— Com licença, *efendi* — disse Yashim. — Estou procurando Baradossa.

O velho tocou a parede com os nós dos dedos.

— Precisa de dinheiro?

— Vim pagar uma dívida.

O velho virou a cabeça, cuspiu, e estendeu a vara.

— Sabe onde posso encontrá-lo?

O velho balbuciou algumas palavras, virou as costas e começou a se afastar. Yashim sentiu seus dedos se tensionando, e os esticou.

Depois que o velho já tinha sumido, Yashim refez seus passos. Balat ainda era um labirinto para ele, que em sua época tinha atravessado metade de Istambul. Mas assim que ele conseguiu reencontrar as ruas mais largas, lembrou-se do caminho para a loja de Rebecca.

Assim que ele pisou na loja e fez soar a campainha, Rebecca deu-lhe um sorriso irônico.

— Yashim *efendi*!

Ela tinha cinquenta e poucos anos, era mais alta que ele, com uma cabeleira ruiva, sardas pretas, as sobrancelhas tiradas com elegância e lábios extraordinariamente finos.

— Estou perdido — anunciou Yashim, bruscamente. — Perdido e indesejado. Me ajude, Rebecca.

Rebecca soltou uma gargalhada. Tinha três dentes de ouro. — Você parece estar com calor e bem-humorado. Vamos beber um pouco de *ayran*.

Com duas passadas largas, ela passou por ele e pôs a cabeça para fora da porta. Yashim a ouviu dando um assovio agudo.

Rebecca pôs as mãos nos quadris. — Então, você veio até nossa parte da cidade. Acha que ela é imunda e as pessoas aqui são pouco solícitas.

— Eu não disse... — Yashim começou a protestar.

— Não, mas estou vendo. E tudo bem. Se você entrar numa casa aqui, vai ver que ela é impecável. Tão limpa que você poderia comer do chão.

— Sei disso. — Yashim levantou uma das mãos. Rebecca cruzou os braços. Um menino de cabeça raspada chegou trazendo uma bandeja de prata.

— Nós somos iguais. Não há muito o que olhar, não é? Se somos rudes, é como a sujeira na rua. Vocês não procuram ouro no refugo. Entende o que eu digo?

Yashim assentiu com a cabeça e pegou o copo de *ayran*.

— É por isso que podemos viver em paz. Não como aqueles gregos. — Ela bufou. — Tudo que eles têm eles gostam de esfregar na cara. Se são joias ou a felicidade, saem por aí exibindo as joias ou sorrindo. Se são tristezas e aflições, é a cara amarrada e o luto. Hoje são seus melhores amigos, amanhã querem matar você na rua. Um grego é como uma criança. Todo dia ele se esquece. Um judeu é um homem de verdade. E um homem que se lembra das coisas, todo dia.

— Se lembra do quê?

Rebecca encarou-o e balançou a cabeça. Um cacho de cabelos caiu-lhe no rosto, e ela o afastou com a mão. — Ah — ela disse —, isso você jamais entenderia.

Yashim sorriu: ele sabia que ela tinha razão. Era a Espanha, ele se perguntou, cuja língua eles ainda falavam? A Andaluzia por que os judeus — assim como os mouros — choravam, por ser o Paraíso que tinham perdido, escondendo as chaves num cofre em Granada, como faziam algumas velhas famílias judias: relembrando o padrão das ruas e sinagogas de Sevilha? Ou era uma promessa? A Espanha tinha sido muito tempo atrás. E devia fazer muitos séculos desde que os judeus receberam um sinal.

Ele esvaziou o copo e colocou-o cuidadosamente sobre o balcão. — Se a sua memória está tão boa — ele disse em tom sarcástico — talvez você possa me dizer onde um agiota chamado Baradossa mora.

Rebecca apertou os lábios. — Você adora se meter em encrenca — disse ela.

## 53

Yashim abriu caminho com cautela em meio ao lixo que se acumulara no pátio; na parte de cima, pendiam três fileiras de sacadas de madeira, bloqueando a luz. O ar frio estava fétido. Yashim bateu várias vezes, até que uma voz estridente perguntou o que ele queria. Ele aproximou os lábios da porta.

— Quero falar de uma dívida.

— Falar, falar. O que é falar? — Houve um longo silêncio, depois um clique. Uma pequena janelinha na porta se abriu e um olho apareceu. — Eu conheço você?

— Estou aqui por causa de Xani. O albanês. Seiscentas piastras.

— Quando?

— Cerca de seis meses atrás.

A janelinha se fechou de novo. Dentro, ele pôde ouvir Baradossa resmungando sozinho.

O olho reapareceu. — Quem é este aí com você?

Yashim olhou de relance ao redor. O pátio estava vazio.

— Estou sozinho.

Yashim adentrou um aposento sem janelas. Baradossa deslizou os ferrolhos da porta e caminhou capengando até a extremidade de uma mesa, carregando uma vela. O ar frio exalava um cheiro de repolhos e suor. Tão limpa, Rebecca tinha dito, que você poderia comer do chão. Ele gostaria de levá-la até ali.

Baradossa colocou a vela sobre a mesa e esfregou as mãos — Frio?

Era um homem pequeno, ligeiramente curvado, com uma barba grisalha e espessa e mãos brancas e pequenas, que ele mantinha erguidas na frente do peito, como um esquilo. Ele podia ter 54 anos, ou 75, exceto pelo fato de que usava, Yashim percebeu, surpreso, dentes postiços: quando ele falava, a dentadura estalava em sua boca. Vestia um casaco escuro de lã e um xale de padrões coloridos sobre os ombros.

— Xani — Yashim disse. — Vim pagar.

— Oh, sim? — O velho fungou. — É você agora, é?

— Vim como amigo.

— Amigo, é? — Baradossa esfregou o queixo. — Capital ou juros, *efendi*?

Yashim enfiou a mão no manto e tirou uma bolsa. Os olhos de Baradossa se cravaram nela. Yashim segurou suavemente a bolsa na mão. — Juros. Quarenta piastras.

— Quarenta piastras? — Baradossa parecia surpreso.

— Xani não pôde vir — disse Yashim.

Baradossa desviou os olhos da bolsa para o rosto de Yashim. Meneou ligeiramente a cabeça.

— Conhece Xani, *efendi*?

Yashim balançou a cabeça, relutantemente. Sentiu-se confuso. O velho não se mexeu.

— Ele me pediu para vir. Os juros venceram.

Yashim contou o dinheiro sobre a mesa. — Quarenta piastras. — Ergueu os olhos. Baradossa o observava. Então seu lábio superior se converteu num risinho malicioso, deixando à mostra uma fileira de dentes amarelos.

— Quarenta piastras, *efendi*? O que o faz pensar que eu quero seu dinheiro?

Deu a volta sobre a mesa e colocou as mãos nos ferrolhos, deslizando-os de volta.

— Ele deve a você seiscentas piastras!

— É o que lhe disseram, *efendi*? — Baradossa escancarou a porta e espiou lá fora.

Yashim sentiu evaporar-se a onda de benevolência que o acompanhara desde a casa de *kebabs*. Seus dedos se fecharam com força sobre a tradução francesa. Pelo menos ele salvaria as magras economias de Marta.

— Nunca houve uma dívida, não é? — Era uma afirmação, não uma pergunta.

Deu uma última olhada pelo aposento. Do vão da porta, o olho de Baradossa vagueou pela mesa, depois se fixou de novo no rosto de Yashim, que olhou para a mesa. O documento tinha estado lá o tempo todo. Uma folha de papel, na qual estava escrito em caprichada letra manuscrita árabe o nome Xani, e a soma de seiscentas piastras. Abaixo da rubrica, em tinta vermelha, uma data do calendário judaico e as palavras: *Totalmente Pago*.

— O mês de Tamuz — Yashim disse, com voz entorpecida. — Acabou de começar.

Baradossa limitou-se a arquear uma sobrancelha.

— Então Xani veio e liquidou a dívida?

— Quem mais?

Foi a vez de Yashim encolher os ombros. — É — ecoou. — Quem mais?

O pátio parecia brilhante depois da escuridão da cela de Baradossa. Ele abriu caminho descendo ruas tortuosas, rumo ao Corno de Ouro.

— Quem mais? — resmungava sozinho. Uma brisa leve tocou suas bochechas; o vento vinha da água. Ele não o sentiu.

Xani já pagara sua dívida, de maneira repentina. E então, quase que imediatamente, tinha desaparecido.

Não fazia sentido: o agueiro devia estar saboreando sua recém-conquistada liberdade.

Yashim parou na rua. Enver Xani, pensou, desaparecera para sempre.

## 54

— Eu não sabia quem eles eram, Yashim *efendi*. Eu não os teria deixado subir se soubesse. Nunca houve coisa parecida aqui, e em abril faz cinquenta anos que eu estou aqui.

A viúva Matalya fechou os olhos e balançou a cabeça. Não era mulher de abrir espaço para a histeria. Yashim ficou de pé, pacientemente, no corredor escuro, onde ela o esperava, com a cabeça curvada.

— Tenho certeza de que a senhora está certa, Matalya *hatun*. Pode me dizer exatamente o que aconteceu?

— Dois homens, *efendi*. Ouvi a porta se abrindo quando estava limpando. Sempre faço minha limpeza na parte da tarde. Você sabe disso, não sabe, meu gentil *efendi*? Na parte da tarde.

Sim, e de manhã também, pensou Yashim. Ele resistiu à vontade de apressar a conversa. A viúva Matalya tinha tido um choque, e estava lidando com isso à sua maneira.

— Havia muita coisa precisando de uma espanada, também. Não que eu esteja espanando de qualquer jeito, *efendi*, não quero que você pense isso. Mas os tapetes juntam pó, já percebeu? Eu estava pensando que era um bom dia para bater os tapetes, com o sol brilhando no quintal, e os tapetes já estavam ficando um pouco empoeirados; devia fazer séculos, pensei, desde a última vez em que foram tirados, pelo menos não este ano. E como eu poderia tirar, com toda aquela chuvarada na primavera?

— Úmido demais, é — murmurou Yashim. — E esses dois homens?

— Eu já ia chegar lá, meu generoso *efendi*. É como eu disse, eu não os teria deixado entrar se soubesse quem eram. Vi você sair mais cedo, e foi o que eu disse a eles. Eles disseram que iam ficar esperando. Amigos seus, disseram. — Mordeu os lábios. — Eu não subiria lá agora, *efendi*. Primeiro vou tentar arrumar um pouco, é melhor. Agora que você já sabe.

— Obrigado. Você fez tudo certo — Yashim a tranquilizou. — Mas realmente não precisa se preocupar. Por favor. Vá e sente um pouco, e tome uma xícara de chá.

Ele continuou falando enquanto conduzia a velha para dentro do apartamento dela. Pôs a chaleira no fogão e acomodou-a no sofá. — Os homens, eles eram gregos?

— Gregos? Talvez, não sei. Muçulmanos não podiam ser, meu único *efendi*. Eram como animais — acrescentou, fechando a porta.

Yashim saltou de dois em dois os degraus. A porta no patamar da escada estava fechada. Ele a empurrou com as pontas dos dedos, e quando ela se abriu, viu-se em um cenário de violação e profanação.

## 55

— Suela, diga uma coisa para sua mãe? Diga a ela que meu nome é Yashim. Sou um *lala*.

Um guardião: ele esperava que a sra. Xani entendesse. Os eunucos ordinários de Istambul, os *lala*, serviam a famílias, agiam como protetores, acompanhantes, mensageiros e mediadores.

A menina assentiu, em sinal de que entendera, mas quando falou em albanês com a mãe, esta sacudiu a cabeça, deprimida.

— Diga a ela que quero encontrar seu pai.

Os olhos de Suela se arregalaram por um instante. Ela pareceu prestes a chorar, mas em vez disso fez uma mesura e murmurou alguma coisa em albanês. A mãe ergueu os olhos vermelhos e fitou Yashim com expressão triste.

Xani recebia um salário de quarenta piastras por mês, bem mais do que ganhava como carregador. Ele tinha chegado a Istambul 14 anos antes: vendera suas terras na Albânia para o irmão porque não era suficiente para sustentar uma família. Não, não havia briga nem ressentimento entre eles: o irmão o apoiara em seu casamento, 12 anos antes. Os pais dele estavam mortos. A mãe dela ainda estava viva, e tinha ficado feliz com a união.

— Então a família não tem inimigos no vilarejo? — perguntou Yashim. — Nenhuma rixa?

A mulher disse alguma coisa. Suela continuou: — Quando Shpëtin era bebê, fomos para o vilarejo. Fomos de barco. Era muito longe.

— Onde vocês ficaram?

— Na casa do meu tio. Tenho quatro primos, dois meninos e duas meninas. Gosto muito das meninas. A gente brincava todo dia.

— E aqui você tem Shpëtin para brincar com você.

Suela assentiu, com uma expressão incerta. Shpëtin tinha 6 anos; ela talvez estivesse ficando velha demais para brincadeiras de meninos. Yashim continuou. — Vocês têm família em Istambul?

— O tio do meu pai estava aqui, mas ele era velho e morreu. Meu pai ficou... ficou muito triste.

Yashim reclinou-se na cadeira, mantendo os olhos no chão. O instinto dizia a ele que o desaparecimeto de Xani nada tinha a ver com a família: estava emaranhado, de alguma maneira, com os eventos da cidade, com a dívida. — Quero perguntar algo à sua mãe, alguém esteve aqui para ver vocês nos últimos dias? Alguém pedindo dinheiro?

— Ninguém.

— E no trabalho dele, seu pai está feliz?

— Minha mãe diz que ele está feliz. Ele sente orgulho de ser um agueiro. Eu acho... acho que ele trabalha muito.

— Tenho certeza. Sua mãe... ela sabe aonde ele pode ter ido?

Suela lançou um olhar rápido e assustado à mãe. — Não.

— Amigos?

A menina pareceu hesitante. Ela repetiu a pergunta para a mãe, que simplesmente sacudiu a cabeça e fitou Yashim com expressão triste mais uma vez. — Istambul — ela sussurrou.

— Meu pai e minha mãe não têm amigos em Istambul — Suela explicou.

Yashim cutucou o lábio. — Você diz que ele gosta do emprego, que trabalha muito. Ele trabalhava sempre no mesmo horário todo dia?

Suela contorceu o rosto, tentando lembrar-se. — No começo ele estava sempre em casa para o jantar. Mas ficava até tarde no trabalho, antes de... de... — O lábio dela tremia.

— Entendo — Yashim disse, rapidamente. — Toda noite, ou só às vezes?

— Só às vezes. — Suela virou-se para a mãe. As duas conversaram por vários minutos. Quando Suela voltou-se para Yashim, estava com a cabeça baixa.

— Minha mãe disse que ele ficou na rua até tarde três vezes na semana passada.

— Você sabe por quê?

A sra. Xani passou os olhos vagamente pela sala. — Minha mãe — Suela traduziu, por fim — disse que eles estavam com problemas com a água.

— Sim — disse Yashim, lentamente. — Sim, acho que houve alguns problemas.

Ele pôs-se de pé. Queria acrescentar que a dívida estava paga, mas as palavras ficaram entaladas na sua garganta, como se possuíssem um significado que ninguém queria escutar.

## 56

Yashim desceu a colina junto à Sublime Porte e passou em frente à Mesquita Nova, onde na noite anterior encontrara os carregadores de liteira.

Ao passar pela entrada do bazar egípcio, hesitou, depois entrou. Os deliciosos aromas de cravo e canela, cominho, coentro e gengibre triturado fizeram sua cabeça rodopiar. Montanhas brilhantes de pó colorido se erguiam em cada barraca e bancada, especiarias picantes colhidas no mundo todo, da costa da Índia até as montanhas da China, da Pérsia e da Arábia às ilhas dos mares do sul, trazidas para cá, para este grande entreposto do comércio mundial. Elas atravessam desertos, rompem mares tempestuosos e cruzam passadouros de lendárias cordilheiras; são transportadas por carracas, navios e também por mulas e camelos. São negociadas, barganhadas e compradas, e são motivo de disputas e roubos, o que as torna cada vez mais raras e valiosas. Até que, por fim, chegam a este mercado no extremo sudeste da Europa e desaparecem em uma sopa, ou em um prato de arroz.

Yashim parou por alguns instantes, atordoado pela cadeia de pensamentos. Que mundo os homens haviam criado! Que aventuras empreenderam, simplesmente para dar cor e sabor à sua dieta! O bazar era uma casa de tesouros — embora nada fosse mudar se um vendaval espalhasse os pós para os céus. Ninguém morreria de fome, impérios não cairiam. As próprias pedras do bazar cheirariam a especiarias por mil anos: e daí?

Por algo tão trivial e evanescente, homens poderiam ser mortos. Por uma ideia tão insignificante quanto os temperos, que brotavam de outeiros multicoloridos de sementes, pessoas estavam dispostas a morrer. Um imigrante da cidade, lutando para melhorar de vida e sustentar os filhos, desaparecera: e por quê? Nada havia sido roubado, aparentemente. Ninguém estava comendo melhor. Mas talvez uma ideia tivesse sido compreendida, um sonho concretizado. Lefèvre: morto na rua. Nenhum dinheiro com ele, nada fora levado. Morto por um livro, talvez: alguns fragmentos de observações sobre uma cidade que já não existia, pensamentos e lembranças de homens havia muito tempo mortos e enterrados. A cidade ainda vivia e respirava e comia e dormia. Um *pilaf* podia ser comido sem açafrão.

Ele saiu do bazar de especiarias pelo portão norte, e serpenteou entre as ruelas e arcadas do Grande Bazar. Comprou um xale novo e examinou alguns tapetes de Khorassian; titubeou, indeciso, diante de uma seleção de cadeados ingleses, antes de decidir que não precisava de um, e comprou alguns pratos comuns de porcelana. Por fim, voltou a pé para casa, atravessando o bazar dos livros. A loja de Goulandris estava fechada.

A viúva Matalya e suas ajudantes tinham feito um serviço completo. O chão fora esfregado. As paredes haviam recebido uma nova demão de cal, e brilhavam sob a luz dourada do entardecer. Sua senhoria encontara um tapete para o sofá, e substituíra algumas almofadas, mas as prateleiras de livros vazias pareciam esqueléticas. Dos armários e do estoque de sua cozinha, só restavam os utensílios de metal, panelas de ferro e facas. O lugar cheirava a sabão.

Yashim sentou-se na ponta do sofá e desembrulhou um pequeno pacote que trouxera do mercado egípcio. O papel dobrado continha um único bloco amarelo de âmbar-gris, a mais estranha substância da farmacopeia de especiarias, e tão rara que um sultão fora censurado por usá-la na barba. O âmbar-gris vinha do oceano Atlântico, a centenas de quilômetros de distância; era tirado, assim Yashim ouvira dizer, da barriga da baleia.

Seu odor era suave, embora não fosse nauseante; era também irresistível, muito intenso, o aroma mais forte e penetrante do mundo. Yashim recostou-se no divã, com o pequenino torrão sobre a própria barriga.

Aos poucos o aroma invadiu furtivamente o aposento vazio, possuindo-o invisivelmente, permeando o ar.

## 57

Stanislaw Palewski se encolheu no banco embutido sob a janela de sua sala de estar com um copo apoiado no cotovelo, o Gyllius na mão e uma garrafa não muito longe, até perceber que havia alguma coisa incomum no aposento.

Olhou em volta, confuso. Lançou um olhar furtivo janela afora. A menina, Suela, estava sentada debaixo da árvore, observando o irmão que brincava na terra com um pedaço de pau e um olhar compenetrado.

Palewski sorveu o ar, e depois seu copo. Cravou os olhos no aparador, sob o retrato a óleo de Jan Sobieski, o vitorioso na Batalha de Viena. Fitou o aparador por bastante tempo, e depois, soltando um grunhido intrigado, levantou-se e foi olhar as flores.

Marta tinha feito um vaso muito bonito de tulipas temporãs, de variedade turca, com pétalas pregueadas. Passando o dedo pela superfície do aparador, percebeu que ela também lustrara muito bem o móvel.

Voltou para seu assento, aninhando-se com os joelhos levantados e os pés na janela, e tomou um gole da bebida.

Era tudo muito extraordinário, pensou. Pobre Marta! Aquela história de Xani a devia estar preocupando mais do que ele tinha pensado.

Onde diabos, ele se perguntou, o infeliz tinha ido parar?

## 58

Yashim tirou as cinzas do fogão, jogou pedaços de carvão e soprou até o fogo pegar. Enquanto o carvão esquentava, ele descarregou sua cesta. Farinha, arroz, óleo: tinha comprado produtos substitutos, mas teria que procurar novos recipientes. Um naco de manteiga, embrulhado em papel. Franziu o cenho, repassando a lista dos ingredientes: tinha esquecido a pimenta.

Foi até a janela e olhou para a ruela. Estava vazia. Inclinou-se e gritou — Elvan!

Voltou para junto do fogo, tirou da cesta três berinjelas e as limpou com um pano umedecido. Colocou-as sobre o carvão em brasas, depois pegou um punhado de manteiga e jogou numa panela pequena. Num impulso, ergueu a panela até o nariz e cheirou: ainda tinha um aroma fraco e suave, contudo, por isso ele a colocou do lado do braseiro, onde a manteiga derreteria.

Virou as berinjelas, e voltou para a janela. — Elvan!

A manteiga deslizava na panela, e ele a mexeu com uma colher de pau, observando-a conforme começava a borbulhar. Com a mão esquerda, pegou uma generosa pitada de farinha e começou a espalhar lentamente sobre a manteiga, ainda mexendo; viu que começava a formar pequenas migalhas, e depois uma bola amarela.

Tirou a panela do fogo, virou mais uma vez as berinjelas e foi até a janela.

Um menino estava de pé na viela com as mãos na cintura.

— Elvan! Sou eu, Yashim!

O menino olhou para cima.

— Um pouco de leite, por favor. E pimenta branca, se você achar — gritou Yashim. Elvan ergueu a mão, Yashim jogou uma moeda, e o menino se atirou e agarrou-a, como sempre fazia.

Assim que as cascas já estavam chamuscadas, Yashim envolveu as berinjelas num pano. Afiou uma faca. Depois de um ou dois minutos começou a tirar as cascas com a ponta da lâmina. Debaixo da casca enegrecida a polpa estava branca; ele se lembrou dos braços de Mavrogordato sobre sua mesa, e fez uma careta.

Elvan chegou com uma garrafa de leite e uma réstia de pimentas.

— Você se lembrou, branca?

— Claro, *efendi*. — O pequeno rosto assumiu uma expressão de inocência ofendida, e Yashim deu uma gargalhada.

— Pode ficar com o troco — ele disse.

Limpou as berinjelas com um pano, depois as socou no pilão. Esquentou a panela mais uma vez, e lentamente adicionou o leite, gota a gota.

Na embaixada francesa em Pera o embaixador estaria redigindo seu relatório. Palavra a palavra o caso contra Yashim ganharia forma, e então volume, no mais suave estilo diplomático: sem acusar ninguém, mas insinuando muitas coisas.

Alguém bateu à porta. Yashim franziu o cenho. — Elvan? — chamou, sem tirar os olhos da panela.

Ouviu o clique do trinco, e sentiu os cabelos da nuca se eriçarem.

Com bastante cuidado, pôs de lado a panela. Olhou de relance para a porta, movendo-se lentamente para a frente, depois na direção da faca.

— Quem é? Quem está aí?

## 59

O rosto de madame Mavrogordato estava rígido. Do outro lado da mesa, monsieur Mavrogordato lançou-lhe um olhar furtivo, e serviu-se de um prato de carneiro.

Madame Mavrogordato observou o lacaio colocar o prato na mesinha lateral.

— Pode tirar o prato de Alexander, Dmitri. Quando ele chegar, come na cozinha. E diga-lhe que o pai quer falar com ele.

— Sim, madame.

Dmitri se retirou. Monsieur Mavrogordato pegou o garfo e a faca.

— Então — sua voz soou como a borda serrilhada de uma moeda.

As mãos dele congelaram em pleno ar.

— Então! Você pode comer!

— Temos que comer, Christina, senão vamos morrer — disse monsieur Mavrogordato, em tom infeliz. Sua faca pairava, hesitante, sobre o carneiro.

Madame Mavrogordato o encarou. — Às vezes, monsieur Mavrogordato, é preciso escolher entre a desgraça e a morte.

— Ora, Christina, por favor... — Pousou suavemente os talheres junto ao prato.

— Desgraça, monsieur Mavrogordato — entoou. — Desta vez quero que você fale com Alexander. Se ele continuar assim vai acabar com uma má reputação.

Mavrogordato assentiu.

— Uma má reputação, Mavrogordato. E a menina Ypsilanti já tem quase 17 anos.

Mavrogordato aquiesceu.

— Não podemos deixar que o casamento dê errado. Os Ypsilanti podem não ser tão ricos, mas têm... — Sua cabeça tremeu ligeiramente. Não conseguiu dizer a palavra.

Mavrogordato assentiu. Piscou. Depois de uma pausa, pegou novamente o garfo e a faca. — Um sujeito estranho veio falar comigo hoje — disse ele, em tom casual.

Madame Mavrogordato não respondeu.

— O nome dele era... ah... Yashim. Acho que era eunuco.

Cinco minutos depois, quando o carneiro de Mavrogordato estava congelado no prato, ele desejou não ter mudado de assunto, afinal.

## 60

Yashim pegou a faca e deu alguns passos na direção da porta de vaivém.

Uma mulher estava parada no corredor. Usava um capote de viagem azul orlado de cetim, com o capuz puxado escondendo o rosto. Uma estrangeira. As mãos dela estavam frouxamente fechadas junto ao peito. Uma pequena maleta de viagem de tecido e alça de couro jazia no chão ao lado dela.

Os dedos de Yashim relaxaram. Ele recuou um passo.

A mulher ergueu as duas mãos e puxou o capuz para trás. Cachos castanhos caíram-lhe sobre os ombros, e um par de olhos castanhos se fixou nos olhos de Yashim.

— Você é Yashim *efendi, n'est ce pas*?

Sua voz era leve e suave. Yashim assentiu, incapaz de falar.

— *Très bien*. Sou madame Lefèvre. Onde está meu marido?

Yashim sentiu que o sangue martelava seus ouvidos. Ele se ouviu dizendo: — *Entrez, madame, je vous en prie* — e se abaixou para pegar a maleta do chão. No mesmo instante ela se mexeu, e seus ombros roçaram os de Yashim.

O eunuco gesticulou, apontando o sofá.

Madame Lefèvre examinou de relance o apartamento, e Yashim reparou no quanto ela era alta, quase de sua altura. Ela atravessou o cômodo com a elegância das pernas compridas, afrouxou a capa e sentou-se na ponta do divã. Com um meneio da cabeça, passou a mão pelos cachos para tirá-los de dentro do colarinho. Por baixo do capote usava um vestido de algodão enfeitado com ramos; debaixo da bainha, era possível ver seus dedos, pela abertura de suas sandálias pretas. A luz do entardecer avermelhava os cachos e iluminava a curva de sua bochecha. Os olhos dela, Yashim percebeu, eram enormes.

Ela deu um sorriso cansado. — Por favor — ela disse, apontando para a maleta, ainda nas mãos de Yashim. Ele tinha se esquecido.

Ele a colocou no chão, junto aos pés dela.

— Eu estava cozinhando — disse ele, timidamente. — Quando a senhora chegou. — Não sabia mais o que falar. Abaixou os olhos e viu que ainda segurava a faca na mão. Virou-se para colocá-la em algum lugar. — Madame Lefèvre. Eu não fazia ideia.

Ela fez uma careta, que significava: — O que posso dizer?

Yashim passou a mão pela sobrancelha. — E a senhora, madame... acaba de chegar a Istambul?

— Vinda de Samnos, apenas. Estava catalogando algumas das descobertas do meu marido. — Ela encostou o dedo na ponta do nariz e fechou os olhos. — *Imam bayildi*! Sinto cheiro de berinjelas.

Yashim piscou, assombrado. Devo dizer a ela, pensou. Devo dizer a ela agora, antes que seja tarde demais.

— Não *imam bayildi* — ele disse, levantando o dedo. — *Hünkar beyendi.*

— *Hünkar beyendi* — ela repetiu. — O que significa?

— Significa... "o sultão aprovou".

— E *imam bayildi*? "O imame desmaiou"?

Yashim sorriu. — É, de felicidade.

— Ah, sim. E quando você cozinha, *hünkar beyendi*, não fica feliz também? Ou você só aprova? — Ela franziu o cenho, como um sultão, depois abriu o fecho de seu capote e pôs-se de pé, num pulo ligeiro.

Yashim sorriu. — Não. Eu fico... fico feliz.

— Me desculpe — disse madame Lefèvre. Ela olhou de relance a pequena cozinha. — Interrompi a sua felicidade. Ela viu o vidro de leite e espiou a panela. — Você está fazendo... é *roux*, *n'est ce pas*?

— Chamamos de *miyane*.

— Se formos rápidos, não será tarde demais! — Madame Lefèvre jogou o cabelo de lado e agarrou a panela. — Você mexe, monsieur, e eu adiciono o leite.

Faça-a parar, pensou Yashim. Diga a ela o que ela tem de saber.

Ele pegou a panela e colocou-a sobre os carvões em brasa, batendo com uma colher na bola de farinha, manteiga e leite. Ainda estava morna: madame Lefèvre tinha razão, ele precisava continuar ou a receita estragaria. Madame Lefèvre pegou o vidro de leite e derramou cuidadosamente um pingo na panela, depois outro, depois outro. Eles se entreolharam, separados pelo cabo da panela. Madame Lefèvre olhou para Yashim, com os olhos sorrindo.

— Veja, está dando certo.

O *miyane* começava a se espalhar pelo fundo da panela. Um respingo de leite deslizou pelo vidro e escorreu sobre a mesa.

— Pronto — ele disse. — Já está bom.

Ele pegou a pimenta. — Sempre usamos pimenta branca — explicou. — Para que o prato fique bonito, deve ficar bem pálido.

Ele logo se sentiu embaraçado, pois tinha consciência da tez pálida dela.

— *En effet*, é um bechamel — disse ela.

— É uma receita bem antiga, nesta parte do mundo. Manteiga, farinha.

Madame Lefèvre pareceu interessada. — Um prato nômade? Por que não? Talvez tenhamos aprendido com vocês.

— Bem — Yashim hesitou. — Acho que sim, talvez não diretamente. — Essa era uma de suas pequenas teorias; como eles tinham aprendido tão rápido? Os italianos estavam em Pera. Talvez tenham levado a ideia para a França.

— Catarina de Médici — disse Madame Lefèvre.

— Acho que sim! — Yashim riu, encantado. — Li em Carême! Ouça! — Então se lembrou. — Pelo menos... antes eu tinha. — Foi até as prateleiras. — Carême, aqui está! — Folheou as páginas. — Eu estava lendo isto: "*Os cozinheiros da segunda metade do século* XVIII *conheceram o sabor da culinária italiana, que Catarina de Médici introduziu na corte francesa.*" Talvez a senhora tenha razão, madame.

Foi a vez de ela rir. — *Mon dieu*! Carême!

— Que sorte que eu ainda tenho o livro — Yashim admitiu. — Perdi muitos dos meus livros, recentemente. Ontem.

— Você foi roubado?

Yashim sorriu. — Não faz mal. Não perdi nada de importante. Mas receio que o apartamento esteja um pouco vazio.

— Eu não achava que coisas assim acontecessem em Istambul — disse madame Lefèvre. — Max sempre fala o quanto aqui é seguro.

Max? Yashim franziu as sobrancelhas: ela devia estar falando do marido.

— Madame Lefèvre — ele disse —, Istambul não é segura. Nem um pouco segura. — Yashim fechou os punhos, em ansiedade. — Tenho notícias terríveis.

Os olhos dela arregalaram. — O que está dizendo, *m'sieur*? Não é segura? Mas o que você quer dizer? — Elevou a voz. — Onde está Max? Onde está meu marido?

— Está morto — respondeu Yashim.

## 61

A viúva Matalya saiu para o quintal com o enorme leque que usava para bater os tapetes e tocar as galinhas para o viveiro.

— Vem cá, bonitinha — ela murmurou, estendendo a mão rígida. A galinha se encolheu, erguendo o ombro emplumado. A viúva a pegou gentilmente com as duas mãos, ergueu-a sob o braço e estalou seu pescoço.

— Você já estava velha demais mesmo — disse ela, em tom repreensivo.

Carregou a galinha casa adentro, pegou um cesto atrás da porta e sentou-se num banquinho da viela. O sol já tinha ido embora, mas o muro às suas costas ainda estava quente. Começou a depenar a galinha, jogando as penas dentro do cesto.

— Sopa é a melhor coisa — cochichou para a galinha. — E esta aqui dá um belo caldo. Um pouco de arroz. Bom, depois de um choque.

Ela virou a ave no colo e começou a arrancar as penas do peito.

— E eu também estou em choque — ela continuou. A cabeça da galinha bamboleou no seu joelho. — É um transtorno, e definitivamente não é o que eu espero na minha idade. Uma mulher estrangeira, também. Uma infiel, na minha casa!

Teve um ligeiro espasmo furioso e puxou a pele da ave.

— Ah, olha só o que eu fiz. — Depois de uma pausa, desenhou uma figura com os dedos, contra o mau-olhado. — Ela devia ir ficar com a gente dela, coitadinha. Sem marido agora, e tão longe da mãe!

Trabalhou nas pernas, depois nas asas. Ela se perguntou quantas galinhas já havia depenado na vida. Deviam ter sido centenas. Não que ela fosse gananciosa. Ela alimentava as galinhas, elas a alimentavam, e era assim que as coisas eram.

Como ela tinha chorado quando Matalya morreu! Um dia inteiro, um verdadeiro clamor. Tinha ficado arrasada de verdade! Talvez não do jeito que ficavam as mulheres francas. Sangue ralo, devia ser isso.

A viúva Matalya fez um esforço de imaginação: talvez fosse preciso ficar perto da nossa própria gente para tirar essas coisas da cabeça, ela concluiu.

E não havia como negar, era bom ter um pouco de sopa, para o caso de um choque.

## 62

Yashim deu uma batidinha na crosta que se formara no *miyane*. O fogo já estava quase frio: ele não sentiu vontade de esquentar o fogão de novo. Não estava com muita fome.

Procurou um pedaço de pão, um biscoito, mas obviamente o lugar estava vazio.

Subiu no sofá e sentou-se com os joelhos alinhados, olhando pela janela e por sobre os telhados.

*Miyane*! Era o que alguém fazia quando um convidado aparecia de maneira inesperada: uma mistura mais grossa, é claro. Você transformava alguma massa em *miyane* e cortava em nacos.

Madame Lefèvre aparecera, sob todos os pontos de vista, de maneira completamente inesperada.

Lefèvre não fora o homem que ele teria imaginado para ela; ele parecera muito cauteloso e traiçoeiro à sua maneira. Ao passo que sua esposa... na verdade, dela ele mal sabia o que pensar. Ele se surpreendera com a beleza dela: ele que andava livre e impassível pelo harém do sultão, entre dezenas de mulheres selecionadas em todos os cantos do império apenas por seu encanto.

Mas ele não havia sido afetado apenas pela beleza dela, é claro. Ela tinha conversado com ele como um amigo. Eles tinham até mesmo dado risadas juntos, como se já se conhecessem havia muito tempo.

Ela o fizera dar gargalhadas.

E ele ficara animado demais para dizer o que ele sabia que tinha de ser dito. Covarde demais para quebrar o encanto.

A viúva tinha um bom coração. Por enquanto ela seria suficiente, e poderia ajudar, mas amanhã ele teria de cuidar para que madame Lefèvre visse sua própria gente — a embaixada novamente. Estremeceu diante da ideia.

Mavrogordato. O que ele tinha aprendido com Mavrogordato?

Apenas que um francês, em trajes europeus, podia obter junto a um respeitável banqueiro o mesmo tipo de empréstimo que um albanês na mesma cidade tinha de se desdobrar para conseguir de um usurário. Duzentos francos.

Yashim parou de mexer nos cabelos.

Duzentos francos: até onde ele sabia, isso dava cerca de seiscentas piastras.

## 63

Ainda não tinha escurecido completamente quando Yashim chegou a Balat. Figuras indistintas passavam por ele nas ruelas; portas batiam; exausto, um menino carregando o que Yashim reconheceu como uma caixa de papel encostou seu fardo contra um muro, depois o ergueu novamente e seguiu seu rumo. Os judeus, pensou ele, estão voltando para casa.

A ideia o pegou de surpresa. Por toda a cidade, os judeus pobres estavam correndo para casa conforme definhava a luz do dia. Amanhã, pouco depois do amanhecer, o menino com o papel estaria novamente trabalhando, e passaria o dia todo gritando "Carta! Carta!", do jeito que faziam os vendedores de papel na Grande Rue. Havia na cidade, agora que Yashim parava para pensar, muitos pequenos negócios com os quais os judeus podiam ganhar a vida, ainda que de forma precária. Eles engraxavam sapatos, vendiam flores, catavam sobras de papel e metal; saíam de casa cedo, e voltavam tarde, arrastando-se penosamente pelas vielas pobres e ruas sujas com algumas piastras para o cofrinho da família. Os judeus eram moradores da cidade: trabalhavam nas ruas como quem arava a terra, e voltavam cambaleando para Balat como se fosse seu vilarejo. Yashim também já tinha visto vilarejos mais imundos e decrépitos do que Balat.

Fez uma pausa para se lembrar do caminho, depois seguiu o mais rápido que podia por uma ruela desanimadoramente estreita e sinuosa: queria chegar ao pátio do agiota antes do cair da noite.

O pátio estava em silêncio. Acima, ele podia distinguir as fileiras escuras de sacadas, e aqui e ali uma réstia de luz indicando uma veneziana cerrada. Bateu de leve na porta da simples e pequena casa de Baradossa, e depois de um minuto de silêncio, bateu com mais força.

Deu alguns passos para trás, e quase tropeçou numa telha quebrada. Acima, uma veneziana se abriu com estrondo, e a silhueta da cabeça de uma mulher apareceu contra a luz tênue.

— *Que es?*

— Estou procurando Baradossa — Yashim respondeu. Não sabia uma palavra em ladino. A cabeça desapareceu e um braço foi esticado para fechar a janela.

Yashim arrastou a telha com a sandália. Ninguém apareceu. Outro fragmento da telha jazia no chão, ao lado da porta: devia ter caído do telhado do alpendre de Baradossa. Yashim desistiu de esperar a mulher reaparecer e se abaixou para examinar a telha. Perguntou-se por que cargas-d'água ela havia caído.

Voltou para a entrada do pátio e olhou para cima a fim de inspecionar a escadaria de madeira que levava às sacadas. Os degraus rangiam conforme ele subia. Seguiu até o canto da sacada, passando por um par de portas, e se viu olhando para baixo, para o telhado de telhas curvas.

Conseguiu perceber claramente de onde a telha quebrada tinha caído, próximo ao meio do telhado, onde havia uma lacuna, como uma ferida, entre as telhas.

Não havia luz no cômodo abaixo.

Yashim serpenteou sobre o parapeito, que balançou perigosamente, e pisou no telhado.

Desceu cuidadosamente o declive, mantendo os pés nas telhas de cumeeira. Depois acocorou-se sobre a lacuna e, calmamente, ergueu a telha sobreposta. Levantou um pouco a telha seguinte, para deixá-la deslizar, e colocou-a cuidadosamente a seu lado. Escorregou os dedos na abertura e a telha subjacente saiu com um ruído seco de raspagem. As vigas de madeira estavam a cerca de 46 centímetros de distância uma da outra.

Sobre sua cabeça, uma porta se abriu e ele ouviu uma voz de mulher; abafada, mas tomada de fúria. Um homem respondeu bruscamente, da sacada; a porta foi fechada com estrondo e o homem desceu pesadamente a escada. No patamar do primeiro andar, ele se voltou, indeciso. Yashim o viu colocar a mão na balaustrada e se inclinar para a frente, como se estivesse espiando a escuridão; a seguir deu um passo para trás, aprumou-se e soltou um suspiro. Yashim relaxou; depois de alguns instantes o homem se recompôs e irrompeu bruscamente escadaria abaixo. Chegou ao pátio e saiu pela ruela.

Yashim apoiou seu peso nas vigas de madeira e se enfiou vagarosamente pelo buraco no telhado. No último momento, quando tentava firmar sua posição, perdeu o controle e escorregou entre as vigas, caindo vários metros até o chão.

Pôs-se de pé, esfregando o joelho. Alcançou uma mesa, que seus dedos tatearam até encontrar uma lamparina a óleo. Yashim a pegou e a sacudiu suavemente. Numa prateleira junto à porta encontrou uma caixa de fósforos, mas o som que ouviu ao riscar o palito o assustou, como se entregasse sua posição: virou-se com o fósforo acima da cabeça até queimar os dedos. Colocou a lamparina sobre a mesa, retirou o invólucro, e riscou outro fósforo para acender o pavio. Quando a chama azul começou a se espalhar ele devolveu o invólucro e ajustou o pavio. Uma luz fraca e suave iluminou o cômodo.

Ele esperava ver um sofá no fundo do cômodo. Na sua primeira visita, à luz de velas, tinha sido impossível ver a parede mais afastada.

Agora ele podia ver outro cômodo, talvez um conjunto de aposentos, além de uma porta no canto. Ocorreu a ele que Baradossa ainda poderia estar ali, dormindo, apesar de ter batido à porta; apesar do barulho que fizera ao cair do telhado.

O livro estava sobre a mesa, exatamente onde estivera antes. Com sua mão livre, Yashim o abriu e folheou as páginas até encontrar o que estava procurando.

Xani. Seiscentas piastras. Havia cinco anotações abaixo, com datas registrando o recebimento mensal de cinquenta piastras. Na parte mais baixa, em tinta vermelha: duzentos francos franceses: Totalmente Pago.

Yashim levantou a cabeça e se pôs a escutar. Ouviu vozes de cima, e depois, surpreendentemente, ouviu o barulho de pés pisando em pedras, conforme os sons do pátio eram filtrados através do buraco no telhado. Um homem falou, bem perto. Alguém bateu à porta; soou como se estivessem usando a ponta de uma bengala.

Yashim escutava atentamente. Havia várias vozes do lado de fora, no pátio: qualquer um que fosse levado a olhar para baixo das sacadas veria a luz brilhando através do buraco que ele fizera no telhado. Ainda assim ele sentia grande relutância em apagar a lamparina.

Havia outra possibilidade. Ele foi até a porta interna e encostou o ouvido. Nenhum som. Girou lentamente a maçaneta, empurrou a porta e adentrou.

Baradossa estava em casa.

Ele estava sentado firmemente no chão, em posição vertical, os braços erguidos à sua frente, encarando Yashim. O que outrora fora seu peito agora não passava de uma massa ensanguentada. Yashim já tinha visto muitos cadáveres na vida: mas o que o deixou perturbado foram os dentes. Pareciam estar brotando do rosto, como se tivessem crescido.

A lamparina escorregou entre os dedos de Yashim. Ele a agarrou: o invólucro queimou sua mão e se separou da lamparina, que se espatifou no chão. Com um baque súbito, o óleo no soalho pegou fogo. Yashim deu um salto para trás. Sentado no chão, o velho agiota o olhou maliciosamente.

Yashim correu até a porta da frente e abriu os ferrolhos.

— *Yangin-var*! — urrou. Os istambuliotas sabiam que deviam temer aquele grito — Fogo! Fogo!

Os instintos naturais de Yashim o instigavam a ajudar a apagar um incêndio, mas não agora. Lá fora, um grupo de homens recuou, assustado, quando Yashim irrompeu por eles. Um, mais rápido que os demais, tentou agarrar o manto de Yashim, que se desvencilhou e saiu a toda velocidade, sem sequer olhar para trás.

Ele correu, sem parar, até chegar a Fener, seu distrito. O coração estava disparado.

O judeu tinha sido assassinado naquela tarde, não depois. Por causa do *rigor mortis*, o corpo mutilado de Baradossa havia lentamente se enrijecido no chão onde jazia; os tendões dos braços tinham se retesado. E Baradossa usava dentadura — a dentadura se abrira e escorregara para a frente na boca do morto, uma horrorosa coroa de arame e osso: a risada maliciosa não tinha sido para Yashim.

Quem quer que o tivesse matado escapara da mesma maneira que Yashim tinha entrado: pelo telhado, deixando a porta trancada por dentro.

E um livro sobre a mesa.

Um livro que demostrava, sem sombra de dúvida, que Xani tinha um amigo. Alguém que quitara sua dívida em boa prata francesa. Duzentos francos.

Os pensamentos de Yashim se voltaram para um francês, agora morto, cuja esposa estava dormindo no apartamento da viúva Matalya.

Ele entrou quietamente pela porta da frente na casa silenciosa.

## 64

Yashim dormiu mal. Em seus sonhos, viu o rosto lívido e os dentes salientes de Baradossa; então os olhos do morto ficaram escuros, e, à medida que as chamas subiam, viu que não era Baradossa, mas sim a serpente de bronze, que o encarava em todo o terror da vitória. E Lefèvre estava lá, enfiando seu dinheiro dentro do papo da serpente.

Quando acordou, Yashim tinha uma dúvida martelando em sua cabeça.

Acendeu uma lamparina e pegou a tradução francesa do livro de Gyllius.

*Todas as outras cidades têm seus períodos de governo, e estão sujeitas à decadência do tempo. Somente Constantinopla parece reivindicar uma espécie de imortalidade, e continuará a ser uma cidade enquanto houver humanidade, seja para habitá-la, seja para reconstruí-la.*

Virou a página. Gyllius descrevia o desenho da cidade e seus muros, discutindo em detalhes Santa Sofia, com referência a fontes antigas. Havia algumas observações sobre o Hipódromo e a Coluna da Serpente: Yashim fez uma anotação a lápis, pois pretendia comparar com o exemplar de Lefèvre.

Sentia sua concentração se esvaindo. Primeiro alguém havia furtivamente vasculhado seu apartamento, deixando nada mais do que alguns grãos de arroz espalhados. Depois o lugar fora posto abaixo. Ele pensou em alguns de seus livros com uma pontinha de angústia. Para Yashim, o pesar era uma emoção que não significava outra coisa a não ser o perigo, e fazia muito tempo que aprendera a manter distância dela. Mas os livros eram a glória da arte otomana, e alguns deles ele estimava como a tesouros. Folheou o livro de Gyllius e abriu numa página aleatória:

*A Cisterna continua. Graças à negligência dos habitantes e a seu desprezo por tudo que é curioso, ela jamais foi descoberta, a não ser por mim, que era um estranho entre eles, depois de uma longa e diligente procura. Por acaso, entrei numa casa em que havia um caminho que levava até ela, e subi a bordo de um pequeno esquife. Eu a descobri depois que o dono da casa acendeu algumas tochas e me conduziu a remo aqui e ali em meio aos pilares...*

Releu o trecho, perguntando-se o que poderia significar. *Jamais foi descoberta, a não ser por mim.* Típico dos acadêmicos. O que seria do homem cuja casa ficava sobre a cisterna — caso ele não a tivesse descoberto? Com um esquife, ainda por cima! Yashim sorriu: os acadêmicos eram todos iguais, em qualquer época, em qualquer lugar.

> *Ele se concentrava bastante na hora de pescar seus peixes, os quais a Cisterna tem em abundância, e capturava alguns deles com sua lança, à luz de tochas.*

Yashim piscou. Um lago subterrâneo, repleto de peixes? Ele se perguntava qual seria o sabor dos peixes: pálidos, quem sabe cegos, de carne provavelmente insossa. O mais provável é que Gyllius tivesse simplesmente inventado a história toda.

Mas a imagem continou aferrada a Yashim, enquanto ele se deitava no escuro, tentando dormir. Um homem remando sob Istambul, num barquinho, enfiando lanças em peixes à luz de tochas.

## 65

A viúva Matalya balançava de um lado para outro. Não sabia mais o que sugerir: a dama francesa já tinha acordado fazia horas, mas toda vez que espiava dentro do quarto ela nada dizia, simplesmente a fitava com olhar triste. Por fim, a viúva Matalya apareceu trazendo algumas coisas para comer e uma xícara de chá.

A mulher sentou-se na cama. — *Chai* — ela disse, timidamente.

A viúva Matalya assentiu, num gesto encorajador. Apontou para os pratos. — Pão. Queijo. Azeitonas. Coma. É bom. — Afagou o estômago. Depois, de maneira bastante inconsciente, acariciou o rosto da dama. — Sei como é.

A francesa deu um sorrisinho. Encorajada, a viúva Matalya sentou-se na cama.

— Até mesmo para mim, foi um choque. A gente os tem e depois não tem mais. Por que deveríamos ficar surpresas? Os homens, sempre correndo para cá e para lá; um dia, são apenas meninos, e no dia seguinte... bem, sumiram. Mas pelo menos... — Ela se conteve, subitamente.

Pelo menos eles deixam alguma coisa para quem fica, ela ia dizer. Mas não quis falar sem ter certeza. Segurou a mão pequena e branca da francesa e a acariciou. Depois pegou uma azeitona e colocou na boca da moça.

A mulher disse alguma coisa. A viúva Matalya sorriu e assentiu. — Isso mesmo. Você ainda tem muito que chorar, e vai ser bom recuperar a força. — Com cuidado, partiu um pedaço de pão e o molhou no azeite de oliva. Ainda que fosse franca, a moça era como todo mundo. Um passarinho. Um belo passarinho.

— Este pão é bom. As azeitonas são boas — disse ela em tom gentil. — Aprenda a sorrir de novo! Você não parece ter nem 25 anos, e quem sabe o que os cavalheiros francos não fariam por este sorriso? — Esticou a mão e afagou o cabelo da moça. — E vou dizer uma coisa, você tem o cabelo muito bonito. Você é mesmo uma flor.

A moça pôs a mão sobre a mão da velha em seu cabelo e ali a manteve, de olhos fechados.

— Ela vai ficar bem — disse mais tarde a viúva Matalya a Yashim. — Mas é uma crueldade, *efendi*. Ela está tão longe da gente dela. A única palavra que ela consegue dizer é *chai*. Ela é um amor. Não que ela tenha pedido, mas você... você pode falar com ela?

Ele a encontrou no quintal, na parte de trás da casa. A viúva Matalya tinha achado que seria mais apropriado. Madame Lefèvre estava sentada no toco de uma velha coluna, à sombra de uma figueira; usava uma blusa nova e a mesma saia que vestia no dia anterior. Os cachos espessos estavam presos por uma fita, e o pescoço estava nu. Mesmo com os olhos vermelhos, Yashim achou que ela estava linda.

— Madame Lefèvre — começou ele. — Eu... eu sinto muito.

Ela olhou para o chão. — Eu não esperava... — Ela então ergueu os olhos, inclinando o queixo. — Você foi muito gentil, monsieur.

Yashim olhou para o outro lado. Esfregou uma folha da figueira entre os dedos. — Minha intenção era contar tudo imediatamente. Mas eu não sabia como.

Ele a ouviu respirando. — Por favor, me conte como aconteceu.

Ele contou. Falou do jantar da quinta-feira, a primeira vez em que encontrara Lefèvre, fazendo soar como se fossem amigos. Relatou a ela a maneira como Lefèvre tinha reaparecido, apavorado, buscando sua ajuda, e a história do navio, do caíque, omitindo pouca coisa.

— Você o mandou para a morte — disse ela, tremendo.

Yashim inclinou a cabeça. — Eu não tinha a menor ideia — alegou. — Agora me parece que... acho que ele foi se encontrar com alguém. Antes de partir.

Os olhos dela examinaram o rosto dele. — Seria típico dele — disse ela. — Desculpe, *efendi*. Você fez o melhor que pôde.

Nesse momento Yashim pensou que nada que ela pudesse ter dito o teria feito sentir-se tão pequeno.

— Vou levá-la para a embaixada — ele disse.

— A embaixada — ela repetiu.

— Seu povo, madame — ele disse. — Lá eles podem cuidar da senhora.

Ela se abaixou para deslizar o dedo entre o couro e o pé calçado com meias, como se ali houvesse alguma coisa. Ela se empertigou. Tirou a fita o cabelo e, com um meneio da cabeça, deixou os cabelos caírem em cascata sobre os ombros.

— Sinto muito, monsieur. Eu sou Amélie Lefèvre. Ninguém, muito menos uma embaixada, toma conta de mim.

## 66

O homem com a faca andava tranquilamente pela cidade. Pendurada livremente em seu cinto, sem bainha, a lâmina era brilhante e bastante afiada.

Sultanahmet. Bayezit. Era a hora da oração: do alto dos minaretes, os muezins chamavam os fieis à devoção. O homem não os ouvia. Não notava as multidões, afluindo rumo às mesquitas. Passou pela esquina que levava a Bayezit e seguiu em frente, a passos ligeiros, na direção da colina. As multidões nada significavam para ele: não podiam impedi-lo de percorrer a cidade, sempre no mesmo ritmo, passando pelos mesmos lugares.

Agora Bayezit tinha ficado para trás.

Ele sabia disso, embora seu olho estivesse cravado na escuridão. Este, hoje, pensava ele, seria seu único contato com as pessoas que se espalhavam e se moviam como ondas pelas ruas da cidade.

Ele cumpriria sua tarefa, e a multidão continuaria se deslocando num vaivém de ritmo marcado. O apetite da cidade permaneceria inalterado.

Ela rezaria, se banharia, beberia e comeria: porque era maior que um único homem. Como uma pequena quantidade de água tirada de um tanque, o destino de um homem não faria diferença para o povo de Istambul: eles se fechariam sobre sua cabeça feito água.

E os segredos seriam preservados.

Fener. Em Fener ele passou da escuridão à luz.

Ainda assim as pessoas não o incomodariam. Ele tinha uma tarefa a cumprir.

Ele seguiu as instruções. Localizou a porta, que estava destrancada. Não achou que estaria trancada.

Entrou em silêncio: tão silenciosamente que pôde ouvir facilmente o murmúrio de uma velha falando sozinha.

Achou as escadas, e eram escuras e fechadas. Eram adequadas para ele.

No topo das escadas, haveria outra porta.

E o peso da adaga, que ele tirou de seu cinto, era confortável em sua mão.

## 67

Yashim afundou na velha poltrona na sala de Palewski. O embaixador sentou-se num banquinho, embalando seu violino. De quando em quando tangia uma das cordas e fuçava nas cavilhas.

— Ele não gosta do calor — explicou. — Muito menos da negligência. Ficou muito seco. — Dedilhou as quatro cordas.

Yashim soltou um grunhido. — Lefèvre estava subornando Xani.

— Bastante decente da parte dele.

— Ele devia ter um motivo por trás disso.

Palewski se inclinou sobre o violino e começou a afinar uma cavilha.

— Isso já me passou pela cabeça. Lefèvre pode ter se aproximado de Xani e prometido a ele uma fortuna para que descobrisse se as cabeças da serpente estavam realmente aqui. Mas faz semanas que Xani não aparece na casa.

— E a fortuna, como você chama, já estava paga. Lefèvre não saberia necessariamente que Xani não ficava muito por aqui. Mas agora Lefèvre está morto, e Xani desapareceu.

— Você acha que ele ficou com medo?

Yashim ignorou a pergunta. — Você verificou se as cabeças da serpente ainda estão aqui?

Palewski olhou para cima, passando os olhos pelo teto. — Você sabe qual é, Yashim, o único tesouro que eu possuo completamente? Que é de fato meu? — Pegou o arco do violino, inclinou-se para a frente em seu banquinho e deu uma pancadinha na porta do aparador, que se abriu sem ruído. Atrás dela havia uma garrafa. Era pequena e bojuda, verde e com uma tampa pesada. — Meu pai trouxe uma caixa inteira, no ano em que eu nasci — disse Palewski. — Martell, via Berry's, em Londres. A última garrafa.

Yashim deu um suspiro. — As cabeças, Palewski.

— É engraçado você mencionar isso. Ainda ontem eu as tirei do armário. Terrivelmente pesadas. Eu as coloquei debaixo da minha cama.

— Boa ideia — disse Yashim.

— Também achei. Por outro lado... — acrescentou Palewski, em tom alegre — parece que arranjei um anjo da guarda. Alguém que não quer que eu as perca. Mata Lefèvre. Mata um livreiro velho e bolorento com quem ele fazia negócios. Mata o judeu, que poderia ligar Lefèvre a Xani. Xani desaparece. Talvez ele esteja morto, também. E assim a pista esfria. Eu fico com as cabeças.

Fechou o aparador com a ponta do arco.

Yashim revirou os olhos. — Talvez você seja o assassino, Palewski. Você tem o motivo mais óbvio.

— Motivo, sim — Palewski sorriu e pousou o violino. — Mas você, Yashim, teve a melhor oportunidade.

— Estamos em perigo, Palewski. Talvez Marta, também.

O amigo olhou para Yashim. — Marta? Ela não sabe nada sobre as cabeças da serpente.

— É o que você diz. Mas eles não sabem disso, sabem? Acho que você devia mandá-la embora por uns tempos.

— Vou fazer isso — disse Palewski, sem muita convicção. Ambos sabiam que Marta se recusaria. — E sua madame Lefèvre?

— Minha madame Lefèvre, como você a chama, jamais esteve envolvida. Em todo caso — acrescentou, olhando de relance para o violino de Palewski —, ela está ficando com a viúva Matalya. Não comigo.

Esticou o braço e pegou o violino, para não ver a expressão no rosto do embaixador.

— Acho que agora eu vou falar com o pessoal do Xani. Talvez eles saibam onde ele está, ou para onde provavelmente foi.

— A guilda dos agueiros? — Palewski pareceu ter dúvidas. — Eles são muito unidos, pelo que eu sei. A mais antiga guilda na cidade, coisa e tal. Não acho que você possa simplesmente aparecer para um bate-papo.

— Não é o que eu pretendia fazer. Tenho alguns contatos, sabe? — disse Yashim, com firmeza.

## 68

Yashim encontrou Amélie Lefèvre em seu divã, com um livro nas mãos.

Ela levantou-se de repente assim que ele entrou.

— Monsieur Yashim!

— Madame!

Ambos se entreolharam por alguns instantes. Depois os dois falaram ao mesmo tempo:

— Eu estava curiosa...

— Eu não esperava...

Amélie foi a primeira a se recobrar.

— Eu estava me sentindo sozinha, Yashim *efendi*. A porta estava destrancada, e eu encontrei alguns livros. Livros franceses.

Ela ergueu um volume fino. Leu o título na lombada. De Laclos: *Les Liaisons Dangereuses*.

— Eu nunca li esse livro — disse ela.

— Esse dá azar — respondeu Yashim.

— Você acredita nisso?

Yashim devolveu o livro à prateleira. — Li uma vez. Gostei, muito. — Empurrou a lombada com o polegar. — Seis, sete pessoas morreram.

— E agora?

— Três homens morreram — ele respondeu. — Um era livreiro. Outro era agiota. Seu marido foi o terceiro.

Amélie se encolheu. — Meu marido — ela ecoou. Abraçou os joelhos e balançou para a frente e para trás no divã. — Me diga, me diga quem são os outros.

Yashim sentou-se ao lado dela, jogando os braços em volta dos joelhos.

— Havia um livreiro — ele começou. E contou a ela sobre Goulandris.

— Então quem o matou?

Ele deixou a cabeça pender.

— Pensei... por um momento... que podia ter sido seu marido.

Amélie pôs-se de pé. — Max?

— Por favor. Monsieur Lefèvre pagava por informações. O homem que ele pagou desapareceu. Acho que está morto. E ele ainda devia dinheiro a um agiota. Seu marido o subornou: duzentos francos.

— Você sabe tanta coisa — disse Amélie. Sua voz soava amarga.

— É o agiota que eu fui ver ontem à noite — continuou Yashim. — Depois que a senhora chegou.

— Então Max pagava por informações. E daí?

— O agiota está morto.

Amélie foi até o fogão e se inclinou sobre ele. Virou-se. — Não entendo. Max... esse livreiro, o agiota. Você não gostava dele? Do meu marido.

Yashim piscou, surpreso.

— Ele me escreveu sobre você — disse ela. — Ele achava que você era amigo dele.

— Achei... achei que éramos parecidos, em certas coisas.

— Você! — ela grunhiu, irritada. — Max era muitas coisas, mas era homem.

Yashim tentou relevar: ela está sozinha, o marido morreu. Ele apontou para o divã e ela sentou-se onde tinha sentado na primeira noite, quando os dois eram amigos.

— Desculpe, monsieur. Por favor, me perdoe.

— Vou fazer café — Yashim disse. — Aceita um pouco?

Ela assentiu, e Yashim virou-se, agradecido, para o fogão.

— Um homem esteve aqui — ela disse. — Ele abriu a porta.

— É? Quem? — Yashim mediu o café no bule de cobre.

Amélie mordeu o lábio. — Não sei. Ele só meio que... me encarou.

— Ele disse alguma coisa?

—Tentei falar francês, depois um pouco de grego. Mas ele simplesmente se afastou.

— Como ele estava vestido?

Amélie apertou os lábios. — Parecia um criminoso, para dizer a verdade. Ele abriu a porta com uma faca.

Yashim sentiu os cabelos da nuca se eriçarem.

— Uma faca?

Amélie juntou as mãos sob o queixo. — Me perdoe. Você e Max... são parecidos, eu acho. Ele gosta de descobrir as coisas. — Fez uma pausa, depois se corrigiu. — Gostava, quero dizer.

— Sim. — Ele posicionou o bule sobre os carvões em brasa.

— Eu só queria saber o que ele estava procurando.

Ele se virou e olhou para ela. Era uma pergunta. Os olhos dos dois se encontraram. Ela balançou a cabeça e deu de ombros.

Os dois deviam formar um casal estranho, pensou Yashim. Ela parecia tão... cheia de frescor, com um rosto que dizia tudo que ele queria saber. Como Lefèvre a tinha encontrado? No país deles, Yashim o sabia, as pessoas escolhiam. O que a fizera escolher Lefèvre, tão cheio de segredos? As missões. As pistas. E a vida secreta, também: essa Amélie. Ela era o segredo mais surpreendente de todos.

— Seu marido não lhe disse por que ele veio para cá?

— Para encontrar algumas pessoas que ele conhecia. — Ela parecia desconfortável.

— Pessoas? — Ele tinha a impressão de que Lefèvre trabalhava sozinho.

— Alguns gregos, eu acho. Estávamos trabalhando em Samnos. — Ela hesitou. — Sabe, tínhamos o dinheiro que o meu pai me deixou ao morrer. Pelo menos, eu achava isso, mas Max teve azar na Bolsa, e claro que uma escavação arqueológica, mesmo uma mais simples, pode sair bem cara. Então esse era um problema para nós. Max esperava encontrar alguém aqui, em Istambul. Para ajudar.

O café ferveu. Yashim levantou o bule pela longa asa e deixou a borra assentar. Serviu duas xícaras.

— Ele se encontrou com Mavrogordato, o banqueiro — ele disse. Amélie ficou em silêncio. Yashim trouxe o café para o divã, entregou a ela a xícara e se sentou. Lefèvre tinha conseguido algum dinheiro; apenas não o tinha levado de volta a Samnos. Então alguma coisa o deixou assustado, e ele tentou ir embora para a França.

Aparentemente, ele estava preparado para abandonar a esposa.

Yashim franziu o cenho. Era possível acreditar que Lefèvre seria capaz de fazer isso? Mas, se não, que outra coisa ele tinha planejado ao entrar naquele caíque na escuridão?

Esse era o ponto de partida para o qual Yashim sempre retornava, de novo e de novo: a caminhada pelas ruas desertas, as luzes bruxuleantes dos caíques no Corno de Ouro. E a mão levantada: o aceno de adeus de Lefèvre. Uma partida corajosa: ou pelo menos é o que ele tinha pensado. Com Lefèvre nada era completamente certo.

— Há quanto tempo estava casada, madame?

— Cinco anos. — Ela jogou para trás os cachos; sua orelha parecia pequena e delicada, como uma frágil folha branca de samambaia. — Eu também queria ser arqueóloga.

Yashim viu tudo claramente: uma mulher jovem e inteligente, uma leitora, estudada — por que não? Os homens da idade dela se sentiriam diminuídos perto dela: ela não os encorajava. E então Lefèvre apareceu: mais velho, estabelecido, e falando de arqueologia e Troia e de todas as coisas sobre as quais ela lia; e nas quais acreditava também. Acreditava no que lia nos livros.

Para ela — a vida que ela queria. Para ele, uma *assistante* leal. Com uma herança, inclusive.

Talvez, Yashim pensou, Amélie soubesse ler um livro melhor do que lia o caráter de um homem.

— Eu sempre fui fascinada pelo mundo antigo. Max trouxe os gregos de volta à vida.

Os gregos antigos, sim. Ele pensou na Coluna da Serpente, as três cobras entrelaçadas em... o quê, vitória? — E ele estava interessado nos gregos tardios, também, os gregos bizantinos.

Amélie fez uma careta. — Costumávamos discutir por causa disso. Ele dizia que os bizantinos eram degenerados. Ele os chamava de... asiáticos.

Yashim sorriu. — Uma palavra não pode machucar. O que a senhora achava?

— Eu dizia que eles eram um povo espiritual. Basta estudar os mosaicos e os ícones para perceber isso. Max não concordava. Ele dizia que tinha amigos gregos demais para alimentar qualquer ilusão sobre os bizantinos. O mesmo povo, ele dizia. Às vezes ele ficava enojado só de ouvi-los falando.

— Ele sabia grego, é? Grego moderno?

— Oh, sim. Ele passou anos na Grécia, na década de 1820. Foi isso que o fez virar arqueólogo.

A Grécia na década de 1820: os anos da revolução. Era extraordinário, refletiu Yashim, quantos francos haviam sido atraídos para aquele país. Millingen — e aquele poeta inglês que Palewski mencionara, e agora Lefèvre. Sonhando com os gregos antigos, Millingen tinha dito. Ficaram todos desiludidos, então? Ao descobrirem, em vez disso, uma raça de... de quê? Asiáticos infantis?

O que essa gente procurava? Uma raça de socráticos? Os gregos antigos tinham matado Sócrates, não tinham? Por que os gregos modernos deviam ser um pouco melhores, ou um pouco piores? Ou melhores ou piores do que outros homens? Cada pessoa era uma novidade: todo homem, toda mulher chegava inocente a este mundo.

Yashim era otomano. Os otomanos tinham sempre entendido que os homens agiam para o bem ou para o mal não porque fossem gregos, ou sérvios, ou camponeses da Anatólia: mas porque escolhiam um caminho para si mesmos, escolhiam as ferramentas que queriam para sua jornada vida afora. Às vezes o leque de escolhas era limitado. Mas mais de um paxá — mais de um grão-vizir — cofiando a barba no divã enquanto formulava políticas de Estado, tinha vindo de origens humildes. Gregos, búlgaros, sérvios — dê ao homem certo boas ferramentas, e ele as fará funcionar para você.

Amar a Grécia — e odiar os gregos: somente um franco, pensou Yashim, poderia cometer uma asneira tão ridícula.

Pensou no homem com a faca.

— O que a senhora vai fazer agora? — Ele tinha de perguntar.

— Ajudar você a encontrar o homem que matou meu marido — ela disse. Exatamente o que ele esperava.

Justamente o que ele temia.

— Tenho que ir ao palácio — ele explicou. — Não saia daqui.

## 69

Uma menina entrou, trazendo chá de menta e *baklava* numa bandeja. — É destas meninas que eu sinto pena — comentou a *valide*. — Elas têm tão pouco que fazer, agora que todo mundo foi para Beşiktaş. Mas elas sabem que eu não posso viver para sempre, então... Coma estes doces, e me conte sobre a cidade grande.

Yashim contou tudo, sem economizar nos detalhes de que, ele sabia, ela iria gostar. Contou sobre o horrível assassinato perto da Grande Rue, sobre Goulandris, sua aventura no caíque e os dois homens que tinham destruído seu apartamento. Nem a morte nem a tentativa de assassinato a interessaram, mas ela ficou pasmada pelos detalhes do comportamento selvagem dos homens no apartamento dele.

— *Quelle sacrilège!* — ela murmurou, horrorizada. — Pensar que existem homens capazes de tais atos! Isso deve deixar você orgulhoso!

— Orgulhoso, *valide*?

— *Mais, bien sûr*. Apenas um covarde chorão não tem inimigos. Ser odiado; essa é uma marca de caráter. Ajude os amigos, corra riscos e... *écraser les autres à la merde*! — Ela arqueou uma das delicadas sobrancelhas. — Não me tornei *valide* como recompensa pela minha *politesse*, Yashim. Mas hoje em dia as pessoas estão tímidas e gentis demais. É bom ouvir você falando, mesmo que os detalhes não sejam apropriados para os ouvidos de uma velha senhora. Vá em frente, coma outro doce. Estou sem apetite.

— Espero não tê-lo estragado com minhas histórias — disse Yashim.

A *valide* lançou-lhe um olhar malicioso e brincalhão. — Não, em absoluto. Talvez você o tenha restaurado. O que você anda lendo?

Mas é claro, sua coleção foi destruída, e você veio aqui para pedir algum livro.

— Não, é outra coisa, *valide*. Vim em nome do arqueólogo, seu compatriota — começou, suavizando a história com uma mentirinha. — Eu gostaria de consultar o mestre da guilda dos agueiros.

Aquele "consultar", pensou ele, foi um belo toque.

— *Et alors*? — A *valide* encolheu os ombros. — Perdi o jeito, meu amigo, não estou mais tão informada.

Foi a vez de Yashim recorrer a um olhar malicioso. — Acho que não — ele disse.

A *valide* sufocou um princípio de sorriso. — *Enfin*, pode ser que eu escreva um bilhete. O *bostanci* do sultão talvez possa ajudar; ele lida com os homens da água o tempo todo. Ele é um velho amigo, embora hoje em dia use outro título. Comissário de obras, ou alguma outra bobagem do tipo.

Ela sabe perfeitamente qual é o novo título, pensou Yashim. Ela fica aqui sentada, num palácio semideserto, e não há nada que aconteça aqui ou em Beşiktaş que passe despercebido.

A *valide* fez soar uma pequena sineta de prata. — Papel e caneta — disse ela à menina que atendeu ao chamado. — Enquanto isso, Yashim, você pode ler um pouco para mim. Não entendo este livro, e acho que não gosto dele. Mas me faz rir. Por isso, não tenha medo. Não vou rir do seu sotaque.

E com esse leve desafio, a mais tênue estocada oculta sob a gozação, ela passou às mãos dele um exemplar de *Le Rouge et le Noir*, de Stendhal.

## 70

— Me fale — disse Yashim — sobre os gregos antigos.

Amélie estava deitada de bruços no divã, a cabeça sob a luz do sol, o queixo apoiado nas mãos. Yashim a ouviu dando uma risadinha.

— Eu poderia falar por dias a fio — ela disse. Mexeu a cabeça de modo que a bochecha ficou apoiada nos dedos. — Vamos fazer uma troca — ela sugeriu. — Eu falo sobre o auge da Grécia antiga, e você sobre seu povo. Os otomanos. O melhor momento deles.

Yashim assentiu — Combinado. — Cruzou as pernas e sentou-se junto à janela. — Uma época de guerra. Ou de paz?

Amélie sorriu. — Guerra, primeiro — ela disse.

— Ah, guerra. — Yashim endireitou as costas. — O sultão Suleiman, então. Suleiman, o Legislador. Em francês, o Magnífico. Ele tem 22 anos quando conduz nossos exércitos a Belgrado. A Cidade Branca, inexpugnável, estendendo-se entre dois rios, o Sava e o Danúbio, defendida pelas hostes da cristandade. É uma marcha longa e exaustiva...

Ele falou sobre a vitória de Suleiman em Belgrado e sua conquista de Rhodes dois anos depois; de seu cerco às portas da Áustria, e da humilhação que impingiu à cidade de Buda.

— Você parece diferente quando fala assim.

— Diferente?

— Feroz. Como Suleiman. — Ela aninhou a bochecha na palma da mão. E seus quadris se mexeram no divã atapetado. — Me fale agora sobre paz.

— Vou falar de um poeta. Uma época de poesia, com um sultão que se cerca de poetas. Toda noite ele realiza um divã de poesia, cada homem tentando superar os outros com a beleza das palavras. Rimas, métrica, as mais altas expressões de tristeza e remorso. Mas o sultão é melhor que todos eles.

Ele ouviu Amélie bufar. Olhou para baixo. Os olhos dela estavam fechados, e uma madeixa de seus cabelos castanhos tinha caído sobre seu rosto. Ela estava sorrindo.

— Ah, mas ele era — Yashim insistiu. — Era um poeta do amor, porque de todos os nossos sultões, ele era aquele que mais amava uma única mulher. Ele tinha centenas de mulheres, as mais belas moças da Circássia e dos Bálcãs, mas tinha uma que ele amava mais do que a todas as outras. Ela tinha cabelos ruivos, a pele pálida, e olhos escuros e expressivos. Ela era... dizem que era russa. Roxelana. Ele se casou com ela.

Yashim inclinou-se para a frente e recitou os versos que sabia de cor. Amélie ficou imóvel por alguns momentos. — Qual é o nome dele? O poeta-sultão?

— Suleiman. Suleiman, o Magnífico.

Ela abriu os olhos. Ele estava bem perto.

— O mesmo sultão — ela murmurou. Arqueou as costas e ergueu a cabeça, até ficar de frente para Yashim.

Lentamente, hesitante, ela se aproximou. Os olhos dela passaram dos olhos para os lábios dele.

Yashim sentiu-se leve, como uma pluma ao vento.

Os lábios dos dois se tocaram.

O braço dela deslizou em volta do pescoço dele. Ele esticou a mão e tocou a curva do quadril dela.

Só muito tempo depois um deles pôde falar.

— Você ia me contar dos gregos — disse Yashim. Amélie sorriu e tocou com o dedo a ponta do nariz dele.

— Neste momento — ela disse — estou mais interessada nos otomanos.

## 71

Conforme avançava a tarde, a luz do sol deslizava pelo divã.

Ele tinha se desvencilhado dela: do interesse dela. Ela tinha entendido. Ela o confortou e o trouxe de volta para si com sussurros e murmúrios, como um passarinho. Ela tinha posto os dedos sobre os lábios dele.

— Max nunca me beijou assim — ela disse, por fim.

Ele a deixou lendo Gyllius; era o mínimo que podia fazer.

— Lembre-se, Gyllius está escrevendo sobre um mundo que não existe mais. Talvez alguma coisa nele dispare uma lembrança.

Ele olhou para Amélie, capturando um último vislumbre dela no divã: os cabelos na luz do sol, um dedo no queixo, e a curva do quadril feito uma onda que poderia afogá-lo.

## 72

Palewski não estava em casa. Marta disse que ele tinha ido dar uma caminhada, e convidou Yashim para entrar e aguardar.

— Vou me sentar aqui fora — disse ele.

Yashim queria a luz — precisava de ar. Tinha feito todo o trajeto a pé, na esperança de tirar dos braços e pernas o tédio agonizante, injetar ar em seus pulmões congestionados. De nada adiantou: naquela tarde, Amélie o tinha invadido, abrindo em sua mente o espaço que ele mantinha sempre fechado.

Ele sentou-se no patamar dos degraus, de costas para a parede, no sol, observando o menino que brincava no quintal; ajoelhado junto ao muro da frente, ele cavava a terra com um pedaço de pau.

O menino não levantou os olhos quando Yashim se aproximou e se agachou ao lado dele.

Enfiou novamente o pau na terra, depois o assentou e começou a limpar as laterais da valeta que havia cavado, uma valeta pequena e rasa que descaía suavemente de uma extremidade à outra.

Na extremidade mais baixa o menino cavara no chão um buraco pequeno. Pôs de lado o pedaço de pau e começou a alisar as laterais do buraco.

Quando terminou, sentou-se apoiado nos calcanhares e inspecionou, satisfeito, seu trabalho. Yashim abriu um sorriso, que não foi retribuído.

O menino pôs-se de pé e se afastou.

Yashim olhou para a figura no chão, intrigado.

O menino sumiu por alguns minutos. Voltou carregando uma moringa e uma bola. A bola era feita de estanho e tinha um grande amassado. O menino colocou a bola na valeta, com a parte amassada para cima. Com extremo cuidado, segurou a moringa pela base e começou a pingar a água na valeta. A bola flutuou um pouco, depois rolou lentamente e parou, apoiada do lado amassado.

O menino soltou um suspiro. Ergueu os olhos e fitou Yashim pela primeira vez, com lágrimas nos olhos.

— É só porque a bola está amassada — disse Yashim.

O menino olhou para baixo, mas não fez menção de tocar a bola.

— Posso arranjar outra para você, igualzinha — disse Yashim.

O menino não se mexeu.

— Onde você conseguiu esta aqui? O seu pai que te deu?

O menino olhou para cima, e sua cabeça pareceu afundar entre os ombros. Ele não fala, pensou Yashim: suas palavras são sons sem forma dentro da cabeça dele.

Yashim pôs-se de pé, e estendeu a mão.

— Me mostre — disse.

## 73

Amélie estava deitada no divã, mexendo e remexendo numa mecha de cabelo, sua atenção concentrada no velho livro que o marido deixara para trás no apartamento de Yashim.

Ela lia rapidamente, às vezes pulando páginas inteiras, às vezes virando o livro nas mãos para analisar melhor as anotações marrons que decoravam as frases e margens do texto. Yashim estava certo: ela tinha um rosto expressivo, e conforme ela ia lendo sua expressão se alterava. Ela franziu o cenho e mordeu o lábio; uma vez, enfiando um dedo no livro para marcar a página, ela pôs-se de pé e zanzou pelo pequeno apartamento, olhando, ansiosa, pela janela.

Quando terminou de examinar o livro, ela sentou-se, empertigada e imóvel, com as mãos no colo e uma expressão profunda e pensativa nos olhos castanho-claros.

## 74

O menino andava depressa, sem se virar. Quando toparam com as multidões, Yashim trombou num carregador, cansado e sobrecarregado demais para reclamar, enquanto o menino disparava como uma flecha em meio a uma nuvem de mulheres usando *charshaf*, de passo lento e quadris largos, ao longo da linha-d'água.

Yashim, por sua vez, se esquivou delas, esticando o pescoço para manter os olhos na cabeça raspada do menino. Uma moça esbelta com um xale cobrindo a cabeça e o rosto se interpôs entre eles e, por um instante, Yashim perdeu o menino de vista — mas não, lá estava ele novamente, dando ombradas contra um mar de gente que descia o Corno, teimosamente abrindo caminho sem olhar para trás, como se temesse quebrar um encanto.

Yashim se perguntava se o menino ainda se lembrava de que ele o estava seguindo. Atravessaram o bazar. Defronte ao Patriarcado em Fener a multidão diminuiu. O menino se lançou com ímpeto colina acima, seguindo por um labirinto de ruelas onde Fener dava lugar ao assentamento judeu em Balat, até chegar ao cume. Ali, a menos de meio quilômetro da casa de Yashim, e a cerca de 50 metros do topo do morro do lado mais distante, ele parou e olhou ao redor pela primeira vez.

Yashim o alcançou, respirando com dificuldade por causa do esforço.

— Você anda depressa. Eu não fazia ideia de que iríamos tão longe.

Os olhos do menino deslizaram do rosto de Yashim para um prédio baixo e caiado do outro lado da rua, depois de volta para o rosto do eunuco. Yashim virou a cabeça para olhar. Não havia janelas, apenas uma escadaria externa feita de pedras, com um corrimão rebocado, que começava na rua e subia até uma pequena porta de madeira.

O menino subiu num muro baixo e lá ficou sentado, balançando as pernas, com o queixo nas mãos, olhando para a porta. Havia no movimento dele algo de tranquilo e natural, o que fez Yashim pensar que o menino já tinha estado ali muitas vezes. Encontrando um lugar para se sentar, balançando as pernas. Esperando.

Yashim olhou de relance a portinha, no alto da parede vazia do outro lado da rua.

— É por ali, é?

O rosto do pequeno não se mexeu.

— Fique aqui, então. Volto num minuto.

O menino olhou para o chão. *Fique aqui*. Era isso que Xani costumava dizer? Eram essas as palavras que o pai dele usava?

Yashim olhou em torno. A rua estava vazia. Chegou à escada e subiu. No patamar, olhou para trás. O menino tinha ido embora.

Além dali, sobre os telhados, ele podia ver o ponto em que a ladeira caía para os antigos muros da cidade, os grandes muros de tijolos construídos pelos imperadores mil anos antes; e além deles as colinas da floresta de Belgrado.

A porta estava trancada e aferrolhada; o fecho estava lacrado por um cadeado de ferro.

Yashim hesitou. Olhou para trás, fitando o muro onde o menino tinha se sentado, e enfiou a mão na camisa.

Muito tempo atrás, em outra vida, Grigor, o arquimandrita, mostrara a ele como abrir uma fechadura.

Yashim deslizou os ferrolhos e a porta se escancarou sem um único ruído.

## 75

A multidão a absorveu, o que Amélie já sabia que ia acontecer. Ela se manteve perto de um grupo de mulheres usando *charshaf*, e caminhava segurando o xale junto ao rosto, a mão tocando o nariz, enquanto andavam Corno de Ouro abaixo. Por ela passavam carregadores, arqueados sob o peso de pacotes gigantescos, sacos de grãos e baús.

Quando chegou à frente do Bazar das Especiarias, ela mudou de direção e começou a subir a rua que levava da Mesquita Nova ao velho *han* do paxá Rüstem. As multidões minguavam agora; em torno do *han*, onde os comerciantes se sentavam de pernas cruzadas em frente a suas lojas, ela atraiu olhares de estranhamento. Para ela era difícil andar como uma mulher istambuliota, e agora ela caminhava sozinha.

No *han* ela dobrou uma esquina e seguiu por uma viela de pedras que passava por baixo dos muros do palácio Topkapi. Olhou para cima e reconheceu a sacada coberta de onde o sultão sempre inspecionava as marchas e procissões. À frente, ela pôde distinguir o beiral da fonte de Ahmed III, com sua madeira trabalhada e entalhada com versículos do Alcorão.

A visão a deixou com sede.

# 76

Ao entrar pela porta, Yashim precisou de alguns instantes para concentrar seus sentidos. Do lado de fora estava quente e abafado. Estava se sentindo sufocado pela poeira e pelo calor das ruelas íngremes, onde o chão se embaralhava em pedregulhos sob os pés e os sons da cidade nunca ficavam distantes.

Mas, conforme seus olhos se ajustavam à luz tênue que vinha de cima, seus ouvidos entraram em sintonia com um som novo e mais calmo, o borbulhar da água e seu eco líquido das paredes e do teto. O suor esfriava na sua pele, e ele ergueu os braços para receber o ar e senti-lo. Quando respirou, fundo, teve a sensação de que o ar o estava purificando por dentro. Sentiu vontade de rir, caminhar na direção da luz fraca e mergulhar na poça escura e cintilante que se abria sob seus pés.

Yashim levou os braços ao peito, esfregando as mãos para cima e para baixo.

O enorme tanque era alimentado, até onde a vista dele alcançava, por uma torneira fixada na parede, e em vários pontos ao redor a água caía tremulando em tanques menores, bacias de distribuição como vasos e poças. No tanque maior a água parecia negra até escorrer pela borda: é assim que a água é dividida, ele pensou, observando a maneira como as bacias estavam presas à parede, cada uma mais alta que a outra, cada uma permitindo que a água gorgolejasse sobre sua borda e caísse na bacia abaixo.

Yashim avançou, cautelosamente, equilibrando-se na larga borda do tanque maior.

Olhou para trás, para o esguicho. A água jorrava em fluxo constante: parecia impossível que um único jato como aquele pudesse servir a tantas pessoas de toda uma cidade gigantesca — os tubos de subida e as fontes. Inabalável, incessante, o jorro serpenteava e se curvava como se estivesse vivo. Olhando ao redor, Yashim pôde ver as pequenas aberturas na parede onde o fluxo era canalizado para percorrer Istambul: uma série de pequenas bocas negras, feito tocas de cobras. Algumas delas estavam obstruídas com panos. Outras estavam abertas.

Yashim sentiu um calafrio involuntário. Fazia frio no sifão.

Na bacia mais baixa de todas, cerca de dois metros abaixo do tanque onde Yashim estava de pé, abria-se a boca de um túnel baixo, bem maior que todos os demais, para dentro do qual a água deslizava, tão larga e rasa que seu movimento era imperceptível.

Yashim desceu de bacia em bacia, pisando nas bordas, sentindo que o ar ficava mais frio a cada passo.

O túnel o intrigava. Mesmo se todos os escoadouros, os canos pequenos, fossem bloqueados por panos, o túnel jamais chegaria nem perto de transbordar: a maior quantidade de água que podia jorrar vinha do esguicho acima. Ele levantou os olhos. A descarga era tão espessa quanto o braço de um homem.

Enquanto observava, uma bola prateada caiu do esguicho e boiou suavemente pelo tanque grande.

E no mesmo momento um enorme feixe de luz iluminou o tanque, as bacias de água, e alastrou grandes ondas de seu reflexo pelas paredes e pelo teto.

A porta escancarou-se.

E na erupção do clarão, Yashim fez a única coisa que podia. Abaixou-se e mergulhou no túnel.

## 77

Longe dali, no outro extremo da cidade, Amélie recuou e cobriu os olhos com a mão livre, como uma mulher que tentava enxergar algo à distância num dia muito ensolarado.

Lentamente, ela virou a mão para permitir que seus olhos viajassem acima, a cada momento revelando mais detalhes da forma celestial do edifício mais alto já erguido sobre a Terra.

Ela viu as grandiosas portas de bronze que haviam sido fundidas e moldadas 2 mil anos antes nas areias de Antioquia. As pilastras, esculpidas em mármore, cintilando, brancas, no sol. As janelas do tímpano, negras, pequenas e crispadas, seu ferro ornamental invisível no clarão, e o grande arco curvado acima delas, delgado como a asa de um pássaro, forte o bastante para suportar o peso da grande cúpula.

Ela viu, e não viu, os graciosos minaretes que se erguiam para cima a partir dos arcos do domo.

Ela viu a ocra vermelha do grande tambor acima, trespassado de janelas para permitir a entrada da luz. Ela viu a cobertura de chumbo da cúpula.

E no topo, bem em cima, ela viu a prateada lua crescente da bandeira turca em sua fina haste: uma crescente que se erguia onde a cruz se erguera por mil anos, antes dos últimos dias de maio de 1453.

Naqueles últimos dias, a cruz tinha brilhado com uma luz sinistra. Tinha sido ocultada pela neblina. Viu o céu se avermelhar e a lua crescente cintilar feito prata no céu, com os otomanos se preparando do lado de fora das muralhas, às vésperas de um ataque final.

Lentamente, Amélie abaixou a mão.

Ela tinha visto o Panteão, em Roma: um tributo feito em concreto à força romana e à fé dos romanos. Ela vira as ruínas danificadas do Partenon, em Atenas. Passara a noite acordada, querendo sonhar com as Pirâmides, cuja enigmática e portentosa magnitude ela conhecera em grandes obras de cientistas e sábios napoleônicos.

Mas Santa Sofia era um caso à parte: o último e mais grandioso gesto do mundo antigo.

E desde então o mundo vinha tentando ficar à altura.

Ela ergueu os braços, para enquadrar entre as duas mãos aquela visão. Ali estava, ela pensou, determinada, a última coisa que restava ser feita.

Começou a andar para a frente, na direção da Grande Igreja.

## 78

Yashim se enfiou no túnel como uma cobra desaparecendo num buraco. A luz do vão da porta dançou e faiscou pelas paredes: à frente só havia a escuridão.

Dois passos. Cinco passos. Agora ele estava nas profundezas do túnel, agachado no escuro. Virou-se, com dificuldade, resistindo à ânsia de prensar as costas, em pânico, contra o teto baixo do túnel. Respirando, olhou para trás na boca do túnel, na direção da luz.

Viu um par de pés calçando sandálias aproximando-se do tanque grande. O homem se ajoelhou; Yashim podia ver os joelhos dele, e o braço sendo esticado até o tanque. O homem pôs-se de pé. Começou a andar na borda do tanque, como Yashim tinha feito momentos antes. Ele deu um passo para baixo e parou. Depois de um momento, continuou, desaparecendo da vista.

O homem estava descendo pelas bacias como um lance de escadas semicircular, parando e abrindo os canos pequenos.

Yashim deu vários passos para trás, se encolhendo ainda mais na escuridão do túnel.

Enquanto observava, uma luz alaranjada começou a tremeluzir contra a parede lateral, perto da abertura. Ele não percebera que o homem carregava uma tocha.

A mente de Yashim irrompeu num punhado de imagens. Ele viu o menino esperando o pai no muro baixo de pedra.

Viu o sol se pondo. O menino na porta do sifão, chamando o nome do pai.

Uma mão pequena se fechando em torno de uma bola prateada. Uma bola pequena e amassada como a que caíra do esguicho poucos minutos antes. Parecia uma eternidade.

Yashim se virou, a custo, encarando a escuridão. Sentindo o horror de uma luz às suas costas. Sentindo o peso do túnel sobre seu pescoço.

Esticou as mãos, tocou a alvenaria áspera dos dois lados e começou a rastejar, avançando na escuridão.

## 79

Faisal al-Mehmet meneava suavemente a cabeça para os fiéis, à medida que tiravam as sandálias e adentravam, conversando em grupos, na

Grande Mesquita para as orações. De sua parte, ele gostaria que eles não tagarelassem tanto; gostaria, acima de tudo, que eles se lavassem na fonte antes de pisar no recinto sagrado — mas, no fim das contas, ele era um velho, e as pessoas tinham mudado. Talvez, ele dizia a si mesmo, todo velho acredite que as pessoas mudaram; mas talvez todos os velhos tenham razão. Pois cada geração, desde o Profeta (que a paz esteja com ele), parecia estar fadada a ser menos reverente que a seguinte. Depois do Profeta (que a paz esteja com ele) tinham vindo quatro homens que eram homens bons e grandes guerreiros, homens que haviam expandido o Domínio da Paz para além de todos os limites — e que, ainda assim, eram homens, e tinham morrido pelas mãos de homens; depois deles, houve confusão e divisões no âmbito de sua casa.

Um turco de bigode preto, usando fez e com uma barriga enorme, descalçou as sandálias e se abaixou, desajeitadamente, para pegá-las e entregá-las a Faisal al-Mehmet.

Faisal as guardou. O homem gordo entrou na mesquita.

Faisal al-Mehmet esperava que o homem tirasse o fez. Ele mesmo usava um turbante verde, sinal de que descendia do Profeta (que a paz esteja com ele). Onde quer que ele estivesse, mesmo que longe da mesquita, assim que os homens vissem o turbante verde se lembrariam do Profeta (que a paz esteja com ele) e consequentemente ajustariam seu comportamento. Um homem não podia ficar perto de uma mesquita em todos os momentos da vida, e Faisal tinha consciência de que pouquíssimos homens podiam ficar perto da sua mesquita, a maior de todo o islã; alguns tinham viajado muitos quilômetros, chegando a atravessar terras e povos, para visitar o lugar. Mas os que descendiam da linhagem, usando o turbante verde — esses eram uma legião. O turbante que usavam era um preceito. E isso era bom, uma bênção sobre os fiéis.

Faisal al-Mehmet voltou suas atenções para o pátio. Mesmo ele teria de admitir que o pátio de Santa Sofia não era perfeito como o pátio da Mesquita Suleymaniye, que era sublime. Tinha sua fonte, onde os homens se sentavam em silêncio, lavando mãos e pés; mas era um pátio truncado, sem colunatas que proporcionassem sombra aos fiéis, e o mármore branco brilhava com um clarão ofuscante sob o sol da manhã.

Ele apertou os olhos para tentar enxergar na luz clara. Faisal al-Mehmet julgou ver que uma mulher vinha cruzando o pátio, uma mulher alta e sem véu, em cujo andar havia uma tranquilidade arrogante. Franziu as sobrancelhas arqueadas num único risco preto. Ele olhou novamente, protegendo com as mãos um dos lados do rosto. Era inacreditável — mas lá estava ela, uma mulher, uma mulher muito bonita, passando na direção da fonte, entre as rodas de homens que aguardavam a hora da oração. Ele olhou em volta do pátio, procurando o homem que a acompanhava. Como ele podia permitir uma coisa dessas! Alguns homens pararam de conversar e a seguiram com os olhos. E agora, Faisal al-Mehmet viu, ela estava desafivelando os sapatos, como se fosse homem, preparando-se para lavar os pés.

Era demais. De vez em quando algum doido aparecia em Santa Sofia — dervixes fanfarrões, talvez, vindos das colinas, fanáticos estranhos e barbudos dos desertos; certa vez, até mesmo um homem nu entrou corrrendo no lugar sagrado, gargalhando e batendo palmas. Não cabia ao guarda do portão julgá-los, pois todos eram criaturas de Deus: quem poderia dizer que os loucos não eram homens mais grandiosos, que tinham olhado no rosto de Deus e encontrado o êxtase? Assim falavam os sábios: Deus, diziam eles, tomava conta de seu povo: mas uma mulher louca? Um homem devia estar tomando conta dela. Era chocante.

Ele começou a andar para a frente, hesitante. Ergueu uma mão trêmula. Os homens estavam em volta da mulher, observando-a, aturdidos. Alguém dirigiu a palavra a ela: ela levantou os olhos, sorriu e balançou a cabeça. O lenço em seu pescoço escorregou um pouco para trás.

O guarda do portão começou a correr. Sacudiu os braços. — Não! Não! *Haram! Haram!* É proibido!

Um dos homens apontou para os cabelos da mulher. Os outros olhavam ora para o guarda que vinha correndo, ora para a mulher novamente.

— Vejam! — gritou uma voz. — É uma infiel.

A mulher ergueu as mãos. Estava se afastando. Uma roda de homens se reuniu em volta dela, cercando-a. Ela se virou. Eles começaram a berrar.

O guarda pegou-a pelo braço. — O que está fazendo aqui, filha tola?

Uma pedra aterrissou próxima aos pés deles. O guarda olhou para a pedra, depois girou sobre os calcanhares. Havia uma pequena multidão agora. Alguns dos homens estavam brandindo os punhos cerrados.

Um homem adiantou-se com ímpeto e outra pedra passou zunindo. Faisal al-Mehmet puxou com força o braço da mulher.

Ele viu medo no rosto dela. Um olhar de surpresa.

— Isso é proibido, você não entende? Você tem que ir embora! — E deu um chacoalhão na mulher. Ele começou a se afastar com ela; a multidão se abriu, mas não totalmente. As pessoas gritavam. Do alto do minarete o muezim começou a entoar; para os homens embaixo era como se algum horrendo milagre estivesse sendo encenado, como se algum desafio tivesse sido lançado. A gritaria aumentou de intensidade. Faisal al-Mehmet ficou com medo.

Uma mão foi esticada e arrancou o lenço da mulher. Alguém cuspiu. A mulher se encolhia, cada vez mais colada ao guarda do portão, que balançava a mão à frente, tentando abrir caminho.

— Ela é uma *giaour* louca! É só uma louca! Por favor, homens de bem, deixem-nos pensar! Ela está indo embora!

A multidão avançava ao redor deles; rostos furiosos, aos berros, homens se acotovelando para ver melhor; a voz de Faisal al-Mehmet sumia em meio ao tumulto.

Enquanto Faisal al-Mehmet conduzia a mulher para o estreito portão, a turba se alastrava, com ímpeto. Faisal al-Mehmet começou a rezar, sua voz ecoando a voz do imame que se ouvia do alto. — Não há outro Deus a não ser o Único Deus!

No portão havia uma aglomeração de adoradores que chegavam para as orações. Faisal al-Mehmet achou que os dois seriam esmagados antes que conseguissem atravessar.

## 80

Yashim deslizou os pés pela água, uma das mãos passando rente à parede do túnel, a outra bem esticada em frente ao rosto.

Ele tentava não pensar. A vida toda tivera horror do confinamento: mesmo quando era menino, brigava feito um lobo se seus amiguinhos tentassem prendê-lo. Ele jamais os seguia, tampouco, para dentro das cavernas que eles costumavam explorar perto de casa ou no litoral do mar Negro: de vez em quando havia deslizamentos de pedras; à noite, Yashim era visitado por histórias de mineiros presos debaixo da terra. Uma vez ele próprio já ficou preso. Confinado, incapaz de se mexer, encarando com olhos selvagens os homens, e a faca. O horror formara uma bola em sua garganta — e sua vida mudou.

Ele tentava não fazer ruído na água, cujo nível parecia ter subido e estava agora na altura dos tornozelos: mas o frio era tão intenso que ele não podia ter certeza. Tudo que importava era não adentrar as profundezas do túnel, longe da luz das tochas.

Se ao menos o cano fizesse uma curva.

Alguns passos adiante, sua mão encontrou uma extremidade curva. Ele parou e tateou. Até onde pôde perceber pelas apalpadelas no escuro, o canal se bifurcava. Ele estava entre duas aberturas, ambas do mesmo tamanho, ambas carregando a torrente. Ele se agachou e olhou para trás.

Por um vertiginoso momento ele sentiu que estava encarando uma parede sólida, como se o túnel tivesse sido lacrado atrás dele, e esticou os braços, em pânico. O movimento da mão revelou a existência de um brilho tênue que parecia pairar no ar em frente a ele: à medida que ele observava, o clarão foi ficando mais brilhante, uma auréola de luz suave cercando uma pontinha de chama da escuridão.

O agueiro estava descendo o túnel.

Yashim sentiu náuseas. Arregalou os olhos, e lutou contra o pânico, lutou contra o pensamento de que estava sendo empurrado para cada vez mais fundo no chão.

É um labirinto, murmurou para si mesmo. Apenas um labirinto. Num labirinto, é preciso seguir uma regra.

Dois túneis. Um guinava à esquerda: talvez descesse a colina na direção de Fener. O outro, movendo-se à direita, presumivelmente seguia uma linha ao sul. Yashim tentou imaginar o formato de sua cidade, a ascensão e queda das colinas. Um dos canos, ou ambos, poderia levar a outro sifão, onde a água se acumulava num nível mais baixo do que o tanque de onde vinha. Mais cedo ou mais tarde, se assim fosse, o cano começaria a ficar cheio de água, como um reservatório arqueado, e ele teria de parar de se mover.

Esquerda ou direita?

Para que lado iria o agueiro?

Yashim era destro.

A regra, num labirinto, era seguir virando sempre para o mesmo lado, a cada curva. Andar com a mão esquerda apoiada na parede, e estender a direita à frente.

Era essa a estratégia.

Yashim ergueu a mão, e tateou a abertura à esquerda.

E começou a andar. Sentiu que o chão do túnel se inclinava. Sua mão palmeava a parede, que já não era mais áspera ao toque, mas coberta de limo e nodosa: ele a imaginou encrostada de caroços calcáreos, com algas brilhantes gotejando.

Avançou vários metros. Quase passou direto pela primeira curva, porque conforme se movia rapidamente para a frente, seu corpo oscilava, e sua mão deixou escapar cerca de 60 centímetros da parede. Quando esticou novamente o braço, sentiu um canto duro; apalpando, descobriu a abertura que tinha perdido, e ali virou. Pensou no horror de perder o caminho de volta.

Agora encostava o ombro na parede à sua esquerda: assim corria menos perigo de deixar passar uma curva, e de vez em quando podia fazer uma pausa e descansar.

Ele se perguntava quanto tempo mais precisaria continuar. Três guinadas, já: as chances de descoberta eram cada vez mais remotas.

Decidiu tentar uma última virada, e depois esperaria.

Tomou impulso e se empurrou adiante, distribuindo o peso entre as pernas e o ombro esquerdo, e foi aí que encontrou a curva.

Girou e entrou.

Levantou as mãos, e caiu no abismo.

## 81

Amélie sentia a multidão à sua volta, densa e hostil, e o apertão do velho em seu braço. Antes ele tinha ficado furioso, agora parecia estar apenas com medo. Ela abaixou a cabeça e tentava evitar os golpes que podia sentir que estavam prestes a desabar sobre ela.

Não tinha tempo de pensar que havia sido uma tola.

Alguém tocou seu ombro, e ela se esquivou para a frente, impelida pelo peso da multidão às suas costas e os puxões insistentes do velho. Lá estava o portão, apinhado de homens; o som de vozes que ela não conseguia entender enchia seus ouvidos. Ela abaixou a cabeça, e viu que havia sangue em seus pés descalços. Ela não se lembrava de ter se cortado. Tinha deixado os sapatos junto à fonte.

Chegaram perto do portão. Fosse pelo fato de que a multidão ensandecida atrás dela não se fizesse entender por cima do cântico do muezim, fosse porque as pessoas estavam simplesmente assombradas pelo espetáculo de um guarda praticamente arrastando mesquita afora uma mulher estrangeira, o fluxo cessou, e por um instante abriu-se caminho. O velho se lançou adiante.

Eles atravessaram correndo o portão: os homens que entravam se chocaram com a multidão que os seguia como duas ondas, e por um momento cada grupo mediu forças com o outro. Foi o tempo suficiente.

O guarda do portão a arrastou para a frente.

Um cabriolé descia ruidosamente a ladeira, vindo do Palácio Topkapi, puxado por dois cavalos cinzentos; além do cocheiro na boleia, alguém vinha apoiado na janela.

Amélie deu um súbito puxão e desvencilhou-se do guarda que apertava seu braço. Sem pensar duas vezes, atirou-se na direção dos cavalos.

O cavalo mais próximo jogou a cabeça para trás. O cocheiro deu uma estocada nos arreios.

Amélie fechou os olhos e virou a cabeça.

De longe ela ouviu uma voz dizendo, em francês:

— *Vite, madame, vite*! Suba.

Outra mão estava debaixo de seu cotovelo, puxando-o para cima.

Ela meio que caiu, meio que saltou porta do cabriolé adentro.

— Rápido, Hasan! Siga!

Ela abriu os olhos.

Havia um homem na frente dela, ajoelhado no assento do outro lado e dando instruções para o cocheiro através do postigo.

Ele se virou para ela com expressão preocupada.

— Não faço ideia, madame, do que a traz aqui, mas acredito que tenhamos sido de alguma valia.

Ela olhou pela janela.

— Já vamos deixá-los para trás — ele disse, sombrio. — Permita-me que me apresente. Meu nome é dr. Millingen, o médico do sultão.

## 82

Yashim ficou de pé. A água estava na altura dos seus joelhos. Ele sentia uma dor violenta no braço esquerdo.

Ele deixou escapar uma espécie de soluço, feito uma tosse. A dor o fez estremecer, mas ele conseguiu mexer os dedos, e não achava que tivesse quebrado algum osso. Chapinhou pela água gelada, deslizando os pés no chão, e tocou a parede.

Como o próprio túnel, a parede era coberta de limo. Ele esticou o braço bom e tentou encontrar o topo, e quando isso não deu certo, começou a seguir a parede com a mão, procurando uma abertura. Contou quatro viradas, e não encontrou nenhuma abertura. Tropeçou em alguma coisa grande e macia, que parecia estar rolando no chão sob a superfície. Ele a afastou com o pé, e tentou não pensar mais nela.

Yashim pôs a mão na parede e nela encostou a testa. Aparentemente estava numa pequena câmara, de 2,15 metros de lado a lado, sem saídas. Havia cerca de 70 centímetros de água no fundo. Ele tinha caído numa abertura do canal ou cano acima: não poderia ter mais de 3,60 metros, ele pensou, ou teria se machucado com muito mais gravidade.

Por mais alto que fosse, ainda estava fora de seu alcance.

Um filete de água escorreu entre seus dedos até sua testa.

Ele se perguntava se, por um milagre, o agueiro iria naquela direção.

Então alguma coisa tocou suas pernas novamente, e ele se abaixou na água e soube imediatamente que ninguém nunca viria ajudá-lo.

## 83

O menino esgueirou-se pelo portão e subiu lentamente para sua valeta na terra.

Uma janela se abriu com um chiado. O menino não olhou para cima.

Marta espichou a cabeça para fora. — Shpëtin! Você viu para onde foi o *efendi*?

O menino pegou seu pedaço de pau. Empurrou a bola amassada ao longo da valeta.

Na janela, Marta deu um suspiro exasperado e encolheu os ombros. Virou-se para o embaixador.

— Não, senhor. Não sei. Acho que eles saíram juntos, mas não sei.

Palewski franziu o cenho. — Eu não estou gostando disso, Marta. Se Yashim saiu com o menino, deve ter tido algum motivo.

— Sim, senhor — Marta assentiu, meneando lentamente a cabeça.

E essa, pensou Palewski, é a segunda vez que o menino volta para casa sozinho. — Fale com ele, Marta. Ele acha que eu sou algum tipo de ogro. Veja se ele nos mostra para onde os dois foram.

Marta deu de ombros. — O menino... ele é um pouco estranho, senhor.

— Ele é um menino, não é? Meninos são todos... bem, meninos. — Palewski sentiu-se perdido. — Apenas pergunte a ele para mim. Por favor...

## 84

Yashim pôs a mão num rosto humano.

Afastou-se do corpo com um salto, debatendo-se na água. Estava encostado num canto antes de se lembrar de que ali, no escuro, poderia perder todo o senso de direção.

Todo o senso de proporção.

Não havia necessidade de adivinhar de quem era o cadáver que flutuava na água. O homem desaparecido tinha sido encontrado.

Yashim tentou não pensar no que poderia acontecer a seguir. Ele ficaria fraco e com frio. No fim, afogaria em 70 centímetros de água, compartilhando a sepultura líquida do albanês.

Precisava encontrar uma saída.

Cuidadosamente, começou a tatear a fossa, procurando alguma coisa que pudesse ajudá-lo a escalar as paredes escorregadias. O chão estava coberto de pedras soltas e tijolos caídos; ele deduziu que o teto estava desmoronando aos poucos. Mais uma vez ele examinou com as mãos o cadáver de Xani. Lutando contra uma onda de náusea, ele virou o corpo, tentando achar qualquer coisa que o homem tivesse consigo — uma faca, um pedaço de corda. Alguma coisa borbulhou na superfície e o fedor o deixou com ânsia de vômito.

Ele apalpou o peito do homem, sentindo que ali havia algo duro, feito uma corrente. Na corrente estava preso um crucifixo. Ele deu um violento puxão e o corpo guinou para cima, então a corrente se quebrou e ele ouviu o corpo afundar de volta na água.

Ele voltou até a parede, na esperança de que fosse a parede certa, e nela esfregou a extremidade da cruz. Não adiantou muita coisa.

Passou os dedos pela parede, à procura de uma rachadura, uma protuberância, qualquer coisa. A parede era lisa como manteiga.

Ele soltou o manto e o torceu, tirando a água. Segurando uma ponta com as costas encostadas à parede, jogou a capa para cima, sobre sua cabeça. A ponta que ele segurava perdeu a firmeza por alguns segundos, então a capa caiu sobre sua cabeça. A ponta que ele tinha jogado estava ensopada.

Ele pensou por alguns momentos, com os olhos fechados. Então estendeu a capa na superfície da água. Começou a tatear o chão à procura de tijolos, amontoando-os o melhor que podia no centro do manto. Depois de um minuto ele ergueu a capa pelas pontas e levantou a trouxa, apenas o suficiente para conseguir arrastá-la pela água.

Encostou o fardo na parede e tentou subir em cima. Sob seu peso, as pedras e os pedaços de tijolos escorregaram para fora do manto. Ele desceu e tentou amarrar as pontas do manto, de modo que a trouxa ficasse mais firme. Depois de três ou quatro tentativas, desistiu. Não conseguia fazer com que as pontas encharcadas e lodosas do manto ficassem amarradas.

Perdeu meia hora usando o crucifixo e a corrente para firmar o manto. Posicionou o cadáver de Xani sobre o fardo de pedras, em cima do qual tentou subir. O corpo era macio embaixo de seus pés, e não assegurava nenhuma estabilidade. Ele não conseguiu alcançar a abertura.

Sentiu-se bastante cansado.

Chacoalhou a capa para se livrar de algumas das pedras, dobrou os cantos e ergueu o fardo na altura do peito. A capa pingava muito. Depois que ele a apertou contra o peito e a torceu, ela ficou mais leve.

Ele reuniu suas forças e jogou o fardo para cima, contra a parede. A trouxa caiu de volta em seus braços. Ele tentou novamente, dando um passo para trás. Ao jogar, esticou os braços para agarrar o fardo caso ele caísse. Dessa vez ouviu um chapinhar abafado. O manto não caiu de volta.

Yashim encontrou pedras no chão e começou a amontoá-las.

O trabalho impedia que ele sentisse frio.

Quando já tinha reunido uma dúzia de pedras no escuro, ele parou e escutou. Havia um som novo, de água gorgolejando. Deu um passo adiante e tocou a parede. Não conseguiu sentir nada. Encostou os lábios na parede e sentiu a água escorrendo.

Estava fria como gelo.

Recomeçou a empilhar pedras no escuro.

Era apenas outro jeito de morrer.

## 85

— Tem certeza?

— Certeza absoluta, dr. Millingen. Obrigada.

— Pelo menos agora a senhora tem belos chinelos turcos — ele disse, sorrindo.

— Sim. O senhor foi gentil. — Ela se virou para a porta baixa e bateu.

A viúva Matalya atendeu. Não soube o que pensar, ao encontrar a franca nos degraus acompanhada de um homem estranho. O dr.

Millingen tocou a aba do chapéu, como gesto de cumprimento, e a velha torceu o nariz, transferindo sua aversão para um alvo sólido; chapéus, ela pensava, eram coisas indecentes e desagradáveis.

— Por favor, madame... mantenha contato.

Amélie deu um sorriso curioso. — Terei que manter, eu suponho — ela disse.

Entrou. A velha fechou a porta, e se virou com uma expressão bastante rígida no rosto, os lábios apertados.

— Monsieur Yashim, Yashim *efendi*, está lá em cima? — Amélie apontou o dedo.

A viúva fuzilou-a com os olhos.

— Acho que vou eu mesma subir para ver — Amélie disse, alegremente. — *Ciao*!

## 86

Palewski pôs a mão no ombro do menino. — Olha — ele disse, ofegante. — Estamos indo longe? Vamos andar muito?

O menino ergueu os olhos e assentiu.

— Nesse caso — disse o embaixador, com firmeza — vamos arranjar uma cadeira.

Estalou os dedos para um par de homens agachados junto a um muro.

— Por minha conta — disse ele, sorrindo. — Apenas seja um bom menino e mostre a estes dois rapazes a direção certa.

Na margem trocaram a cadeira por um caíque. O menino apontou para o Corno de Ouro.

— Fener? Balat? Plataforma de Fener, barqueiro, por favor. — Talvez Yashim tenha simplesmente saído de casa, ele pensou. Mas assim que chegaram a Fener, o menino começou a fazer sinais complicados e balançou a cabeça vigorosamente.

— Tudo bem — disse Palewski. — Vamos a pé, entendi. Não está muito longe agora, né?

Ele se arrependeu de ter seguido o conselho do menino e subiu com dificuldade os morros, mas estavam numa região miserável, que Palewski não conhecia, e não havia carregadores de liteira ali.

Por fim o menino subiu num muro baixo e lá ficou sentado, balançando as pernas, olhando atentamente para a porta do outro lado da rua.

— Ele entrou ali?

Palewski subiu os degraus. Havia um cadeado na porta, então o embaixador virou-se e buscou os olhos do menino. Apontou para a porta. O menino assentiu.

Palewski olhou para a rua. A não ser pelo menino na mureta, ela parecia totalmente vazia.

Stanislaw Palewski, ao contrário do dr. Millingen, não era um homem que acreditava que exercícios regulares traziam muitos benefícios. Seus braços eram finos. As pernas eram compridas. Mas ele ainda era capaz de súbitos e violentos arroubos de esforço físico.

Ele se afastou, encostando-se no parapeito, e dobrou as pernas compridas trazendo os joelhos para perto do queixo.

Então, com um estrondoso golpe, meteu os dois pés na porta, arrombando-a.

O embaixador virou-se para o menino, que assistia, assombrado, do outro lado da rua, e deu a ele uma piscadela bem pouco típica de um embaixador.

E então adentrou a escuridão gelada, para encontrar seu amigo.

## 87

Yashim estava cantarolando uma velha canção dos Bálcãs, sobre um homem que desceu o rio e capturou em suas redes a alma da amada morta.

Ele girava lentamente na escuridão, às vezes esticando as pernas, às vezes tentando agarrar com mais firmeza o homem que se tornara seu novo amigo. Eles também tinham acabado de se conhecer, pensou. Caro Xani! Fedido, flutuante e prestativo. Que bela sorte a de terem finalmente se conhecido.

Se Xani pelo menos ainda estivesse quente, Yashim pensou, sonhador. A fossa ia se enchendo lentamente, cada vez mais fundo, à medida que a torrente se movia contra a capa e as pedras acima. Ele ouviu um ruído de pancadinhas leves, diferente do som da água esguichando para a fossa a partir do duto bloqueado. Por alguns minutos ele tentou imaginar o que aquilo poderia ser, antes de descobrir que era o som de seus próprios dentes batendo.

Ele percebeu que seu corpo inteiro estava tremendo, convulsionando em espasmos súbitos que abalavam o controle que tinha do cadáver em seus braços, e às vezes, por mais que ele tentasse resistir, o jogavam abaixo da superfície da água, fria como gelo. Às vezes ele tinha a sensação de estar completamente debaixo-d'água, às vezes fechava os olhos e sentia-se invadido por uma onda de grande lassidão e paz, e assim, tinha vontade de soltar-se e afundar, tranquila e sonhadoramente, para as profundezas. Fazia horas que não tocava o fundo da fossa, aparentemente. De quando em quando ele se via abaixo do esguicho do duto bloqueado.

Ouviu alguém cantando uma velha marcha turca, numa voz fraca e cansada. Pensou que devia ser Xani. Então supôs que era ele mesmo. De qualquer modo, já não importava mais. Ele não conseguia mais sentir as próprias pernas.

Mas ele deve ter boiado para outra fossa, porque o esguicho parou de gotejar em cima dele: ele não conseguia mais ouvir a água espirrando na superfície. Ele se viu à deriva, flutuando incessantemente de fossa em fossa; mas estava cansado demais para se sentir angustiado. O cadáver de Xani começou novamente a rolar para baixo dele, fraco e imaterial. E Yashim sentiu-se deslizando mais uma vez, de volta para a escuridão profunda, para o conforto do frio e das trevas. Antes ele tinha lutado arduamente, mas agora já não conseguia lembrar por quê. Sabia que dessa vez teria de desistir.

Foi aí que, lentamente, começou a sentir que não estava mais flutuando. Deitou-se de rosto para cima, com dor nas costas, respirando. Seu cotovelo se mexeu, fazendo um barulho de algo raspando — o primeiro ruído que não era nem gasoso nem líquido que ele ouvia em horas. Virou-se com dificuldade, e esticou as mãos, num movimento que parece ter levado minutos, como se ele estivesse empurrando uma enorme pedra morro acima. Ele já não conseguia mais sentir as mãos, e para fazer com que elas lhe obedecessem, se esforçou para tentar imaginá-las ali, no fim de seus braços, tateando sem forças os tijolos.

Com uma lentidão incomensurável, no escuro, ele começou a se contorcer pelo duto. Levou horas até se lembrar de que tinha de manter a direita: era o primeiro momento de terror real que ele experimentava desde que começara sua provação. Talvez já tivesse passado por uma virada? Podia ter andado cem metros; poderia ter andado cinco. Já não conseguia mais discernir.

Ele viu Xani sendo levado até um dos canos da fossa, com as vísceras deixando um rastro na água.

Uma luz intensa de magníficos fogos de artifício explodiu dentro de sua cabeça.

Ouviu o amigo Palewski chamando seu nome.

Ele rastejou por um minuto, depois por um ano, então depois de uma noite e um dia seu amigo Palewski estava lá, mas muito, muito pequeno, como um ratinho na toca.

Palewski estava gritando, e depois Yashim estava sobre uma liteira, aos solavancos, aos solavancos nas pedras do pavimento, com ânsia de vômito, tremendo e desejando simplesmente morrer.

Como o feliz Xani. Gordo e grande e macio, rodopiando para sempre e para sempre num pequeno redemoinho subterrâneo.

## 88

Enrolado em xales, Yashim dormiu por 16 horas. Quando acordou, viu Amélie ao seu lado, lendo um livro.

— O que você precisa — ela disse — é da sopa de uma velha senhora. Vou buscar um pouco.

Quando ela saiu, Yashim testou seus braços e pernas: suas juntas estavam doloridas, ele sentia o queixo e o peito esfolados, e todos os seus músculos doíam, como se ele tivesse corrido uma grande distância. Ele se recostou, sentindo-se exausto. A ideia da sopa deixou-o enojado.

Mas, estranhamente, quando Amélie chegou com a cumbuca, ele descobriu que estava faminto.

— Não tem pão — ela disse, em tom de quem pedia desculpas.

— Dá-se um jeito — disse Yashim. — Vou chamar o menino. Você vai achar dinheiro naquela bolsa.

Ele espichou a cabeça para fora da janela. — Elvan!

— Isto aqui dá? — Amélie ergueu uma moeda.

Yashim assentiu. Colocou a sopa de lado e fechou os olhos.

Escuridão. Ele estava novamente no buraco. Seus braços e pernas se contraíram bruscamente. Ele abriu os olhos e ali estava Amélie, com a cumbuca fumegante, em seu próprio quarto.

— O Gyllius. Você leu?

— Sim.

— E o livro sugeriu... alguma ideia?

— Sim, acho que sim.

Yashim fechou os olhos mais uma vez. Estava muito cansado, mas não tinha medo da escuridão. Ele, mais que todas as pessoas, não podia ter medo da escuridão.

Muito tempo antes, quando estava prestes a alcançar a fase adulta, ele adentrara uma região mais escura que qualquer túnel existente sob a cidade: um absoluto e incessante negrume que corria em suas veias e fazia seus olhos se revirarem nas órbitas. Seu desespero tinha sido uma cela de onde não havia como escapar: a prisão de seu próprio corpo arruinado. O momento em que se tornou eunuco.

Mas, no fim, ele tinha encontrado um caminho. Não uma maneira de fugir, exatamente, mas uma maneira, talvez, de enxergar na escuridão. Isso fez dele uma pessoa útil. Yashim, o eunuco: um guia, para quando outros também caíssem na escuridão.

Até que de vez em quando alguma mulher aparecia, linda, irradiando sua própria luz: talvez uma mulher de olhos castanhos e uma nuvem de cabelos castanhos, que velava seu sono. E trazia sopa. E que despejava tanta luz que, quando passava por ele, ficava deslumbrado, com a vista ofuscada — e assim continuava mesmo muito tempo depois que ela já tinha ido embora. Tateando a escuridão, mais uma vez.

Não era culpa dela.

Yashim abriu os olhos. Amélie tinha esticado o braço, e estava olhando a própria mão com expressão concentrada, mexendo os dedos.

Então a moeda caiu no chão. Ela se abaixou para pegá-la.

— A Grande Igreja — disse Amélie, girando a moeda com o polegar. — Santa Sofia.

Elvan bateu na porta. Yashim o mandou ao padeiro líbio para buscar um pão redondo. Ele pegou a moeda com um olhar curioso para Amélie, e saiu correndo para cumprir sua tarefa.

— Os gregos bizantinos acreditavam numa antiga lenda sobre Santa Sofia — explicou Amélie. — A lenda dizia que um dia um inimigo conseguiria invadir a cidade. Tudo pareceria perdido, mas o inimigo jamais chegaria à Grande Igreja. Antes que isso acontecesse, o arcanjo Gabriel apareceria com uma espada flamejante e expulsaria os invasores.

— Humm — Yashim parecia hesitante. — Isso não aconteceu.

— Não. Mas Max disse que todo mito contém um quê de verdade. Então quando os turcos invadiram a cidade houve, de fato, um milagre em Santa Sofia. Só não foi o milagre que todo mundo estava esperando.

— Nada de arcanjo.

— Não. Mas um padre, celebrando a missa. Quando os turcos chegaram, ele desapareceu.

— Desapareceu?

— Entrou num dos grandes pilares, aparentemente carregando a hóstia. A lenda diz que ele vai reaparecer no dia em que a cruz for erguida sobre a cúpula novamente.

Yashim franziu o cenho. Tentou imaginar a cena: tropas otomanas atirando-se com ímpeto contra as grandes portas da igreja, o povo aterrorizado amontoado lá dentro tentando se proteger, e um padre no altar com o cálice e a pátena. Alguma coisa sobre essa imagem era vagamente familiar: ele não conseguia se lembrar. Algo que tinha visto, talvez? Alguma coisa que Lefèvre tinha dito. Mas naquele momento Elvan reapareceu com o pão, e a lembrança esvaneceu. Yashim deu algumas piastras ao menino, que saiu fazendo uma mesura com solenidade incomum.

Yashim se lembrou de uma lenda no livro de Grigor, sobre o imperador sendo transformado em pedra.

— Max achava que essas histórias traziam uma mensagem implícita — ela explicou. — Talvez o relato do padre signifique que os gregos tiveram tempo de esconder seu tesouro antes da chegada dos turcos. Santa Sofia é um dos maiores edifícios da Terra. O mais ambicioso projeto arquitetônico da história do mundo, depois das Pirâmides.

Ela pegou um cacho de cabelos e o torceu entre os dedos.

— Mas não há nenhuma cripta em Santa Sofia. A maioria das igrejas tem criptas, para representar o mundo dos mortos. Em Santa Sofia ergueram o maior domo do mundo, como um microcosmo do universo, a totalidade da criação divina. É estranho que não tenham construído uma cripta, também.

Yashim partiu o pão e o molhou na sopa. — Dizem que Mehmet entrou na Grande Igreja na manhã seguinte ao ataque, e deparou-se com um soldado destruindo o piso de mármore. Ficou furioso e disse: "Vocês, soldados, podem levar o que quiserem, mas o edifício pertence a Deus e a mim." Santa Sofia foi preservada.

— Talvez ele soubesse que havia alguma coisa ali debaixo. Mas nunca tiveram oportunidade de olhar, não é? Até onde eu sei, Santa Sofia permanece intocada há quatrocentos anos.

— Acrescentaram os minaretes — Yashim observou.

— Do lado de fora.

Eles se entreolharam.

— Aquele truque... O truque que você estava fazendo com a moeda. Onde você aprendeu?

Amélie riu. — Ainda não aprendi. Max tentava me ensinar, mas acho que eu não tenho jeito para isso. Ele conseguia fazer a moeda girar entre os dedos e depois, puf! Sumia. Igual ao padre.

Yashim tomou a sopa. Pôs de lado a cumbuca vazia. — Seu marido, Max. O dr. Lefèvre. Ele era doutor em arqueologia, não era?

Amélie pareceu ter ficado surpresa. — Em arqueologia? Ele era arqueólogo. Mas começou na medicina. Era doutor em medicina.

— Doutor em medicina — Yashim repetiu, lentamente. — Eu não fazia ideia.

Bateram à porta, e Palewski entrou, tirando do bolso do casaco uma garrafa verde.

Fez uma mesura para Amélie e depois examinou atentamente Yashim.

— Parece que ele andou tomando sopa — ele disse. Deu batidinhas na garrafa. — Conhaque. Excelente com sopa. Bom para os doentes. Achei que ele poderia estar morto.

— Ele vai viver — disse Amélie.

Palewski fingiu um ar decepcionado. — Conhaque vai bem num velório. Pensei que podíamos ficar reunidos em volta do cadáver, recordando, madame.

— Acho que estou me recuperando — disse Yashim, num fiapo de voz.

Amélie riu. Ela olhou para Yashim e Palewski, e esticou as costas. — Viúva Matalya vai querer a cumbuca de volta, Yashim. Eu levo; e estou um pouco cansada.

Assim que ela saiu, o embaixador desarrolhou o conhaque e despejou uma dose em dois copos.

— Não é a primeira vez que você salva a minha vida.

Palewski repudiou a afirmação com um aceno. — Não estou tão ocupado no momento.

Yashim sorriu. — Com o sultão à morte, a maior parte dos embaixadores vai preencher relatórios e tentar sondar o príncipe herdeiro. O embaixador da Polônia pode se dar ao luxo de aguardar o desenrolar dos eventos.

— Ainda não entendi direito por que eu encontrei você rastejando num túnel, Yashim.

Yashim falou. Contou sobre a bolinha de estanho de Shpëtin e o sifão. Contou como tinha se perdido no labirinto, e sobre o corpo de Xani boiando no tanque. Contou também como tinha escapado.

— Então Xani está morto. Eles o seguiram até o sifão, o mataram e jogaram o corpo no duto.

— E o que mais fariam? O menino estava vigiando a porta do outro lado da rua.

— Ele os viu entrar... e sair. Ele sabe quem são.

— Mas ele não fala, Palewski.

O embaixador estalou as juntas dos dedos.

Yashim se apoiou sobre um cotovelo. — Tem outra coisa. Amélie, madame Lefèvre, leu o livro de Gyllius. E teve uma ideia.

— As cabeças da serpente?

— Santa Sofia.

Palewski balançou a cabeça. — Não estou entendendo.

— Gyllius menciona as cabeças da serpente, mas elas ainda estavam no lugar, na coluna, quando ele esteve aqui. Bem como na época de Delmonico também. O livrinho não diz nada de importante sobre as cabeças da serpente, Palewski. Então por que isso era tão importante para Lefèvre?

— Não sei. Mas se não era para as cabeças da serpente, por que ele precisaria de Xani? E por que Xani foi assassinando também?

Yashim passou as mãos pelos cabelos. — Xani. Amélie. O livro de Gyllius. Sinto como se estivesse tentando recriar uma receita rara e extraordinária recorrendo à lembrança do sabor, Palewski. Temos todos os ingredientes do prato, mas de alguma maneira o gosto está errado. — Ele ergueu os olhos. — Amélie acabou de me dizer uma coisa. Lefèvre era doutor de verdade. Não doutor em arqueologia.

— Um médico. E daí?

— Não sei ao certo. Ele falava grego fluentemente, também. Grego moderno. Aprendeu na década de 1820, nas províncias gregas.

— Tem certeza? Nessa época estava tendo uma guerra lá.

— Missolonghi, sim. É isso que me interessa. O seu poeta: Byron. Millingen, o médico dele.

— Byron — Palewski ecoou. — Hoje é quinta-feira, Yashim. Tenho uma ideia.

— Quinta? — Yashim franziu o cenho. Era um ritual, o jantar deles de quinta-feira; mas o tempo estava curto. — Sinto muito, mas eu não...

— Não, não, Yash. Está tudo bem. Hoje, para variar, você janta comigo.

## 89

Yashim ficou aliviado de não ter que fazer compras ou cozinhar. Já passava das nove. Ele se vestiu com cuidado, e uma hora depois se apresentou à porta do harém do sultão, no palácio Topkapi.

Jacinto emergiu de seu pequeno cubículo no corredor e abriu um sorrisinho, mostrando uma fileira de dentes vermelhos. — Eu sabia que era você — sussurrou.

— A *valide*?

O velho eunuco balançou a cabeça, com expressão séria. — Não está recebendo visitas hoje. Um pequeno choque. Está descansando.

— Ora, vamos, Jacinto — disse Yashim. — Todo mundo aqui está descansando.

Jacinto deu uma risadinha, incerto, e bateu de leve com o leque no peito de Yashim.

— Parece que é tudo culpa sua, Yashim. Você e seus pequenos favores.

Yashim deu uma piscadela. Anos atrás, quando trezentas ou mais mulheres eram mantidas engaioladas nos apartamentos do harém, servidas por um grupo de eunucos negros, era natural que todos cuidassem da vida de todos. Agora havia apenas a *valide*, com um punhado de meninas e alguns criados. Mas algumas coisas jamais mudavam.

— O *bostanci* a rejeitou?

A mão de Jacinto saracoteou. — Eu não disse uma palavra — ele insistiu, erguendo as sobrancelhas. — Sua alteza não está recebendo... ninguém.

Yashim fez uma mesura: ele admirava o lampejo de rigidez e determinação por trás das maneiras gentis do negro. Mas ele se perguntava o que aconteceria se ele se esquivasse e seguisse em frente: Jacinto, ele supunha, era mais forte do que aparentava. Uma espécie de vertigem tomou conta dele. Adiante não haveria homens armados para impedi-lo à força de seguir em frente: nunca houvera. Jamais tinha havido necessidade.

— É você, Yashim?

A voz que vinha do corredor era inconfundível. Yashim olhou para cima; Jacinto rodopiou.

A sultana *valide* vinha avançando pelo corredor, uma das mãos segurando uma bengala, a outra apoiada ao ombro de uma menina, cujo braço envolvia a cintura da *valide*. O que impressionou Yashim não foi o fato de que a *valide* estivesse curvada, ou extremamente frágil, ou de que os nós dos dedos dela parecessem enormes sob sua pele fina, mas sim que ela estava usando joias: um colosso de diamantes nas orelhas, em volta do pescoço, as pérolas cintilantes de seu diadema, e em seus seios um broche de lápis-lazúli com a letra N em ébano. Quando a *valide* caminhou para a luz do sol, Yashim teve a impressão de que ela reluzia como uma folha depois de uma tempestade.

Yashim fez uma mesura.

— O *bostanci*! — A *valide* parou e firmou a mão na bengala. — *Il m'a refusé*!

Jacinto baixou os olhos. Suas mãos estavam dispostas sobre a enorme barriga. A menina lançou um olhar assustado para Yashim.

A *valide* colocou ambas as mãos no apoio da bengala. Com extrema lentidão, empertigou-se.

— Pssht! — Ela levantou o queixo. Jacinto e a menina se afastaram com uma mesura.

— Recusou, Yashim — a *valide* repetiu, calmamente. — Por que não? Sou uma velha, longe do poder. O *bostanci* já não me teme mais.

Yashim se aproximou.

— O sultão deveria ter ficado em Topkapi. Meu filho.

Eles se entreolharam.

— Quanto tempo, Yashim?

— Alguns meses — ele respondeu. — Semanas.

As mãos da *valide* se uniram esfregando o apoio da bengala.

— Tão pouco tempo — ela sussurrou, por fim. E então seu lábio tremeu, e para o espanto de Yashim o canto da boca se ergueu, num sorriso pesaroso.

— Homens — ela disse. — *Ils font ce qu'ils veulent.*

Eles fazem o que querem. Yashim abaixou a cabeça.

— *Mais les femmes*, Yashim. Elas fazem o que devem fazer. — Ela se virou. — E você, Yashim, eu me pergunto. Talvez você faça o que precisamos. Dê-me seu braço.

Lentamente, sem falar, seguiram pelo corredor até o pátio da *valide*.

A *valide* deitou-se de costas no divã, contra um punhado de almofadas.

— O *bostanci* me cansa, Yashim. Não, não vá embora. Tenho uma coisa para contar a você. Café?

Yashim recusou. A *valide* ajeitou o xale sobre as pernas.

— Achei que morreria de solidão quando o sultão se mudou para Beşiktaş. Passei sessenta anos sem nunca ficar sozinha, e me acostumei a ter gente à minha volta, em todo lugar, o tempo todo. Nas primeiras semanas, admito que fiquei de luto. E foi muito gentil da sua parte me visitar, mesmo que você só quisesse os meus livros! Não, não. Estou brincando.

"Mas aí descobri uma coisa, Yashim. Como posso explicar? Veja: há um passarinho que vem até minha janela todo dia, em busca de comida. Os jardineiros o mostraram a mim, eu nunca tinha notado antes. Era só um pequeno passarinho! Pode rir, *mon ami*, mas eu espalhei migalhas."

De pernas cruzadas no divã, Yashim se curvou para a frente e olhou para as mãos. Teve a peculiar sensação de saber o que a *valide* estava prestes a contar. Anos antes, quando era um homem jovem, quase um menino, ele tinha alimentado a esperança.

— Acredite em mim, Yashim, o lugar estava quieto. Um passarinho, *c'est rien*. Mas aos poucos comecei a ver que não era apenas um passarinho. Havia muitos. E mais que passarinhos. O jardineiro me disse que havia *djinns*. Ele disse: "Agora eles têm espaço para respirar, finalmente!" — A *valide* fez uma pausa. — Venho de uma ilha supersticiosa, Yashim.

"Você se lembra das grandes mulheres que passaram por estes apartamentos, Yashim? As pessoas se lembram delas. Kosem. Turhan. Estes são os quartos que elas ocupavam, e os corredores que elas usavam. Penso nelas, e sinto que ainda sou a sultana *valide*, para elas. Para todas as mulheres que viveram aqui, entre estas paredes. Tantas, Yashim."

Ele abaixou a cabeça. Queria dizer que mesmo quando aos olhos do mundo uma pessoa era vista como acabada e inútil, ainda era possível viver para os outros. Para os vivos, ou os mortos.

— Sim, *valide* — ele murmurou. — Entendo.

Ela o encarou atentamente.

— Acho que entende, sim, Yashim. *Djinns*, fantasmas: esses são os privilégios da idade. Mas assim como os passarinhos, há homens de carne e osso que habitam este palácio. Isso dá para ver claramente.

O mundo dela está encolhendo, pensou Yashim: as meninas, os eunucos, nada mais. A cada dia o círculo vai ficar menor.

— Não suponha que eu esteja pensando em Jacinto, ou em minhas escravas — disse a *valide*. — O sultão e seus paxás podem ter pensado que tudo neste palácio dependia deles, mas estavam errados.

— *Valide*?

— Todo ano, no mesmo dia, alguém coloca flores na coluna onde eles expunham as cabeças dos rebeldes.

— Eu sei.

— É apenas um exemplo. Mas quando as coisas estão calmas e claras e você observa, pode descobrir que muitas coisas não mudaram. Não mudei porque estou acostumada com estes muros, estes pátios e apartamentos. Assim como os agueiros estão acostumados a se reunir no arsenal.

Yashim piscou. — Os agueiros?

— Eles são, pelo que eu sei, a guilda mais antiga da cidade. Não iriam para Beşiktaş.

Yashim imaginou o arsenal, uma antiga basílica que formava o canto mais baixo do primeiro e mais público pátio do velho palácio. O lugar tinha sido usado como depósito e tesouro; a última vez que ele estivera lá, viu as paredes forradas de flâmulas e estandartes, e com um arranjo de alabardas e lanças de outras eras.

— Mas não entendo. Por que eles marcariam uma reunião lá?

A *valide* deu de ombros. — Não por quê, Yashim, mas quando. — Ela levantou um dedo. — Amanhã de manhã. Eles vão realizar uma cerimônia para introduzir um novo membro à guilda.

Ela observou, satisfeita, o assombro de Yashim. — Como representante mais velha da nossa Casa, é meu direito. Mas já não sou tão forte quanto antes. Precisarei de... assistentes. Talvez Yashim...

— Estou à sua disposição, *valide* — Yashim respondeu, humildemente.

# 91

Yashim saiu caminhando lentamente do palácio. O tempo era curto, ele tinha dito a Palewski; mas até ali não fizera muito progresso. Ele se perguntava qual deveria ser seu próximo passo.

Pensou em visitar o *hammam*, mas em vez de retornar a Fener ele se viu mais uma vez no Hipódromo, contemplando a coluna quebrada.

As serpentes da coluna emergiam de um anel de bronze, onde era possível ler os nomes das 31 cidades gregas — Atenas, Esparta, Patras, Micenas, e o restante das invejosas e belicosas cidades-Estados que uniram forças em 479 a.C. para lutar contra o invasor persa. Na batalha de Plateias, os persas foram derrotados por um exército grego, aliados pela primeira vez.

Para celebrar a vitória, o armamento de bronze dos persas foi derretido e refundido sob a forma da Coluna da Serpente, construída em Delfos, um local neutro, sede do oráculo respeitado igualmente por todos os gregos. Entrelaçadas uma sobre a outra, as três serpentes se elevavam no ar: a unidade era a força.

Yashim supôs que caso a batalha tivesse tomado outro rumo, não teria havido Grécia. Nada de filosofia; nada de academia ou universidade; nada de Alexandre — e nada de gregos.

Solenemente, ele encostou-se na grade. Doze anos antes, os gregos tinham tentado se unir novamente. O que o dr. Millingen havia dito? Que os gregos eram incapazes de trabalhar em conjunto. Missolonghi mal tinha sido uma batalha. Foi um cerco, e os gregos perderam. Nenhuma coluna de serpente podia ser moldada para celebrar aqueles anos.

Mas Lefèvre tinha estado lá, não tinha? Um médico, como Millingen, trabalhando em conjunto — por uma causa.

Yashim pressionou a testa contra a grade e fechou os olhos. Tinha a sensação de que o tempo estava se esgotando.

— *Efendi*.

Ele se virou, reconhecendo a voz.

— Vi você atravessando o Hipódromo, *efendi*.

Yashim abriu um sorriso para o amigo. Ele sabia, na casa de *kebabs*, poucos dias antes, que os dois em breve se encontrariam.

— Fico feliz em ver você — ele disse, e era a mais absoluta verdade. Ao ver Murad Eslek ali de pé na frente dele, pequeno, forte e sorrindo de orelha a orelha, Yashim percebeu exatamente por que os dois deveriam se encontrar. Murad Eslek era um homem que vivia um dia de cada vez. Ele pensava rápido. Era eficiente, confiável: um amigo. E uma vez salvara a vida de Yashim.

Mas, acima de tudo, Murad Eslek era um madrugador. Todo dia, muito antes do alvorecer, ele já estava em alguma das hortas além dos muros da cidade, supervisionando o despacho de frutas, legumes e verduras para meia dúzia de mercados de rua por toda Istambul. Carroças, mulas, burros com cestos de vime: Murad Eslek e seus homens cuidavam da entrega e organizavam a distribuição das mercadorias pela cidade, de modo que quando Istambul acordava as bancas e barracas estavam abarrotadas, como que num passe de mágica, com pilhas altas de todos os produtos da estação.

— Tem uma coisa que eu queria perguntar a você — anunciou Yashim. — Vamos tomar um café?

## 92

O dr. Millingen fechou a maleta, com um estalo do trinco.

Olhou de relance para a cama, para onde o sultão jazia, entorpecido de sono entre os travesseiros. Dez grãos: o suficiente, e não em exagero. O sedativo de láudano ajudava a aliviar a dor.

O doutor franziu o cenho. Quando disse ao eunuco que seu negócio era com os vivos, não com os mortos, ele estava dizendo uma meia verdade. Às vezes as pessoas vinham até ele, ele cuidava delas e as medicava, e elas viviam. Às vezes ele protegia as pessoas que, sem a sua ajuda, morreriam. Mas seu negócio não era com os vivos nem com os mortos, mas sim com os que estavam à morte.

O trabalho dele era dar às pessoas coragem, ou proporcionar-lhes o esquecimento; pois raramente era a morte em si o que as pessoas temiam.

Para a maior parte delas, era a consciência de sua proximidade; como se a morte fosse fácil, mas morrer fosse difícil.

O sultão estava afundado nos travesseiros, e sua pele estava afundada nos ossos: ele parecia feito de papel. Sua boca estava aberta, num pequeno ângulo. Suas pálpebras estavam quase roxas. De tão fraca, sua respiração era quase imperceptível.

Millingen se inclinou para a frente, de modo a posicionar a mão próxima à boca do sultão.

O sultão abriu os olhos, que estavam sem vida e amarelados ao redor do núcleo escuro da íris.

— *S'agit-il des mois, des jours ou des heures?* — Seus lábios mal se mexiam. Horas ou dias? Millingen tinha ouvido aquela fraqueza antes. Ao sultão não faltava coragem.

— *On ne sait rien* — disse ele, bem baixinho. — *On va de jour en jour.*

O sultão não baixou seu olhar fixo. Apenas sua mão se mexia lentamente, como se quisesse fazer algum esforço.

— Sultão?

— O príncipe herdeiro. Chame-o agora.

— Sim, sultão. Vou mandar chamá-lo.

Millingen virou-se e foi até a porta, sabendo instintivamente que estava sendo observado. Na porta ele parou e olhou para trás. O sultão mexeu um dedo: vá.

Ele abriu a porta e chegou ao corredor. Dois lacaios tomaram posição, e um homem pequeno e magro, vestindo fez, ergueu-se de um salto do sofá.

— Ele pede para ver o príncipe herdeiro — disse Millingen. Sabia que o pedido provavelmente não daria em nada: o príncipe sentia um horror mórbido da doença.

O homenzinho fez uma mesura. Percorrendo apressadamente o corredor, Millingen se perguntou se ele também sabia que não daria em nada.

O médico cruzou os braços e deixou o queixo encostar no peito.

Uma semana, ele pensou. Se ao menos tivesse mais uma semana.

A lembrança de algo que ele lera ocupou sua mente: Suleiman, o Magnífico, morto em sua liteira coberta por uma tela, tirado às pressas do campo de batalha como se estivesse vivo. O grão-vizir fingia falar com o cadáver, para não alarmar as tropas.

Ele afastou o pensamento.

Esta não é a era de Suleiman, ele disse a si mesmo. Este é o século XIX.

## 93

George estava sentado no pequeno pátio atrás do asilo, com seu enorme rosto voltado para o Sol, os olhos fechados, com uma meada de lã enrolada nas mãos.

Ele abriu os olhos e viu dois homens de pé à sua frente.

— Há! — berrou George, erguendo a lã do colo. — Vocês me encontrar como velha senhora agora!

Ele deslizou as enormes mãos da lã e pousou suavemente a meada no banco a seu lado.

— Eu dormir feito velha grega — ele rosnou. Encarou de olhos meio fechados suas visitas. — Por que trazer este velhaco aqui, Yashim *efendi*? Você querer eu ter sonhos ruim?

Yashim sorriu. — Murad Eslek, este é George.

Murad Eslek balançou a cabeça. — Eu conheço o George, *efendi*. Velho chapa. Vende legumes e verduras no mercado ali em cima. Este aqui não é o George. Ora, este homem tem a metade da idade dele e o dobro do tamanho.

George fechou os olhos e riu.

— Murad estava me contando sobre os irmãos Constantinedes — disse Yashim.

A risada de George transformou-se numa tosse. Seus olhos incharam, e ele bateu no peito.

— Por que você se preocupar com esses merdas? — Cuspiu nas pedras. — Até Murad Eslek sabe. Eles ser homens ruim, *efendi*.

Eslek cortou o ar com a mão. — É a pura verdade, George. E ouvi dizer que armaram para cima de você — ele acrescentou. — Sua banca é valiosa, não é? Eles fizeram uma oferta.

George esfregou o peito. — Aqueles desgraçados — ele disse, baixinho. — Eu trabalhar naquele mercado antes deles nascer.

— A banca era do seu pai — Eslek comentou.

— Meu avô tinha a fazenda — disse George. — O velho Constantinedes vivia ali perto. Ele bebia demais, batia na mulher. Então... meu pai ajuda os meninos, traz os dois pro mercado. Mas eles ser meninos ruins, que engana pessoas. Meu pai diz: "Nós encontrar outra banca pra vocês. Se você enganar muita gente, as pessoas não vêm aqui."

George limpou os olhos com o gigantesco polegar, e cuspiu.

— Quando meu pai morre eles diz: George, sua vida no mercado acabou. Fica na fazenda, e você vender para nós os legumes e verduras, e nós vender para as pessoas. Mas eu penso, não. Esses meninos enganar as pessoas. Se eu parar de ir mercado, por que não pensar que eles tentar enganar eu também? Mas é claro!

— Ninguém mais pediu dinheiro a você, então?

— Dinheiro? — George parecia surpreso. — Você pedir dinheiro a homem rico. Não a homem legumes.

— E os homens que atacaram você? Você os reconheceu?

— Não, *efendi*. Nunca vi eles antes na minha vida.

Yashim e Eslek trocaram olhares de soslaio. — Pode deixar comigo — disse Eslek. — E não se preocupe. Quando você estiver se sentindo bem, pode voltar para sua banca. Os irmãos Constantinedes não vão mais incomodar você.

## 94

Yashim fez uma visita rápida ao *hammam* antes de cruzar o Corno de caíque. Ainda estava claro quando ele chegou à Residência Polonesa. Palewski o recebeu na porta.

— Suba — ele disse. — Pensei em abrir a sala de jantar em sua homenagem... mas receio que ela seja um caso perdido. A sala de estar vai ser mais aconchegante.

Yashim tentou imaginar a sala de jantar de Palewski. Buracos no reboco? Teias de aranha? Talvez as janelas estejam obscurecidas por trepadeiras, crescendo ao deus-dará por anos a fio.

Seria uma das pequenas tarefas de que Xani com certeza se encarregaria de realizar.

Yashim parou na escada, uma das mãos no corrimão. — Acho que entendi Xani errado — ele disse.

Palewski virou-se.

— Errado?

Yashim concordou com a cabeça. — A mesma coisa com a Hetira. Pensei que era uma máfia de proteção, alguma coisa do tipo. Achei que era uma organização que assassinava as pessoas.

Retomou a subida dos degraus.

— Por que não? Veja o que aconteceu com George. Veja a maneira como você foi atacado no caíque aquela noite.

— George não foi pego pela Hetira. Foi por causa de uma disputa entre ele e outro dono de banca. Foi bastante cruel, e bastante inesperado. Mas não foi obra da Hetira. Fiquei sabendo disso esta tarde.

— Mas e o caíque? E o seu apartamento... se lembra disso?

— O que significam de fato esses eventos? Ameaças, sim. É desagradável, certamente. Mas eu ainda estou vivo. E você também.

Palewski empurrou a porta e os dois entraram na sala de estar. — A Hetira veio atrás de você por causa do livro, mas eles não mataram Lefèvre. É isso que você está dizendo?

Yashim olhou ao redor. Havia uma pequena mesa dobradiça em frente a uma grelha vazia. — Eles vieram atrás de mim... mas estou vivo. Lefèvre foi estripado. Assim como Goulandris e o judeu.

As mãos de Palewski seguravam uma garrafa amarela.

— Tokay, Yashim. Maravilhosamente gelado.

Pegou de cima da mesa uma pesada taça de vinho de cristal e a encheu. Yashim percebeu que a mesa estava posta para três.

— Quem mais você está esperando?

— Um velho amigo nosso, Yash. O terceiro subsecretário permanente do secretário da embaixada britânica, alguma coisa assim.

— Embaixada britânica? — Yashim franziu o cenho. — Não tenho nenhum velho amigo lá. A única pessoa que eu conheço lá é aquele menino ridículo, o Compston.

Palewski deu uma risadinha. — George Compston. Realmente muito ridículo, como você diz. Mas acontece que ele é fanático por Byron. E, se não estou enganado, é ele que está acabando de chegar.

Momentos depois, ouviram passos pesados na escada, e Marta anunciou um jovem corpulento, de cabeleira amarela e um rosto vermelho, expansivo e alegre.

A paixão de Compston pela lenda e pela vida de Lorde Byron tinha começado no navio que o trouxera para ocupar seu primeiro posto diplomático em Istambul. Era uma viagem de seis semanas, e Compston se manteve o tempo todo perto da sua cabine. Quando o navio singrou o mar de Mármara, ele já não apenas tinha lido o poema épico *The Giaour*, como também já era capaz de pronunciar seu título; o pai ou a mãe indulgente o abastecera com exemplares de *Don Juan* e *Childe Harold's Pilgrimage*, e nos dois anos seguintes sua grande admiração só fizera crescer e amadurecer. Agora ele usava sem muita ponderação uma faixa na cintura, do tipo usado pelos homens nativos da Índia, e um bigodinho fino, e quando conversava com damas europeias pendia um dos joelhos, fazendo uma profunda mesura com uma perna recuada, raspando o chão, para mostrar reverência.

Foi Ben Fizerley, seu amigo e mentor na embaixada, o primeiro a notar que Compston mancava, e ele mais tarde observou, de maneira um pouco grosseira, que o problema parecia passar inquietamente de uma perna para a outra. Mas poucas pessoas que encontravam Compston pela primeira vez, com ou sem faixa, teriam associado de imediato o rapaz de rosto vermelho e mãos grandes e macias ao poeta saturnino cuja morte prematura a Europa inteira tinha chorado.

Compston não se incomodava: ele tinha chegado àquele estágio da paixão de um jovem por uma ideia em que tudo em que ele punha os olhos correspondia a ela, e a confirmava em sua mente. Madeixas castanhas o faziam lembrar-se dos cachos byronianos; um suspiro, olhares byronianos; um aceno amigável, um gesto byroniano. As cartas que ele escrevia à irmã se tornaram tão repletas de paradoxos byronianos e cenas e tiradas maliciosas que ela mal conseguia entendê-las; e seu discurso ficou empolado de citações de *Childe Harold*. Até mesmo Fizerley declarara que Compston estava se tornando um chato.

Durante o jantar — carne de vaca cozida, com molho azedo —, mais de uma vez Yashim se viu involuntariamente compartilhando da opinião de Fizerley. Só depois que Marta já tinha tirado os pratos e posto sobre a mesa uma garrafa de vinho do Porto é que Palewski tossiu e atraiu o inglês para o tema em questão.

Compston levou os dedos ao queixo, e falou de perfil.

— Missolonghi, excelência? O orgulho, e a vergonha, da Grécia. — Deu um suspiro. — O sultão havia levado para a Grécia os exércitos do Egito, como o senhor deve se lembrar. Eles se uniram aos albaneses, e paxá Ibrahim expulsou os gregos, e os mandou de volta a seu lugar desamparado, que na verdade não era nada além de um brejo, correndo pela costa. E ali, durante um ano, o estandarte da liberdade tremulou acima da cidade arruinada, destruída pela artilharia egípcia, e privada de qualquer esperança de ajuda.

Serviu-se de uma taça de vinho do Porto.

— Muitas vezes tento imaginar a situação. Há um pedacinho de litoral no lugar de onde eu venho, Burnham Overy, apenas alguns quilômetros das dunas. Basta imaginar Burnham Overy com palmeiras, e temos Missolonghi. Mais quente que Burnham Overy, é claro. Caso contrário as palmeiras não cresceriam!

— De fato — murmurou Palewski.

— Obviamente não temos grego nenhum em Norfolk. Um ou dois em Norwich. Acho que há alguns judeus. Uma porção de fugitivos gregos; eles fariam um barulho e tanto! Sem dúvida.

Ele abaixou a taça e começou a observar atentamente a garrafa.

Yashim tossiu. — Mas, e Missolonghi, sr. Compston?

— Sim, é claro. Missolonghi, lá havia milhares de rebeldes gregos, homens com suas mulheres e filhos. Uma cidadezinha. Barracas e mais barracas. Todos protegidos por um aterro. E todo dia morria gente, como o próprio Lorde Byron. Cólera, fome, artilharia egípcia. — Ele cobiçou com os olhos a garrafa. — Absolutamente nenhuma semelhança com Burnham Overy, na verdade — acrescentou.

— Eles não conseguiam escapar?

— É assim, monsieur. Para começar, eles tinham sido cercados por Ibrahim. Em segundo lugar, bem, os gregos estavam divididos, apesar dos nobres esforços do Lorde Byron para conseguir uma reconciliação. Acredito que foi isso que o matou; ele era generoso em demasia com sua energia e seu tempo, para não falar com seu dinheiro. Criando a partir do zero um exército de soldados suliotas. Tentando acabar com as rivalidades entre as facções. — Compston esfregou o olho com o dedo. — A paciência daquele homem! Ele sabia que os gregos eram uns tolos, mas jamais reclamou. Não na cara deles, pelo menos. Morreu por causa de seu coração nobre.

Yashim ergueu a cabeça. — Ouvi dizer que ele morreu de febre, e por causa de médicos ruins.

Compston pareceu ter ficado ofendido. — Bem, isso também, é claro. Não devemos culpar os médicos. Não mesmo. Suponho que eles tenham feito o melhor que podiam — acrescentou, amargamente.

Palewski pigarreou, discretamente. — Mais Porto, sr. Compston.

— O dr. Millingen cuida do sultão agora — Yashim observou.

— Sim. Mas havia outros.

— Ouvi dizer... Stephanitzes, talvez? O dr. Lefèvre?

— Lefèvre? — Compston franziu o cenho e balançou a cabeça. — Stephanitzes era o único grego entre eles. Jenkins, Bruno. — Compston tinha deixado de lado suas poses byronianas e agora estava inclinado para a frente, com a testa franzida, como um menino tentando se lembrar da lição. — E o pobre Meyer, também.

— O pobre Meyer?

— Bem, era um desafortunado. Um suíço. Byron disse que ele não tinha boas maneiras. Proibiu-o de ir à sua casa. Meyer editava uma espécie de jornal. *Chronica Hellenica*, eu acho. Ele e Byron tiveram divergências sobre o jornal.

— E o que aconteceu a todos eles... depois da morte de Byron, quero dizer, no fim?

— Tenho certeza de que o senhor sabe, monsieur, como Missolonghi terminou. Eles foram reduzidos a comer ossos e cascos de animais, e decidiram escapar. Dois mil rebeldes conseguiram romper as linhas turcas e fugiram para as colinas. Os outros... receio que tenham se apavorado. Voltaram correndo para Missolonghi. Ibrahim viu aí sua chance. Soltou seu exército. Albaneses e egípcios. Tempos terríveis, terríveis. — Compston murmurou, vagamente.

— Mas e os médicos como Millingen, escaparam?

— A maioria. Millingen foi capturado um ano depois, pelo povo de vocês. Passou um tempo na prisão, depois veio para cá. Stephanitzes... não sei. Ah, e Meyer não sobreviveu, obviamente.

— O suíço impopular?

— Isso mesmo. Nem tão impopular assim. Eu diria — Compston acrescentou, dando uma longa piscadela para o Porto. — De acordo com as cartas de Lorde Byron, Meyer seduziu uma moça em Missolonghi. — Bateu no joelho. — Falando nisso, tivemos uma história dessas em Burnham Overy alguns anos atrás. Causou uma tremenda discórdia, na verdade. No fim das contas o pai deu um jeito. Do mesmo jeito que Byron fez, assim que ficou sabendo do caso... o de Missolonghi; Byron jamais chegou a ir a Burnham Overy. Meyer queria trapacear e sair ileso, mas Byron mandou os suliotas cuidarem dele. Meyer ganhou um olho roxo e dois dentes quebrados, e foi praticamente arrastado para o altar. Isso mesmo... Byron via a coisa como uma questão de moral.

— Então o que aconteceu com ele? — perguntou Yashim.

— O sujeito de Burnham Overy?

— Meyer.

— Se casou com a moça.

— Estou falando depois disso — respondeu Yashim, com paciência infinita.

— Ah, já entendi o que o senhor quer saber. Não, ele não escapou. Deve ter sido incluído no massacre geral que se seguiu à queda da cidade. — Compston franziu o cenho, e sentou-se um pouco mais empertigado. — Um momento bastante vergonhoso para a história turca, eu diria.

— Não sei se a guerra fica bem para alguém, quem quer que seja. Exceto seu amigo Byron, é claro.

— Byron é um caso especial, monsieur. — Compston tirou do bolso um enorme lenço rendado e assoou o nariz. — É esse o significado de gênio, suponho.

Ele sentou-se, pesadamente e com expressão carrancuda, fitando a mesa lustrada. Suas pálpebras tremeram e se fecharam; e então, bem devagar, ele se inclinou para a frente, pousou a testa sobre a mesa e começou a roncar.

Palewski e Yashim o observaram em silêncio.

— Eu já ia oferecer café. Yashim?

Os dois levaram o café para junto da janela, depois de virar a cabeça de Compston, para que seu nariz não ficasse chapado contra o mogno. Lá fora estava escuro, o som distante dos cães latindo misturando-se ao lento rumor do ronco do rapaz inglês.

— Pobre Byron — exclamou o embaixador. — Num minuto o camarada teve uma dor de cabeça; quem não teria, com todos aqueles gregos o importunando por todos os lados? E no minuto seguinte, está morto. Sangrado e medicado por um bando de charlatões: ele não teve a menor chance.

— Não. Talvez tenha sido deliberado.

— Deliberado? Não, não. Os médicos passam toda a vida profissional matando pessoas. É o que eles fazem.

— Mesmo assim — Yashim disse —, Millingen estava em Missolonghi em nome da causa grega. A morte de Byron levou à independência grega. Incitou os europeus à ação.

— Profundo, Yashim. Gostei. Profundo, improvável, mas digno de consideração. Você está começando a pensar como um polonês.

Yashim abriu um sorriso cansado. — Você acha que isso é ridículo.

— Não totalmente. Um médico escocês que mata acidentalmente o maior poeta inglês vivo. Não é um cartão de visita em Mayfair, é? Millingen deve ter vindo para cá porque na Europa inteira não havia um único paciente que se consultaria com ele. Byron era *grande*. Mas Millingen se sente seguro aqui. Vocês, otomanos, e é isso que faz vocês tão adoráveis, não saberiam diferenciar Byron de uma seringa. Você mesmo me disse isso.

Yashim assentiu. — Estive pensando nisso — disse. — Bebericou o café. Também não reconheceríamos o dr. Meyer, se ele aparecesse de repente em Istambul.

— Meyer?

— O médico que Byron não aturava. O homem que não escapou.

Palewski virou em parte a cabeça. — Como diz Compston, foi um massacre.

— Um massacre. Às vezes... na confusão... as pessoas têm uma oportunidade de escapar.

Palewski assentiu. — É verdade. Elas ficam na água, escondidas e imóveis até o perigo passar, respirando por um caniço. Ou se fingem de mortas. Se deitam numa vala comum, escapulindo depois que os inimigos se foram. Esse tipo de coisa.

Yashim deu de ombros. — Meyer sobrevive. Doze anos depois, ele vem para Istambul.

— E depois?

— Sente dores de cabeça. Consulta um médico, Millingen. O dr. Millingen se lembraria dele.

Palewski fechou lentamente os olhos. Balançou a cabeça. — Por que consultar um médico se você é um?

— Não sei. Mas é exatamente isso que Lefèvre fez; ele mesmo nos contou.

Uma expressão de dor passou pelo rosto do embaixador. Ele se afundou na cadeira contra a janela. — Yashim.

— O dr. Meyer era o que tinha interesse em arqueologia grega. Era também aquele que Byron não gostou de cara.

Palewski fitou o teto.

— Você também antipatizou com Lefèvre assim que pôs os olhos nele — Yashim insistiu. — E tem o truque da moeda que todos aprenderam uns com os outros. Lefèvre fazia. Millingen faz.

Palewski assobiou. — Você acha que Meyer e Lefèvre eram o mesmo homem?

— Tem uma ou duas coisas que eu ainda não entendo. Mas acho que sim. Faz sentido.

— Você não pode criticar o julgamento de Lorde Byron, se é esse o caso. Mas por quê? Por que mudar de nome, e tudo mais?

— Ainda não sei — Yashim confessou. — Se eu soubesse disso, saberia também como ele morreu.

— Por que aparecer para Millingen? — Palewski perguntou. — O homem que ainda poderia provar quem ele era?

Yashim juntou e fechou as mãos. — Veja a coisa por este ângulo. O que Lefèvre estava fazendo, dias antes de ser assassinado?

— Lendo livros velhos. Morrendo de medo. O que mais?

— Negociando, é o que Malakian achava. Lefèvre tinha uma coisa que ele podia vender.

— Ou comprar?

Yashim balançou a cabeça. — Não é muito provável. Afinal, ele não tinha mais nenhum dinheiro.

Palewski respirou fundo. — Mas ele também não tinha nada de valor com ele, exceto o livreto. Que não valia tanto assim.

— Ele não necessariamente estava de posse daquilo que estava vendendo. Pelo menos não ainda.

— Tudo bem. Mas por que abandonar o disfarce e ir ver Millingen?

Palewski se levantou da cadeira e foi até a porta.

— Marta! Conhaque!

Ficou de pé junto à porta, ouvindo. Depois voltou e deixou-se desabar na cadeira.

— Eu disse que você estava pensando como um polonês, Yashim, mas não exagere. Aceite um — acrescentou, assim que Marta entrou trazendo uma bandeja. — Obrigado, Marta.

Marta sorriu e serviu duas taças de conhaque. Quando a porta se fechou, Yashim disse:

— A Hetira é uma sociedade dedicada à restauração do império grego; essa é a Grande Ideia. Mas restauração significa cura, também. A restauração da saúde.

Palewski fez uma careta. — Uma sociedade de médicos.

— Millingen estava em Missolonghi pela causa, não estava? Sabemos que Stephanitzes estava, e ele era o único grego entre eles. Bruno trabalhava para Byron: ele seguiu o poeta. Meyer editava a *Chronica Hellenica*. Talvez acreditasse na Grande Ideia, ou talvez simplesmente esperasse uma recompensa assim que o reino fosse estabelecido.

— Isso tudo se encaixa — disse Palewski. — Que merda, Yashim. Médicos ingleses não saem por aí assassinando pessoas.

— Não tenho tanta certeza — Yashim respondeu. — Mas Lefèvre visitou também outro homem antes de ser assassinado. Mavrogordato.

— É isso! — Palewski bateu na coxa. — O banqueiro grego, dono de navio, sei lá o que mais. Ele sabia onde encontrar Lefèvre aquela noite; você tinha reservado um lugar para o francês num dos navios dele. Esses banqueiros estão se dando muito bem, não iam querer se complicar. Lefèvre chega e dá com a língua nos dentes sobre as relíquias, e Mavrogordato entra em pânico. Ele usa a riqueza e influência que tem para resolver discretamente a situação.

Yashim soltou um suspiro. — Eu não chamaria de "discreto" nenhum dos assassinatos. Se Mavrogordato quisesse ver Lefèvre morto, por que a esposa dele me chamaria para investigar? Mavrogordato não dá nem um espirro sem a permissão da mulher. Ele não seria capaz de organizar uma série de assassinatos por conta própria. Ela, talvez. Mas aí não teria me chamado.

— Que droga, Yash! *Por que* em nome de Deus ela te chamou?

— Exatamente. Por que ela estava tão interessada em Lefèvre? — Yashim juntou as pontas dos dedos. — Alguma coisa nele a deixou confusa.

— Confusa?

— Não acredito que Lefèvre tenha dado com a língua nos dentes com relação às relíquias. Se tivesse feito isso, Mavrogordato podia ter contado a ela. Havia alguma coisa sobre Lefèvre que ela queria saber; alguma coisa que Mavrogordato não podia dizer a ela. Não que ele não quisesse contar, ele contava a ela tudo que sabia. Nenhum segredo.

— Desembuche, Yashim.

Yashim sorriu. — Não tenho a resposta, meu amigo. Pelo menos, não ainda.

— Mas você não faz nem ideia?

Yashim assentiu, pensativo. — Sim, sim. Eu tenho uma ideia.

Compston deu um sonoro ronco e tombou de lado da cadeira, desabando no chão.

Ele sentou-se com os olhos turvos, esfregando a cabeça.

— Eu... eu não estava dormindo — resmungou, automaticamente.

## 95

A *valide* se inclina para a frente. Algumas coisas, ela diz para si mesma, não mudam: nem devem. Eu não acreditava nisso, quando era jovem. Eu lutava contra as mulheres velhas, eu as escandalizava. Mas agora vejo claramente: esse é o meu papel.

Ela busca um desvio. Ainda se lembra de sua última visita: ela a compara com esta.

Agora ele bebe a água pura de um copo, e agora mergulha o pão num prato de sal, para mostrar que pertence à irmandade.

Os agueiros cruzam os braços no peito.

Eles fazem uma mesura para o novo recruta. Há manchas coloridas em suas bochechas.

O *sou naziry*, chefe da guilda, levanta as mãos. — Água é vida.

— Água é vida — responde o novo recruta.

— É a bênção do espírito.

— E o espírito está com Deus — ele respondeu.

— Abençoado seja Ele, o Misericordioso, o Criador.

— E que suas bênçãos caiam sobre nós, como a chuva.

O *sou naziry* dá um passo adiante e coloca as mãos nos ombros do outro. Ele o beija três vezes.

A *valide* quase sorri: lembra-se dos cavalheiros da Martinica.

Ela olha de relance ao redor, para compartilhar seu sorriso com Yashim.

Mas Yashim não estava lá.

## 96

A *valide* franziu o cenho. Minutos haviam se passado. Concluídas as orações, os agueiros estavam começando a sair em fila para o pátio através das grandes portas, sob o olhar vigilante do *sou naziry*. Poucos instantes depois ele apresentaria seus salamaleques à cortina do *purdah*. Era realmente demais! Onde estava Yashim?

Ela olhou ao redor, bem a tempo de vê-lo surgir de um vão de porta entre duas das grandes pilastras da velha igreja. A cortina, ela observou, aliviada, o ocultava dos agueiros: ele estava limpando os joelhos, cobertos de visgo, e a bainha de seu manto parecia estar molhada.

Ele deu a ela o mais doce dos sorrisos e fez uma mesura.

A *valide* franziu o cenho. — Onde você estava, seu *scélérat*? — ela sibilou.

Yashim estendeu as mãos. — Vi uma porta e entrei... Nunca estive aqui antes.

A sombra do *sou naziry* caiu sobre a cortina.

— *Valide*! Sua presença agradável no dia de hoje é uma honra para nós. Saiba que a companhia do *sou yolci* não foi esquecida, por sua graça.

Ao ouvir as palavras, o rosto da *valide* se suavizou imediatamente. — Você é muito gentil, *naziry*. Não me esqueço de que de todos os tesouros de Istambul, o que você guarda é o mais precioso para o povo.

— *Valide*, a senhora diz a verdade. Não está escrito que de todas as coisas que existem a água é o princípio vital?

— Está escrito — respondeu a *valide*. — Eu tenho um criado, *naziry*.

— Sim, *valide*? — O *sou naziry* soou ligeiramente confuso.

— Yashim é o nome dele. Um *lala*. É um homem honesto e deseja falar com você. — Com um aceno, ela o chamou adiante, e suas pulseiras tilintaram.

Yashim saiu de trás da cortina e fez uma mesura. O *naziry* fez um breve meneio de cabeça, depois ergueu as mãos.

— A senhora me desculpe, *valide*. Mas eu não tenho tempo para o *lala* agora. Por dois dias devo inspecionar os reservatórios. Quando eu retornar...

Ele fez uma mesura diante da cortina. A *valide* permaneceu em silêncio.

## 97

Yashim colocou os legumes na cesta e tirou o dinheiro da bolsa.

— Ê, ê, ê... sem querer ofender, *efendi*! Mas esta moeda está leve, veja, mais cinco piastras, e negócio fechado. — O irmão pulava de um pé para o outro, uma das mãos estendida, olhando a rua de relance, para cima e para baixo. — Estou indo, *hanum*! Cinco piastras, *efendi*.

Yashim sentiu uma onda de irritação enquanto contava as moedas.

Quando chegou de volta ao seu apartamento não se surpreendeu ao encontrar Amélie deitada no divã, lendo um livro.

— Eu esperava que você fosse voltar — ela disse.

— Você preparou o fogão.

— Em caso de você precisar...

— Sim. Vou fazer *pilaf*. Não se mexa. Fique aí lendo seu livro.

Ele descascou duas cebolas, picou-as bem finas e jogou os pedaços, junto com um punhado de amêndoas, numa panela com azeite de oliva, que colocou sobre as brasas. Amassou dois dentes de alho e tirou as cascas com a faca; depois, picou de qualquer jeito e, com a ponta cega da lâmina, jogou o alho na panela junto com a cebola. Acrescentou duas porções de arroz do pote e mexeu quando começou a grudar. Depois de alguns minutos o arroz começou a ficar claro, então ele tirou a panela das brasas e inspecionou a caçarola, que estava começando a ferver. Deixou cozinhar.

Amélie o observava.

— Max nunca gostou de cozinhar — ela disse. — Ele não tinha senso de sabor. Talvez, sabe, seja por isso que ele nunca gostou de beijar.

Yashim colocou o arroz de volta no fogo e tirou com a concha um pouco de caldo.

— Isso certamente explica uma coisa — ele resmungou. Quando ela perguntou o que ele queria dizer, ele contou sobre os *dolma* que oferecera ao marido dela.

Amélie riu. — Você escolheu o francês errado.

O arroz estava secando. Yashim colocou mais algumas conchas de caldo na panela e mexeu.

— Acho que ele era suíço — ele disse, cautelosamente.

Amélie ficou em silêncio. Yashim adicionou ao arroz sal, pimenta e uma pitada de canela, e cobriu com uma tampa em forma de cúpula.
— Ele contou a você sobre a temporada que passou na Grécia?

— Ah, sim. Ele viu o Parthenon, e Epidauro no Peloponeso. Ele disse que tinha muito mais coisas esperando para serem desenterradas, e graças a Deus que Napoleão tinha invadido o Egito, não a Grécia!

— Mas ele também encarou uma guerra lá — disse Yashim. — Se esteve lá nos anos vinte.

— Ele nunca falou muita coisa.

— E sobre Byron? Ele mencionou Missolonghi?

— Não foi lá que Byron morreu? Não. Max nunca disse nada a respeito.

— Então ele nunca falou nada sobre o dr. Millingen... ou o dr. Meyer? — Yashim picou os talos de quatro minialcachofras e colocou-as para cozinhar com o caldo. Olhou de relance para Amélie.

Ela estava segurando uma mão na outra, como se perdida em seus próprios pensamentos.

— Millingen? — Ela levantou rapidamente os olhos, tempo suficiente para Yashim perceber um rubor rosado sumindo de suas bochechas. — O médico do sultão?

Yashim virou-se, com a faca numa das mãos, uma alcachofra na outra.

— Eu... — Ela deu uma risadinha. — Eu o conheci ontem. Não é uma coincidência?

— Extraordinária — Yashim concordou suavemente, virando-se novamente para o talho.

— Eu não queria contar; pensei que você ficaria irritado comigo.

Yashim começou a fatiar cuidadosamente a alcachofra.

— Eu estava aqui presa, sem ter o que fazer, aí decidi sair e dar uma olhada em Santa Sofia. Eu fiquei tão absorta que acabei esquecendo que cristãos não são bem-vindos numa mesquita.

— Isso depende da mesquita — Yashim disse. — Mas Santa Sofia, não. — Uma infiel... e uma mulher, sozinha. Pelo menos, você *estava* sozinha?

— Foi um descuido da minha parte. Sinto muito. Espero não ter ofendido você.

Yashim olhou para a tábua de picar. — Não. O que aconteceu?

— Eles me perseguiram. Foi assustador. Eu não sabia o que fariam comigo. Então passou um cabriolé e eu subi.

— E o dr. Millingen?

— Era o cabriolé dele. Ele me trouxe de volta para cá.

Yashim apertou levemente os lábios, mergulhado em seus próprios pensamentos.

— Você veio direto para cá, de Santa Sofia?

— Sim. Ele foi um perfeito cavalheiro, bastante formal e inglês. Estava apressado. Achei que você ficaria furioso, mas você não estava aqui. E quando você voltou, estava morto de cansaço, e, bem, o resto você já sabe. Nem pensei mais na história toda até agora.

Yashim pegou a tábua e com os dedos arrastou as fatias da alcachofra para dentro da panela. Sentiu um arrepio no pescoço.

Mexeu lentamente o arroz.

Ele sabia que alguma coisa estava errada — e não era o seu *pilaf*. Também havia alguma coisa estranha em Amélie, além de sua hesitação, seus rubores.

Ela estava calçando um par de chinelos pontudos.

## 98

Palewski tirou a mão de debaixo das cobertas para pegar o chá. — Obrigado, Marta.

— Errado — disse Yashim, sentando-se ao pé da cama. Palewski abriu os olhos.

— Meu Deus, é você! Francamente, Yashim, você pode ficar com uma das camas aqui até que a coitada da senhora Lefèvre vá embora.

— Tarde demais.

Yashim tirou do manto um papel dobrado. — Encontrei este bilhete debaixo da minha porta esta manhã.

Palewski desdobrou o papel.

> Mon cher *monsieur Yashim — Poucas palavras podem expressar minha gratidão a você. Perder um marido amado, se encontrar à deriva numa terra estrangeira, perceber que todas as esperanças mais ternas e os sonhos mais doces foram perdidos irreversivelmente: esses são golpes que abalam até o âmago a alma de uma mulher.*
>
> *Sem você,* cher *monsieur, eu teria afundado sob o peso deles bem na sua frente. Sua bondade e hospitalidade deram-me a energia para enfrentar tamanha adversidade — talvez, inclusive, uma sensação de esperança. Mas agora, eu sinto, minha energia se esvaiu; sinto-me exausta e, a não ser por você, sozinha. Pretendo apresentar-me sem*

*mais demora ao embaixador francês — que, se for tão generoso quanto eu acredito que seja, há de garantir meu retorno à França.*

*Vou me lembrar de você com carinho, e espero que você, de vez em quando, pense em mim, sua muito humilde e obediente amiga,*

*Amélie Lefèvre*

— Uma expressão bastante sincera de sentimentos, Yashim — disse Palewski, calorosamente. — "Golpes que abalam até o âmago a alma de uma mulher." Minha nossa. Você provavelmente deve estar triste que ela tenha ido embora. Acho que eu estou.

Yashim retorceu as mãos. Seus lábios ainda ardiam onde ela o havia beijado.

— A embaixada foi minha primeira sugestão. Ela deve ter se sentido mal acolhida. Ela era minha hóspede.

Palewski fitou-o atentamente. — Meu caro amigo, isso não é nada bom. Marta está acordada?

— Ela fez o chá.

— Fiquei com medo de ainda ser cedo demais. — Palewski levantou-se do colchão de penas e foi até a porta. — Marta!

Yashim ouviu o ruído das saias de Marta roçando na escada.

— Marta, minha cara. Nosso amigo Yashim está se sentindo um pouco aborrecido e quer um café da manhã reforçado para se animar. Café, ovos, pão. Podemos cuidar disso? Há uma geleia de mirtilo que acabou de chegar do vilarejo. Queijo, azeitonas. Que mais? Talvez um pouco de... ah, linguiça diplomática, também. Apronte tudo e sirva no salão, por favor; hoje o dia está lindo, e podemos comer junto à janela. Algumas frutas, quem sabe? Obrigado, Marta, você é esplêndida.

Ele se virou para o amigo e esfregou as mãos, vigorosamente. — Chega de mistério, Yashim. A garota foi embora; a garota de Lefèvre, quero dizer, e ela fez a melhor coisa. Não dava para ela ficar vagando sem destino pela cidade, sem ter ninguém com quem conversar a não ser você. França, esse é o lugar para ela. Deixa eu vestir alguma coisa, eu volto num instante.

Yashim estava tomando café na sala de estar quando Palewski juntou-se a ele.

— Ela não sabe que o marido era Meyer — disse Yashim. — Mas ontem ela conheceu Millingen.

Ele relatou a Palewski o que Amélie lhe dissera.

— E ela estava escondendo alguma coisa? — Palewski franziu o cenho. — Não entendo, Yash.

Yashim soltou um suspiro. — Nem eu — admitiu.

## 99

Escorada por uma robusta escrava em cada braço, a *valide* desceu da liteira num enorme saguão no palácio de Beşiktaş. Ao pé da escada ela inclinou graciosamente a cabeça em cumprimento ao mais alto funcionário da casa do sultão, o chefe dos eunucos negros.

Ele estava de pé na frente de um grupo de moças, todas vestidas na última moda francesa, munidas de sombrinhas para um passeio pelos jardins do palácio; muitas delas esticavam a cabeça para ver melhor a *valide*.

— Agá Ibrahim — ela disse. — *Mesdames*.

As concubinas do sultão devolveram um cumprimento murmurado. O eunuco negro fez uma longa mesura. — *Valide*.

— Vejo que está engordando, Ibrahim. Você fica bem assim.

Ibrahim sorriu, incerto. — Obrigado, *valide*. Posso apresentar as damas?

Ele a escoltou pela fila. As meninas faziam uma reverência, abaixando modestamente os olhos até a *valide* passar. De vez em quando ela esticava a mão pálida para ajeitar um enfeite de renda ou beliscar uma bochecha, e para cada menina ela tinha uma ou duas palavras. "Que cabelos lindos! Muito bonita. Quem sabe um pouco menos de ruge, mademoiselle. Seu sorriso é encantador", e assim por diante. As damas coravam e sorriam.

No final ela se virou para o agá Kislar. — Elas são um mérito para você, Ibrahim. Elas se vestem bem e parecem charmosas. Estou encantada de ver que elas estão aproveitando o jardim. Na minha época nem sempre tínhamos um luxo desses.

— Sim, *valide*. Saímos para caminhar toda manhã.

A *valide* assentiu e deu um suspiro.

— Elas precisam de exercício, Ibrahim. Leve-me ao sultão.

As damas fizeram uma mesura cortês e começaram a subir a escada. Como pareciam fúteis, refletiu a *valide*, em seus vestidos e espartilhos franceses, suas sapatilhas e seus xales de seda: tão relevantes quanto uma bandeja de chocolates belgas. Uma fábrica, sim. Na época dela, em Topkapi, ela e as outras tinham se vangloriado de seu estilo: a maneira como combinavam as cores, o arranjo dos cabelos, a hábil colagem de xales e peliças, sedas e peles. Elas desfilavam como uma alcateia de tigresas, joias cintilantes, braços e pernas flexíveis e glória em sua pele delicada e dentes perfeitos! Não como essas meninas, esses figurinos ambulantes, esses canários adestrados em suas gaiolas.

Era uma vergonha!

Ela parou no patamar dos amplos degraus, encostada no balaústre. Como estava morto aquele palácio, como estava silencioso. As pinturas francesas permaneciam penduradas ao longo da escada sem que ninguém as contemplasse, como epitáfios de soldados que tinham morrido e de que ninguém se lembrava. Cadeiras inglesas vazias e de espaldar alto estavam enfileiradas contra a parede.

No topo da escada, a governanta-chefe estava aguardando para prestar sua homenagem. Alta e rechonchuda, usando o tradicional vestido de harém, segurava um longo bastão de ponta prateada; um molho de chaves pendurado em sua cinta tilintou discretamente quando ela fez uma mesura. Ao seu sinal, várias meninas deram um passo à frente para ajudar a *valide* a tirar seu casaco de cetim e a conduziram a um vestíbulo banhado em luz do sol, de frente para a água cintilante do Bósforo. Ela sentiu a brisa no rosto. Afundando num sofá dourado, ela deixou que as meninas arrumassem delicadamente seus cabelos e alisassem as dobras de seu manto. Uma menina ajeitou os travesseiros às costas da *valide*; outra trouxe um banco para seus pés.

— Podemos humildemente oferecer um refrescante *sorbet*, sultana *valide*? — A governanta apontou para uma bandeja.

A *valide* recostou-se nas almofadas e deu um suspiro. Sempre os mesmos rituais afáveis, as mesmas olhadelas de afeição e respeito. Ela devia ter feito antes aquela visita.

Ela bebericou o *sorbet* e devolveu a taça. Depois olhou de relance para a governanta e meneou quase imperceptivelmente a cabeça.

A governanta imperial aproximou-se e tomou seu lugar ao lado da *valide*, com os braços cruzados e os olhos baixos. A primeira esposa do sultão, mãe do príncipe herdeiro e futura sultana *valide*, entrou deslizando no vestíbulo, feito um cisne. Com uma mesura elegante, ela aproximou-se de sua sogra imperial e ergueu a bainha do manto. Em sinal de respeito e obediência, curvou-se e fez o gesto de tocar a bainha com os lábios e colocá-la junto à testa.

— Como está Mecid, nosso neto imperial, filha?

— Está orando por sua boa saúde, *valide*.

As três *kadinefendis* restantes entraram para cumprimentar sua sogra; uma a uma, fizeram mesuras e levaram a bainha aos lábios. Elas se moviam com calma graciosa, em silêncio e sem pressa, depois recuaram, perfiladas com gestos contidos. A *valide* dirigiu-lhes palavras gentis, e elas sorriram, com o rosto corado. Contemplando seus belos rostos e lindos sorrisos, ela sentiu um nó na garganta.

Duas meninas a ajudaram a ficar de pé. As *kadinefendis* fizeram uma mesura discreta e tímida, e a *valide* pôs a mão no braço do agá.

— *Allons* — ela disse. Sentiu o coração palpitando no peito.

Portas se abriram silenciosamente para o estranho casal, o eunuco negro com a pequenina mulher branca no braço, caminhando a passos lentos e cuidadosos pelo parquete lustrado. A intervalos monótonos, a *valide* olhava para o Bósforo abaixo, através de janelas cobertas por grossas cortinas — um cenário de atividades que eram, ao mesmo tempo, vigorosas, silenciosas e remotas. Por fim, a *valide* entrou no aposento do sultão.

As venezianas estavam semicerradas contra o clarão do sol, e por alguns instantes a *valide* ficou parada na soleira, perscrutando. Ela lentamente andou até a cama. O agá trouxe uma cadeira, e ela se sentou, tateando a colcha em busca da mão do filho.

Ela a encontrou, ossuda e gelada: por um momento sentiu seu coração bater mais rápido, mas depois ela sentiu o leve aperto dos dedos dele, e viu os travesseiros se mexendo conforme ele virava a cabeça.

Por um longo tempo nenhum dos dois disse uma só palavra.

— Meu leãozinho — disse por fim a *valide*, com voz suave, e com a outra mão ela se inclinou para a frente e passou os dedos pela sobrancelha do filho, para afastar uma mecha de cabelos.

— Mãe.

Ela apertou a mão dele. — Coragem, sempre — ela sussurrou. Nunca deveria ser assim, ela pensou: os velhos não trazem nenhum conforto para os que agonizam.

Uma mãe não pode enterrar o próprio filho.

Os olhos do sultão se afastaram dos dela. — Ele não vem.

A *valide* nada disse. O príncipe herdeiro era jovem, e mesmo assim tinha medo da morte.

O sultão se mexeu ligeiramente sob as cobertas. — Há muita coisa que ele não consegue entender, *valide*.

Ele respirava com dificuldade, e falar era um esforço: mas ele falou por vários minutos, ainda segurando a mão da mãe, livrando-se do peso que carregava no peito.

A *valide* o ouviu em silêncio.

— Com a ajuda de Deus — ela disse, por fim. — O povo ficará calmo.

Ela sentia a pressão dos dedos dele apertando os dela.

## 100

George Compston pegou o bilhete e o virou nas mãos. Percorreu a embaixada batendo o papel nos dentes, procurando Fizerley.

Ele o encontrou com os pés em cima da mesa, esfregando azeite de oliva no bigode. Teve um sobressalto quando viu Compston.

— Recebi um bilhete — disse Compston, distraidamente.

Fizerley girou as pernas de volta ao chão. — Ela é bonita?

Compston abriu o bilhete, leu rapidamente, e corou.

— Receio que isto fica entre mim e estas quatro paredes, meu velho — ele disse, em voz baixa e tom pastoso.

Fizerley deu de ombros. Fazia um calor infernal.

Compston leu novamente o bilhete. Ele tinha acendido uma fagulha ali! Um turco entusiasta de Byron — o que aconteceria a seguir?

Era daquele eunuco, Yashim.

## 101

O *sou naziry* apeou do cavalo e passou os arreios às mãos de um aprendiz. Ajoelhou-se na borda do tanque e mergulhou as mãos na água fria: tinha sido uma cavalgada quente, mesmo sob a sombra das árvores. Ele limpou a poeira da estrada do rosto e da nuca. Leka entregou-lhe uma toalha.

— Não vejo nada de errado com os níveis — disse o *sou naziry*.

O inspetor das águas embolou a toalha nas mãos e jogou-a para Leka. Os reservatórios estavam exatamente como ele imaginava: sofreram uma diminuição de cerca de 15 centímetros. Normal para aquela época do ano.

— São as velhas que gostam de espalhar esse tipo de conversa — ele acrescentou. — Um sultão está às portas da morte, e elas acham que o céu está desabando sobre suas cabeças.

Sob as árvores, a sombra era escura. Não havia vento, mas as florestas exalavam um frio refrescante, e a cavalgada mensal abrira o apetite do *sou naziry*. Seria bom sentar-se na beira do bosque e comer.

Os monteiros haviam preparado os lanches habituais. Uma tenda negra fora erguida na relva, com tapetes e bandejas de prata, e jarros de *sorbet* de cereja e de laranja, cobertos por um pano de proteção com continhas penduradas em suas pontas. Ardia uma fogueira montada sobre um tripé, onde um cozinheiro preparava um *pilaf* de *bulgur*; dois monteiros estavam agachados junto ao *tandir*, o forno improvisado. Muito antes do amanhecer eles já haviam começado a cuidar do fogo, trazendo galhos e troncos, e reduzindo a madeira a uma pilha de carvões em brasa. O buraco que haviam cavado era invisível, sob uma cobertura de lama endurecida e gravetos.

O cozinheiro havia selecionado um carneiro do rebanho dias antes. Já havia cortado e limpado o animal, salpicando a carne com dentes de alho antes de esfregá-la com uma mistura de iogurte e tomates peneirados, cebola e alho amassado, coentro e cominho. No alvorecer, quando o fogo começou a diminuir, eles cravaram o carneiro num espeto, pelos pés, e o abaixaram sobre o buraco, afundando mais e mais a carne à medida que a manhã avançava. Agora a carne assava no chão, fechada por uma tampa improvisada.

Um dos monteiros levantou os olhos. Reconhecendo o *naziry*, ele gesticulou para o companheiro, e os dois homens ergueram cuidadosamente a tampa. O *naziry* viu uma tênue trilha de fumaça emergir do buraco. Após retirar a tampa, o monteiro inclinou-se para a frente e, com um rápido movimento de sua faca, removeu um dos rins, que ofereceu na ponta da lâmina ao *naziry*. O *naziry* pegou entre os dedos o bocado fumegante e comeu com gosto, de pé junto ao buraco, fitando o fogo ardente.

Os homens, como os animais, tinham medo do fogo, pensou o *naziry*. Mas o próprio fogo temia o *naziry*. O fogo tinha medo da água.

Um dos monteiros bocejou. Estava segurando um galho verde, que abanava suavemente sobre a carne assando, para afugentar as moscas.

O *naziry* acomodou-se no tapete, sentando-se sobre as pernas cruzadas, e ficou observando os homens tirando a carne do *tandir*. À sua volta, os sapos coaxavam no caniçal; andorinhas passavam levemente sobre a água e subiam chilreando e zunindo no ar, e a luz do sol brilhava na superfície do reservatório. Um criado pegou uma bandeja de cobre e a poliu com um pano. O cozinheiro assentiu com a cabeça.

Ele arranjou alguns *pilafs* na bandeja, depois pegou a faca que trazia no cinto e começou a trinchar a carne.

Um cavaleiro apareceu subindo a trilha de trás das árvores. Ao ver a tenda e a carne fumegante, refreou e, da sela, fez uma mesura.

O *sou naziry* ergueu uma das mãos, em sinal de cumprimento.

— Bom apetite, *efendi* — disse o estranho, em tom cortês.

O *naziry* hesitou. Havia alguma coisa familiar naquele cavaleiro: ele teve a impressão de que já tinham se encontrado, mas não conseguia lembrar-se de onde.

— Obrigado — ele disse.

O estranho deslizou da sela. Segurando os arreios numa das mãos, disse: — Me desculpe, *naziry*. Não o reconheci, na sombra. Sou Yashim. Acompanhei a *valide* ontem, na cerimônia de introdução.

O *naziry* já tinha constatado quem ele era. — Yashim *efendi*, claro. — Olhou de relance para o carneiro. — Junte-se a nós, por favor.

Foi a vez de Yashim hesitar. — O senhor é muito generoso, *naziry*; mas não quero me intrometer.

— Temos carne — disse o *naziry*, apontando para o carneiro. — E você cavalgou uma longa distância.

Ele fez um gesto para que o cavalariço pegasse o cavalo de Yashim.

O eunuco se sentou, e a bandeja com *pilaf* e com o carneiro foi trazida à tenda. Depois foi servida melancia vermelho-sangue, refrescantemente doce. Os dois homens comeram rápido, em silêncio. Em uma ou duas ocasiões, Yashim flagrou o *naziry* observando-o curiosamente de viés pelo canto do olho.

Um criado despejou água numa vasilha, e eles lavaram as mãos.

O café foi servido numa bandeja, com um chibuque, que é um cachimbo turco.

— Faz anos que não venho aqui — Yashim confessou, por fim. — Este reservatório foi construído por Sinan, não foi?

O *naziry* grunhiu. — É um reservatório, como qualquer outro. Sinan o consertou, sob nossa orientação.

"Sob nossa orientação"! Era uma frase magnífica, Yashim pensou, pois a carreira de Sinan como arquiteto tinha começado quase trezentos anos antes.

— Ele já existia, então?

O *naziry* assentiu com a cabeça. — Acho que era menor no tempo dos gregos.

Yashim sorriu. — Eu não sabia, *naziry*, que a guilda tinha uma história tão antiga.

O *naziry* pareceu surpreso. — E como poderia ser de outra maneira? — Deu uma baforada no seu cachimbo. — Gregos ou turcos, um homem precisa de água para viver.

— Claro.

— Para um vilarejo, basta construir um poço. Mas e para uma cidade? As pessoas precisam se lavar, beber e cozinhar, Yashim *efendi*.

Yashim assentiu.

— Como os homens constroem uma cidade? Você acha que um sultão bate palmas e ela aparece feito o palácio de um *djinn*? Não, nem mesmo um sultão consegue fazer isso. Água. Água para erguer uma cidade. E água para defendê-la, também.

— Defendê-la?

— Claro. Grandes muralhas, soldados corajosos, um sultão sábio para comandar... tudo isso pode retardar a queda de uma cidade. Mas é a água que decide a batalha.

Yashim refletiu sobre o comenário do *naziry*. — Istambul é vulnerável, então?

O *naziry* arqueou uma sobrancelha. — Não é tão vulnerável quanto você pode imaginar, Yashim *efendi*. Essa é nossa responsabilidade. Mas sem nós, a cidade é poeira. Não pode comer. Não pode viver. Isto — ele acrescentou, apontando a ponta do cachimbo para o reservatório brilhante — é o sangue de Istambul.

Yashim olhou para a água tremeluzente. Os monteiros e os homens do *naziry* estavam agachados num círculo, dividindo o resto do *pilaf* e da carne.

— Os homens da guilda — começou Yashim — são todos albaneses, não são?

O *naziry* fez um gesto de descaso. — São homens que se entendem, só isso. — Ficou em silêncio por um momento. — Mas, sim, também temos um dom. Será que é porque viemos das montanhas que entendemos a queda-d'água e a medida das distâncias? Não sei como isso funciona, mas Deus dá a cada raça uma tarefa especial. Um búlgaro conhece suas ovelhas. Um sérvio pode guerrear sempre. Um grego sabe conversar e um turco sabe ficar em silêncio. Mas os albaneses... nós sabemos ler a água.

E guardar segredos, pensou Yashim. Manter lembranças.

— O senhor tem grande experiência.

O *naziry* deu de ombros. — Mesmo com um dom, um homem precisa aprender. Você vê o sangue de um homem, seu fígado, seus pulmões? Um médico vê um homem dessa maneira, depois de muitos anos de experiência. Você vê uma cidade: vê suas ruas, colinas, casas, seu povo. Mas você não a vê com a mesma profundidade que nós. Nós, que somos membros de uma guilda de duzentos membros.

— E o que o senhor vê, *naziry*?

— Outra cidade, Yashim *efendi*: como um labirinto. Em algumas partes ela é mais antiga que a memória. — Deu baforadas no cachimbo, pensativo. — Um lugar perigoso, para um homem sem experiência.

Yashim inclinou-se para a frente. — Havia um homem, chamado Xani...

— É um labirinto — repetiu o *naziry*.

Ele levantou a mão, e o criado deu um passo à frente.

— Quero dormir — disse o *naziry*. — Leve isto embora.

Ele pôs a mão no peito e inclinou a cabeça, ligeiramente, na direção de Yashim. — Como eu digo, é um lugar perigoso.

Deitou-se de costas no tapete e fechou os olhos.

Yashim permaneceu sentado por vários minutos, observando, sem se mover.

O *naziry* começou a roncar.

## 102

O dr. Millingen desceu os degraus de sua casa e subiu na liteira que o aguardava na rua. Os carregadores da cadeira ergueram o fardo aos ombros e começaram a trotar placidamente, rompendo a multidão ladeira abaixo, rumo ao porto de Pera.

O dr. Millingen pôs as mãos no fecho de sua maleta de couro. Edimburgo, pensou ele, o havia preparado para muita coisa: mas nada jamais conseguira convencê-lo a fazer as pazes com a liteira. O sultão tinha ordenado uma cadeira para ele, então não fazia muito sentido recusar a aparente honraria — e como meio de transporte a liteira certamente era adequada para as ruas íngremes e convolutas da moderna Pera, onde um cavalo poderia se afobar em meio à multidão, ou derrapar nas pedras do pavimento das ladeiras. Mas Millingen sentia-se sempre ridículo e exposto: feito uma cereja na cobertura do bolo.

Ele respirava pesadamente e tamborilava a maleta. Estava tudo na mente. Devia se lembrar de que ninguém se importava, a não ser ele. Vislumbrou seu próprio reflexo na ampla vitrine da confeitaria parisiense, em sua liteira balançante, e sorriu para si mesmo. A cereja do bolo, de fato.

Ninguém em Istambul se dignaria a olhar duas vezes para ele.

Palewski mordeu seu ecler e limpou com o polegar o esguicho de *crème anglaise*. — Pera, hoje em dia. Não são as confeitarias que eu desaprovo. Apenas as pessoas.

Yashim assentiu com a cabeça e tomou um gole de sua tisana, observando o médico inglês desaparecer, balançando, em meio à multidão de Pera.

Ele enfiou a mão no bolso e tirou um envelope, que alisou sobre a mesa de mármore. — As pessoas — ecoou Yashim, por fim. — E quando você acha que elas começaram a mudar?

Não havia como confundir o uniforme dos carregadores de liteira. Mesmo sem a orla de ouro, os coletes que estavam usando eram novos e limpos demais para serem comparados aos dos carregadores ordinários da cidade. O doutor, então, estava indo para Beşiktaş. Ele poderia ficar fora durante horas.

Palewski ergueu uma sobrancelha e lambeu o polegar. — Por centenas de anos — ele disse —, o povo de Istambul viveu unido e em paz. Isso começou a mudar depois de 1821.

— Os motins contra os gregos.

— Motins. Massacre. O que quer que seja, Yashim. Enforcaram o patriarca.

— Expulsaram as velhas dinastias fanariotas.

Palewski franziu o cenho. — Mais que isso, Yashim. Medo e desconfiança. Eles enforcaram o patriarca no portão da sua própria igreja, depois fizeram os judeus cortarem o corpo. Dizem que os judeus retalharam o cadáver para dar de comer aos cães. Duvido disso, francamente. Mas não é isso que interessa. Os turcos estavam com medo. Eles se voltaram para os gregos. Os gregos ficaram com medo. Agora odeiam os judeus. Tudo mudou.

Yashim concordou com a cabeça.

— Aí veio a história dos janízaros, cinco anos depois. Fim de uma tradição.

— Não demorou muito para os novos homens aparecerem, não é? — Yashim inclinou-se para a frente. — Mavrogordato. Ele chegou aqui antes ou depois do episódio dos janízaros?

Palewski pegou um guardanapo. — Antes, eu poderia jurar. Ele já estava em Istambul por volta de 1824, no máximo.

— Mavrogordato poderia ter conhecido Meyer, então?

Palewski refletiu sobre a pergunta. — Meyer estava em Missolonghi em 1826, mas Mavrogordato estava aqui em Istambul, enriquecendo e se mantendo na surdina.

— Humm. Quando Lefèvre, Meyer, visitou Mavrogordato no outro dia, obteve um empréstimo sem garantia. Por que não? Francês, arqueólogo, bastante respeitável. Mas o que quer que tenha dito ao banqueiro incomodou a madame. Deixou-a... curiosa. Ela me chamou, lembra?

— Você disse que ela estava confusa.

Yashim assentiu com a cabeça. — Mavrogordato nunca tinha visto Meyer. Madame não tinha visto Lefèvre. Ela só tinha o relato que o marido fez do encontro dos dois... e a descrição que ele fez do homem que chegou pedindo dinheiro.

— E?

Yashim olhou para fora da janela. — Ela começou a desconfiar.

Palewski tinha erguido o ecler, mas abaixou novamente a guloseima. — Desconfiar? De que Lefèvre era uma farsa?

— Lefèvre disse alguma coisa que fez Mavrogordato lhe dar o dinheiro.

— E aí?

— Ela se perguntou se ele podia ser o dr. Meyer.

Palewski estufou as bochechas e soprou. — Madame Mavrogordato? Ela conhecia Meyer?

— Mavrogordato, você sabe, não esteve em Missolonghi. — Yashim engoliu de um trago a bebida do copo. — Ela esteve.

— E conheceu Meyer?

A porta da rua se abriu com um estrépito de sinos, e um homem de suíças brilhantes e uma bengala preta entrou: igualzinho a Paris.

— Melhor que isso — disse Yashim. — Ela se casou com ele.

Palewski gemeu e enterrou o rosto nas mãos.

Yashim olhou pela enorme vitrine. Mais para cima, na mesma rua, a porta da casa de Millingen se abriu e fechou de novo, e um homem vestindo um uniforme de criado desceu a passos ligeiros os degraus com um cesto na mão. A multidão era densa, e o criado ergueu o cesto sobre os ombros.

— Compston nos contou que Meyer seduziu uma mulher grega em Missolonghi — Yashim explicou. — Lorde Byron o obrigou a se casar com ela.

Yashim seguiu o cesto sacolejante em meio à multidão: o homem estava indo para o mercado.

Palewski sacudiu a cabeça. — Mas isso não significa que a mulher era madame Mavrogordato — ele franziu a testa. — Ela não pode ser... o filho dela... Alexander, deve ter pelo menos 20 anos de idade.

— Se ele for o filho dela.

— Não! Mas... Yashim, você mesmo me disse que Alexander é o retrato escarrado dela.

— Ela é tia dele. O sr. Mavrogordato é irmão dela.

— Irmão?

Yashim cutucou com o dedo o envelope. — Pedi a Compston que fizesse uma pesquisinha para mim. Ele desencavou o nome da esposa de Meyer, e adivinha o que ele descobriu?

— Era Mavrogordato?

— Christina Mavrogordato. Ela mora com o irmão, e o filho dele.

Palewski se encolheu, curvando-se sobre o ecler. Depois de alguns momentos levantou a cabeça.

— Mas por quê?

Yashim pegou nas mãos o envelope. — Acho que o que aconteceu foi o seguinte: Meyer escapou de Missolonghi e abandonou a esposa. De alguma maneira ela conseguiu sobreviver ao massacre e chegar a Istambul, onde seu irmão já estava bem de vida. Era viúvo; tinha um filho, Alexander, vivendo em Chios. Alexander precisava de uma mãe.

— Mas ela ainda podia ter declarado que era irmã dele — alegou Palewski. — Nenhuma impropriedade aí.

Yashim balançou a cabeça. — Ela sabia como Meyer era: ele a abandonara para salvar a própria pele, mas não havia como saber se ele tentaria voltar. O irmão dela era um homem muito rico. E, legalmente, ela era a esposa de Meyer.

— Ela ficou com medo de que ele fosse reivindicar o direito a ela e pedir dinheiro a Mavrogordato, propondo um acordo?

Yashim inclinou-se para a frente. — Ela viveu com esse medo por 13 anos. A Igreja Ortodoxa prega que a mulher pertence ao marido. E Christina Mavrogordato era propriedade de Meyer. E ela já estava cansada de Meyer. Ele a seduziu. Ele a abandonou, mas ele gostava de dinheiro.

Palewski pôs os dedos sobre a mesa. — O interessante é que essa situação ajuda a deixar uma coisa mais clara — ele disse, lentamente. — Prova que Lefèvre não era apenas um salafrário, covarde, vira-casaca, traidor, e um completo merda, mas também era bígamo. A menos que... — um olhar de horror cômico cruzou seu rosto. — Você não acha que ele se converteu ao islamismo, também?

Yashim lançou-lhe um leve olhar de repreensão.

— Uma piada, Yashim. Desculpe-me. — Cruzou os braços. — Então foi a madame Mavrogordato que mandou matar Lefèvre.

— Já cheguei a pensar que sim. — Yashim pôs-se de pé. — Não tenho mais muito tempo, e tem uma coisa que eu ainda preciso descobrir.

— De quem?

— Do dr. Millingen, indiretamente. Vou à casa dele. Quer vir comigo?

— Não quero saber de médicos, Yashim.

— Mas ele não vai estar lá.

Palewski apertou os olhos. — Não sei ao certo se isso vai melhorar as coisas. Ainda sou o embaixador, você sabe. E estou planejando saborear este ecler.

## 104

Yashim atravessou a rua, subiu os degraus e bateu com força a argola da porta da casa do dr. Millingen. Uma vez que ninguém respondeu, ele se misturou à multidão. Cerca de 18 metros rua abaixo, entrou numa padaria. Passou pelo balcão cumprimentando o padeiro com um meneio de cabeça, passou pelos pães, pela cozinha e deu numa loja dos fundos, de onde saiu para um pequeno quintal circundado por um muro baixo. Yashim subiu no muro e pulou do outro lado, evitando apenas cair em cima de uma moita de rábanos silvestres que crescia no jardim de plantas medicinais do dr. Millingen.

De uma porta na parede mais distante, uma trilha de cinzas levava diretamente através do jardim para a porta dos fundos. Yashim aproximou-se mais da casa. As janelas do piso térreo tinham grades, a porta dos fundos estava trancada com um mecanismo de metal de patente americana, mas na extremidade da casa havia um depósito de carvão, sugerindo possibilidades. Yashim começou a fuçar na fechadura, e depois de alguns minutos abriu-a com um clique. Ele ergueu as portas e passou, abaixando-se, para a rampa.

Havia um pouco de carvão pressionado contra um painel deslizante no fundo da rampa. Yashim ergueu os pedaços maiores e os pôs de lado, revirando os dedos no carvão para encontrar a extremidade mais baixa do painel. Ela deslizou para cima, com o som do carvão caindo.

Yashim parou, com os ouvidos atentos; depois se espremeu pela abertura, passando primeiro seus pés. Assim que entrou, limpou a poeira do manto, enquanto seus olhos se acostumavam à escuridão. Havia alguns degraus, e uma porta ao alcance da mão; a porta não era apertada. Num instante Yashim tinha deslizado sua faca entre a porta e o umbral, e saía furtivamente pelo corredor.

O escritório de Millingen ficava do outro lado do corredor. Yashim entrou, deixando a porta aberta, e olhou ao redor. No papel de parede listrado em dourado e verde havia cenas de caça, havia um relógio ornamental sobre o consolo de uma ladeira inglesa, uma enorme escrivaninha de nogueira com tampo de couro, e um conjunto de prateleiras numa alcova, repletas de livros. Tudo arrumado, metódico e luxuoso.

Ele abriu as gavetas da mesa. Papéis de carta, cera, uma caixa de penas de aço. Numa gaveta de baixo, alguns papéis. Yashim os folheou rapidamente. Estavam escritos em inglês, em garranchos quase ilegíveis. Ele fechou a gaveta e foi examinar as estantes de livros.

As praleleiras mais baixas continham uma série de caixas com encadernação de couro, que à primeira vista pareciam livros. Yashim agachou-se. Em sua maioria as caixas continham mais papéis: relatórios, cópias de contas, anotações sobre pacientes escritas em inglês, com o mesmo garrancho. Mas uma continha uma série de cartas, entre Millingen e um certo dr. Stephanitzes em Atenas.

Yashim estava prestes a levantar a caixa e colocá-la sobre a mesa quando um som vindo do corredor fez com que ele congelasse — passos leves, talvez, e um ruído peculiar do roçar de roupas. Estava a ponto de se virar quando ouviu um clique da porta se fechando, e o som de uma chave girando na fechadura.

Saltou na direção da maçaneta. No último instante decidiu não mexer na maçaneta, mas sim bater no painel de madeira: se a pessoa do lado de fora fosse o criado que havia retornado, poderia pensar que o médico havia distraidamente deixado a porta aberta. Mas ninguém veio. Yashim bateu mais uma vez, agora mais alto.

Não ouviu som algum de passos em retirada; certamente ele não tinha escutado a porta da frente se abrindo ou fechando. Apertou o ouvido junto ao painel. Por um momento teve a sensação de que alguém estava de pé do outro lado da porta.

Olhou em torno, examinando o cômodo: a janela estava protegida da rua por cortinas de musselina e grades, como as janelas dos fundos da casa. Ele olhou para a lareira vazia, e deu um suspiro. Tudo que fazia daquele aposento em Pera sólido e inglês também fazia dele uma prisão.

Ele se agachou, com a tênue esperança de talvez conseguir recuperar a chave do buraco da fechadura do outro lado. Mas a chave já não estava mais na fechadura.

Quem quer que tenha trancado a porta o fizera deliberadamente, sabendo que Yashim estava ali dentro.

A ideia fez com que franzisse o cenho. Ele voltou e se agachou diante das prateleiras de livros, de onde a escrivaninha de Millingen quase o escondia da porta. Para vê-lo, alguém teria de se curvar na porta. Teria de se aproximar com extremo silêncio ao longo do corredor — como se já soubesse que ele estava ali.

Nesse caso, alguém devia tê-lo visto entrar. Não Millingen: o doutor tinha saído. Mas o criado: será que tinha voltado, enquanto Yashim passava pela rampa do depósito de carvão?

Mas então — por que esperar tanto tempo para trancar a porta?

Yashim mordeu o lábio. Ergueu a caixa de papéis sobre a mesa e se debruçou sobre ela.

Ele tinha ido até ali para executar uma tarefa, e agora, aparentemente, dispunha de tempo livre para completá-la.

## 105

Várias horas se passaram até Yashim, sentado na cadeira do médico, ouvir o barulho do doutor voltando.

O criado tinha voltado muito tempo antes, entrando ruidosamente pela passagem até os fundos da casa. Yashim tinha deixado o servo passar: queria ver Millingen, afinal de contas. Fechou os olhos e começou a preparar um jantar imaginário.

Em sua imaginação já tinha servido os *meze*, quando ouviu o som da chave rangendo na fechadura; o dr. Millingen entrou, segurando o chapéu como a uma bandeja. Vinha seguido do criado, de expressão carrancuda e feroz.

— Você!

Yashim levantou-se da cadeira e fez uma mesura.

Millingen fitou de modo penetrante a caixa em cima da mesa. — Isto é um ultraje! — ele disse. — Sou médico. Minha profissão depende dos laços de confidencialidade. Este é o escritório onde eu guardo as anotações sobre os meus pacientes.

— Mas eu não estou interessado nos registros médicos, dr. Millingen — disse Yashim.

— E eu devo acreditar cegamente no que você me diz! As garantias de um reles arrombador — falou com escárnio o dr. Millingen. — Talvez você tenha a gentileza de me explicar qual é o seu interesse, antes que eu o entregue aos vigias.

— Claro, me desculpe. Vim aqui por conta de sua coleção de moedas.

— Minhas moedas? Até parece!

Yashim estendeu as mãos num gesto apaziguador. — Admito que não tenho interesse particular por moedas, mas estou intrigado com o modo como você as coleciona. Seu método de aquisição de espécimes. Malakian, por exemplo, o senhor o descreveu como uma excelente fonte.

Millingen colocou o chapéu sobre a escrivaninha e pegou a caixa. — E daí?

— Malakian está aqui em Istambul. Atenas pode ser um lugar melhor para procurar, se sua especialidade são as moedas cunhadas pelos déspostas da Moreia. Imagino que uma porção dessas moedas sejam descobertas lá, enterradas no chão ou escondidas em velhos edifícios, ou onde quer que seja. Não é?

— Acontece — disse Millingen. Ele leu a etiqueta na caixa, e lentamente a colocou no chão. — Principalmente nos meus sonhos.

— Eu estava me perguntando... seu amigo ateniense, que lhe envia as moedas? O senhor disse que ele era médico. Talvez os dois tenham estado juntos em Missolonghi.

— Nunca fiz segredo de minha presença em Missolonghi, Yashim *efendi*. O dr. Stephanitzes era meu colega.

— Claro. Agora ele escreve livros. É um firme defensor do que os gregos chamam de Grande Ideia, não é? Eu estava curioso sobre sua correspondência.

— Ora, ora. Eu não sabia que até mesmo na Turquia a curiosidade era justificativa para arrombar a casa de um homem e fuçar em seus papéis particulares. — A expressão no rosto do dr. Millingen ficou mais rígida. — Suponho que você vá me contar as conclusões a que foi capaz de chegar.

— Muito poucas; apenas confirmei algumas de minhas ideias. Que, por exemplo, o trânsito entre o senhor e o dr. Stephanitzes não era, em absoluto, de mão única. Em troca das moedas dele, o senhor o colocou no caminho certo para expandir a própria coleção.

— Continue, o que mais?

Yashim esticou o braço e abriu a tampa da caixa de papéis.

— Aqui, em sua carta mais recente, o dr. Stephanitzes faz referência a um ex-membro do clube de colecionadores. O senhor menciona que ele está zanzando por Istambul com uma oferta potencialmente devastadora. Stephanitzes lembra que ele abandonou o clube sem pagar as mensalidades.

— Está correto — disse Millingen. — Nosso mundo é pequeno.

— É mesmo, não é? — disse Yashim, sorrindo. — O dr. Stephanitzes confessa estar tremendamente interessado na oferta do ex-membro do clube. Um tesouro bizantino... não, mais que isso: o último tesouro bizantino. Mas acho que o senhor se lembra disso tudo.

"Ele o instiga a inspecionar pessoalmente o tesouro. Eu diria que o seu dr. Stephanitzes é um cético: ele não parece confiar tanto assim no ex-membro. Mas se realmente houver um tesouro, ele acha que pode trocá-lo por uma considerável coleção de moedas gregas."

— Mas e daí, Yashim *efendi*? — O dr. Millingen pegou um cachimbo numa bandeja em cima de sua escrivaninha. Abriu uma gaveta e tateou à procura de tabaco. — O que me impressiona é que você tenha passado uma tarde tão enfadonha aqui. Você, afinal, não é colecionador. O que poderia saber sobre nossas curiosas paixões? Você ficaria surpreso com as ciumeiras e satisfações que experimentamos em nosso mundinho. A intensidade de nossas sensações. Até mesmo com o nível de nossa mútua desconfiança.

Ele se sentou e socou o tabaco no fornilho do cachimbo. — Malakian, graças aos seus bons préstimos, completou o conjunto para mim. Fiquei feliz durante um ou dois dias. Mas e agora? Bastante deprimido. Acho que doarei a coleção para o Museu Britânico.

Yashim levantou a cabeça. — Prefiro que o senhor me explique sobre o tesouro de Lefèvre.

O dr. Millingen recostou-se na cadeira e abafou uma risadinha. — Ora, ora. — Ele sugou o cachimbo ainda apagado. — Você adivinhou, então. De fato, eu vi o desafortunado dr. Lefèvre. E sim, conversamos sobre um tesouro. Infelizmente jamais tive a chance de examiná-lo, como aconselhara meu amigo, por isso creio que jamais saberemos o que ele estava disposto a trocar. Pobre sujeito. Estava lidando com muitas coisas ao mesmo tempo.

— Outro comprador, talvez?

— Sim, isso também.

Yashim franziu o cenho. — Mas o senhor e Stephanitzes; vocês podiam deixar para trás todos os outros compradores, não poderiam? Se realmente quisessem o que ele estava oferecendo.

Millingen hesitou. — Você está esquecendo que o que Lefèvre estava oferecendo era apenas uma ideia. Uma promessa, se preferir. Por que eu deveria confiar nele?

— Porque ele era seu amigo.

— Lefèvre, meu amigo? Eu nunca conheci Lefèvre.

Yashim deu de ombros. — Estritamente falando, não. Mas o senhor conhecia Meyer. O médico suíço em Missolonghi. Vocês dois tinham uma causa em comum.

Ele esperava que Millingen desse um pulo na cadeira, mas o inglês meramente esticou o braço para pegar um fósforo, e franziu o cenho. — Meyer? — Riscou o fósforo, que chamejou entre seus dedos. —Ele era savoiardo, de fato.

— Savoiardo?

— Franco-suíço. Suíço quando vem a calhar, francês quando não vem. — Fez uma pausa para acender o cachimbo. Compartilhávamos uma causa, como você diz. Parecia uma causa pela qual valia a pena lutar, quando eu era jovem.

— E agora?

Millingen jogou o palito de fósforo na lareira e pôs a mão no fornilho do cachimbo. — Não sei se você ouviu falar sobre o que aconteceu em Missolonghi, Yashim *efendi*. Os bombardeios diários. Os danos e as mortes causadas diariamente pelas doenças. O mundo inteiro sabe que Byron foi para Missolonghi e morreu, e metade do mundo acha que ele estava à frente de um ataque de cavalaria, com suliotas usando lenços de seda e fustanela, brandindo pistolas. Acham que ele era glorioso porque era poeta, e que sua morte foi gloriosa. Mas não foi. Missolonghi não passava de uma armadilha, e Byron morreu como a maior parte das pessoas, de febre, de cólicas, disenteria, ou cólera. Às vezes as pessoas morriam quando uma bomba de repente caía em cima delas no meio da rua. Bom para um médico, hein? Milhares de casos para quebrar a cabeça. Milhares de viúvas e crianças órfãs para tratar e mandar para a cova. E essa, meu amigo, foi nossa guerra revolucionária.

Millingen segurou o cachimbo entre os dentes e pôs-se de pé.

— Eu já lhe disse antes, não gosto de coisas *post-mortem*. E já disse por quê, também. Trato dos vivos, não dos mortos. Meu trabalho é preservar a vida.

Yashim assentiu com a cabeça. O que Millingen dissera parecia verdade. Parecia também um discurso.

— Eu estava pensando em Meyer.

Millingen ficou carrancudo. — Sei, e o que tem ele?

— Bem, se Byron não gostava dele, suponho que ele não atendeu o poeta; como médico, quero dizer.

— Não.

— Então ele teve sorte, nesse sentido. — Yashim parecia constrangido.

A expressão de Millingen ficou ainda mais carrancuda. — O que você está dizendo?

— Nada, eu... bom, mas afinal de contas, o poeta morreu. Apesar de... tudo. Tudo que o senhor pôde fazer.

— Pelo amor de Deus! — Millingen praguejou, em inglês. Você acha que eu matei Byron! Que besteira! Sangrias, purgações. Tiramos litros de sangue, tudo como mandava o figurino. Não ache que Meyer poderia ter feito coisa melhor! — O tom de voz de Millingen era incrédulo; manchas vermelhas tinham aparecido em suas bochechas.

— Não, me desculpe. — Yashim estendeu as mãos num gesto apaziguador. — Eu só quis dizer, ouvi dizer, que Meyer ficou muito perdido, depois que todos os demais fugiram. Vocês se juntaram à fuga, e deu certo. Os dois mil sortudos. Deve ter sido um caos. Uma multidão de pessoas aterrorizadas, abrindo caminho às cegas em meio às linhas turcas na escuridão. Um se perdendo do outro, sem poder levantar a voz. As pessoas seguindo caminhos diferentes nas colinas. Foi assim mesmo?

Os lábios de Millingen estavam apertados. — Foi mais ou menos isso.

— Mas Meyer ficou para trás, tentando, sem sucesso, proteger a esposa, talvez.

Millingen dobrou os dedos. Sua respiração estava ofegante.

— Ele tinha uma esposa com que se preocupar, não tinha? — perguntou Yashim.

Com o polegar e o indicador, Millingen esfregou os olhos, e quando os abriu pareciam vermelhos e cansados. — Talvez Missolonghi tenha terminado do jeito que você diz. Meyer não estava na fuga; até aí é verdade. Mas ele também não ficou para trás.

Yashim parecia intrigado. — Mas então...

— Ele já tinha ido embora. — Com a ponta da bota, Millingen fez tinir os atiçadores da lareira. — A fuga era a nossa única esperança, mas todos sabiam o quanto era arriscado. Dez mil pessoas, tentando escapar rompendo as linhas inimigas. Num único grupo, todos juntos e de uma só vez, alguns de nós teriam alguma chance.

— Mas e Meyer?

— Não quis esperar para descobrir. Deu no pé na noite anterior ao dia do nosso plano de fuga. Não sei se o culpo tanto assim: ele tinha muito mais chance escapando sozinho. Mas ele não disse uma palavra a ninguém. Muito menos à esposa.

— Entendo. Ele a abandonou?

— Ele abandonou todos nós. Pode-se dizer, monsieur, que ele pôs em perigo o plano todo. Se os egípcios o tivessem capturado, bem, você pode imaginar. Creio que ele fez o que sentiu que tinha de fazer para salvar a própria pele. Ficamos em uma situação desconfortável assim que descobrimos que ele tinha ido embora. Não podíamos ter certeza se os egípcios sabiam que estávamos indo. — Ele endireitou o corpo e respirou fundo.

— Mas Meyer não foi pego pelos egípcios.

— Não — disse Millingen. — Ele não foi pego.

Yashim permeneceu imóvel. Seus olhos examinaram lentamente a figura do homem de sobrecasaca encostado à lareira, as duas cadeiras, e depois dirigiu o olhar sobre o tapete adornado no piso de madeira.

— E a *Chronica Hellenica*? O senhor ainda é assinante?

— A *Chronica*? Ninguém mais assina a *Chronica* hoje em dia. O jornal fechou anos atrás.

Yashim jogou a cabeça para trás. — Eu estava me perguntando se ele ensinou ao senhor aquele truque com a moeda? Era assim que o dr. Meyer passava o tempo? Ou ele estava ocupado demais, com a Hetira? Ela foi formada em Missolonghi também?

A pergunta ficou pairando no ar.

— Pensei, de início, que a Hetira fosse como um exército secreto — continuou Yashim, uma vez que Millingen não respondeu. — Assumindo o controle dos gregos na cidade, arrecadando dinheiro deles, aterrorizando-os, punindo-os por infringir as regras. Preparando, talvez, uma insurreição. São tempos delicados. Pensei que a Hetira fosse um grupo de assassinos.

Millingen soltou um suspiro. — Uma vez eu já disse o que é a Hetira. Um clube de garotos. Uma sociedade de eruditos. A *Chronica Hellenica*, editada por Meyer, era o jornal da nossa sociedade. Nosso objetivo sempre foi preservar a cultura grega. Levantamos dinheiro para a manutenção das igrejas, aqui e por todo o Império Otomano. Patrocinamos escolas. Nada tão sinistro assim.

— Então por que o sigilo?

— Em parte por diversão. Em parte porque, quando fundamos a sociedade, nós nos considerávamos rebeldes. E em parte em nome da prudência. Você poderia chamar de uma questão de tato. Nem todo mundo no Império Otomano aceita de bom grado a ideia da unidade cultural grega. Mas talvez tenhamos levado longe demais o segredo.

Yashim parecia incerto. — Mas o dr. Stephanitzes é insuflador, não é?

— O dr. Stephanitzes tem uma mente mística, Yashim *efendi*. E ele até certo ponto é um erudito. Esse livro pode ser tomado como uma declaração de intenções, não sei. Para Stephanitzes, é um mero exercício de investigação. Ele apenas observa o desenvolvimento da lenda da restauração ao longo dos séculos. Ele é grego, é claro. O que realmente importa para ele é que os gregos desenvolveram uma resistência cultural à dominação otomana; caso contrário, eles seriam simplesmente otomanos em trajes gregos. E aí o que sobraria? Apenas a política. E a política, como sem dúvida eu já disse antes, é o vício nacional dos gregos.

Millingen fez uma pausa para reacender o cachimbo. — Isso — disse ele, entre baforadas — é o que Missolonghi nos ensinou. E é por isso que criamos a Hetira. Secreta, cultural e essencialmente não política.

— Se isso é verdade — Yashim disse, desanimado — vocês só me fizeram perder tempo.

Uma nuvem de fumaça azul se ergueu do cachimbo de Millingen.

— Quando o senhor viu Lefèvre — disse Yashim, lentamente —, ele mencionou a possibilidade de outros compradores?

Millingen deu de ombros. — Um homem como Lefèvre — começou. — Se você estivesse vendendo alguma coisa, não tentaria criar um leilão?

— Mas ninguém confiava nele.

— Não. Mas não se esqueça. Eu fui instruído a comprar na hora. Nós queríamos que Lefèvre encontrasse suas... — Fez uma pausa, procurando as palavras certas. — Suas relíquias bizantinas. Mas pode ser que alguém não quisesse que elas fossem encontradas. É só uma ideia.

Yashim ficou em silêncio por um momento.

— O senhor acha que os Mavrogordato mandaram matá-lo?

— Por quê? O que o faz perguntar uma coisa dessas?

— O senhor sabe a resposta, doutor. Madame Mavrogordato.

— Que besteira — retrucou Millingen, pondo-se de pé.

— Lefèvre era casado com madame Mavrogordato. Em Missolonghi... até fugir.

— Não sei do que você está falando — disse Millingen, furiosamente. — Petros! — Ergueu-se rapidamente e vociferou junto à porta. — Petros!

Fora do aposento ouviu-se o som de pés apressados. Para Yashim, era como se alguém estivesse subindo as escadas — e mais uma vez, o curioso roçar de roupas que ele tinha ouvido antes.

— Este cavalheiro está de saída — disse Millingen, incisivo. — Leve-o até a porta, Petros.

## 106

A Mesquita Suleymaniye se ergue na terceira colina de Istambul, com vista para o Corno de Ouro. Construída por Sinan, o mestre-arquiteto, para seu patrono, Suleiman, o Magnífico, em 1557, a obra reflete toda a devoção e a grandiosidade de sua época. Alguns dos mais eminentes sábios do islã estudavam arduamente em suas madraçais, ou consultavam sua bem guarnecida biblioteca; o trabalho caritativo de suas cozinhas alimentava milhares de bocas por dia; e sua fonte central, no grande pátio, alegrava os corações dos fiéis e refrescava as mãos e rostos dos compradores que vinham do Grande Bazar nas imediações.

No decorrer de uma manhã, os jatos vigorosos da fonte foram diminuindo até se tornarem um mero filete de água, o que suscitou irritação — e certa ansiedade. Alguns fiéis alegaram que a água não podia estar muito fresca; outros, mais supersticiosos, se perguntaram se era a crise, sobre a qual todos evitavam falar, que estava se aproximando, e pediam notícias sobre a saúde do sultão.

Cerca de 15 metros abaixo do chão, numa junção da tubulação principal que o próprio Sinan havia construído, a água se acumulava contra uma obstrução, formada num ponto em que dois canos de diferentes medidas se encontravam. A obstrução, a princípio, era uma massa emaranhada de lã e pedras soltas, mas tornou-se um estorvo quando foi acrescida do cadáver à deriva de um ex-agueiro chamado Enver Xani. Xani preenchia perfeitamente o buraco: quanto mais subia o nível da água, mais firmemente o corpo inchado entupia a estreita boca do cano menor. Tornou-se um lacre perfeito.

Por fim o filete de água que escorria da fonte da Suleymaniye também parou de jorrar; mas o sultão, de acordo com os informes, ainda estava vivo.

## 107

Yashim sentou-se à luz do sol, bebendo devagar seu café. Pediu um pouco de *baklava*: as horas passadas no estúdio de Millingen haviam exaurido sua energia.

Um velhinho grego, curvado até a cintura, as mãos unidas nas costas, estava descendo a rua. Usava um fez vermelho, um blusão comprido e pantalonas brancas. De vez em quando parava para olhar uma vitrine, ou esticava o pescoço para inspecionar algum canteiro de obras; uma vez chegou a virar todo o corpo para acompanhar os quadris rebolantes de uma bela armênia com um cesto nas mãos e os cabelos presos numa trança. Os olhos azuis do velho brilharam sob um par de sobrancelhas brancas. Quando seu olhar cruzou com o de Yashim, ele parou novamente, sorriu e ergueu ligeiramente as sobrancelhas, como se os dois tivessem compartilhado uma piada, ou um arrependimento, antes de retomar sua caminhada pela Grande Rue de Pera abaixo.

Um grupo de francos, liderado por um homem de barriga enorme e que enxugava repetidamente a testa com um lenço, saracoteava ao longo da rua. Os homens usavam casacos pretos e coletes listrados; as mulheres usavam chapéu e viravam a cabeça de um lado para o outro, como cavalos cegos. Yashim não conseguiu entender o que estavam dizendo, mas supôs que fossem italianos, provavelmente hospedados numa das novas pousadas rua acima: o dragomano carregava um abanador de moscas e usava bigode. Yashim se perguntou se ele era grego, mas deduziu que não: o mais provável era que fosse um nativo de Pera falante de italiano, descendente dos genoveses, habitantes originais da cidade.

Pareceu a Yashim que houve um dia em que, com uma única olhadela para os pés das pessoas, ele era capaz de dizer quem eram e de onde vinham. Em Fener ou Sultanahmet, talvez isso ainda fosse possível; mas em Pera, não mais. As distinções haviam ficado pouco evidentes; as categorias já não se aplicavam mais. Aquela figura magricela em trajes francos — era russa? Belga? Ou um otomano, claro — um mestre-escola bósnio, ou um agente de viagens moldávio russificado?

A *baklava* estava dura e grudenta: ele suspeitava que tivesse sido feita com xarope de açúcar, e não apenas mel.

E onde ficava ele, em meio àquelas pessoas cujas origens eram tão obscuras e confusas?

Anos atrás, Yashim supôs, as distinções eram simples. Você nascia numa fé e nela vivia e morria. A poucas pessoas — entre elas Yashim — eram dadas a condição e a oportunidade para mudar a situação de vida. Mas hoje as pessoas trocavam de pele, feito cobras. Lefèvre era Meyer. Istambul era Constantinopla. Um valentão lascivo se tornara sacerdote, e Millingen era a Hetira — uma organização revolucionária que, examinada mais de perto, era um clube de antiquários. Às vezes a única evidência de sua presença era uma camada mais externa de sua pele, conforme iam mudando de uma encarnação para outra. Talvez a velha profecia fosse verdadeira: com a Coluna da Serpente destruída, Istambul tinha ficado ultrapassada.

Ele pensou novamente em Lefèvre, que falara de sua paixão por Istambul, pelas camadas de história acumuladas na costa do Bósforo, no ponto em que a Ásia e a Europa se encontravam, e em que o mar Negro desaguava no Mediterrâneo e, consequentemente, o poluía. Um homem e uma cidade cujas identidades tinham sido remodeladas. Constantinopla, ou Istambul. Meyer, ou Lefèvre.

Yashim deu um suspiro, a contragosto, por reconhecer uma afinidade com o morto. Yashim, o menino, esperando tornar-se homem — o homem que, no fim das contas, ele não chegara a se tornar —, era a lembrança de uma identidade que se agarrava a ele da mesma maneira que as serpentes se enrolavam juntas no Hipódromo. As cobras tinham suas três cabeças e três espirais, mas ocupavam o mesmo espaço, numa única coluna.

Meyer. Lefèvre. Será que poderia haver, talvez, um terceiro aspecto do homem? Ele teve uma visão fugaz do cadáver, tão dentado e terrível como a própria cabeça da serpente.

O que é que Grigor havia dito? Que uma cidade não muda só porque seu nome muda. Uma cidade não é um nome: é uma sequência de vidas, gestos, lembranças, tudo entrelaçado. Lefèvre encontrava histórias no cascalho da cidade: para Yashim, essas histórias eram encontradas nas vozes que ele entreouvia na rua, no murmúrio ao redor das mesquitas e mercados, no menino cansado que encostava o fardo num muro, num gato pulando atrás de morcegos, ou até na curva das costas de um barqueiro remando seu caíque.

Uma cidade que resiste e também cresce, eternamente adicionando novas identidades às velhas. Para um parisiense, Istambul era o Oriente. Para um indiano, era o Ocidente. E quanto aos judeus, apinhados em Balat — eles viviam numa cidade judia? Preen via uma cidade de artistas? Ou a *valide* uma cidade de palácios e concubinas?

Um dia, se as coisas saíssem como queriam homens como o dr. Stephanitzes, Istambul poderia voltar a ser a capital da Grécia. Eles podiam pôr abaixo os minaretes, trocar a lua crescente pela cruz: mas a cidade muçulmana de Suleiman ainda sobreviveria, aninhada no próprio tecido do lugar, submersa como as cisternas da Istambul bizantina.

Esta cidade, refletiu Yashim, era bastante resistente. Uma sobrevivente.

Como o próprio Lefèvre.

## 108

— Não achei que voltaríamos a nos ver — Grigor disse.

— Ainda compartilhamos esta cidade.

Grigor soltou um suspiro. — No espaço, Yashim, e no tempo. Mas e aqui? — Bateu o polegar no peito. — Ou aqui? — E encostou o indicador na têmpora.

Yashim baixou a cabeça. — Compartilhamos certas... responsabilidades, pelo menos.

— Com quem?

Yashim ouviu o escárnio na voz de Grigor.

— Com os mortos.

Grigor esticou a mão e passou os dedos pela barba.

— A experiência me ensinou que devemos nos manter em nossas próprias esferas. Nossos próprios circuitos. Há fronteiras em Constantinopla: se passarmos além delas, corremos riscos por nossa própria conta.

— Você me disse que a Igreja está preocupada com as coisas do espírito — Yashim respondeu, cautelosamente. — César quer obediência. Mas Deus quer a verdade, não é assim?

Grigor fez um gesto de descaso com a mão. — Não creio que Deus esteja interessado nesse tipo de verdade, Yashim. É muito pequena. Quem fez o que para quem, quem falou, quem ficou em silêncio, o ano de 1839. Deus é o Eterno.

— Mas temos lembranças duradouras. As ideias sobrevivem a nós.

— O que você está dizendo? — resmungou Grigor.

— Tesouro bizantino, Grigor. As relíquias. Eu sei onde elas estão.

O arquimandrita olhou de relance pela janela. — Você, também?

— Você me pagaria por elas?

Grigor ficou em silêncio por alguns instantes. — O que eu pagaria ou não está fora de discussão — ele disse, por fim. — Caberia ao patriarca decidir.

— O que o patriarca decidiu da última vez?

— Da última vez?

— Lefèvre.

— Ah. Monsieur Lefèvre — ecoou Grigor, com as mãos sobre a mesa. — Isso não responde à sua pergunta?

— O que isso quer dizer?

— Acho — disse Grigor, pondo-se de pé — que vou fingir que não tivemos essa conversa. Você realmente sabe onde estão as relíquias?

— Eu não tenho nem certeza de que elas de fato existem.

— Acredite ou não, fico feliz que você diga isso, Yashim. Pelos velhos tempos.

## 109

Yashim voltou caminhando lentamente para seu apartamento, meditando sobre as palavras de Grigor. Se o próprio Grigor acreditava que as relíquias realmente existiam... Mas não tinha sido isso o que Grigor dissera.

Ele voltou ao mercado, para começar a subir a ladeira.

— Yashim *efendi*!

Yashim inclinou-se na rampa.

— Yashim *efendi*! Eu saber o que eles tomar de você, e não ser orelhas! Estar surdo hoje?

Ele levantou a cabeça e se virou. George estava em frente à sua banca, com as mãos na cintura.

— Então! Você comer em *lokanta* agora? Você esquecer o que ser comida? Pouquinho de *kebab*, pouquinho de *dolma* deixa igual merda!

George tinha se recuperado de maneira impressionante, Yashim percebeu.

— Você ver fantasma, Yashim *efendi*? — George berrou, batendo no peito. — Sim, sou homem magro agora. Mas este banca, ela igual mulher. Mulher feliz de ver George de novo. Então ela está... beeemmm gorda!

Yashim caminhou a passos largos até a banca de George. — O que aconteceu? — ele perguntou, apontando para as enormes pilhas de berinjelas, pepinos e tomates transbordando dos cestos, uma pirâmide de limões.

— Ah — George deu um suspiro, coçando distraidamente uma axila enquanto inspecionava seu estoque. — Quase tudo porcaria, *efendi*. Minha horta — acrescentou, em tom de desculpas, apontando com a cabeça para um cesto de pepinos de tamanho fora do comum, curvados como finas foices verdes. — Hoje, eu dar tudo a troco de nada.

Yashim assentiu com a cabeça. Durante a semana que George tinha passado no hospital os legumes e verduras de seu pedaço de terra ficaram arruinados.

— Mas — a voz de George ficou rouca, em tom de conspiração — eu encontrar uma coisa bonita.

Ele foi fuçar atrás de sua banca e voltou trazendo na palma de uma de suas enormes mãos duas pequenas berinjelas, e na outra alguns tomates em miniatura.

— É bem pequeno, está vendo? Não tem água.

Yashim assentiu com a cabeça. — Estes são tão bonitos que eu poderia comê-los crus.

George olhou para ele com um ar de preocupação. — Você comer este cru — ele disse, sacudindo as berinjelas na mão —, você ficar doente do estômago. — Ele pôs os legumes nas mãos de Yashim. — Nada de *lokanta*, *efendi*. Devagar, devagarzinho, as coisa melhorar de novo. Você. Minha horta. E eu também.

Yashim aceitou o presente. Subindo a ladeira a caminho de casa, pensou: George deixou sua horta por uma semana, e agora está de volta.

O som dos muezins o surpreendeu na metade do caminho. O Sol sumia no oeste atrás dele: à frente, a escuridão já tinha caído. Do outro lado do Corno, refletiu Yashim, o embaixador francês logo estaria escrevendo seu relatório.

Na porta de casa, no topo da escada, ele parou e escutou.

Não havia som algum: nada do roçar de páginas sendo viradas, nenhum suspiro. Nada de Amélie.

Yashim empurrou suavemente a porta, com cautela, e perscrutou a escuridão. Estava tudo em seu lugar.

Ele entrou lentamente e tateou à procura da lamparina; quando a acendeu, ficou um bom tempo sentado na ponta do sofá, tendo apenas sua sombra como companhia.

Amélie tinha ido embora, sem deixar nada para trás. Apenas a sensação de sua ausência.

Depois Yashim se inclinou para a frente, com os olhos voltados para as prateleiras.

Outra coisa, ele notou, também tinha mudado. O Gyllius também tinha ido embora.

Auguste Boyer, *chargé d'affaires* da embaixada francesa, não tinha dormido bem. Quando foi se deitar, lembrou-se, com um sobressalto de vergonha, de sua própria aparência na janela do pátio, vomitando sobre as pedras. Durante o sono, sonhou com homens sem rosto e cães ferozes. Ele acordou com uma visão desconfortavelmente forense do corpo mutilado de Lefèvre sobre a mesa, visão que durante as primeiras horas da manhã ele seria várias vezes, desgraçada e involuntariamente, obrigado a explorar.

A chegada de Yashim pouco depois que Boyer acabara de se vestir, e antes de tomar sua caneca de café, colidiu de maneira infeliz na mente do agente diplomático com a lembrança do cadáver descorado.

— Esta não é uma hora em que o embaixador possa ser incomodado — disse ele, com veemência.

— Ele está dormindo?

— Claro que não — retrucou Boyer. — Ele já está cuidando de vários assuntos, em reunião com o estafe da embaixada. — Para começar, reunião com o chef, Yashim pensou: havia um almoço programado. Desde que, obviamente, o embaixador estivesse acordado. A barriga de Boyer começou a roncar; ele sacou do bolso um pequeno lenço e tossiu.

— Por acaso você sabe se o embaixador concluiu o relatório sobre a morte do monsieur Lefèvre?

Boyer encarou o eunuco com certa repugnância. — Não tenho a menor ideia — respondeu.

Yashim ainda tinha uma pontinha de esperança de que o relatório fosse atrasar. — E o testemunho de madame Lefèvre? Mostrou-se útil?

Boyer olhou para ele com expressão vazia. — Madame Lefèvre?

— Amélie Lefèvre. A esposa dele — Yashim explicou. — Ela esteve aqui anteontem à noite.

Auguste Boyer pensou em sua caneca de café esfriando.

— De monsieur Lefèvre — ele disse, empertigando-se — a embaixada tem conhecimento. Mas quanto à madame, não, monsieur. Receio que o senhor esteja completamente enganado.

As pernas de Yashim bambolearam lentamente.

— Madame Lefèvre veio aqui para a embaixada. Ela tinha estado em Samnos, e precisava de ajuda para voltar para casa. Para a França.

Boyer entendeu a mudança de método de Yashim. O relatório do embaixador estava além de sua jurisdição, mas aquilo era fácil.

— O senhor está redondamente equivocado. Essa madame Lefèvre, quem quer que seja, não foi vista na embaixada — ele disse, incisivo, mentalmente conectado a seu café e um croissant quentinho. — Tenha um bom dia, monsieur.

Girou sobre os calcanhares e atravessou a passos largos o corredor, deixando Yashim de olhos arregalados, com a expressão franzida e intrigada.

Ou o pequeno diplomata estava mentindo, ou afinal Amélie tinha ido para outro lugar. Ela tinha desaparecido na grande cidade da mesma maneira súbita com que tinha surgido, com sua maleta e a cabeça repleta de novas e perigosas ideias. Determinada, como ela dissera, a descobrir quem tinha matado seu marido.

Ideias eram perigosas, certamente; mas os homens podiam ser fatais.

## III

Amélie Lefèvre estremeceu quando a porta se fechou atrás dela.

Ela pôs a lanterna numa prateleira baixa, abriu a tampa de vidro e acendeu o pavio com a mão trêmula. O ar estava bastante gelado.

Ela segurou a lanterna sobre a cabeça, ergueu com a mão livre a bainha das saias, e começou lentamente a descer a espiral de bacias de distribuição de água que davam na boca do túnel.

Lá embaixo ela pisou na água rasa. Pingos da condensação em sua lanterna lançavam sardas rodopiantes de luz nas profundezas do túnel, deslizando pelas ásperas paredes de tijolos para desaparecer subitamente nas asas negras de sua própria sombra no teto.

Ela enfiou a mão no bolso e tirou uma bolinha de cera branca e um carretel de fio de algodão preto. Ela amoleceu a cera na lanterna e a usou para prender uma ponta do fio à abertura do túnel, cerca de dois centímetros e meio acima da linha-d'água. Ficou de pé e arregaçou as saias. Segurando frouxamente o carretel nos dedos dobrados em forma de gancho, ela adentrou no túnel, desenrolando o fio atrás de si.

Na primeira bifurcação ela guinou à direita, sem hesitação, mas depois de mais ou menos quatro metros ela parou e pôs-se a escutar. A água escorria suavemente sob seus pés. Instintivamente ela olhou para trás: a escuridão premente a pegou de surpresa, e ela balançou nervosamente a lanterna sobre o ombro. Uma gota caída do teto aterrissou na ponta de seu nariz e ela deu um pulo para trás.

Acalme-se, ela murmurou, prosseguindo com dificuldade. Concentre-se nos detalhes. Tijolos romanos. Um reparo posterior, usando materiais mais toscos: talvez os pedreiros tivessem posto o teto abaixo em alguma era remota. Os turcos pareciam ter redescoberto o segredo do cimento romano. As paredes eram lisas; ali embaixo nada poderia crescer.

Amélie Lefèvre. Arqueóloga. Como meu marido.

Ela começou a contar os passos.

Contou cem, duzentos. Assim que chegou a quinhentos, começou a sentir que o peso da cidade a espremia, aos poucos fechando a boca distante do túnel. Ela parou de contar.

Esta é a Cobra, ela disse a si mesma. Ela se manteve firme por mil anos, uma façanha perdida da engenharia bizantina.

Estou em boas mãos: operários bizantinos, um estudioso do Renascimento — e Maximilien Lefèvre.

Ela tinha lido isso tudo no livro de Yashim: o livro que o marido escondera no apartamento dele. O livro que Max sempre quisera que ela encontrasse.

O carretel travou na mão dela. Ela olhou para baixo e tirou outro do bolso. Atou as duas pontas, curvou os dedos sobre o novo carretel, e prosseguiu.

## 112

Um pensamento, uma lembrança, estava atiçando a mente de Yashim. Ele encostou-se a um muro e fechou os olhos, alheio às pessoas que passavam pela rua.

Amélie tinha simplesmente evaporado no ar. A única pista sobre os planos dela estava no livro que ela levara consigo. Gyllius deve ter identificado para Amélie — e talvez, antes disso, para Lefèvre — a localização das relíquias bizantinas.

Amélie acreditava na existência delas. Estavam, dissera ela, num espaço oco sob a antiga Igreja de Santa Sofia. Uma cripta.

O caminho para a cripta passava por uma rede de túneis que percorriam os subterrâneos da cidade. Em sua maioria não eram maiores do que tocas de coelho, mas alguns eram grandes o bastante para permitir a passagem de um homem. Um, pelo menos, parecia se estender do sifão em Balat até a Igreja de Santa Irene, nos arredores do palácio Topkapi, onde Yashim vira sua entrada.

Perto de onde Gyllius alegava ter descido, sob a casa de um homem, passeando através de uma cisterna cavernosa na escuridão. Um hipódromo oco, como Delmonico tinha dito: o Atmeidan, onde a Coluna da Serpente se erguia havia 1.500 anos.

Entre o palácio Topkapi, a cisterna de Gyllius e a mesquita Suleymaniye havia outra edificação antiga ainda mais famosa. Santa Sofia, a Grande Igreja dos bizantinos.

Yashim apertou os olhos com força.

Os dutos de água devem levar ao Hipódromo.

Gyllius deve ter percebido isso, trezentos anos antes: ele deve ter adivinhado onde as relíquias seriam encontradas.

E então abandonara a cidade para seguir com os exércitos otomanos para a Pérsia. Como se alguém, ou alguma coisa, o tivesse deixado tão amedrontado que ele fugiu. Assim como Lefèvre ficara apavorado, três séculos depois.

Homens não vivem trezentos anos: mas ideias vivem. Lembranças vivem. As tradições vivem.

O próprio *sou naziry* fizera o argumento.

Yashim desvencilhou-se do muro e começou a correr.

## 113

Amélie parou na orla do túnel com a lanterna erguida. Seus olhos brilhavam.

Gyllius dissera a verdade.

Ela estava de pé, poucos metros acima de um vasto lago subterrâneo. Da superfície negra e cintilante da água erguiam-se enormes colunas de pórfiro úmido a partir de seus maciços plintos, reluzindo na luz da lanterna até se perderem na escuridão acima.

Lentamente ela desceu os degraus até chegar ao nível da água.

Ela estremeceu involuntariamente na floresta silenciosa: colunas por toda parte, lindamente construídas, o orgulho de templos pagãos de todo o mundo romano. Os imperadores bizantinos os haviam saqueado para isso, a maior cisterna jamais construída, perdida para o mundo e enterrada sob o chão.

Ela deu outro passo à frente, e a água gélida cobriu seus tornozelos. Tateou com o pé calculando o passo seguinte: a água chegou a seus joelhos. Não havia mais degraus. Ela soltou um suspiro de alívio.

Pousou o carretel de algodão no degrau atrás dela. Rangendo os dentes, entrou na água preta como tinta.

As relíquias estavam ali, ela sabia.

Ali, em algum lugar, entre as colunas congeladas de antiguidade, ela encontraria o sinal.

## 114

Com uma das mãos esticadas, e a outra frouxamente enrolada no fio em que ele depositara sua fé, Yashim andava a passos rápidos no escuro.

Em algum lugar à sua frente, ligada a ele pelo mais fino filamento de algodão, uma mulher caminhava para a morte. Se era corajosa ou ignorante, Yashim não podia julgar: mas a punição seria a mesma.

Grigor tinha falado sobre as fronteiras da cidade. Entre uma crença e outra; entre um distrito e outro; entre o presente e o passado.

Mas os agueiros patrulhavam outra fronteira, que poucas pes--soas de Istambul sequer sabiam que existia: a fronteira entre a luz e a escuridão. Sob as ruas, escondidas dos olhos, as artérias pulsantes de Istambul.

A escuridão morta e gelada que dava vida à cidade.

E os agueiros estavam preparados para matar para permanecerem os únicos a conhecer esse mundo.

O turbante de Yashim roçou o teto baixo, fazendo cair uma chuva de argamassa. Amélie tinha uma lanterna, ele tinha certeza: a qualquer momento ele a avistaria.

Ele olhou por cima do ombro. Por um momento ficou confuso, desorientado: será que de alguma maneira ele havia voltado — afastando-se da lanterna dela? Pois ali estava: um fraco clarão que aparecia e sumia atrás dele.

Ela balançou a cabeça. Seus olhos, naquela escuridão, estavam pregando peças.

Seguiu em frente.

## 115

O *sou naziry* piscou. Inclinou-se e tocou com o dedo a bola de cera.

A cera se soltou facilmente da pedra. O *sou naziry* a pegou, e sentiu entre os dedos a tensão do fio.

Esticou a língua e umedeceu os lábios.

Até aquele momento, achava que sua tarefa estava concluída.

O *sou naziry* pegou sua lanterna e afrouxou a adaga que trazia presa ao cinto. A adaga tinha um cabo adornado e a lâmina curva.

Segurou a linha e entrou no túnel.

Amélie lutava contra o peso das saias que se arrastavam na água, conforme ia ziguezagueando de um lugar para outro entre as grandes colunas, tateando com os dedos seu gelado contorno, à procura do sinal que ela sabia estar lá.

A menos de 40 metros dali, Yashim sentiu uma mudança na atmosfera do túnel, a umidade aumentando à medida que ele se aproximava às cegas da cisterna. Olhou para trás: não havia dúvida de que agora alguém estava descendo o túnel atrás dele. Ele sentia um tênue puxão no fio em sua mão e via uma luz cada vez mais perto. Quem quer que fosse estava se movendo mais depressa do que ele era capaz em meio ao túnel apertado. Alguém experiente. Alguém treinado.

Yashim hesitou. Mais cedo ou mais tarde, o homem o alcançaria — a menos que ele encontrasse alguma passagem lateral onde pudesse se esconder. Mas na escuridão sua chance de achar alguma era mínima. E se encontrasse? E se salvasse a própria pele? E se o agueiro seguisse em frente e descobrisse Amélie?

Ele soltou o fio. Sem ele poderia andar mais depressa, confiando na sorte de que o túnel não bifurcaria novamente, ou de que, se bifurcasse, ele poderia voltar, recuperar o fio e descobrir que direção a francesa tinha tomado.

Suas mãos roçaram a parede. Por vários metros ele sentiu sob os dedos a superfície serrada dos tijolos, e então, subitamente, à sua esquerda, sua mão sentiu o ar rarefeito. Cuidadosamente ele mapeou com os dedos a abertura. Deslizou um pé, depois o outro, no vazio. Havia um degrau para cima.

Yashim não perdeu mais tempo. Arrastou-se para dentro da abertura, subindo vários degraus, depois se encostou na parede e esperou.

Viu a escuridão dissolver-se gradualmente.

Ouviu os pés do agueiro chapinhando na torrente rasa.

Então a luz tornou-se ofuscante e Yashim não conseguiu ver absolutamente nada, apenas a luz e o lampejo da luz ricocheteando da superfície da lâmina de aço.

E em algum lugar a centenas de metros de distância, num túnel lateral malcheiroso que agora já tinha estado bloqueado por quase um dia inteiro, um magro filete de água começou a passar por uma massa inchada de carne e ossos, pedras e lã encharcada.

## 117

Apoiando-se nos degraus, Yashim se arremessou, chutando com os dois pés a lanterna do agueiro. Ela explodiu assim que bateu no teto do túnel, e a luz se apagou, mas ele e o *naziry* tinham se reconhecido. Quando os pés de Yashim tocaram o chão, ele girou e golpeou com a mão direita, com os nós dos dedos dobrados.

Ele acertou alguma coisa, não sabia dizer o quê, e se virou. Tirou a capa dos ombros e a usou como um anteparo no túnel.

Sentiu o puxão nos dedos quando a faca do *naziry* rasgou o pano; então ele baixou as duas mãos com toda a sua força, tentando embrulhar o homem pelos pulsos e imobilizá-lo no chão.

Mas o *naziry* foi rápido. O embrulho estava vazio. Yashim caiu de joelhos sobre os degraus, e sentiu a pressão do pé do *naziry* contra a capa rasgada.

Ele se lançou degraus acima novamente, apoiado numa perna, a outra chutando na escuridão. Chegou a tocar alguma coisa, mas sem força. Quando ele tentava se afastar, o *naziry* o segurou. Yashim chutou com a perna livre, mas sua força desfaleceu assim que sentiu uma dor lancinante na panturrilha.

Ele se inclinou para a frente, as mãos esticadas colidindo com o segundo golpe que atingiu seu corpo. Yashim sentiu a lâmina rasgar a junta do polegar: ele agarrou a faca no escuro e encontrou um pulso. Por um segundo, manteve o controle: ergueu a perna direita e a golpeou com toda a força ao longo da linha do braço do *naziry*, que segurava a faca, atingindo-o do lado da cabeça.

O pulso escorregou violentamente de seu controle. Yashim arrastou-se para trás, subindo os degraus, e pôs-se a ouvir com uma perna levantada. Na outra podia sentir o sangue pulsando no ferimento na barriga da perna.

Ele nada ouviu: nenhum ruído de respiração, nem de chapinhar. Nada a não ser uma leve pancada, que parecia vir de longe. Um som que nada significava para ele, que não podia ajudá-lo a vencer.

E depois o silêncio.

Uma brisa leve bateu em seu rosto.

Yashim começou a chutar com toda a sua força, na escuridão.

O eunuco percebeu que o *naziry* estava mais perto do que ele pensava, quando seus pés o atingiram no ombro sem que seus joelhos estivessem sequer esticados. Sem fraquejar, conseguiu encaixar um poderoso golpe, e sentiu a satisfação de ouvir o *naziry* despencar com um grunhido.

Foi a última coisa que Yashim ouviu antes que o túnel explodisse com um estrondo que pareceu encher a escuridão, ecoando de parede a parede como um tiro de canhão. Um vento salpicado de espuma desabou sobre ele, arrastando com força suas pernas. Alguma coisa acertou seu pé, derrubando-o no chão. Ele ouviu um grito agudo, feito metal.

Depois, nada. Apenas um ruído surdo e prolongado, ao longe, e um gorgolejo suave das águas no túnel abaixo.

Yashim ficou deitado, completamente imóvel. O evento tinha sido tão súbito que ele não conseguira entender.

Mas a 60 metros dali, Amélie se virou, aterrorizada, quando um potente jato de água surgiu de repente da boca do túnel, precipitando-se contra a coluna mais próxima numa explosão de entulho e borrifos pelos ares, com um som de trovão.

Pedaços de lixo se esparramaram na água ao seu redor, e então o jato de água parou. Alguma coisa que quase podia ter sido uma figura humana veio deslizando da coluna, estatelou-se contra o plinto e tombou com estrépito no lago escuro.

Quando esticou o braço para limpar um fio de lodo de sua bochecha, Amélie percebeu algo pálido e cheio de tentáculos que veio à tona na água, e boiava ao seu lado. Ela abaixou a lanterna para ver melhor.

Imóvel nos degraus duros, Yashim a ouviu gritar.

## 118

Ele viu Amélie antes que ela o visse, banhada no halo de luz que emanava da lanterna que ela mesma tinha colocado na base da coluna. Ela tinha levado a mão à boca.

Ele gritou. — Amélie! *C'est moi*. Yashim!

Amélie se afastou da base da coluna. Suas saias se esparramavam ao redor dela, como uma flor de lótus.

Yashim desceu rapidamente os degraus. Ele mal notou a água, até tropeçar no *naziry*, que boiava com o rosto para baixo.

Ele passou com dificuldade pelo corpo.

Quando se aproximou, Amélie estava chorando, com as mãos no pescoço, sem tentar conter as lágrimas.

Yashim a envolveu silenciosamente nos braços. Ela tremia e soluçava: ele a apertou com força, absorvendo as convulsões que tinham tomado conta dela.

Bem lentamente, segurando-a junto ao peito, ele se virou. A cabeça dela se moveu, como se estivesse encarando alguma coisa, depois relaxou e deixou-se cair no ombro dele. Yashim olhou para baixo, pelos cabelos dela, para a bainha da saia na água. Sob a luz turva, pôde distinguir uma mão humana.

Ele estremeceu, e apertou com força a mulher. Como aquilo tinha acontecido ele não sabia direito, mas Enver Xani, morto havia muito tempo, salvara sua vida pela segunda vez.

Aos poucos Amélie foi se acalmando. Primeiro ela parou de tremer, depois levantou a cabeça.

— Estamos tão perto — ela disse, e se desvencilhou.

— Perto? Um do outro? — perguntou Yashim, estupidamente. Ele sentia a perna latejando, e quando ergueu a mão para a luz viu que ela estava escura do sangue que escorria.

— Das relíquias — respondeu Amélie. Os olhos dela brilharam à luz da lanterna.

Yashim sentiu-se tonto. Caminhou ofegante na água e encontrou os degraus. Desenrolou o turbante e começou a rasgá-lo em tiras, amarrando-as na panturrilha. Amélie caminhou com dificuldade até ele. Ela o ajudou a prender a bandagem, e amarrou outra na própria mão.

— Eu não queria que você viesse.

— Não. — Ele sentia-se terrivelmente cansado. — Se não fosse você eu teria ficado para trás.

As mãos dela estavam trêmulas. Ele a observou tentando dar o nó com os dedos rijos de frio.

— Encontrei as relíquias agora — ela disse.

Ele sabia que não era verdade. Pelo menos não ainda.

— O *naziry* estava vindo para matar você — ele disse.

Ela o viu endireitando o corpo, a bandagem pronta. Ela levantou a mão e afastou um cacho de cabelos de sua testa.

— Você ainda pode ajudar — ela disse.

Ela se arrastou pela água, com a lanterna na mão. Exausto, Yashim cambaleava.

— Ele teria matado você! — O grito dele soava fraco, ali naquela floresta escura e sinistra. — Do mesmo jeito que ele matou os outros. Do mesmo jeito que ele matou seu marido. Os agueiros...

Ela não parou, apenas olhou por sobre o ombro e disse: — Estou fazendo isto pelo Max. É o que ele teria desejado.

Yashim encolheu os ombros, de frio.

— Você foi falar com Millingen, não foi? — ele gritou. — Era lá que você estava. Você me trancou.

Amélie não respondeu. Suas saias se arrastavam e deixavam um rasto atrás dela, como um trem.

— Olha — disse ela, por fim. Ergueu a lanterna, cujo clarão incidiu sobre um dos plintos, que escorava uma coluna que desaparecia na escuridão acima. A junta estava oculta por um friso de cobre esverdeado, salpicado de umidade, e no plinto propriamente dito, parcialmente submerso na água negra, Yashim reconheceu uma cabeça esculpida.

Embora estivesse de ponta-cabeça e a sobrancelha perdida debaixo d'água, Yashim se viu paralisado. Majestosa em sua simetria clássica, os grandes olhos cegos, o nariz saliente, os lábios cheios e curvos — mas demoníaca, também, era a expressão de agonia e comando. Era um rosto de mulher. Seus cabelos eram espessos e nodosos.

Yashim se aproximou, esquecendo-se do frio, ao passo que a lanterna tremia na mão de Amélie, lançando sombras que bruxuleavam e passeavam por profundas incisões na pedra. Então ele recuou, com um movimento brusco: por um momento os fios de cabelo daqueles cachos frouxos e nodosos pareceram se torcer e retorcer, como coisas vivas.

— A Medusa — ele murmurou, com um calafrio.

— Você não entende? — Amélie deu uma súbita gargalhada, trêmula e ruidosa. — Max adivinhou: os mitos! A Medusa transforma homens em pedras. O olhar dela é uma fechadura, um portal. Confere um tipo de imortalidade.

— O imperador... — gaguejou Yashim — transformado em pedra.

As cobras se empinaram novamente quando Amélie se virou para ele. — Sim, o imperador morre. E o imperador vai despertar. Alguma coisa escondida um dia vai reaparecer e abalar o mundo. — Ela colocou a lanterna sobre o plinto. — O imperador era apenas um pobre e corajoso homem que não podia fazer nada para deter os turcos. Mas no mito; ele é uma ideia! O agente de Deus nesta Terra. A ideia do poder sagrado.

Ela passou os dedos pelo mármore esculpido. — É tudo uma questão de suspender o tempo. Congelá-lo.

Ela pôs as mãos no topo do plinto e começou a revolver a água com os pés. — Estão aqui. Eu sei disso. As relíquias estão aqui.

— Acho que não, Amélie.

Ela não respondeu, mas se moveu lentamente ao redor do plinto, tateando o chão com os pés.

— Está frio demais! Não consigo sentir nada. Yashim, pelo amor de Deus, anda logo! Me ajuda aqui.

Yashim não se moveu.

— Podemos fazer isso por Max. Temos que fazer isso, você não entende? Depois dessa nunca mais vai haver outra chance.

Ele achou que ela ia apertar e torcer as mãos para aquecê-las. Em vez disso, ela atravessou a água e pôs os braços em volta do pescoço dele.

Ela o puxou e o beijou com os lábios frios.

— Não por Max, Yashim. Faça isso por mim.

Ele sentiu a coxa dela apertando a dele. Ela o beijou novamente.

Amélie se afastou lentamente de Yashim e afundou na água, ajoelhando-se. Suas saias avolumavam-se em volta dela como a borda ondulada de uma fonte.

Ela as recolheu para junto de si, depois enfiou as mãos na água, tateando a base da coluna.

Yashim fechou os olhos. Por um momento viu Maximilien Lefèvre de joelhos, naquela noite no apartamento, revirando o conteúdo de sua mochila no chão.

Ele foi até a coluna e começou a circular sua base, movendo rapidamente seus pés gelados no fundo do lago subterrâneo. Eles se encontraram na extremidade mais distante, na sombra, e quando Yashim a ergueu ela subiu pingando e tremendo.

— Já chega — ele disse. — *Ça suffit.* Agora temos que pensar em como dar o fora daqui.

Os dentes de Amélie batiam tanto que ela tinha dificuldade de falar. Ela tentou se soltar, mas Yashim a segurava pela cintura, e ela tremia. Ele pegou a lanterna.

Na metade do caminho da travessia do lago, Amélie desmaiou nos braços de Yashim.

A cabeça dela tombou para trás e o seu peso caiu no braço dele. Ele estendeu o outro braço para manter o equilíbrio, e a lanterna voou de sua mão. Por um momento ela resplandeceu num arco acima da cisterna submersa, lançando sua luz pelo saguão de colunas e sobre a água negra, antes de se espatifar ruidosamente contra um plinto e desaparecer.

Yashim observou o voo da lanterna, até ela sumir.

Ficou alguns momentos no escuro.

E um som que ele não tinha ouvido havia muito tempo quebrou o silêncio impenetrável da cisterna.

Era fraco, e vacilante, mas era, afinal, dele próprio.

A risada de Yashim.

## 119

Não havia nada a fazer, Yashim pensou, passando as mãos pela boca do túnel.

Ele se virou e tateou procurando os braços de Amélie. Pôs as mãos sob as axilas dela e começou a arrastá-la de volta, túnel adentro. O ângulo era complicado e desconfortável, as costas dele curvadas e protestando. A cada poucos metros ele parava para recobrar o fôlego, o suor agora escorrendo pelo rosto. Para piorar as coisas, o corte na mão tinha começado a sangrar, num ponto em que a bandagem saíra do lugar.

Ele não tinha nenhuma ideia do que fazer a seguir. Não faria muita diferença se ele conseguisse arrastar Amélie por 100 ou 500 metros ao longo do túnel, suas chances de encontrar o caminho certo de volta eram, de qualquer jeito, muito pequenas. O fio de Amélie tinha desaparecido — provavelmente o *naziry* o tinha recolhido enquanto o seguia.

Ele rangeu os dentes e puxou sua carga mais alguns metros. Sentia-se tonto e enjoado, fraco por causa do frio e pela perda de sangue. Estendeu uma das mãos para se firmar, e quase caiu de lado.

Sentiu um degrau sob os dedos. Provavelmente, pensou, eram os degraus em que o *naziry* o tinha encontrado. Parecia ter sido muito tempo atrás.

Ele se perguntou se deveria deixar Amélie ali, nos degraus, enquanto tentava, às cegas, encontrar o caminho de volta. Mas mesmo que conseguisse sair, e depois? Como conseguiria voltar? A que tipo de ajuda poderia recorrer lá fora — era pouco provável que os agueiros viessem correndo a seu socorro. E enquanto isso Amélie poderia acordar, e encontrar-se sozinha, no escuro. Enterrada viva.

Ele a arrastou até o degrau mais baixo e colocou suavemente a cabeça dela na pedra. Passou por cima dela com cuidado exagerado e começou a subir os degraus.

A escada deu várias guinadas em ângulo reto até Yashim chegar ao que parecia um corredor estreito, em que podia ficar de pé, sem ter que se curvar. As paredes eram lisas, e ele passou os dedos por elas até chegar a outro lance de escadas na extremidade oposta. A entrada desses degraus era adornada por penduricalhos que esfarelavam ao seu toque e grudavam em seus dedos.

A segunda série de degraus se dobrava em espiral, voltas e voltas que Yashim percorreu até sentir-se desnorteado. Era como se estivesse subindo por horas e horas. Várias vezes ele escorregou e caiu: subir a escada fazia doer sua panturrilha. Então, na escuridão, ele topou com uma parede.

Ele recuou, sentindo gosto de sangue. A parede estava erguida entre os degraus. Yashim passou a mão nela, e nas paredes adjacentes, sem saber o que procurava, mas profundamente relutante em admitir que todo o exercício tinha sido inútil. No entanto, assim foi: se algum dia chegou a haver uma entrada para os túneis a partir daquele ponto, agora estava bloqueada. Se a cisterna de Amélie era a mesma que Gyllius tinha visto, estava sob o Hipódromo; exceto pelo amplo espaço aberto, muita coisa tinha mudado naquele distrito desde os tempos de outrora. O palácio de Ibrahim. A mesquita Azul de Ahmed I. Os fascinantes banhos que Sinan construíra para Roxelana, a esposa russa de Suleiman, perto da entrada do palácio Topkapi e de Santa Sofia. Edifícios monumentais.

Ele encostou a cabeça na parede e apertou com força os olhos. Sentia-se tonto e enjoado: tudo que ele tocava parecia estar desabando, deslizando, movendo-se em círculos. Ele se perguntou quanto tempo estivera longe de Amélie: talvez naquele mesmo instante ela estivesse acordada, tropeçando pelos cantos, chorando na escuridão...

Ele ergueu a cabeça e se virou, de olhos fechados, tateando a parede externa da escada, onde os degraus eram mais largos. Apoiou as costas na curvatura e começou a descer. Uma grinalda de teias de aranha roçou de leve seus cabelos, tão velhas e empoeiradas que pendiam em filamentos, como os cabelos emaranhados de um dervixe. Ele se esquivou, jogando a cabeça de lado.

Por alguns momentos, olhou fixamente para trás, incapaz de acreditar no que estava vendo. Incapaz de acreditar que conseguia ver.

Olhou escada acima. No topo dos degraus, onde a parede atravessava a escada, uma fina faixa vertical de luz se abria no ângulo das duas paredes.

Arrastando-se, Yashim desceu de volta a escada em espiral. Amélie ainda estava deitada onde ele a havia deixado. A respiração dela era superficial, e a pele parecia gelo. Ele a pegou nos braços e a colocou sentada, depois deu leves tapas em seu rosto.

Após alguns instantes ela começou a gemer.

À força, ele colocou Amélie de pé; segurando o braço dela sobre seus ombros, a sua outra mão envolvendo a cintura dela, começou a subir a escada, meio que a arrastando, meio que a carregando. O movimento fez com que ela recobrasse a consciência. Ele sentiu que ela cambaleava nos últimos degraus, e quando entraram num corredor ele pôde tomar a dianteira, segurando-a com firmeza pelo braço e murmurando palavras de encorajamento.

— Estamos quase lá, mais alguns degraus. Há uma saída, daqui a pouco você vai ver a luz.

Assim que chegaram à escadaria em espiral, ele se colocou atrás dela e a ajudou a subir. Os movimentos dela eram lentos e pesados, e ele se lembrou do quanto havia sido difícil para ele mover-se quando saiu rastejando do túnel em que encontrara o corpo de Xani; cada músculo pesara uma tonelada, e tudo que ele queria fazer era cair no sono. Às vezes Amélie parecia escorregar, e ele tinha de escorá-la e agarrá-la para impedir que ela caísse. Mas, por fim, ele viu que a escuridão começava a se dissolver.

Ela ficou sentada em silêncio enquanto ele encostava o ombro na pedra. Um pequeno grunhido foi gradualmente se transformando num rosnado baixo à medida que Yashim começou a deslocar a pedra, e a tira de luz foi se ampliando centímetro a centímetro.

Antes que a abertura chegasse a 15 centímetros, Yashim parou e pôs o olho na fenda.

Apesar de a luz ferir seus olhos, ele podia ver uma extensão de mármore rachado e polido e uma larga janela gradeada, a cerca de 14 metros de distância. Erguendo os olhos, viu um teto em abóbada. Alguma coisa na escada do prédio, e a escuridão empoeirada de suas paredes, o lembraram de algum lugar, mas por um momento ele não tinha ideia de onde estava.

Ele empurrou novamente: a parede, ele viu, estava assentada sobre um eixo, de modo que quando uma extremidade girava a outra girava para dentro. Em pouco tempo ele foi capaz de se espremer por entre o vão e usar as costas contra a pedra, e foi aí que ele se deu conta.

Eles tinham encontrado uma passagem para Santa Sofia.

Não no andar térreo, nem em parte alguma próxima do velho e alto altar.

A escada em espiral tinha sido construída no interior de um dos enormes pilares que sustentavam a grande cúpula, e eles estavam emergindo muito mais acima, na galeria deserta que se estendia sob os quartos de cúpula da maior edificação do mundo antigo.

## 120

Faisal al-Mehmed passou os olhos pelas prateleiras baixas que o circundavam em seu cubículo do lado de fora da Grande Mesquita, e balançou a cabeça. Tantos sapatos! Com um tempo daqueles, todo mundo queria entrar na mesquita; ninguém queria sair. Mas assim que a chuva passasse todos viriam correndo para cima dele, exigindo seus sapatos de volta, provocando confusão.

Faisal al-Mehmed abominava confusão, ainda mais num local sagrado.

Um movimento em meio à multidão o fez olhar em volta. Um casal que ele não se lembrava de ter visto antes estava passando pelo vão da porta. A chuva caíra repentinamente, mesmo com céu azul: eles deviam ter sido pegos em cheio para terem ficado tão molhados. Ele notou que a mulher mal conseguia andar: o homem a escorava com um braço em volta dela, e com o outro segurava sua mão.

Faisal cofiou a barba e meneou a cabeça. Tantas pessoas vinham à mesquita sem um único pensamento devoto — alguns apenas para buscar abrigo da chuva. Onde estava a devoção em usar uma mesquita como abrigo? A verdadeira devoção era indiferente à chuva.

Faisal sorriu abençoando o casal, pois em seu coração compreendeu que os dois possuíam Entusiasmo.

## 121

Quando Yashim acordou já era tarde. O temporal com relâmpagos e trovões já tinha se dissipado, como se nunca tivesse acontecido, e o sol abrasador da tarde já desenhava um contorno de sombras oblíquas pelo aposento.

Ele se levantou lentamente, sentindo-se leve e faminto. Viu um pão, que já não estava mais fresco, em cima da mesa; partiu um pedaço e mastigou; depois, um pouco enojado, se livrou do pão e acendeu o fogão. Soprou as brasas e alimentou a incandescência com nacos de carvão vegetal, que deixou escorrer por entre os dedos, ouvindo seu ruído seco, sentindo seu peso insignificante, perguntando-se, enquanto observava o brilho se espalhar, como algo tão leve podia gerar tanto calor. Colocou a mão sobre o fogão e saboreou a quentura em sua palma.

Olhou para a cesta de legumes. Numa travessa de cerâmica, sob uma tampa em forma de cúpula, havia um pedaço grosso de queijo branco farelento, *beyaz peynir*.

Descascou duas cebolas e picou-as de qualquer jeito, depois as salpicou com sal. Cortou a tampa de dois tomates e picou-os, com pimentas, alho e um punhado de salsinha murcha. Amassou o queijo com um garfo.

Cortou ao comprido o pão envelhecido, e esfregou com tomate e um dente de alho a parte de dentro das duas metades. Respingou-as de azeite de oliva e colocou em ângulo sobre o calor.

Mergulhou as cebolas numa tigela de água para retirar o sal, e jogou-as numa cumbuca junto com as pimentas, os tomates e a salsinha. Uma gota de azeite de oliva caiu nas brasas, sibilando. Ele salpicou a salada com o queijo esfarelado e um punhado generoso de *kırmızı biber*, que tinha comprado depois da violação de seu apartamento — em geral ele mesmo fazia a especiaria, com uma generosa pitada de pimenta malagueta seca amassada num pilão, misturada com azeite de oliva e tostada até pretejar numa pesada panela nas brasas.

Despejou um generoso fio de azeite na salada, acrescentou sal e amassou grãos de pimenta no pilão. *Tchim, tchim, tchim.*

Mexeu a salada com uma colher.

Tirou do fogo o pão tostado e pôs num prato. Lavou as mãos e a boca.

Comeu de pernas cruzadas no sofá, o sol batendo na mão esquerda, pensando nas tocas e covas escuras sob a cidade, a enorme cisterna como um templo, e a luz tremeluzente que o tinha perseguido em seus sonhos. A luz que ele tinha visto nos olhos de Amélie.

Estou fazendo isto por Max, ela tinha dito. Satisfazendo os desejos dele. Seguindo suas instruções como se ele ainda estivesse vivo; como se, assim como a própria Bizâncio, ele ainda tivesse o poder de dirigir e controlar as ações das pessoas no mundo dos vivos.

Yashim pegou alguns legumes com um naco do pão tostado.

*Estou fazendo isto por Max.*

Por Max: pelo homem cujo cadáver totalmente mutilado ele e o dr. Millingen tinham examinado dias antes. Um corpo sem rosto, mas com bons dentes.

## 122

— É você. — O dr. Millingen inclinou-se para a frente e levantou o pavio; uma luz cálida e suave espalhou-se pelo aposento.

Yashim colocou uma mochila no chão, junto a si. — Madame Lefèvre?

— Muito fraca, depois da provação por que passou. Mas ela é uma guerreira, Yashim *efendi*. Tenho certeza de que você sabe disso.

Ele inclinou-se para a frente e pegou uma moeda que jazia sobre a escrivaninha de couro.

— Uma sobrevivente? Sim. Como o marido dela. Seu velho amigo Meyer.

O dr. Millingen franziu o cenho e olhou de relance para a porta. — Já tomei providências para que madame Lefèvre seja repatriada — ele disse, segurando a moeda sob a luz. — Ela parte amanhã, para a França.

— Um navio francês?

— *L'Ulysse*. Vai embarcar em Tophane, no cais. — Recostou-se, levando consigo a moeda. — Meu criado vai escoltá-la a bordo. Chega de acidentes, Yashim *efendi*.

Yashim respondeu com frieza: — Não foi ideia minha mandá-la para as cisternas, dr. Millingen.

A moeda começou a passear entre os dedos do dr. Millingen.

— Suponho que você saiba que ela não encontrou nada.

— Foi o que ela me disse.

Yashim deu um passo à frente e estendeu as mãos. — As pistas faziam sentido. Você teria conseguido suas relíquias, se elas estivessem lá. Mas não estavam. Não acredito que elas existam — acrescentou, balançando a cabeça. — Lefèvre era um vendedor.

O dr. Millingen examinou Yashim, com ar pensativo.

— Eu concordo com você — disse o doutor, por fim. — E ainda assim, como você mesmo diz, as pistas faziam sentido.

— O problema com as pistas é que é possível fazer com que elas apontem para o que quisermos. Algumas lendas antigas, um livro raro... Lefèvre só teve que escolher um tema *et voilà*! Uma história que ele soube como vender.

Millingen franziu o cenho. — Mas eu já disse a você: ele não conseguiria nada de nós até que as relíquias fossem encontradas.

Yashim sorriu. — Pelo contrário. De você, ele obteve tudo de que precisava. Autenticidade, dr. Millingen. Creio que isso se chama proveniência. Por si só o seu interesse elevou o preço; para os outros.

— Mas madame Lefèvre, ela também acreditou na história.

— Acreditou? — Yashim pensou em Amélie à luz da lanterna, afundada até os joelhos na água escura. — Eu acho, dr. Millingen, que a única pessoa que talvez tenha acreditado na charada toda foi você. Foi você que me disse uma vez que um colecionador é um homem fraco, não se lembra? Você com aquela moeda de Malakian que eu trouxe, a moeda que faltava na sua coleção, ávido por se apossar dela, quase que a qualquer preço. Talvez você não tivesse certeza com relação a Lefèvre. Por que deveria confiar nele? Mas no fundo tinha esperança de que ele estivesse certo.

O médico apertou os lábios, sem sequer tentar negar as afirmações de Yashim.

— Então você convenceu madame Lefèvre a seguir as pistas. — Yashim fechou as mãos junto ao peito. — Não sei se isso significa que você é fraco. Mas é sem dúvida inescrupuloso.

— Vá em frente, continue — rosnou Millingen.

— Você podia ter oferecido dinheiro a ela pelas relíquias. Ela precisa de dinheiro, tenho certeza. — Yashim lembrou-se de Amélie na água, afastando-se dele com dificuldade, virando sua linda cabeça para dizer que estava fazendo aquilo por Max. Por um homem morto. — Mas acho que você ofereceu mais que isso. Algo que para ela era mais importante que dinheiro.

Os dedos que viravam a moeda ficaram imóveis. — Quero ver o que você vai me dizer, Yashim *efendi*. Estou muito interessado em saber.

— Não creio que Amélie tenha algum dia chegado a acreditar nas relíquias. E acho que nem você tampouco. Mas você queria ter certeza, dr. Millingen, não é? Por isso, propôs uma troca, arriscando uma vida por outra. É esse o seu negócio, não é? Vidas.

Millingen não se mexeu. Yashim levantou a cabeça e disse: — Você prometeu a ela Maximilien Lefèvre.

## 123

Millingen colocou a moeda sobre a escrivaninha, com um sonoro estalo.

Os dois se entreolharam.

— Lefèvre está morto — disse Millingen, que agora observava Yashim atentamente, tentando medir o efeito de suas palavras.

Yashim assentiu lentamente com a cabeça. — Não seria a primeira vez, seria? Lefèvre, morto.

— Não sei o que você quer dizer.

— Ora, dr. Millingen. — Yashim franziu o cenho, de modo impaciente. — É uma questão de identidade, só isso. Ele mesmo me disse.

— Ele disse a você o quê? — Seu tom de voz era desdenhoso.

— Bizâncio. Constantinopla. Istambul. São todos nomes verdadeiros. Todos lugares verdadeiros. Lefèvre era fascinado por eles. Três identidades, entremeadas numa só; assim como as cobras na coluna, no Hipódromo. São todos o mesmo lugar, é claro. Assim como Meyer e Lefèvre são o mesmo homem.

Millingen fez um gesto de impaciência. — Não me meto na metafísica, *efendi*. Sou médico. E também reconheço um cadáver quando vejo um.

— Aquele corpo, na embaixada — disse Yashim, brandamente — estava de fato morto. Só não era quem pensávamos que fosse. Definitivamente não era Lefèvre. — Inclinou ligeiramente a cabeça. — Quem era, dr. Millingen? Estou bastante curioso. Era um cadáver que você arranjou para a ocasião? Ou apenas um infeliz carregador de malas, no lugar errado e na hora errada?

O dr. Millingen começou a tamborilar o dedo na moeda.

— Bem, isso agora não é o mais importante — disse Yashim. — Você ficou feliz de deixar o mundo acreditar que Lefèvre estava morto. — Olhou para Millingen e sorriu. — Você pensou que os Mavrogordato ficariam satisfeitos, não foi? É o que ele esperava, também?

Num canto da escrivaninha, Millingen dobrou a cabeça e franziu o cenho, mas não abriu a boca.

— Mas ele não podia contar com a sua ajuda, não é? Não depois de Missolonghi. Então ele propôs a troca: a vida dele, pelas relíquias. O último tesouro perdido de Bizâncio, que um padre fez desaparecer num passe de mágica no altar quando os otomanos invadiram a Grande Igreja. Um cálice e uma pátena, se é que ainda existiam. E o colecionador que existe em você não conseguiu recusar a oferta.

O dr. Millingen apoiou um cotovelo sobre a escrivaninha e cobriu os olhos com a mão.

— Algumas pessoas acham — ele falou pausadamente, e havia um tremor em sua voz — que era o Santo Graal.

Yashim fitou-o em silêncio. — Você o manteve escondido — disse o eunuco, por fim. — No porto, talvez.

Millingen deu de ombros.

Yashim franziu o cenho. — Ele escondeu o livro no meu apartamento. Um não confiava muito no outro, não é?

— Somente um tolo confiaria num homem como Meyer — respondeu Millingen, com desprezo.

— Amélie confiava. — Ainda enquanto falava, Yashim lembrou-se das três cobras. As três cidades. Meyer: Lefèvre: e um homem morto.

Mas Lefèvre não estava morto. Ainda estava vivo. Tinha uma identidade ainda não consumada.

Uma pele que não havia trocado.

— Vocês precisavam de alguém para executar o plano.

— Essa era a ideia dele — Millingen disse, arrastando as palmas das mãos pelo lado do rosto. — Ele não confiava em mim. E eu não podia deixá-lo agir. Ele deixou o livro com você, e chamou a esposa.

Yashim inclinou-se para a frente e apoiou as palmas das mãos na borda da escrivaninha de Millingen.

— Qual foi o acordo, dr. Millingen? Por que Amélie está voltando para casa sozinha? — Sentiu uma fraqueza nas pernas. — Foi porque ela fracassou?

Millingen assentiu suavemente com a cabeça. — Receio, Yashim *efendi*, que o dr. Lefèvre esteja mesmo morto, afinal. — Sua voz parecia velha e cansada.

Yashim ficou subitamente vermelho de raiva. — Acho que não, dr. Millingen. Dessa vez ele não pode fugir de quem ele é. Madame Lefèvre tem outra coisa para vender.

Ele se ajoelhou no chão e abriu a mochila.

Millingen inclinou-se para a frente. Yashim tirou algo embrulhado num pano, que colocou na extremidade da escrivaninha. Tinha cerca de 60 centímetros e parecia pesado.

Yashim pôs a mão em cima do objeto. — Espero que você me entenda, dr. Millingen. Madame Lefèvre arriscou a vida. Ela arriscou a vida... por Max. Não acho que ela deva ir embora sozinha.

Os olhos de Millingen fitavam o pano de forma tão penetrante que pareciam duas verrumas.

Com um movimento rápido, Yashim abriu o pano.

Millingen deu um pulo para trás. Olhou de relance para o rosto de Yashim, depois de novo para os olhos fundos e o cenho gelado.

— A Serpente de Delfos — ele disse. — Eu não... onde você conseguiu isto?

— Não vou dizer — respondeu Yashim. — Mas vou dizer por quê. Madame Mavrogordato jamais tentou matar Lefèvre.

— Mas isso não é verdade! O pessoal dela simplesmente pegou o homem errado, como você diz, e...

— Não, dr. Millingen — disse Yashim, brandamente. — É aí que você se engana. Madame Mavrogordato nunca descobriu de fato quem exatamente Lefèvre era. Ela suspeitava, mas não tinha certeza.

Millingen franziu o cenho. — Então quem estava tentando matá-lo?

— Digamos que ele pisou no rabo da serpente, e ela revidou com uma picada.

Millingen levantou as mãos.

Yashim olhou para a cabeça da cobra.

— Dou isto aqui para você em troca de duas passagens do *Ulysse*, para a França. — Ele piscou. — O dr. Lefèvre vai embora para casa, junto com a esposa.

## 124

Yashim levou menos de dez minutos para chegar ao teatro; mas, ao alcançar seu destino, tinha consciência de que percorrera uma distância bem maior do que pensava. Uma multidão tinha se amontoado na rua, do lado de fora — a mesma multidão que aparecia para assistir a brigas, incêndios ou execuções públicas: os mesmos gregos de sempre, esticando o pescoço para enxergar melhor, os habituais turcos trajando fez, parados de pé, com expressão grave e a mão na cintura; vagabundos estrangeiros usando cartolas pretas, que, esperançosos, corriam os dedos pelos bolsos, e trocavam olhares com estudantes das madraçais, que usavam turbante e pareciam atarefados. Os estudantes tinham ido ali para protestar, mas se deixaram intimidar pela natureza e variedade da multidão. Em grande parte o movimento era assegurado por aglomerações de forasteiros, que pareciam se arremessar na direção do portão principal por meio de pranchas invisíveis. Yashim reconheceu um grupo de marinheiros por conta dos curiosos bonés sem aba, bordados em ouro com a palavra *Ulysse*.

Lenta e discretamente, Yashim abriu caminho no encalço deles, até chegar ao portão, onde os ingressos estavam sendo vendidos numa atmosfera de grosseira incompreensão. Um homem mirrado e de aspecto sobrenaturalmente enrugado, usando um turbante pequeno, examinava cuidadosamente o dinheiro que as pessoas empurravam para ele, com a ajuda de Mina, que Yashim reconheceu encostada ao velho, falando sem parar e julgando a qualidade das moedas por seu interesse no rosto dos homens que as entregavam. Aparentemente haveria casa cheia.

Yashim encontrou Preen nos bastidores. Ela tinha gotas de suor na testa e dava golpes no ar, e falava sem parar com um homem gordo e baixinho que usava o maior turbante que Yashim já tinha visto. Ela avistou Yashim e, com um gesto, pediu que ele esperasse, ainda falando ansiosamente com o gordo, cujos olhos pareciam estar fechados. Por fim o gordo assentiu de maneira solene com a cabeça, o turbante tombando de um lado para outro, como um navio naufragando, e se retirou.

— Caos — resmungou Preen. — Pandemônio! — Ela sorriu, de repente. — Sempre um bom sinal, Yashim. Por onde você tem andado?

Yashim murmurou uma resposta, depois recuou um passo, abrindo passagem para que uma mulher em trajes europeus e um macaco no ombro conversasse com Preen, numa voz sussurrada e urgente. Preen a animou com palavras vigorosas, depois se virou para encarar uma delegação de músicos, que estava reclamando da falta de espaço para tocar. Mina entrou, animada e triunfante, e sussurrou alguma coisa no ouvido de Preen, que assentiu de maneira distraída. Mina acenou para Yashim.

Yashim sentou-se numa mesa do café para assistir ao espetáculo. Foi uma performance vulgar, barulhenta, e um grande sucesso. A moça ventríloqua e o macaco; um encantador de cobras; uma moça de beleza exuberante vestida de odalisca, que cantou e dançou e, mais tarde, reapareceu para ser serrada ao meio por um mágico russo. Vários e interessantes *tableaux vivants* — uma casa franca, uma caça ao lobo nos Cárpatos e um encontro amoroso num jardim persa, cena em que a dama parecia ser representada por um pequeno chinelo adornado com joias. Entre cada quadro vivo, dançarinas esguias usando pantalonas serviam café à plateia, chá, *sorbet* e chibuques, e todos conversavam sem parar, em meio aos aplausos. Na metade do segundo ato, Preen graciosamente sentou-se na cadeira ao lado de Yashim.

— Mundo pequeno — ela disse. — Seu amigo Alex Mavrogordato acabou de chegar.

Yashim conteve a ânsia de olhar para trás. — Sozinho?

— Está com um homem. Um franco. Mais velho, baixo. Fumando charuto.

Yashim soltou o ar por entre os dentes. No palco, uma naja sonolenta se erguia lentamente de um cesto, enquanto um indiano tocava uma pequena flauta. A cobra virava a cabeça para acompanhar a música. O indiano dançava, solene, em volta do cesto. Yashim se virou em sua cadeira e viu Alex Mavrogordato assistindo à performance em silêncio, junto com Maximilien Lefèvre, que tem Meyer como nome de nascimento.

Os olhos de Lefèvre moveram-se lentamente para o eunuco.

A cabeça da naja agora estava bem alta, balançando sobre seu corpo espesso e ondulante. Atrás da cabeça, o capuz do pescoço se dilatava e alargava.

Lefèvre e Yashim entreolharam-se. Sem sorrir, o francês meneou a cabeça e fez um leve gesto de saudação com o charuto.

Yashim balançou a cabeça. Depois voltou a atenção para o palco.

O encantador de cobras e a naja estavam se movimentando em harmonia: conforme o indiano dobrava o corpo para trás a cobra se inclinava sobre ele, a língua se agitando para dentro e para fora da boca. O indiano esticou lentamente a mão, com a palma virada para baixo, até que as pontas dos seus dedos ficassem pouco abaixo da garganta da cobra. Gradualmente, ao som das notas suaves da flauta, a cobra encostou a cabeça nos dedos do homem.

Enojado, Yashim observou enquanto a mão do homem ia aos poucos ficando preta: a naja estava se encrespando no pulso do homem, seu capuz cobriu a mão dele, e lentamente ela foi avançando, cada vez mais para fora do cesto, escorrendo para cima do braço esticado, até chegar ao ombro do encantador. O indiano continuou tocando a flauta com uma das mãos, mantendo o braço imóvel, até que por fim a cobra inteira se estendeu por toda a espessura do seu braço. Ele se virou e encarou a plateia. Todos prenderam o fôlego quando a cabeça da cobra apareceu sobre a cabeça do encantador e empinou, dilatando seu capuz como uma coroa pagã.

O homem e sua cobra deram um pequeno passeio pelo palco, fazendo uma mesura sincronizada; então o homem esticou o braço e segurou a cobra pela cabeça e a enfiou de volta no cesto, fechando a tampa. A plateia irrompeu numa salva de palmas.

— Ora, Yashim — disse Preen, dando nele um cutucão com o cotovelo. — É só uma cobra. Parece que você viu um fantasma.

## 125

O sino do navio retiniu, e um pelotão de marinheiros elegantemente vestidos ficou em posição de sentido na proa, aparentemente sãos e salvos de sua incursão Pera adentro na noite anterior. Um arroto de fuligem preta foi expelido pela chaminé; a fumaça subiu em meio às cordas e aos cabos fixos enrolados e às vergas do mastro principal, lentamente desvanecendo no céu azul.

Um cocheiro gordo fez parar nas pedras do pavimento uma elegante carruagem preta laqueada. Segurou as rédeas com firmeza e virou a cabeça para olhar o *Ulysse*. Ninguém desceu da carruagem.

Ao pé da prancha de embarque um marinheiro uniformizado trocava olhares com dois outros homens, de camiseta, esperando no tombadilho.

Amélie Lefèvre estendeu a mão. — Adeus, embaixador.

Palewski tomou a mão e curvou-se sobre ela em mesura. — *Au revoir*, madame. — Ele meneou a cabeça para Lefèvre. — Doutor.

Agora ela estava olhando para Yashim. Havia nos olhos dela um olhar estranho, de certa forma vago e desanimado. O sol batia em seus cabelos, incendiando as madeixas. Ela não ofereceu a mão ao eunuco. Em vez disso, a levou ao coração.

— O sultão, Yashim — ela disse. — E o poeta. Não vou me esquecer.

Yashim sorriu, com tristeza. — Talvez.

Yashim percebeu que Lefèvre volta e meia olhava, apreensivamente, por volta do cais. A prancha de embarque guinchou quando o *Ulysse* deslizou suavemente na correnteza.

— Eu vou me lembrar da sua coragem.

— Minha coragem — Amélie repetiu, sem emoção. — Mas você sabe que eu acreditava nas relíquias. Eu achava que o mito era verdadeiro.

Dr. Lefèvre segurou o cotovelo dela. Ele inclinou-se ligeiramente para encontrar os olhos de Yashim, depois ergueu o charuto e apontou para ele. — Pá! — Fez um discreto barulho de explosão com os lábios e deu um sorrisinho. Parecia uma piada particular.

Yashim deu um passo para trás e franziu o cenho.

Palewski arqueou as sobrancelhas e olhou para Yashim.

O marinheiro uniformizado estendeu um braço protetor para conduzir o casal pela prancha de embarque.

— *Faites attention, monsieur'dame* — ele murmurou.

Percorrida metade da prancha, Amélie não tinha olhado para trás. Lefèvre estava um pouco à frente de sua esposa, a mão sob o cotovelo dela, ligeiramente virado, quando tudo aconteceu.

Talvez tenha sido o movimento do navio; talvez os chinelos — os chinelos pontudos que Millingen comprara para ela; Amélie tropeçou. Ela pendeu de lado, esticando os braços, agarrando-se ao marido em busca de equilíbrio.

Mas aí já era tarde demais. Com um grito súbito de alarme, o dr. Lefèvre abanou os braços no ar, e então caiu.

Yashim lançou-se para a frente. Por um segundo viu tudo congelado, como um dos quadros vivos no teatro: Amélie ajoelhada na prancha de embarque, olhando fixamente para baixo: o oficial no cais, virando-se, quase agachado de horror; os dois marinheiros no tombadilho encostados na amurada, as cabeças juntas.

Então ele ouviu o soluço de Amélie, e viu o oficial ao lado dela; um dos marinheiros estava gritando alguma coisa por cima do ombro dele e o outro estava jogando uma corda na estreita brecha entre o navio e o cais.

Yashim olhou para baixo. Palewski estava junto do ombro dele, e o eunuco o ouviu murmurar: "Eu simplesmente não acredito."

Levantou a cabeça. O oficial estava ajudando Amélie a se levantar, impelindo-a com urgência pela prancha de embarque. Um grupo de marinheiros munidos de pés de cabra estava em cima, esperando para passar.

— Por favor, madame! Por favor, venha por aqui!

Os marinheiros se precipitaram sobre a prancha de embarque. Pressionaram os braços musculosos contra as paredes de madeira do navio, firmaram os pés no cais, e começaram a içar.

— Soltem as espias da popa! Pra trás, abram espaço! — Houve gritaria, mais ordens. Outros marinheiros apareceram. Um homem de pés descalços começou a descer uma corda.

Amélie, caída sobre o braço do oficial, passou pela amurada do navio e virou a cabeça. Yashim sentiu que o olhar dela passava por ele para se fixar em alguma coisa mais distante, e estava prestes a se virar para ver o que era quando Amélie sacudiu a cabeça de forma curiosa. Ela estava de pé contra o sol; ele piscou contra o sol, sem conseguir enxergar direito: por um momento era como se ela tivesse sorrido, mas quando ele olhou de novo o oficial a estava claramente persuadindo a entrar no navio, e em poucos segundos ela tinha desaparecido de vista.

Yashim ouviu um violento estrépito atrás de si, e se virou para ver a carruagem partindo. Pensou ter reconhecido um rosto na janela, o rosto de uma mulher com sobrancelhas pronunciadas e escuras; mas foi apenas um vislumbre fugaz, e ele não pôde ter certeza.

Palewski segurou-o pelo cotovelo. — Como isso aconteceu? — perguntou ele, horrorizado.

Yashim começou a andar lentamente na direção da carruagem. Depois de alguns instantes levantou a cabeça e falou para o vento.

— Madame Lefèvre achava que o mito era verdadeiro. — Depois meneou a cabeça, tristemente. E se virou para o amigo. — Até descobrir que a realidade era um mito.

Palewski fitou de modo penetrante o rosto de Yashim. — Não foi um acidente, foi? Ela o empurrou.

Yashim mordeu o lábio. — Digamos que madame Lefèvre era uma mulher bastante determinada.

E começou a andar novamente, colina acima, pelas ruas poeirentas de Pera.

— Achei que era você — disse Yashim. — No começo.

Ouviu o tique-taque dos relógios, o roçar das sedas de madame Mavrogordato, o tilintar da colher que ela pousou lentamente no pires.

— Devia ter sido eu — ela disse. — A vingança é um prato...

— Que se come frio, sim. Já ouvi essa frase. Mas não acredito nela.

Madame Mavrogordato apertou os olhos e encarou Yashim de modo penetrante. — Quando ouvi dizer que ele tinha morrido, que tinha sido assassinado na rua? Não acreditei. Não era assim que aconteceria... com ele. Ele tinha mais vidas que um gato.

Mais peles que uma cobra, pensou Yashim.

Madame Mavrogordato inclinou-se para a frente. — Mas disseram que era ele. Por quê?

Yashim juntou as pontas dos dedos. — Ele estava carregando a mochila de Lefèvre. Os cães tinham achado o corpo, sobrou muito pouca coisa. Exceto os dentes perfeitos. Fiquei intrigado. Lefèvre falava ceceando. Depois descobri que ele tinha perdido dois dentes numa briga, em Missolonghi.

Uma expressão que Yashim não conseguiu entender cruzou o rosto divino.

— E então o que aconteceu? Quem era ele?

Yashim encolheu os ombros. — Era o homem que Millingen mandara para tirar Lefèvre do navio. Millingen queria Lefèvre fora de qualquer perigo, por isso o confinou numa casa em algum lugar perto do porto. — Hesitou, perguntando-se se devia expressar suas suspeitas de que o suposto filho dela, o impaciente Alexander, tinha sido o carcereiro. — Outra pessoa devia levar a mochila de Lefèvre para a casa do médico — ele disse, por fim. — Um criado. Mas ele deu azar: os assassinos o seguiram e o encontraram. Mas pegaram o homem errado.

Madame Mavrogordato meneou levemente a cabeça. — E Millingen? Por que queria esconder Lefèvre?

Yashim agitou-se ligeiramente na cadeira, e soltou um suspiro. — O dr. Millingen descobriu que a vida de Lefèvre tinha sido ameaçada. Ele também acreditava no provérbio sobre a vingança.

— Então ele pensou que eu dei ordens de matar Lefèvre?

— Eles já foram amigos. E Millingen, obviamente, estava interessado nas relíquias. Ele esperava que Lefèvre contasse a ele o que sabia, em troca de salvar sua vida. O *Ca d'Oro* é um dos navios da senhora, não é?

Ela concordou com a cabeça, num gesto breve.

— Quando o homem de Millingen foi assassinado — prosseguiu Yashim — e identificado como Lefèvre, Millingen decidiu não dizer nada a respeito. No início, suponho, ele pensou ter desviado a senhora da pista. Mas depois, quando outras pessoas morreram, ele percebeu o que eu já tinha deduzido, que definitivamente não tinha sido a senhora.

Os lábios de madame Mavrogordato abriram um ligeiro sorriso. — Mas quando aconteceu, quando realmente aconteceu, foi uma mulher. Seria preciso uma mulher, Yashim *efendi*: Max Meyer não era homem que qualquer um conseguiria matar.

— Quatro homens morreram por causa dele.

Madame Mavrogordato jogou a cabeça para trás. — Quatro homens, *efendi*? O senhor acha... apenas quatro?

Ela virou a cabeça para cravar nele os olhos pretos; ele os fitou com um estalo de reconhecimento.

— Você pode acreditar no que quiser. — Ela quase cuspiu. — Millingen, que cavalheiro inglês! Que péssimo espetáculo, pensa ele, o dr. Meyer ir embora daquele jeito. Deixando para trás a jovem esposa. Comportamento chocante! Não creio que Millingen o recomendaria para o seu clube de Londres.

Ela estava quase tremendo: Yashim não sabia dizer se era ódio ou desprezo.

— Mas eu conhecia aquele homem. Você devia ter ouvido o que ele me disse, as promessas que ele fez, a inocência que ele destruiu com as próprias mãos, como um véu diante dos meus olhos. Ele me mostrou o mundo, depois cuspiu em mim e virou as costas. — Ela abaixou a voz, e duas lágrimas rolaram pelo seu rosto. — Um homem capaz de me trair daquele jeito poderia trair qualquer um. Os turcos o pegaram, tenho certeza disso. E ele vendeu Missolonghi, em troca de sua própria vida miserável. Ele nos vendeu, Yashim *efendi*. E você fala em quatro homens mortos. Quatro homens!

Ela pôs-se de pé e caminhou até as janelas, limpando as bochechas com a mão.

— Estou muito feliz que ela o tenha matado, Yashim *efendi*. Estou muito, muito grata.

Ela estendeu a mão, para tocar as cortinas. Yashim ouviu alguém bater à porta do apartamento.

O punho de madame Mavrogordato enovelou-se na seda. — Ela devia tê-lo odiado, muito — ela disse.

Novamente a batida, agora mais forte. A mulher virou a cabeça. — Entre!

O lacaio entrou no apartamento e fez uma mesura. Olhou de relance para Yashim.

— *Hanum* — ele pronunciou com hesitação. — O sultão morreu.

Madame Mavrogordato virou o rosto. — Mande fechar as venezianas na parte da frente da casa, Dmitri.

— Sim, *hanum*.

— Fale para o cavalariço cobrir de crepe o cabriolé. Também as rédeas dos cavalos. Peça ao cozinheiro que veja se há arroz suficiente para amanhã, antes que os mercados fechem. Monsieur Mavrogordato comerá em casa. É só isso, pode ir.

— Vou cuidar de tudo, *hanum*.

Depois que o lacaio saiu, os dois ficaram vários minutos sem dizer uma palavra.

— O sultão morreu — Madame Mavrogordato disse, por fim. — Vida longa ao sultão.

Yashim fitou as próprias mãos. Sentiu ironia no tom de voz dela, mas ele estava pensando em outra pessoa.

Ele pôs-se de pé. Madame Mavrogordato tinha fechado os olhos, e entre os dentes cerrados soltou um gemido sufocado.

## 127

Do outro lado do Corno de Ouro, numa mansão dilapidada próxima à Grande Rue, um homem estava de pé diante de uma janela aberta, escutando.

— Então é isso — ele disse, por fim, tão baixinho que a moça no aposento pôde apenas imaginar o que ele tinha falado. Ele colocou cuidadosamente a bandeja sobre a mesa.

Pelas janelas ela ouviu os muezins ao longe convocando as orações aos mortos.

Palewski se virou. A garrafa na bandeja era velha e bojuda. Muitos anos atrás, um nobre polonês a havia encomendado para abastecer as adegas de sua propriedade, junto com algumas dezenas de outras iguais, de uma das melhores casas de conhaque da França. "É um bom Martell", o pai de Palewski diria. "Se tiver dúvida, livre-se dos quadros, mas mantenha o conhaque."

Palewski sacou um canivete e cortou a cera em volta do gargalo. Tirou a rolha e despejou uma dose em duas taças.

Delicadamente, ergueu as duas taças pela haste.

Marta corou. — Senhor... Eu... não...

Palewski balançou cabeça. — É em memória dele — disse o embaixador. — Ele regia este império desde antes de eu conhecer Istambul. Marta, a sua vida toda.

Levantou a taça à luz. — A Mahmut.

— A Mahmut — ecoou Marta, sorrindo.

## 128

Foi o barulho que o assustou, mesmo antes que visse a multidão: um murmúrio de vozes como o mar. Os alabardeiros estavam em posição de sentido no portão, e no Primeiro Pátio do serralho, onde poucos dias antes Yashim tinha andado em meio à absoluta quietude, agora se via cercado de gente por todos os lados.

O sultão Mahmut estava morto. Nos rostos ao seu redor, Yashim viu expressões de angústia e desespero; nos olhos de um homem, ele leu o medo; em outro, expectativa; ouviu o murmúrio dos sutras, e risadas, e o grito do vendedor de espigas de milho anunciando sua mercadoria. Um eminente paxá passou andando num turbilhão de capa e couro; seu cavalo, cinzento, curveteava nas mãos do cavalariço que segurava as rédeas. Um senhor idoso, careca, estava deitado de braços abertos e rosto no chão, como se tivesse caído do céu. Um grupo de várias crianças pequenas estava de pé, em silêncio, encostado à parede. Um cão amarelo ergueu-se da sombra de um plátano e saiu andando com ar arrogante, como se aborrecido por ter tido seu sono perturbado, enquanto um homem usando fez, com uma barriga enorme, chorava abertamente no ombro de outro, em trajes de criado. Muitas pessoas — muçulmanas, armênias — faziam suas orações, e observavam.

O sultão tinha morrido no palácio de Beşiktaş, como a joia numa caixa: mas era para Topkapi, o antigo palácio dos sultões, a velha e grandiosa corte do império, que o povo se encaminhava, com suas esperanças e tristezas.

Yashim abriu caminho na multidão até o segundo portão. De início os guardas alabardeiros não o reconheceram, e posicionaram as lanças, até que o guardião das chaves o viu e o cumprimentou com um gesto.

Os dois caminharam em silêncio até a pequena porta do harém.

Ele encontrou Jacinto soluçando num pequeno aposento afastado do corredor.

— Quem está com a *valide*, então? — perguntou.

Jacinto ergueu os olhos vermelhos e disse: — Oh, Yashim! Estamos todos tão tristes!

— Estou vendo — respondeu Yashim.

Ele a encontrou sozinha e vestida com traje completo, sentada na ponta do sofá com as mãos no colo.

— Eu esperava que fosse você, Yashim. Vejo que você também se abstém de chorar.

Yashim não respondeu.

— Mandei os demais embora. Não suporto ver os rostos todos amarrotados, narizes escorrendo. Pura velhacaria. Eles não têm ideia do que vai acontecer comigo. Por isso estão com pena de si mesmos. O coração deles é como uma noz.

Yashim sufocou um sorriso. — O Primeiro Pátio está apinhado de gente, *valide*. Me faz lembrar os velhos tempos.

— É? — A *valide* levantou a cabeça, como se para escutar. Seus brincos de prata tiniram de leve.

— É uma coisa estranha, Yashim — ela disse, numa voz surpreendentemente fraca. — Dia após dia, não faço absolutamente nada a não ser envelhecer; ainda assim, descubro que hoje, mais do que nunca, não tenho nada para fazer. Posso apenas ficar sentada.

Yashim passou a mão pelo queixo, pensativo. Depois se ajoelhou ao lado da *valide*. — Tenho uma ideia — ele disse.

## 129

A multidão no Primeiro Pátio estava mais densa que antes, e apenas um sufi, com as mãos erguidas e um olho no segundo portão, notou duas figuras emergindo do sagrado pátio interno. Se tivesse parado para pensar, talvez o sufi adivinhasse a identidade da mulher de véu que caminhava lentamente, apoiada numa bengala, escorada por uma companhia indistinta; mas o sufi tinha deliberadamente esvaziado sua mente de todos os pensamentos, para se concentrar melhor nos 99 nomes de Deus.

Yashim sentia que, à medida que avançavam em meio à multidão, com mais força a *valide* apertava seu braço, o que ele interpretou como um bom sinal. Era impossível que os dois conversassem, abafados pelos gritos e murmúrios dos enlutados que invadiam o amplo espaço, mas ele notou que a cabeça da *valide* se virava de um lado para outro, observando o rosto dos homens que os cercavam, e de vez em quando ela parava de andar para olhar melhor. Dessa maneira a *valide* traiu seu interesse particular por crianças pequenas, milho cozido, as tradicionais ululações das mulheres árabes, e a montaria de um cavalariano albanês de pernas compridas enfiadas em calças francesas.

Enquanto iam caminhando lentamente, Yashim se perguntava se deviam ir até o portão do Topkapi. Ele tivera um devaneio, em que levava a *valide* pelo portão até a praça; junto à fonte eles pegavam um cabriolé, e percorriam com estrépito as ruas de Pera até o cais de Eminönü, onde ele embarcava a velha francesa num navio francês, para que ela fosse desfrutar Paris. Era um devaneio em que ele às vezes se perdia, mas agora estava assustado, como se tivesse cometido um ato de traição. Começou a se perguntar para onde, de fato, deveria levar a *valide*. Ela não mostrava nenhum sinal de querer voltar, embora seu peso sobre o braço dele estivesse aumentando e ela desse sinais evidentes de que estava começando a ficar cansada.

Yashim começou a guiar a *valide* na direção das grandes portas da antiga Igreja de Santa Irene, na extremidade do grande pátio. Quando chegaram à sombra do pórtico, ela deu batidinhas de leve no braço dele, como se aprovasse a decisão; ele tentou abrir a porta e, para sua surpresa, ela se escancarou.

Entraram, e assim que a porta se fechou atrás deles com um clique o ruído da multidão foi abruptamente abafado, dando lugar a um silêncio etéreo: o silêncio, pensou Yashim, de todo lugar sagrado. Lefèvre não dissera que Santa Irene jamais havia sido profanada, que nunca fora convertida em mesquita?

As armas antigas reluziam nas paredes.

Ele encontrou um banco de pedra debaixo de uma janela, e ali a *valide* se sentou, agradecida. Ela levantou o véu.

— Obrigada, Yashim — ela disse, sorrindo. — Eu sempre quis fazer isso. Do jeito que os antigos sultões faziam: caminhavam no meio do povo, disfarçados.

— Selim mesmo, enquanto caminhava pelo povo, conheceu um padeiro tão sábio que, no dia seguinte, elevou-o ao cargo de grão-vizir — disse Yashim.

— *Alors*, Yashim, não acho que eu tenha alguém tão excepcional. — Ela fechou os olhos.

Yashim fitou-a. Ele cruzou os braços e encostou-se num pilar. Perguntou-se se ela tinha adormecido.

— Meu filho me contou uma coisa interessante, Yashim, pouco antes de morrer — disse a *valide*. Yashim deu um pulo. — Era um segredo, passado de um sultão para o outro durante gerações, e ele me contou porque o próprio filho dele não quis visitá-lo para ouvir. Você sabe por quê?

— Não, *valide*.

— Porque o menino tinha medo. Mas por que um menino teria medo da morte?

Yashim não tinha resposta. A *valide* olhou-o de relance. — O príncipe herdeiro, Yashim. Talvez já não seja mais um menino.

— Abdül Mecid é o nosso sultão agora — disse Yashim.

— Sim. — Ela fez uma pausa. — *Enfin*, ele gosta de você.

Yashim abaixou os olhos. — Ele mal me conhece.

— Ora, ora. Um menino conversa com a avó. Acho que você vai descobrir que ele o conhece melhor do que você pensa.

Yashim piscou; mas a *valide* não esperou a resposta. — Na época da conquista — ela prosseguiu —, quando os turcos tomaram Istambul, um padre estava celebrando a missa na Grande Mesquita. Ele estava usando as relíquias mais sagradas da Igreja bizantina, o cálice e a pátena usados na última ceia. Mas quando os turcos invadiram a igreja, ele desapareceu.

— Já ouvi essa lenda — admitiu Yashim.

— Lenda, Yashim? — A *valide* olhou para ele. — É o que o sultão me contou antes de morrer.

Yashim inclinou a cabeça.

— Mehmed, o Conquistador — continuou a *valide* — tinha tomado a cidade dos gregos, mas depois precisou do apoio deles, é claro. O patriarca grego concordou em tratar o sultão como seu senhor. Mas quanto às relíquias, nenhum deles podia aceitar que o outro as possuísse. Você entende?

— Eles fizeram um acordo, não é? Uma maneira de salvaguardar as relíquias, fora do controle da Igreja ou dos sultões otomanos.

— Muito bem, Yashim. Eu queria me aliviar do segredo porque... *eh bien*, não sou uma igreja ou uma linhagem de regentes. Alguém precisa contar ao príncipe, se eu não puder. — Ela abriu os olhos e lançou um olhar malicioso para Yashim, com um brilho de brincadeira: — Mas suponho que você já saiba quem eles encontraram.

— Sim, *valide*. E não tiveram que procurar muito. Até onde eu sei, o cálice e a pátena já estavam escondidos nas cisternas, em algum lugar debaixo da Grande Igreja. Estavam sendo guardados pelos agueiros.

— Bravo! A guilda dos agueiros, sim. Eles sempre foram albaneses. Você sabe o que isso significa. Alguns católicos, outros ortodoxos. Mas a primeira religião dos albaneses, como eles dizem, é a Albânia. Eles chamam eles mesmos de Filhos da Águia.

— E esse tem sido o segredo deles — murmurou Yashim.

Ele atravessou a abside na direção de um armário de madeira preso na parede. O móvel era grosseiro, a porta estava fechada com uma taramela de madeira. Dentro ele encontrou uma taça de cobre de aparência gasta e um disco de madeira, que já tinha rachado e sido consertado com finos grampos de ferro. Ele já os tinha visto antes. Água e sal: cálice e pátena.

— Passei uma semana com algumas pessoas que julgavam saber exatamente onde estavam as relíquias — ele disse, virando-se para ela. — Eles juntaram as peças, a partir de livros antigos.

A *valide* espirrou. — Quando voltarmos aos apartamentos, acho que vou pedir para você ler um pouco para mim. Monsieur Stendhal. — Ela esticou a bengala e pôs-se de pé. — Está frio aqui.

Ele segurou o braço dela, e os dois saíram lentamente da antiga igreja. Na sombra do pórtico, a *valide* ergueu as mãos para ajeitar o véu.

— Seus amigos... eles devem ter ficado decepcionados, *non*?

Yashim levantou a cabeça. — Decepcionados? Acho que sim. Um deles, na verdade, acabou morto.

— Ora, ora, Yashim. Tenho certeza de que você vai querer conversar sobre isso. Mas isso serve para mostrar que não se pode acreditar em tudo que se lê nos livros, *n'est ce pas*?

Ela abaixou o véu, e os dois passaram juntos da sombra para o sol, um apoiando-se no outro, como velhos amigos.

# Agradecimentos

Eu gostaria de agradecer aos suspeitos de praxe entre meus familiares e amigos, pelos conselhos e pelo encorajamento; Richard Goodwin, que leu o manuscrito num estágio inicial — e espera que um dia Amélie volte para Istambul.

Berrin Torolsan inspira igualmente tanto cozinheiros como pesquisadores com os textos que escreve na *Cornucopia*, a linda e indispensável revista dedicada a todos os assuntos relacionados à Turquia. Ela não apenas compartilhou generosamente comigo seu conhecimento sobre a culinária e a história otomanas, mas também leu o livro com olhar crítico. Devo ressaltar que todos os erros, desvios e distorções flagrantes são de minha inteira responsabilidade: receio que a ficção às vezes não respeita os fatos.

Tradutores, editores, revisores e designers mundo afora deram vida à estreia de Yashim, em *A Árvore dos Janízaros*, em 32 línguas. Obrigado a Agnieszka Kuc na Polônia, Nina van Rossem na Holanda, Fortunato Israel e minha tradutora italiana Cristiana Mennella, que fez de *L'Albero dei Giannezzeri* um tremendamente bem-sucedido *giallo*. Tenho uma dívida de gratidão para com o entusiasmo de, entre outros, Sylvie Audoly, em Paris, e Elena Ramírez, em Barcelona.

Sarah Chalfant na Wylie Agency me apresentou a esse outro mundo. Meus agradecimentos à equipe, mas acima de tudo a Charles Buchan, por seus bem-humorados e incansáveis esforços em nome de Yashim. Tive a sorte de contar com dois soberbos editores, *que de fato editam*, Julian Loose, da Faber do Reino Unido, e Sarah Crichton, da FSG em Nova York, cuja sabedoria sempre acolhi com gratidão, e que efetivamente me ajudou.

Grande parte deste livro foi escrita longe do rebuliço da vida familiar, sem interrupções, e sem batalhas pelo controle do computador. Meu filho Izaak já cresceu bastante e aprendeu muito. Este livro é para ele.

# Glossário

Agueiro: indivíduo encarregado de supervisionar os regos, canos de água ou cisternas, a fim de evitar que a água se perca ou seja desviada.

*Ayran* (*airan, ayrani, doogh* ou *tahn*): bebida refrescante feita de iogurte, água e sal, popular nos Bálcãs, Oriente Médio e Ásia Central.

*Baklava*: uma das mais famosas sobremesas turcas, é um doce composto por várias camadas de massa muito fina, recheadas normalmente com nozes, amêndoas e pistaches e cobertas com calda de açúcar.

*Kadinefendis* (ou *kadins*): segunda, terceira e quarta esposas do sultão.

*Köçek:* jovens homens treinados e empregados para dançar em trajes femininos e prestar serviços sexuais. Prática comum da cultura otomana do século XVII – XIX.

*lokanta*: restaurante típico de comida caseira e barata.

*oka, okka* ou *oke*: medida de peso otomana equivalente a cerca de 1,25 quilo.

*Piyaz*: salada de feijão branco.

*Purdah*: isolamento das mulheres muçulmanas em público, por meio de véus, cortinas ou telas.

*Sipahi*: também transliterado como *Spahi, Sepahi* e *Spakh*, membro da elite de uma força montada dentro das seis divisões de cavalaria do Império Otomano.

*Sou naziry*: inspetor das águas.

*Tandir*: tipo de forno que consiste numa vala no chão coberta por ramagem ou uma folha de ferro.

*Tarator*: sopa fria à base de iogurte, pepinos, alho, nozes, popular como prato de verão na Albânia, Bulgária e Macedônia.

Troas: nome histórico da península de Biga (em turco moderno: Biga Yarımadası), na porção noroeste da Anatólia.

markgraph

Rua Aguiar Moreira, 386 - Bonsucesso
Tel.: (21) 3868-5802    Fax: (21) 2270-9656
e-mail: markgraph@domain.com.br
Rio de Janeiro - RJ